2023
Weihnachten
Sigrid

Nicholas Shakespeare

BOOMERANG

Thriller

Aus dem Englischen von
Anette Grube

Hoffmann und Campe

Die Originalausgabe erschien 2020 unter dem Titel
The Sandpit bei Harvill Secker, London.

1. Auflage 2020

www.hoffmann-und-campe.de
Umschlaggestaltung: Hannah Kolling, Kuzin & Kolling,
Büro für Gestaltung, Hamburg
Umschlagabbildung: © Joshua Sortino/unsplash.com
Satz: Pinkuin Satz und Datentechnik, Berlin
Gesetzt aus der Sabon
Druck und Bindung: GGP Media GmbH, Pößneck
Printed in Germany
ISBN 978-3-455-00881-4

HOFFMANN
UND CAMPE

Ein Unternehmen der
GANSKE VERLAGSGRUPPE

FÜR ROGER UND IAN KELLAS

Das maßgebliche Selbst ist unschuldig,
und wenn es seine eigene Unschuld erfährt,
weiß es, dass es ewig leben wird.

JOHN UPDIKE NACH WILLIAM BLAKE

PROLOG

Shula las die Textnachricht, und die Luft um sie herum wurde dünn. Warum schickte er ihr das? Sie waren übereingekommen, dass er genau das nie tun durfte.

Ihre erste instinktive Reaktion war, ihn anzurufen. In der Leere zwischen dem Wählen der Nummer und dem unverwechselbaren britischen Klingelton fing sie sich. Dumm. Dumm. Sie legte abrupt wieder auf. Ihr Bedürfnis, Rustums Stimme zu hören, reichte tiefer als ihr gesunder Menschenverstand.

Das Baby schlief noch, niemand sonst war im Zimmer, doch sie hatte das Gefühl, dass ihr Blicke folgten.

Sie schaltete das Handy aus und knallte es auf die kleine hölzerne Kommode. Ihre Bewegungen waren unsicher, fahrig, die Bewegungen einer jungen Frau, die gerade aufgewacht war und sich dabei zusah, wie andere ihr zusahen. Sie wusste, dass noch die harmloseste Verrichtung, wie etwa ihr Haar zu lösen, zu Daten würde.

Es war früher Samstagmorgen, und er hätte am Abend zuvor anrufen sollen. Sie hatte gewartet und war dabei eingeschlafen. Diese unbesonnene Textnachricht, so untypisch für ihn, verschlimmerte ihre Ahnung nur noch.

Sie nahm die Bürste und fuhr sich damit durchs Haar. Sie hatte nicht die Zeit gehabt, es zu waschen, dabei mochte das Baby den Geruch gewaschenen Haars, liebte es, nach den Strähnen zu greifen und sich in der schweren schwarzen Masse zu verstecken. Auch ihr Sohn hatte sich gern darin verfangen. Mit ihrer Abreise war sie abgeschnitten von der Körperlichkeit, die sie mit ihrem Erstgeborenen geteilt hatte, und sie musste die Sehnsucht nach ihrem Mann neu kanalisieren, die in ihrer Haut prickelte, wann immer sie an ihn dachte. Sie vermisste ihn akut und kämpfte dagegen an. Aber das war die Abmachung.

Und jetzt diese Textnachricht.

Sie versuchte, ihr robusteres Selbst heraufzubeschwören und es als kleines Spiel zu betrachten, so wie sie zu Beginn die Anrufe am Freitagabend behandelt hatte. Aber die Überwachung hatte die Art und Weise ihres Denkens verändert, sie war tief in ihr Privatleben eingedrungen. Die Männer in dem Auto, das immer draußen stand, wussten, was für Bücher sie las, welche Radiosender sie hörte, was sie aß.

Bedächtig legte sie die Bürste zur Seite und kämpfte gegen das kranke Gefühl, dass sie sogar ihre Gedanken hören konnten. Das Baby, das zugedeckt in seinem Bettchen lag, war ihr einziger Trost. Wenn es weinte, war die beste Zeit für subversive Gedanken. Sie konnte sich nicht vorstellen, dass sie sich dieses ohrenbetäubende Kreischen anhören wollten.

Im Haus war es still. In Oxford wäre es kurz nach Mitternacht. In der Stadt draußen dämmerte der Morgen.

Sie ging zum Fenster, um die morgendliche Brise im Nacken, auf den Schultern zu spüren.

Sterne am klaren Himmel. Der Geruch nach scharfen Gewürzen. In den Ästen des kleinen Ahornbaums unten hängt ein roter Drachen. Zwischen dem Laub schimmert das schwarze Dach des Paykan im Licht der Straßenlampen. Ein zweites Auto steht daneben, neuer, größer, ebenfalls ohne Nummernschilder.

Plötzlich Schritte auf dem Dach, Rütteln an den Fensterläden, jemand hämmert unten gegen die Tür.

Das Baby rührt sich.

Ein zweites Hämmern an der Hintertür.

ERSTER TEIL

1. KAPITEL

Der Sportplatz war leer. Nur ein Elternpaar studierte an diesem kalten Nachmittag die Anschlagtafel in einem Glaskasten vor dem als »Rink« bekannten Schulgebäude. Ein kleiner untersetzter Mann in einer braunen Bomberjacke aus Leder und mit einem demonstrativ um den Hals geschlungenen blau-weiß gestreiften Schal und eine schlanke größere Frau in Jeans, die eine Pelzmütze mit Ohrenschützern trug.

Dyers Herz begann zu rasen. Gennadi und Katja. Ihre Besprechung musste beendet sein, und jetzt warteten sie auf ihren Sohn.

Um Katja und ihren Mann zu meiden, aber auch aus Gewohnheit wandte sich Dyer am Tor nach links und ging zur Sprunggrube.

Diese quadratische Einfriedung, drei mal drei Meter, war einer der wenigen Überreste der Schule, so wie Dyer sich an sie erinnerte. Eingegrenzt von einer niedrigen Ziegelmauer neben dem Zaun, war die mit Sand gefüllte Grube einen Kontinent entfernt vom Berufsverkehr auf der Banbury Road. Von hier reichte der Blick über die grasbewachsenen Spielfelder und das steinerne Kriegsdenkmal, über den Kricketpavillon bis zum Cherwell, verdeckt, aber angedeutet von einer Reihe kahler Ulmen. Zu Dyers Zeiten hatte ein blauer Kahn am Flussufer gelegen, dessen Unterdeck während Schwimmwettbewerben als Umkleidekabine diente. Doch der Kahn war nicht mehr da. Ebenso wenig der Kiosk und der Holzverschlag mit der kleinen Tischlerei, in der Dyer gelernt hatte, aus einer Sperrholzplatte eine Form auszusägen, die nahezu als Maschinengewehr durchgehen konnte. Dyer müsste nur den Blick zu der runden Gents-Uhr, die aussah wie eine kalte Wintersonne und deren Zeiger auf 4.03 Uhr standen, an der Mauer von »Slimy« Prentice' Büro heben, und sein elfjähriges Selbst hätte augenblicklich gewusst, wo er war. Die Uhr und die Sprunggrube.

Irritiert sah Dyer, dass ein anderer Vater auf dem Platz saß, wo er seit Anfang Februar auf Leandro wartete. Ein großer übergewichtiger Mann Ende dreißig, vornübergebeugt, blasses braunes Gesicht, Brille, spärlicher Bart und dichtes ungekämmtes dunkles Haar, der einen langen offenen Mantel trug. Dyer kannte ihn nicht, aber er erkannte den kamelbraunen Mantel: genau das, was er selbst gern getragen hätte in diesem Klima, in dem ihn die Kälte immer noch überraschte. Dyer hatte ihn zwei Wochen zuvor während des Spiels gegen Summerfields aus der Ferne um den Mantel beneidet – ihm kam ein vages Bild des Trägers ins Gedächtnis, der plötzlich ein Notizbuch hervorzog und es wieder wegsteckte, nachdem er rasch etwas notiert hatte. Als Dyer das nächste Mal über das Spielfeld geblickt hatte, war der Mantel nicht mehr da gewesen.

Der Mann sah ihn nicht. Er saß da, die Knie gespreizt, die Füße in der Sandgrube, in der Dyer in Leandros Alter an einem sonnigen Tag mit einer Lupe gehockt und seine Initialen in einen Tennisball gebrannt hatte, neigte sich vor und zeichnete mit dem Zeigefinger etwas in den Sand. Er betrachtete es, was immer es auch war, und murmelte mit erhobenem Finger vor sich hin.

»Sind Sie Samirs Vater?«, fragte Dyer.

Der Mann hielt in seiner Bewegung inne. Er hob den Kopf. Seine Miene spannte sich an, als er Dyer näherkommen sah.

Mit der Hand verwischte er rasch die Zeichen im Sand. »Ja, so ist es.«

»Wir sind uns noch nicht begegnet. John Dyer. Leandros Vater.« Er hielt ihm die Hand hin.

Beim zweiten Versuch schaffte es der Mann aufzustehen. Er stampfte mit den Füßen auf, einmal, zweimal, dreimal. Dann schaute er auf seine Hand, die mit feuchtem Sand bedeckt war, und wischte sie am Mantel ab, bevor er Dyers nahm.

»Rustum Marvar.«

Dyer blickte nach unten. »Ich habe Sie gestört.«

»Nein, nein, ich habe an etwas gearbeitet.«

Dyer reckte den Hals. »Etwas Interessantes?«

Bevor Dyer herausfinden konnte, was es gewesen war, verwischte Marvar mit dem Fuß die letzten Spuren.

»Nur ein Problem«, sagte er, setzte sich schwerfällig wieder und starrte über die verlassenen Spielfelder, die Arme verschränkt.

Dyer, noch immer stehend, sah auf diesen großen, ernsten, klobigen Mann mit dem zerzausten Haar.

»Haben Sie das Problem gelöst?«

Als würde er einen Wein auswählen, ließ Marvar sich Zeit mit seiner Antwort. »Fast«, sagte er. »Fast.«

Der ehemalige Reporter in Dyer erkannte die Anspannung in Marvars Antwort. Vor langer Zeit hatte er in Belém den gleichen beherrschten Tonfall in Colonel Rejas' Stimme gehört. Den Tonfall von jemandem, der etwas Aufregendes mitteilen wollte, sich jedoch nicht traute – bis Dyer eine Möglichkeit fand, sein Vertrauen zu gewinnen.

Nicht, dass Rejas' Geständnis, das er daraufhin ablegte, Dyers Karriere förderlich gewesen wäre. Dyer fiel der wilde Blick einer Phoenix-Mutter ein, die ihn mit Fragen zu Südamerika in die Mangel genommen und nachgehakt hatte, was seine größte Story gewesen war, und er hatte ihr erklärt, dass es eine Geschichte sei, die er nicht veröffentlicht habe.

Dyer war es gewohnt, Leute einzuschätzen. Er begriff sofort, dass er und Marvar sich sympathisch waren. »Ich habe Sie nicht oft am Spielfeldrand gesehen«, sagte er und setzte sich neben ihn.

Die Bemerkung löste etwas in Marvar aus. Er schaute wieder auf den Sand, seine massige Gestalt zitterte in dem weiten Mantel. »Und ich habe mich über mich selbst geärgert.« Er schlug sich mit der Hand gegen die Stirn. Er habe Samir wegen der Arbeit nicht so oft beim Fußballspielen zusehen können, wie er gern gewollt hätte. Obendrein habe er einen neuen Chef, einen schwierigen Mann. In der Arbeit sei viel los, weswegen er unmöglich habe wegkönnen. Sonst hätte er bemerkt, dass Samir schikaniert wurde. Er blickte zu Dyer, die sanften hellbraunen Augen vergrößert von den Gläsern einer runden Nickelbrille.

Marvar war aufgeregt, und Dyer spürte, dass es nicht allein die erlittenen Demütigungen seines Sohnes waren, die in ihm arbeiteten.

»Sie dürfen sich keine Vorwürfe machen«, sagte Dyer sachlich. »Ich habe es auch nicht bemerkt – und ich war da.«

Ob Marvar das tröstete, war nicht zu erkennen. Er sprach zwischen tiefen Atemzügen, als wäre er gelaufen. »Als Samir mir erzählt hat ... was *dieser* Junge ... Wassili Petroschenko ... ihm angetan hat ... *und* Ihrem Sohn. Da bin ich hergekommen. Auf der Stelle! Ich habe mit ... Mr Tanner gesprochen … So heißt er doch? Und jetzt spricht er mit unseren Jungs und mit *dem anderen* … alle zusammen. Aber reicht das? Kriegt er dann keine Wutanfälle mehr? Dieser Junge gehört zu einem klinischen Psychologen, nicht zu Mr Tanner! Leute, die andere schikanieren, haben Probleme. Ich kenne diese Sorte – und *Sie* auch.« Er kehrte zu seinem ursprünglichen Groll auf sich selbst zurück. »Nein, nein, ich hätte da sein sollen. Das heißt, ich hätte aufmerksamer sein sollen. Aber ich werde bald mit Samir wegfahren, irgendwohin, wo es schön ist, vielleicht das nächste lange Wochenende, und ich werde es wiedergutmachen. Ich werde meine Nachlässigkeit wiedergutmachen.« Als würde er jemand anderem ein Versprechen geben.

Dyer überlegte, ob er fragen sollte, wo Samirs Mutter war, doch es schien klüger, es nicht zu tun. Vielleicht saß Marvar im selben Boot wie Dyer. Die Menschen in Rio hatten nicht mit der Wimper gezuckt, doch in Oxford fiel Nissas Abwesenheit auf. Ältere Leute reagierten überrascht, wenn sie erfuhren, dass Leandros Mutter lebte, und sie zogen die Augenbrauen noch etwas höher, wenn sie herausfanden, dass sie außerdem mit jemand anderem Zwillinge bekommen hatte. Er spürte, dass sie ihn sofort neu einschätzten – mit Dyer konnte etwas nicht stimmen, wenn sie ihn verlassen hatte. Marvar war vielleicht ebenfalls ein alleinerziehender Vater mit einer turbulenten romantischen Vergangenheit.

Auf der niedrigen Mauer neben ihm erschauderte Marvar, neigte sich zurück und knöpfte seinen Mantel zu. Durch die kahlen Bäume funkelten die Lichter der Stadt. Er starrte sie an. Der Himmel war noch nicht ganz lichtlos. In der Ferne zogen dunkle Wolken vorbei.

»Zu meiner Zeit«, fühlte Dyer sich verpflichtet zu sagen, »kamen Eltern nie zu den Fußballspielen ihrer Kinder.«

Marvar wandte ihm das Gesicht zu. »Sie sind in diese Schule gegangen?«

»Ja, aber das ist eine Weile her.«

»Dann muss es Ihnen gefallen haben, sonst würden Sie Ihren Sohn nicht hierherschicken.«

»Gefallen?«, sagte Dyer. Er erinnerte sich. »Es ist etwas komplizierter als das.«

Gummisohlen klatschten auf Asphalt. Marvar schaute sich nervös um. Auf der anderen Seite des Zauns lief ein schwer atmender Jogger vorbei.

Marvar wandte sich wieder ihm zu. »Erklären Sie mir die Komplikationen. Nein, nein, es interessiert mich.« Er hob abwehrend die Hände. »Ich mache mir Sorgen um Samir ... Es gibt so viel, womit er zurechtkommen muss.«

Bis jetzt hatte Dyer seine Motive, Leandro in die Phoenix zu schicken, für sich behalten. Marvars Miene – eine Mischung aus Zorn, Aufregung, Angst, Selbstbeherrschung – veranlasste ihn, sich zu öffnen.

2. KAPITEL

Dyer war um vier Uhr an diesem erfrischend kalten Februarnachmittag stocksauer vor dem Tor der Schule eingetroffen. Seit siebzehn Monaten war er wieder in England. Seine Nachforschungen hatten in eine Sackgasse geführt. Das Wetter in Oxford, die Gespräche mit anderen Eltern bedrückten ihn.

Und jetzt war auch noch sein Sohn gemobbt worden.

Er dachte an Brasilien; die Hitze, die silberne Fläche des Ozeans, seine Jahre als Auslandskorrespondent …

Als Journalist musste man mit allen zurechtkommen, mit dem Terroristen und mit dem Polizisten, der ihn jagt. Aber diese wohlhabenden Leute aus der Mittelklasse, die bei weitem keine Idioten waren, verstand Dyer überraschenderweise nicht. Sie sprachen seine Sprache. Viele von ihnen hatten den gleichen Hintergrund und Bildungsweg wie er: Früher wären sie seine Leser gewesen. Doch ihre Ansichten über die Welt bestürzten ihn.

Seinem Sohn zuliebe hatte Dyer seinen Impuls unterdrückt, zu urteilen und zu flüchten. Dieses eine Mal versuchte er, es unkompliziert zu halten; mitzuspielen, hart zu arbeiten, ein engagierter Phoenix-Vater zu werden. Er schloss sein inneres Auge und knebelte seinen natürlichen Hang, auszusprechen, was er dachte.

Dyer sagte sich, dass er so reagierte, weil er älter und

relativ spät Vater geworden war. Und er stammte aus Oxford – es hätte ihn überrascht, wenn auch nur die Hälfte der anderen Eltern einen britischen Pass besessen hätte –, das war zu »seiner Zeit«, wie er es nur ungern nannte, noch ganz anders gewesen; die andere Hälfte war zwar jünger als er, hatte aber wesentlich bessere Positionen und war wesentlich bessergestellt als er. Sie arbeiteten in London, im Fernen Osten, Asien, Afrika, für global agierende Firmen und Regierungen. Sie jetteten von den runden Ecken der Welt hierher, von Orten, von denen Dyer im Alter seines Sohnes lediglich dank seiner Briefmarkensammlung gehört hatte. Ein oder zwei hatten sogar Leibwächter.

An diesem Nachmittag war er bis um halb vier in der Taylorian Bibliothek gewesen. Bevor er sie verließ, bestellte er ein Buch über Portugals zufällige Entdeckung Brasiliens im Jahr 1500. Dann checkte er aus Gewohnheit noch die BBC-Nachrichten auf seinem Laptop.

Das große Drama des Augenblicks, das einen UN-Bericht zur Erderwärmung auf den zweiten Platz verdrängte, war eine Rede des neuen Amtsinhabers im Weißen Haus. Der amerikanische Präsident hatte es zu seiner Mission gemacht, eine nach der anderen jede Übereinkunft zu kündigen, die sein Vorgänger ausgehandelt hatte. Sein jüngstes Ziel: das über vier Jahre alte Atomabkommen mit dem Iran. Seine schrillen Anschuldigungen, dass der Iran sich nicht an die internationale Vereinbarung halte, hatte die Regierung in Teheran so verärgert, dass sie drohte, ihr Atomprogramm neu aufzulegen. Für diesen Fall versprach Israel Vergeltung zu üben, ebenso Saudi-Arabien.

Dyer spulte zurück zu dem Angebot, das ihm sein Chefredakteur zwei Jahrzehnte zuvor gemacht hatte: »Sie sind der Doyen der Lateinamerika-Korrespondenten – jeder weiß das. Aber die Buchhalter haben verfügt: *Schließt Lateinamerika. Punkt.* Sie können entweder Moskau haben oder den Mittleren Osten. Was soll's sein?« Nachdem er eine Woche gezögert hatte, entschied sich Dyer weder für das eine noch das andere: Südamerika war die Quelle seiner Geschichten, die Welt, die ihm am Herzen lag.

Doch manchmal bedauert man seine Entscheidungen. In Momenten innerer Unruhe fragte sich Dyer unwillkürlich, was für ein Leben er geführt hätte. Vielleicht war es noch nicht zu spät, Leandro aus der Phoenix zu nehmen und mit ihm nach Teheran zu gehen, dachte Dyer wehmütig, als er merkte, dass er an der Bardwell Road vorbeigegangen war.

Er bog rechts in die Linton Road, wich einem Riss im Asphalt aus und ging rasch zur Schule.

An der Ecke wartete er neben einem altmodischen roten Briefkasten, bis ein großer schwarzer Lexus vom Bordstein weggefahren war. Als Junge hatte Dyer in dem Haus in seinem Rücken gewohnt, Ziegel und Gips, von der Farbe von Fieberbläschen und Wundpflaster. An wie vielen Sonntagmorgen hatte er rittlings auf diesem schiefen edwardianischen Briefkasten gesessen und darauf gewartet, dass die Singer Gazelle seiner Eltern heranrumpelte? Öfter als er zählen konnte.

Die genervt um sich blickende Mutter am Steuer des Lexus stieg aus, um ihrer Tochter mit dem Cello zu helfen. Kaum hatte sich das Auto vom Bordstein entfernt, überquerte Dyer die Straße.

Als die Zeitung das Büro in Rio schloss, war er geblieben, um sein Buch über die Kultur- und Sozialgeschichte des Amazonasbeckens fertig zu schreiben. Zu einem exorbitanten Preis von der Oxford University Press veröffentlicht, wurde es vom *TLS* und ein, zwei anderen anthropologischen Vierteljahresschriften wohlwollend zur Kenntnis genommen und wieder vergessen. Dyer war damit beschäftigt, Däumchen zu drehen, als seine Tante Vivien aus Lima anrief und ihn bat, eine Freundin von ihr zu besuchen, die in Rio für eine Kinderhilfsorganisation arbeitete.

Dyer konnte seiner Tante nichts abschlagen, einer einstigen Primaballerina, verheiratet mit einem pensionierten peruanischen Diplomaten, die das letzte Viertel ihres Lebens der Verbesserung der Lebensumstände von Straßenkindern in Lima gewidmet hatte. Das Ende vom Lied war, dass Dyer Viviens Freundin traf, nach einer Weile einen Job bei Ibeji annahm und in einer Favela arbeitete, die sich in einer smaragdgrünen Spalte unter den ausgebreiteten Armen der Christusstatue befand.

Er hatte Affären. Seine Tante war der Ansicht, dass er nach Astrud jemanden brauchte, der »viel runder« war. Dyer nahm seine Freundinnen mit nach Lima, damit Vivien sie bei selbst gebackenen Ingwerkeksen durchleuchten konnte. Doch Nissa stellte er ihr aus irgendeinem Grund nicht vor.

Sie hatten sich bei einer Party im »Museum von morgen« in der Guanabara-Bucht kennengelernt. Ihr verhangener Blick. Das Timbre ihrer Stimme. Nissa konnte einen Satz auf Brasilianisch beginnen und auf Französisch oder Englisch beenden und in allen drei Sprachen flirten. Zu allem bereit nahm Dyer sie mit zu sich nach Hause, als sie sich bei einer Fotoausstellung über die Sendero-Jahre erneut über den Weg gelaufen waren. Innerhalb eines Monats lebten sie in seiner Wohnung in der Nähe des Strands von Ipanema zusammen.

Fünfzehn Monate später kam Leandro auf die Welt. Nach dem, was mit Astrud passiert war, hatte Dyer sich gewappnet und geweigert, auf ein Wunder zu hoffen, bis sich zuerst ein Auge zitternd öffnete, dann das andere, und ihn zwei abgrundtiefe mitternachtsblaue Pupillen zum ersten Mal anschauten, einen schluchzenden Mann mittleren Alters.

Doch Leandros Geburt erfüllte Nissa nicht.

Wenn es sie nicht betraf, hatte Nissa eine kurze Aufmerksamkeitsspanne. Ein Baby war ein Konkurrent. Leandro war vier, als sie Dyer für einen englischen Anwalt, Nigel Trenchpain, verließ.

Dyers Verzweiflung war transparent, farblos.

»Ich dachte, sie sei anders«, sagte er zu Vivien.

»Das ist kaum jemand, mein Lieber.«

»Oh, Vivien«, sagte er. »Oh, Vivien.«

»Ist schon okay«, sagte sie und hielt seinen Kopf. »Ist schon okay.«

Nach einem kurzen und unerwartet einfachen Gerangel bekam er das Sorgerecht für seinen Sohn.

Leandro hatte das tiefe Lachen und die Mameluckenaugen seiner Mutter, wie antikes Glas, und die beunruhigende Hartnäckigkeit seines Vaters. Nachdem er das journalistische Dilemma rasch gelöst hatte, kam Dyers starrsinniger Zug zum Einsatz, mit dem er sich seine Unabhängigkeit bewahrte. Die BBC und der Economist boten ihm Korrespondentenstellen an, doch er lehnte ab. Dyers Leben konzentrierte sich auf seinen Sohn.

Seine Tage wurden freier, als Leandro in die Vorschule ging. Während hysterische Präsidenten mit Amtsenthebungsverfahren konfrontiert waren, verbrachte Dyer seine Vormittage damit, reichen Leuten Englischunterricht zu geben, und seine Nachmittage, Klebstoff schnüffelnden Waisen das Lesen und Schreiben beizubringen.

Zu welchem Zeitpunkt dämmerte es Dyer, dass Gott

zwar einst Brasilianer gewesen sein mochte – wie Dyer bei seiner Ankunft in Rio fünfundzwanzig Jahre zuvor geglaubt hatte –, inzwischen aber die Nationalität gewechselt hatte? Es war eine Anhäufung einzelner Vorfälle, nicht eine plötzliche Erkenntnis, und sie schlich sich bei ihm ein wie die Idee für sein nächstes Buch. Unter den Art-déco-Armen von Christus dem Erlöser wurde in Dyers Favela jede zweite Woche ein Straßenkind umgebracht. Drogen und Klappmesser wurden in zwei Ranzen in Leandros neuer Schule gefunden. Sogar die Strände hatten angefangen zu stinken.

Rio. Es war wahr geworden für ihn. Eine großartige Stadt – eine große Einsamkeit.

Bei einem kalten und plötzlich geschmacklosen Bier in seiner Stammkneipe in der Joaquim Nabuco überkam Dyer unerwartet das dunkle Gefühl, dass er Leandro aus Brasilien herausschaffen musste, bevor sein Sohn oder er selbst ein Messer in den Bauch bekamen. In den fünf Jahren, seitdem Nissa ihn verlassen hatte, war kein Platz mehr für Leandro in ihrem neuen Leben gewesen, deswegen war es Dyer, der handeln musste.

Zum Glück hatte Dyer für schlechte Tage etwas zurückgelegt, und davon gab es trostlos viele in Oxford. Mit dem, was von der Abfindungssumme von der Zeitung noch übrig war, einem kleinen Erbe von seinem Vater und einem größeren unerwarteten Erbe von Vivien würde er seinem Sohn die Ausbildung ermöglichen können, wie er sie selbst durchlaufen hatte.

Mit Ende fünfzig besaß Dyer keine Immobilie, die er hätte vererben können, doch er konnte seinem einzigen Kind den unanfechtbaren Kickstart einer britischen Mittelklasseschulbildung geben – was alles war, das England dieser Tage noch zu bieten hatte, wie ihn Vivien bei einem ihrer letzten Telefongespräche erinnerte; sie starb mit achtundachtzig in ihrem Bett zu Hause auf der Klippe in Barranco, eine lodernde Fackel bis zu dem Morgen, an dem sie ihren letzten Atemzug tat. »Warum gehst du mit Leandro nicht nach Oxford?«, lautete ihre Frage, die sich Dyer in einem Augenblick bierseliger Verzweiflung ebenfalls stellte. Sowohl Vivien als auch seine Mutter, Viviens ältere Schwester, waren in die Phoenix gegangen, und die Erinnerungen an ihre Schulzeit waren ungewöhnlich positiv. Nach Oxford zu gehen wäre eine gute Entscheidung, sagte Vivien. Und er könnte dort für sein nächstes Buch recherchieren. »Und denk an das Fliegenfischen – ständig nörgelst du, dass es in Brasilien keine Kreidebäche gibt.«

Einmal ausgesprochen, war die Idee nicht mehr loszuwerden, ließ sich nicht mehr zurück in die Flasche drängen. Nigel war absolut dafür. Er kam aus Summerfields, dachte sogar daran, die Zwillinge ... Nissa renovierte den Wochenendbungalow in Búzios und war zu abgelenkt, um sich Sorgen zu machen, weil ihr Sohn so weit wegziehen sollte. »Solange du mir jedes halbe Jahr schreibst, wie er sich macht. Früher habe ich es geliebt, wenn ein Brief von dir kam.« Sie hatte neulich ein Bündel Briefe von ihm gefunden, in einem großen Umschlag, auf dem »João« stand. »Ich habe die krakelige Handschrift gesehen und sofort gewusst, warum wir nicht mehr zusammen sind.« Aber sie habe sich über den Fund gefreut, sie wolle diese Briefe nicht missen, sagte sie.

Eine Woche nachdem Brasilien 7 zu 1 gegen Deutschland verloren hatte, buchte Dyer zwei Flüge nach London. Anfang September fand er ein kleines Haus zur Miete in Jericho hinter der Kirche St. Barnabas, das auf eine stillgelegte kleine Werft und den Kanal hinausging, und brachte Leandro nach Oxford. Als er ihre vier Koffer ins Haus trug und an das ruhige Leben dachte, für das er sich mit diesem Umzug entschieden hatte, war seine größte Sorge, dass er sich langweilen könnte.

Oxford war kein Ort zum Barfußlaufen. Die langen breiten unfreundlichen Straßen, der kalte Wind, der um seine Knöchel pfiff, das Essen, das wie die aufgewärmten Mahlzeiten seiner Tante schmeckte, die Sprache. »Daddy, was ist ein Busen?«, fragte Leandro zwei Wochen später in der Hoffnung, eine Reaktion zu provozieren. Verglichen mit Rio gab es nicht viel Einladendes für Dyers Augen oder Hände.

Das Tempo der Stadt war gehetzt. Die Leute gingen oder radelten zu Vorlesungen, zu Abendessen, die pünktlich mit einem lateinischen Gebet begannen. Nur Touristen oder Studienabbrecher oder Leute, die sich verlaufen hatten, trödelten. Dyer kam sich nahezu vom ersten Tag an vor, als hätte er sich verlaufen.

Sich anzupassen fiel ihm seltsamerweise schwerer als Leandro, den er mit vielversprechenden Aussichten nach England gelockt hatte. Sie würden sich einen Hund zulegen, er würde mit Leandro zum Fliegenfischen gehen, sie würden in einem Backsteinhaus wohnen. Und Leandro würde die Familientradition fortführen und in die Phoenix gehen.

Nur dass sich sowohl die Schule als auch Dyer verändert hatten. Er war ein anderer Mensch, sein Körper war stämmiger, seine Augen waren weniger blau, in seinem sich lichtenden braunen Haar waren weiße Strähnen, und seine Ideale waren angeschlagen; doch auf andere Weise war er unverändert. Jedes Mal, wenn er durch die neue Sicherheitstür ging, hatte er das Gefühl, er würde doppelt sehen, als klemmte die Instamatic seiner Kindheit und klickte immerzu auf dasselbe Negativ. Im Alter seines Sohnes hatte Dyer geglaubt, dass er zahllose Chancen hatte, so viele Versuche, wie er wollte – wie Leandros Digitalkamera, die ihm Nissa zum Abschied geschenkt hatte. Nach der Rückkehr nach Oxford hatte Dyer das Gefühl, seine Konturen verloren zu haben; er sah den Weg vor sich nicht, die Windschutzscheibe voller Reflexionen des Krimskrams auf dem Armaturenbrett, des Mülls aus dem Exil, der Heimkehr. Er kam sich vor, als wäre er auf einer anderen Straße, als befände sich das Lenkrad auf der linken Seite wie bei dem »kontinentalen« grünen Käfer, den er gebraucht in einer Werkstatt in Cassington gekauft hatte, weil er ihn an Brasilien erinnerte.

An diesem sibirischen Nachmittag flogen am reglosen grauen Himmel fünf Zugvögel über ihm nach Westen. Dyer tippte den Code ein und stieß die Tür auf, blickte hinauf zur Uhr. Mr Tanner hatte darum gebeten, Leandro und Wassili um sechzehn Uhr zu sehen.

3. KAPITEL

Das Mobbing hatte in diesem Schuljahr angefangen, nachdem Leandro zwei Jahre vorzeitig in die Fußballmannschaft der Schule katapultiert worden war. Der neue Trainer hatte Dyer am Vorabend der Ankündigung angerufen und erklärt, dass er »die Dinge neu strukturieren« wollte. In seinen Augen war Leandro reif genug, um den Sprung zu machen; außerdem wäre er nicht der Einzige – Samir Marvar, ein weiterer talentierter Spieler aus Leandros Jahrgang, würde ebenfalls zur Mannschaft stoßen. (»Er ist eine Legende«, sagte Leandro. »Er kann den Ball vierundfünfzig Mal mit der Fußspitze kicken.«)

»Ich sollte es nicht sagen«, fuhr der Trainer fort, »aber die beiden haben das Zeug, es in die Auswahl aller Oxford-Schulen zu schaffen.« Er lachte, als Dyer erwiderte, er selbst habe es nicht weiter als bis in die zweite Kricketelf gebracht. »Der größte Kick für einen Vater ist es zu sehen, wie sein Sohn ihn übertrifft.«

Später meinte Dyer, einen Tritt dafür zu verdienen, dass er nicht sofort etwas gegen Wassili Petroschenko unternommen hatte.

Wassili fiel auf – ein schlaksiger russischer Junge im letzten Schuljahr, mit blondem, nahezu weißem Haar und rot geränderten grauen Augen. Groß für sein Alter – er war dreizehn – und irritierend selbstbewusst, hatte er in

Umlauf gebracht, dass er ein sicherer Kandidat für den Posten des Mannschaftskapitäns war, da er in der letzten Spielzeit zwei Spiele für sie absolviert hatte. Zu sehen, dass sein Name auf der Liste für die zweite Elf beim Spiel gegen Summerfields stand, war ein demütigender Schock für ihn gewesen, auf den er schlecht vorbereitet war, und Wassili gab nicht sich selbst oder dem Trainer die Schuld, sondern denjenigen, die seinen Platz eingenommen hatten. Als Wassili die Mannschaftsaufstellung sah, las er anstelle seines Namens »Dyer, L« und »Marvar, S«.

Einzeln betrachtet, waren es unbedeutende Vorfälle. Wäre man sie einen nach dem anderen angegangen, wären Wassilis Wutanfälle zu managen gewesen. Da aber alle sie ignorierten, wurde eine abträgliche Beziehung normalisiert; und Dyer hatte zu seiner Schande dazu beigetragen, weil er seinem Sohn nicht geholfen hatte.

Nachdem er entdeckt hatte, dass er durch einen elfjährigen Jungen ersetzt wurde, ging Wassili mit Leandro auf den Schulhof und forderte von ihm, dass er vor den anderen auf den Fahnenmast kletterte. Nein, weigerte sich Leandro und wurde rot, das sei verboten, er bekomme Ärger mit den Lehrern. Aber Wassili drohte. Es sei eine Phoenix-Tradition, jeder, der zwei Jahre zu früh in die erste Elf komme, müsse auf den Mast klettern. Wenn Leandro es nicht täte, würde ihn die Mannschaft ins Klo sperren und ausziehen.

Als das Unvermeidliche passierte und Leandro auf den Asphalt stürzte und sich das Knie aufschürfte, kam ein Lehrer angelaufen und wollte wissen, was er sich dabei bloß gedacht habe.

Wassili stand daneben und blinzelte mit seinen grauen Augen. Leandro, dem das Blut vom Knie tropfte, schwieg.

Auf den gescheiterten Versuch, den Fahnenmast zu erklimmen, folgte ein Besuch bei der Schulschwester, und Leandro bekam sein erstes Minus.

Dyer machte keine Affäre daraus. Es war ein einzelner Vorfall. Allergisch gegen jede Art von Schikane empörte er sich um Leandros willen, doch er entschuldigte Wassilis Groll. Jungs sind Jungs. Leandro musste lernen, so etwas durchzustehen. Niemand war härter als die Jungs am Strand, an dem Leandro Fußballspielen gelernt hatte. Sein Sohn würde stärker daraus hervorgehen. Es hatte nichts mit Wassilis Mutter zu tun.

Leandro behielt für sich, was tatsächlich vor sich ging: Was Dyer als Ausrutscher interpretierte, war in Wahrheit der Anfang einer konzertierten Aktion einer von Wassili angeführten Gruppe, Leandros Selbstwertgefühl zu zerstören.

Leandros Geschichtslehrerin war es, die Dyer auf den Plan rief. Sie wandte sich plötzlich an ihn und sagte: »Ist mit Leandro alles in Ordnung?«

»Er hatte Ohrenschmerzen.«

»Nein, nein, das meine ich nicht.«

Dyer blickte sie rasch an. »Was dann?«

»Er scheint im Augenblick nicht gerade glücklich. Er ist sehr zurückhaltend. Am Anfang war er aufgeschlossener, und er ist kein schüchternes Kind.«

Leandros Leistungen hatten etwas nachgelassen. Während der Auslese zu Beginn des zweiten Jahres war er eine Klasse zurückgestuft worden. Er war überaus geschickt mit den Beinen, verfügte über eine rasche Auffassungsgabe, hatte jedoch Mühe mit Wordsworth und den Napoleonischen Kriegen. Dyer fragte sich, ob sein Unbehagen daher rührte.

»Leandro, gibt es irgendetwas, wobei ich dir helfen könnte?«

»Nein.«

»Bist du sicher?«

Schweigen.

Sein Sohn war zwar fleißig, aber auch launisch. Ihm war Dyers Neigung zur Verdrossenheit eigen, die zutage trat, wenn er Hunger hatte oder müde war oder eine Frage beantworten sollte, die ihm nicht passte.

»Leandro?«

»Dad ... », sagte er warnend.

Es beunruhigte Dyer nicht nur, dass Leandro bestimmte Charakterzüge mit ihm gemein hatte, es machte ihn auch blind. Er schrieb das Verhalten seines Sohnes den langen Tagen in der Schule zu, Leandros Grippe, die ihm eine schmerzhafte Mittelohrentzündung eingebracht hatte, und seiner eigenen Malaise angesichts des winterlichen Winds, der an den Fenstern rüttelte, den kalten düsteren Nachmittagen – ein Wetter zum Lesen und Notizenmachen und sonst nichts.

Dyer begriff erst, was vor sich ging, als er eines Tages seinen Sohn abholte, sein Blick unwillkürlich auf der Suche nach Katja über den Schulhof schweifte und er einen gebeutelten Jungen auf sich zuwanken sah. Zuerst erkannte er ihn nicht, dann registrierte er die verwaschene Schuluniform. Dem Beispiel seiner Eltern folgend, hatte er sie gebraucht gekauft in einem Raum hinter dem Schulgebäude, der unregelmäßig geöffnet hatte und Personal einsetzte, das sich anerbot, die besten Sachen herauszusuchen. Als Dyer dort auftauchte, gab es nur noch ein paar übrig gebliebene Einzelstücke. Fast alle neuen Schüler trugen makellosen dunkelblauen Cordsamt; Leandros war verwaschen, gräulich wie der Februarhimmel.

»Leandro!«

Er biss sich auf die Lippe, seine Augen glänzten. Hinter

ihm kickte eine Gruppe übertrieben konzentriert einen Fußball. Ein großer, hellhaariger Junge, der ihr Anführer zu sein schien, wandte sich Dyer zu und lächelte ihn an. Es war ein wissendes höhnisches Lächeln, das eine bösartige Energie verströmte und Dyer in die Favelas zurückversetzte.

Leandros Nase lief noch immer, als sie zu Hause ankamen. Es entsprach nicht seinem Wesen zu petzen, aber tropfenweise und in halben Sätzen spuckte er aus, was unmittelbar vor Dyers Ankunft passiert war. Wie die anderen Jungs Wassili angeschaut und gefragt hatten: »Darf Leandro mitspielen?« Wie Wassili sofort selbstzufrieden gesagt hatte: »Heute nicht, tut mir leid. Du bist scheiße beim Fußball. Komm wieder, wenn du es draufhast.«

An diesem Abend saßen sie lange zusammen. Niemand konnte es mit Dyer aufnehmen, wenn es darum ging, jemandem Informationen zu entlocken. Auf Leandros erste Geschichte folgte eine zweite. Und noch eine. Bis Dyer seinen Sohn als Gefangenen der Tupi-Indios vor sich sah, wie er klaglos die Bestrafung, die sie für ihre schlimmsten Feinde vorbehielten, über sich ergehen ließ, um den Hals eine pulsierende Kette giftiger Kröten, die begonnen hatten zu schrumpfen.

Dyer erfuhr, wie Wassili versucht hatte, Leandro im Schwimmbecken zu ertränken. »Er hat meinen Kopf unter Wasser gehalten und nicht mehr losgelassen. Seine Mutter hat direkt vor uns gesessen und es für einen Spaß gehalten.« Wie er, als Leandro zum Training kam und über das Absperrseil neben dem Spielfeld stieg, »es zwischen meinen Beinen nach oben gerissen hat«. Wie er seine Bosheit auf neue Höhen getrieben, Leandro zehn Minuten vor Trainingsbeginn der ersten Elf in einen Garderobenschrank gesperrt und auf beiden Seiten gegen den Schrank getrommelt hatte, bis es Zeit war zu gehen. »Du hast mich wegen meiner Ohren zum Arzt gebracht, und ich hatte wirklich höllische Schmerzen.«

Leandro war nicht Wassilis einziges Opfer. »Er quält auch Samir.« In seinem von Eifersucht angefachten Zorn musste Wassili nur sehen, wie Samir mit den Zehen kickte, um zu ihm zu marschieren und den Ball so weit wie möglich wegzuschießen. Zudem hatte er in einer Chat-Gruppe angedeutet und spekuliert, ob Leandro und Samir vielleicht schwul seien.

Dyer bedauerte zutiefst, dass er Wassilis Verhalten heruntergespielt hatte. Schuldgefühle überwältigten ihn, weil er seinen Sohn nicht beschützt hatte. Da Leandros Mutter neuntausend Kilometer entfernt lebte und kein mütterliches Interesse an ihm zeigte, war es erneut an Dyer, etwas zu unternehmen, auch wenn Leandro dagegen war. »Bitte, bitte nicht.« Aber auch das gehörte zur Schikane, dachte Dyer.

Zwischen Erkenntnis und Aktion lag Dyer mit geschlossenen Augen wach. Der Geruch, mit dem sie die Luft erfüllte. Wie Weizen. *»Aber du hast keine Wahl, mein Lieber«*, hörte er seine Tante wie in einem alten rauschenden Radio sagen. In den Favelas waren es die ganz Brutalen, die neutralisiert werden mussten.

Am Morgen rief Dyer in der Schule an und wurde zu Mr Tanner durchgestellt, dem Schülerbetreuer, der im Verfechten von Regeln einen schwarzen Gürtel besaß. Er reagierte supereffizient. »Ich möchte, dass Sie das alles aufschreiben.«

»Es hat einen Punkt erreicht«, fügte Dyer hinzu, »an dem etwas unternommen werden muss.«

»Und das wird es«, sagte Mr Tanner, ein jungenhafter Mann und guter Rugbyspieler. »Und das wird es.«

Schikane, erinnerte er Dyer überflüssigerweise, habe in der Phoenix absolut keinen Platz. Er kenne den »jungen Wassili« und betrachte ihn als »unerzogen«, und das in einem Tonfall, der »eingebildetes kleines Arschloch« nahe legte. Die Schnelligkeit, mit der Mr Tanner auf Dyers E-Mail reagierte, ließ darauf schließen, dass es sich nicht um einen Einzelfall handelte, was er bei einem weiteren Telefongespräch bestätigte, als er einen anderen Jungen erwähnte, dessen Vater Beschwerde eingereicht hatte. Dyer vermutete, dass er sich auf Samir Marvar bezog.

»Ich möchte Folgendes vorschlagen«, sagte Mr Tanner. »Ich will die Jungs zusammenbringen, damit sie darüber sprechen, aber zuerst werde ich mich mit Wassili und seinen Eltern treffen.«

Die Straßenbeleuchtung ging an. Dyer schloss das Tor hinter sich, blieb einen langen Augenblick stehen und schaute zurück auf die Bardwell Road. Das war der Anfang, das war das Tor, von wo aus er aufgebrochen war, das Portal zur Welt jenseits davon. Er hatte gehofft, dass er dort draußen die Begeisterung und Erfüllung finden würde, die er sich für sich vorstellte, wenn er die *Artus-Sage* oder die *Schatzinsel* oder *Grünmantel* las. Er würde seiner Guinevere begegnen. Im richtigen Leben würde sie seine Schulter berühren. Du. Endlich.

Er drehte sich um – und da sah er Wassilis Eltern.

4. KAPITEL

Ein Großteil von Dyers Schuldgefühlen hatte damit zu tun, dass er nicht Wassili, sondern Wassilis Mutter im Blick gehabt hatte. Die meisten russischen Mütter lebten in Moskau oder St. Petersburg und kamen einmal im Schulhalbjahr nach Oxford; Katja Petroschenko dagegen wohnte während des Schuljahrs in einer bewachten Wohnanlage gegenüber der Jamaica Road. Wenig war über sie bekannt. Die Geschichte, die über sie in Umlauf war, besagte, dass sie eine ehemalige Schönheitskönigin von Murmansk war und die englische Sprache auf idiosynkratische Weise beherrschte. »Was verflucht is Klopause?«, war ein Satz, der ihr zugeschrieben wurde.

Dyer hatte Katja im letzten Herbst kennengelernt. Er stand vor dem Rink, als er eine leichte Berührung spürte. Er drehte sich um und sah eine schöne Frau. So groß wie er, schlank. Das glatte blonde Haar zusammengebunden. Sie schien Dyer wiederzuerkennen.

»Sind Sie Leandros Vater?« Ihre Stimme tief, aber feminin.

Dyer lächelte.

Sie trug flache Schuhe und kein Make-up. Ihr Gesicht sah aus, als wäre es in einem kalten Fluss gewaschen. Sie hatte hohe Wangenknochen und einen leichten Pfirsichflaum auf der Oberlippe.

»Katja Petroschenko«, sagte sie. »Mein Sohn Wassili ist in Block A.«

Er blickte ihr ohne große Neugier in die Augen. Nach Nissa widerstand er schönen Gesichtern. Ihre Augen waren so grau wie die eines arktischen Wolfes. Sie wirkten wie Augen, die im Dunkeln gut sehen können.

Katja lobte Leandros Laufleistungen beim Sportfest im Juli.

Er merkte, wie er sich sofort entspannte. Einen Sohn zu haben, der schnell lief – das verlieh ihm eine Gesetztheit, auf die er stolz sein konnte.

Während ihrer zehnminütigen Unterhaltung sprachen sie über Leandro, der jeden Morgen am Strand von Ipanema gejoggt war; über Wassili, ebenfalls ein schneller Läufer und begeisterter Fußballspieler – »Er hofft, im nächsten Schuljahr Kapitän der Schulmannschaft zu werden« –, über Katjas abwesenden Mann Gennadi, ukrainischer Manager einer Ölfirma. Als sie seinen Job erklärte, wurde Dyer klar, dass er Gennadi bereits kennengelernt hatte – beim jährlichen Väterfrühstück des Direktors am Ufer des Cherwell; Dyer hatte ihn sich als erstaunlich kleinen Mann mit einem breiten schwarzen Schnurrbart und großen eckigen Zähnen gemerkt, der lange Strecken in der ersten Klasse flog und eine Sonnenbrille trug, obwohl es bedeckt war.

Was Katja betraf, hatte Dyer den Eindruck einer netten ausweichenden professionellen Frau, die wusste, dass sie aufgrund ihres guten Aussehens herausstach.

Die Zusammensetzung der Mannschaft war längst entschieden, als sie sich wiederbegegneten, zu Beginn des zweiten Halbjahrs im Februar. Katja schien übereifrig und lächelte, als sie Dyer in der Woodstock Road über den Weg lief. Zwei Tage hatte es geregnet; jetzt schien die

Sonne. Sie war gut und teuer gekleidet. Perlengraue Jacke, brauner Kaschmirpullover. Ihr blauer Faltenrock war von der Farbe der Luftpostumschläge, die Dyer seinem Vater aus Brasilien geschickt hatte.

Er war erleichtert, dass sie das Thema Fußball nicht ansprach. Beide gingen in Richtung Schule, sie wollte mit ihm über die Phoenix sprechen. Katja schien fasziniert, als sie erfuhr, dass Dyer dort Schüler gewesen war.

Sie wirkte unbeschwert. »Entschuldigung, aber warum werden alle Lehrerinnen Ma genannt?«

Die Bräuche und Regeln der Schule verblüfften sie. Was war das, ein Minus? Was hieß »im Aus«? Und warum musste sie mit dem Taxi zu Boswell fahren, um ihrem Sohn ein Diabolo zu kaufen?

Sex. Der Ofen, der Dreck zu Gold schmilzt. Sie machte ihn mühelos schwindlig. Er spürte, wie er hart wurde, und versuchte, es zu vergessen, indem er jede ihrer Fragen gewissenhaft beantwortete.

Dyer wusste, wie es war, fremd zu sein. Getrieben von Pflichtgefühl und historischem Wissen entwirrte er für Katja die Ausdrücke und Traditionen, von denen der Ultraspin Diabolo nur ein weiterer Auswuchs war – und bereits von Gelstiften mit Apfelduft überholt wurde.

Wenn sie, während er sprach, auf seine Lippen schaute, als würde es ihr helfen, ihm zu folgen, kribbelten seine Lenden.

Sie gingen die Canterbury Road entlang, durch Park Town zur Phoenix, und Dyer erzählte ihr in seinem kontrazeptivsten Tonfall von Murmeln, Gummibällen, Kastanien (»Ich mag, wie Sie Kastanien sagen«), Modellbausätzen, Action-Man-Figuren, Stelzen, Flummis, Frisbees, Fidget Spinners – Trends, die Nachschub erforderten und Druck ausübten, von Ladenbesitzern zu kaufen, die genau wussten, wie man Phoenix-Mütter wie Katja mit der geeigneten Währung versorgte.

»Ich will da rüber«, sagte Dyer, als sie vor dem Schultor ankamen. Er deutete auf die Stelle, wo sich die erste Elf aufwärmte. Er konnte Leandro nicht ausmachen.

Sie sah ihn aus ihren grauen Augen an. »Danke«, mehr sagte sie nicht. Ihre Zähne waren so weiß wie Minzbonbons.

Dyer hatte die meiste Zeit geredet. Über Katja hatte er nichts erfahren, außer dass ihr Mann häufig nicht da war. Ihr Gesicht war hell, doch alles dahinter war ungewiss. Sein Blick hing hilflos an ihrer Oberlippe.

»Ich wohne gleich um die Ecke. Wollen Sie abends mal ins Bookbinders gehen?«

»Für ›eine Halbe Dunkles‹?« Sie sah ihn an.

»Oder auf einen Wodka, wenn Ihnen das lieber ist, in der Walton Street ist eine Cocktailbar.« Mit Absätzen wäre sie größer als er. In ihren flachen roten Schuhen konnte er ihr direkt in die Augen schauen.

»Mir wäre es lieber, englisches Bier zu probieren.«

»Dann auf ein Halbes, höchstens Anderthalbes. Während unsere Söhne ihre Hausaufgaben machen.«

Sie lächelte ihn zögernd, zurückhaltend an. Nicht das Lächeln einer freien Frau, sondern das breiter werdende Lächeln von jemandem, der frei sein wollte, vielleicht. »Na gut.«

Kalender wurden konsultiert, Telefonnummern ausgetauscht. Ein Plan wurde geschmiedet für den nächsten Dienstag, während ihr Sohn gegen einen Garderobenschrank trommelte, in dem Leandro eingesperrt war.

»... die Frauen entblößten ihre Geschlechtsteile in aller Unschuld und ohne Scham. Sie lachten und hatten großen Spaß.«

Er dachte an Katja am nächsten Tag in der Bibliothek, während er die Begegnung von Pedro Álvares Cabrals Matrosen mit den Tupi an der brasilianischen Küste transkribierte. Sie verdrehte die grauen Augen, um zu ihm aufzuschauen. Der dünne goldene Flaum auf ihrer Oberlippe. Sie war verheiratet, aber er phantasierte davon, mit ihr zu schlafen. Ihre Finger krallten sich ins Kopfkissen, er bestieg sie, der Walfischknochen ihres nackten Rückgrats, heisere Laute drangen aus seiner Kehle, aus ihrer.

Das war, bevor er Leandro abholte und sein Sohn weinend vom Tennisplatz auf ihn zulief. Und er herausfand, dass Katjas Sohn ihn mobbte.

Es gibt Dinge, die kann man jemandem nicht ins Gesicht sagen. Du bist ein Feigling. Du hast den falschen Weg eingeschlagen. Dein Sohn ist ein brutaler Kerl.

Katja rief an, nachdem Dyer die E-Mail an Mr Tanner geschickt hatte. Überhaupt nicht erfreut sagte sie: »Es klingt, als hätten unsere Jungs Probleme.«

»Ich weiß, sie werden sich aussprechen – mal sehen, wie sich die Sache entwickelt.«

Selbstverständlich hatte sie am Dienstag keine Zeit mehr, um sich mit Dyer im Bookbinders zu treffen. Ihr Mann kam aus Moskau, um mit Mr Tanner über die Angelegenheit zu reden. Er würde ein paar Tage in Oxford bleiben.

5. KAPITEL

Als er neben Marvar auf der Mauer der Sprunggrube saß, erwähnte Dyer Wassilis Mutter nicht. Stattdessen sprach er von der Schwierigkeit, North Oxford Brasilien zu erklären, der Unsicherheit des Lebens in Rio, Viviens Erbe – gerade genug, um das Schulgeld zu zahlen; und dass Dyers Vater Leandro damals zur Taufe die Aufnahmegebühr geschenkt hatte, sonst wäre Leandro vielleicht nie angenommen worden.

»Hat sich die Schule sehr verändert?«, wollte Marvar wissen.

»Sie ist dieselbe und doch nicht dieselbe.«

»Was ist anders?«

Dyer dachte nach. »Wir sind im Fluss geschwommen. Es gab keine Security. Wir hatten keine Handys – wir haben einmal in der Woche nach Hause geschrieben.« Er lasse Leandro auch heute noch Dankesbriefe schreiben, sagte er. »Und sie war bei weitem nicht so international.«

Damals hatte sich Dyer ungewöhnlich sicher und mit seinen Mitschülern verbunden gefühlt, und weil seine Mutter und seine Tante die Schule absolviert hatten, meinte er, dass sie irgendwie vertrauenswürdig war. Doch nachdem seine Eltern gestorben waren und ihm keine Antworten mehr geben konnten, fand Dyer die Briefe, die er nach Hause geschrieben hatte, und staunte über eine Traurigkeit, die keine Worte fand, die langweiligen Aufzählungen von Filmtiteln und Sportergebnissen und die vielen Ich-hoffe-es-geht-euch-gut. Plötzlich hatte er Mitleid verspürt mit dem Jungen, der auf dem roten Briefkasten wartete, und an die Kriegswunden und imperialen Bestrebungen gedacht, die bedeuteten, dass seine Lehrer und Eltern immer nur ihr unzureichendes Bestes tun konnten ... und er sich mit einem gewissen Anstand durchschlagen und mit Murmeln, Kastanien und modischen Spleens hatte zufriedengeben müssen.

»Was war mit dem Unterricht?«

»Es gab ein paar angemessene Werte«, sagte Dyer augenzwinkernd.

»Ja, aber was haben Sie wirklich *gelernt*? Was wurde Ihnen beigebracht, das Ihnen heute im Leben weiterhilft?«

Marvars Fragen hatten etwas Eigenartiges, das ihn veranlasste, mit Bedacht zu antworten. Es war, als wäre Marvar mit einem ähnlichen Problem konfrontiert und Dyer könnte ihm bei der Lösung helfen.

»Uns wurde beigebracht, dass jeder ein Talent hat«, sagte er, und ihm war sofort klar, wie banal es klang. »Es mag vor der Welt verborgen sein, aber man grabe tief genug – und man findet es.«

»Was ist *Ihr* Talent?«

»Oh, ich grabe noch.«

»Im Ernst?«

Dyer hatte mit niemand anderem in Oxford so gesprochen. Es war ernst gemeint, aber vielleicht war es nicht die ganze Wahrheit. Er fuhr mit einem kleinen Lächeln fort, wollte gehört werden und doch nicht wie sein alter Schuldirektor klingen, der etwas an den Mann zu bringen versuchte. »In meinem Fall war es wahrscheinlich mehr ein Instinkt als ein Talent. Ich habe gelernt, dass jede Tat eine Entscheidung zwischen Gut und Böse beinhaltet. Es geht darum, so gut wie möglich zu leben. Ich bin hier weggegangen mit dem Wunsch, jedes Mal, wenn ich vor einer Wahl stand, das Richtige zu tun – wenn es möglich war. Aber wollen wir das nicht alle?«

»Ich weiß es nicht, ist es so?«, sagte Marvar und stellte damit eine Gegenfrage, als hätte er Angst vor der Antwort. »Und jetzt, was lernen unsere Jungs *jetzt*?«

Dyers Antwort reifte seit siebzehn Monaten heran. Wie sich die Schule verändert hatte, faszinierte ihn. Als Vater eines Jungen dort – eines Schülers der dritten Generation – konnte er auf eine lange Zeit zurückblicken.

Das moderne Volk der Eltern von Phoenix-Schülern gehörte nach Dyers Ansicht zu einer mächtigen Loge, die das internationale Finanz- und Rechtswesen und die Politik bis in die tiefsten Ritzen infiltriert hatte. Diese Eltern kauften ausnahmslos alle Luxusmarken wie zum Beispiel Burberry. Trug man einen Burberry, war man sofort zehnmal mehr wert. Und was man damit tarnen konnte, war grenzenlos. In dieser Hinsicht hatte sich die Schule entgegen ihrem Ruf zu einem effizienten Waschsalon entwickelt. Sie lockte stillschweigend mit dem Köder, die eigene Herkunft – Schmutzflecken, die im Hintergrund und im Wohlstand lauerten – reinzuwaschen, um als umfirmierte mustergültige Exemplare der drei laut hinausposaunten Phoenix-Regeln wieder herauszukommen: »Sei rücksichtsvoll, sei rücksichtsvoll, sei rücksichtsvoll.« Die Leute wurden nie von heute auf morgen reich, ebenso wenig wie sie von heute auf morgen gut wurden. Nicht wenige Eltern aus dem Ausland, die, wie Balzac es nannte, »ohne offensichtlichen Grund ein großes Vermögen« besaßen, wuschen in der Phoenix ihre Kinder.

Zu Dyers Zeit waren die meisten Jungen und das Dutzend Mädchen nicht über die Midlands und erst recht nicht über Großbritannien hinausgekommen. Es waren die Söhne und Töchter der akademischen Mittelklasse, von Ärzten, Lehrern, Beamten, Diplomaten, Börsenmaklern, Anwälten. Eine kleine Schar verbrachte die Sommerferien in Frankreich. Aber »Ausland« war damals ein so fremdes Konzept für die Mehrheit wie moderne Vorstellungen von Reichtum es gewesen wären; es gehörte – anders als heute – noch nicht zum Einzugsgebiet.

»Mein Schulleiter hat Geographie unterrichtet«, erinnerte sich Dyer. »Der jetzige betritt nie ein Klassenzimmer.«

Mr Crotty bereiste fleißig den Globus, um Schüler aus genau den Ländern anzulocken, die einst, so hatte Dyer es gelernt, entweder Großbritanniens unverbrüchliche Feinde gewesen oder von Großbritannien besiegt worden waren. Dyer zählte sie auf. Deutschland, Russland, China, Japan, Italien, Frankreich, Holland, Spanien, Türkei, Argentinien, Indien …

»Und der Iran«, sagte Marvar und lächelte bedächtig. »Sie haben den Iran vergessen.«

Die Katze war aus dem Sack. »Sie sind aus dem Iran?« Beinahe hätte er hinzugefügt: von der Achse des Bösen.

Marvar machte eine Geste, stritt es nicht ab.

Dyer hatte vermutet, dass er aus Marokko oder dem Libanon war.

»Sie sagen, dass Summertown nichts über Brasilien weiß«, sagte Marvar und presste die Lippen aufeinander. »Versuchen Sie den Leuten mal zu erklären, dass Sie aus Teheran sind.«

Dyer richtete sich auf. Iran. Er hatte erst vor einer Stunde etwas über das Land gelesen. Es hätte ihn interessiert, mehr herauszufinden, doch Marvars Worte kamen stockend, sodass er ihm nur schwer folgen konnte.

Aus den wenigen Details, die Marvar preisgab, schloss er, dass er als Physiker im Clarendon-Labor arbeitete. Er war wie Dyer alleinerziehender Vater. Seine Exfrau lebte in Teheran, wo er studiert hatte. Dyer hörte die Sehnsucht in seiner Stimme, als er von Teheran sprach. Aber als Dyer sich nach der derzeitigen Situation dort erkundigte, wirkte Marvar unbeteiligt.

Er blickte ungeduldig zur Uhr hinauf.

»Zwanzig vor fünf. Sie lassen sich Zeit.« Er neigte sich vor und wischte ein paar Sandkörner von seinen Schuhen.

»Dann nehmen sie unsere Beschwerde ernst«, sagte Dyer.

»Sie folgen dem Protokoll. Sie nehmen es zu wörtlich. Ihnen ist nicht klar, dass es ein systembedingtes Problem ist. Es wird sich *nicht ohne viel Arbeit* lösen lassen.«

»Sie werden ihn im Auge behalten.«

Marvar schwieg. Er starrte auf den Sand, den er aufgewühlt hatte, als würde er noch immer an seinem Problem arbeiten.

Schließlich wandte er sich Dyer zu. »Gab es diese Schikane schon, als Sie hier zur Schule gegangen sind?«

»Himmel, ja.«

»Wurden Sie gemobbt?«

Dyer hatte bis zu dem Moment, als Marvar ihn danach fragte, nicht darüber nachgedacht und keine Antwort parat.

»Vermutlich.«

Er war sich bewusst, dass Marvar ihn mit seinen braunen Augen nervös taxierte. Wieder spürte er die Chemie zwischen ihnen; zwei alleinerziehende Väter, die an einem kalten Februarnachmittag auf einer Mauer nebeneinandersaßen und auf ihre Söhne warteten, die gemobbt worden waren, und sich fragten: *Warum habe ich es nicht früher bemerkt?*

Jetzt starrte Dyer auf die im Dunkeln liegenden Spielfelder. Das Fußballfeld war verschwunden, eine schwarze Fläche, getupft von ein paar orangefarbenen Lichtern.

Komisch, wie das Gedächtnis manche Dinge vergrub und andere im Scheinwerferlicht behielt. Er hatte geglaubt, dass er seine Kindheit hinter sich gelassen hätte, doch sie lauerte in der Dämmerung.

Es war gegen Ende seines zweiten Schuljahrs passiert. Damals waren nicht Diabolos und Gelstifte mit Apfelduft der letzte Schrei, sondern Modellflugzeuge aus dem Zweiten Weltkrieg – der noch nicht allzu lange zurücklag. Die Worte, die Dyer fand, um den Vorfall auszugraben, waren getränkt mit ätzenden Gerüchen nach Araldite-Klebstoff, Terpentin, Farben in winzigen Blechdosen.

Nachdem er quengelnd darauf bestanden hatte, erzählte er Marvar, schenkten ihm seine Eltern zu seinem elften Geburtstag einen Flugzeugbaukasten. In der Schachtel befanden sich drei Reihen grauer Bauteile aus Plastik, die herausgebrochen, penibel zusammengeklebt, dann mit der dazugehörigen Tarnfarbe gestrichen und mit Abzeichen versehen werden mussten, um deutlich zu machen, ob es ein Flugzeug der Alliierten oder der Achsenmächte war. Als er das letzte Abziehbild angeklebt hatte und dieses dreidimensionale Objekt, das er ganz allein zusammengebaut hatte, auf den Fingerspitzen balancierte, war Dyer erfullt von dem großartigen Gefühl, etwas vollbracht zu haben. Er stellte das Flugzeug auf sein Briefmarkenalbum in den Schrank neben seinem Bett, holte es zuweilen heraus und ließ es in der Hand durch die Luft fliegen – und aus den Wolken auf einen nichts ahnenden imaginären Feind heruntersausen.

Eines Morgens öffnete er den Schrank, und das Flugzeug war verschwunden.

Nichts schien während der nächsten achtundvierzig Stunden leerer. Immer wieder schaute er nach. Verzweifelt fragte er bei den anderen Jungs in seinem Schlafsaal nach – Finnock, Garridge, Trundle, Stock, Croach – und stieß auf ausdrucksloses oder grinsendes Leugnen. Ein fehlendes Flugzeugmodell war eine zu belanglose Sache, um den Hausvorsteher damit zu behelligen, ein unnahbarer und geistesabwesender Mann, der in Singapur von den Japanern gefangen gehalten worden war. Dyers Eltern waren weit weg. Er versuchte sich in den Schlaf zu weinen, ohne einen Laut von sich zu geben.

Zwei Tage später stand er abends im Bad und putzte sich die Zähne, als ein Junge in einem rot karierten Bademantel hereinkam. Im Spiegel tauchte das sommersprossige, ziemlich blasse Gesicht von Rougetel auf, einem »Frischling« aus dem Schlafsaal einen Stock höher. Er war ein ungewöhnlich begabter Schüler und bereits »eine Legende«, weil er seine Mathehausaufgaben in Minuten erledigte. Im ersten Halbjahr hatte er schrecklich unter Heimweh gelitten – seine Eltern lebten im Ausland –, und Dyer hatte alles getan, um ihn zu trösten, nachdem er eines Tages weggelaufen war. Daraus hatte sich eine Freundschaft entwickelt. Rougetel half Dyer, Slimys schwierigere Bruchrechnungen zu lösen. Wenn Dyers Großmutter ihn zum Mittagessen ins Mitre einlud, nahm er Rougetel mit. Während der letzten Ferien hatten sie sich unabhängig voneinander höfliche Weihnachtskarten geschickt.

Rougetel schluckte und kam zum Waschbecken. Er blickte sich verstohlen um, neigte sich wie Dyers Mutter so weit vor, bis sein Gesicht fast den Spiegel berührte, sodass Dyer das Grübchen in seinem Kinn sehen konnte, als hätte jemand einen Bleistift dagegengedrückt, und flüsterte Dyers Spiegelbild zu: »Schau in der Sprunggrube nach.« Weil er ganz leise sprechen wollte, klang seine Stimme wie ein weit entfernter Propeller.

Dyer sagte zu Marvar: »Ich habe gewartet, bis alle schliefen. Dann bin ich im Schlafanzug rausgeschlichen – die Türen waren nicht verschlossen – und habe ein bisschen gegraben.«

Gespannt fragte Marvar: »Sie meinen hier? In dieser Sandgrube?«

»Irgendwo hier.«

»Und – haben Sie es gefunden?«

Dyer erinnerte sich an die Nacht, sie war vielleicht ein bisschen verblichen wie eine Restaurantrechnung in einem alten Jackett. Die kühle Frische der Luft nach dem muffigen Bad, das nach Desinfektionsmittel gerochen hatte. Die dunkle leere Straße, der niedrige Zaun, die Sprunggrube. Und der Augenblick, als seine Finger auf etwas Hartes stießen, den Sand wegschoben und das geschwungene Ende eines Plastikflügels bloßlegten, der mit dunkelgrünen und erdbraunen Aufklebern versehen war.

»Es hätte dort sein können.« Er deutete auf die Stelle, wo Marvar seine Skizze verwischt hatte, und schaute zu den Häufchen und Furchen, die vom Licht der Straßenlampen hervorgehoben wurden. »Aber wie gesagt, das war vor vielen Jahren.«

Man gräbt die Vergangenheit aus, um für die Zukunft zu zahlen. Er war über den Zaun gestiegen, um nach etwas Kostbarem an einem Ort zu suchen, an dem er nicht sein sollte – war das nicht seine Initiation als Auslandskorrespondent gewesen?

Marvar sah ihn mit einem neugierigen Lächeln an. »Was war es für ein Flugzeug?«

Dyer hörte sich einen lange vergessenen, auswendig gelernten Vers rezitieren: »Ein australisches Kampfflugzeug namens Boomerang, gebaut von der Commonwealth Aircraft Corporation zwischen 1942 und 1945.«

»Eine Boomerang!«, sagte Marvar mit einem Lächeln voller Ironie und Humor. »Nach dem Stück Holz, das man wirft und das zurückkommt? Das gefällt mir.« Er wiederholte das Wort mit viel Emphase. »Boomerang …«

In diesem Augenblick erlosch das Licht in einem Fenster. Im Schulhof war Bewegung zu erkennen, und drei Gestalten traten aus der Tür zu Mr Tanners Büro.

Wassili löste sich aus der Gruppe, als er seine Eltern sah. Katja entfernte sich von ihrem Mann, lief ihm entgegen und legte ihm den Arm um die Schulter.

Leandro ging mit Samir weiter, einem schlanken, hübschen Jungen mit dunklem Haar, der Mutter und Sohn mit der lockeren Eleganz eines jungen Tieres auswich.

Marvar winkte und stand schwerfällig auf. »Samir! Ich bin hier!«

Hätte er nicht in einem rauen kalten Klima in einem neonbeleuchteten Labor ausharren müssen und wäre dank jahrelangem Sitzen auf einem Stuhl nicht bucklig und plump geworden, würde er sich ebenso geschmeidig bewegen, dachte Dyer und folgte ihm.

Im Licht des Schulhofs besagten die Mienen der beiden Jungen, dass sie einen wichtigen Schritt getan hatten. Sie traten auf wie Kinder, die glaubten, erwachsen zu sein.

Dyer lächelte Leandro an. »Hast du deine Hausaufgaben?«

Katja ging vorbei, Wassili an sich gedrückt. Sein Vater hielt seinen anderen Arm fest und sprach auf Russisch auf ihn ein. Er hob den Kopf, und seine Miene wurde hart, als er Dyer sah. Katja sah kurz zu ihm hinüber und schaute wieder weg.

Am Abend rief Mr Tanner an. »Das Treffen war super. Wassili hat überhaupt nichts gegen Leandro. Im Gegenteil, er hält ihn für einen sehr guten Fußballspieler.«

»Freut mich zu hören, dass er Manieren hat«, sagte Dyer so trocken wie möglich.

Mr Tanner fuhr fort: »Ich werde ihn im Auge behalten und bin dankbar, dass Sie uns auf die Sache aufmerksam gemacht haben. Beschwerden wie Ihre bereiten uns große Sorgen und müssen angegangen werden.«

Nicht eine Sekunde hatte sein Sohn Wassili geglaubt, das war Dyer klar. Leandro wusste, dass er verarscht worden war, und spielte mit. Insgeheim schien er erleichtert, dass jetzt alles auf dem Tisch war. Dass Wassili vor Mr Tanner und Samir »Ich habe dich schon immer bewundert« gesagt hatte, löste etwas. Es hielt ihm seinen besorgten Vater vom Leib, es hielt den Aggressor auf Abstand, und die ganze Sache verband ihn enger mit Samir. Als am Samstag das Spiel stattfand, war Leandros Ohr wieder in Ordnung, er plauderte wie gewohnt, er war wieder er selbst.

6. KAPITEL

Ende Februar. Die Tage waren kurz, kalt und dunkel. Das matte graue Licht des Winters.

Dyer ging früh in die Bibliothek. Im Leben braucht man etwas, was man erschaffen, und etwas, was man rückgängig machen kann, in seinem Fall den brasilianischen Lebensstil, der keine Uhrzeit und keine Regeln kannte. Er hatte jetzt ein Projekt, das seinen Tagen eine neue Routine aufzwang und ihn in immer dieselbe Ecke eines Lesesaals führte, der auf das Hotel Randolph hinausging. Lampen mit seidenen Schirmen wie Tropenhelme. Lange Tische aus verblichener Eiche. An der Wand gegenüber oberhalb der rot gebundenen französischen Bibliographien ein nicht restauriertes Gemälde mit zwei Gestalten in einer klassischen Landschaft. Er mochte die Stille und den Urwaldgeruch der alten Bücher, die Studenten, die begierig lernten, die jungen Frauen, die in Studentenbuden in St Clement lebten, die Kleider auf dem Boden verstreut, an den Wänden Plakate der Cézanne-Ausstellung.

Wenn er die Steintreppe hinunterging, sah ihn manchmal ein attraktives Gesicht an, und er wusste, was sie dachte. Ein alleinstehender Mann mittleren Alters. Nicht jemand, der auf seine Kleidung achtete – Jeans, Sportschuhe, ein Baumwollhemd unter dem Pullover. Erfahren. Fit. Halbwegs intelligent, aber kein Akademiker. Zerstreut, unausgeglichen, gefühlvoll, möglicherweise interessant. In der Kälte war seine Haut blass. Er vergaß ständig seine Handschuhe.

»Sie sehen so niedergeschlagen aus.« Ein frühes überraschendes Gespräch. Eine alleinstehende Phoenix-Mutter, deren Roman zu lesen sich Dyer bereiterklärt hatte, sagte mit Cappuccino-Schaum auf den Lippen: »Nennen Sie mir drei Dinge, die Sie glücklich machen.«

»Wenn mein Sohn lacht –«

»Ach, Sie sind so ein Langweiler.«

Nachdem er das Bon Croissant verlassen hatte, dachte er an zwei weitere Dinge.

Die Euphorie, die ihn überkam, wenn eins der Straßenkinder zum ersten Mal las. Das zuckende Gesicht einer Frau, die gebräunten Beine gespreizt auf dem Laken, die Hand in seinem Haar. Es bedeutete etwas.

Die letzte Frau, mit der er eineinhalb Jahre zuvor geschlafen hatte, war eine geschiedene Lehrerin aus Leme mit geflochtenem schwarzem Haar und großer Sympathie für die Romane von Clarice Lispector gewesen; sie waren aufs Bett gefallen in dem Wissen, dass seine Abreise aus Brasilien kurz bevorstand. Dyer spürte, dass Leandro eine mütterliche Präsenz in Jericho willkommen wäre, wenn er täglich dabei zusah, wie sein Vater mit den Kleiderbügeln kämpfte, mit der Wäsche, dem Kochen, aber auch dem Versuch, die stillen gemeinsamen Abende etwas lebhafter zu gestalten. Doch wenn Dyer versuchte, sich diese Andere, die ihr Heim teilen sollte, vorzustellen, konnte er es nicht.

Mehrmals sah er ein Gesicht im Profil oder schnappte einen Umriss auf, ein Lachen, ein Lächeln, eine Bewegung, die versprach, den Stillstand aufzubrechen, und meinte, sie gefunden zu haben. Er suchte nicht nach einem mythischen Geschöpf, sondern nach einer positiven, unkomplizierten

Frau, deren Konturen ohne Abrieb in das Leben passten, das er für sich und seinen Sohn geschaffen hatte. Er hätte genauso gut nach einer Göttin suchen können. Er musterte tausend Gesichter; nie traf er auf einen interessierten Blick.

Doch er wusste, dass er eine Geschichte wie mit Nissa nicht wiederholen wollte. Das war es, was ihn jedes Mal zurückhielt. Seine Angst, eine weitere anständige Person mit seinen Gefühlen für jemand anderen zu überschreiben, wie der Abdruck auf einem Block unter dem Brief an eine andere Frau.

Vor allem wollte er keine Anschuldigungen. Der Krampf in seinem Bauch, als sie ihre Affäre mit Nigel zu rechtfertigen versuchte, der genauso hilflos in seinem Verlangen nach Nissa war wie Dyer. Das Tremolo in ihrer Stimme, als sie zu Dyer sagte: »Deswegen habe ich dich geliebt, deine Empfindsamkeit, dein Wunsch, mir verständlich zu machen, was du empfindest, dein Wunsch zu erklären, die Weise, wie du deine Hände bewegt hast, wie du mich angeschaut und meine Hände gehalten hast, sodass ich, wenn schon nicht glauben, was du gesagt hast, wenigstens glauben konnte, wie du mich festgehalten hast.«

Selbst eine harmlose Affäre war kaum vorstellbar. Der Feind der Fleischeslust war in Oxford das Fahrrad im Flur. Er unterdrückte seine lasziven Gedanken an Katja Petroschenko in der sägemehlartigen Prosa von Sergio Madrugada, Professor für Kolonialgeschichte an der Universität von Coimbra.

Dyers Leben in Oxford fand innerhalb einer wackligen Struktur statt, deren Zentrum die Bibliothek war. Am Rand befand sich das Café Bon Croissant in der Oakthorpe Road, Treffpunkt der Summertown-Brigade mit der Arbeitsfläche aus poliertem Marmor. Doch es gab auch noch das traditionelle, von sich selbst eingenommene

Oxford, das sich in Schuhgeschäften à la *Turl and Ducker's* traf; es hatte während Leandros erstem Schulhalbjahr geschlossen; und am Ende der Straße das Mitre, in dem Dyers Großmutter aus Clitheroe ihm sonntags zum Mittagessen ein Roastbeef spendiert hatte, als er so alt wie Leandro gewesen war.

Dyer lebte in diesem Oxford wie in einem gut geschnittenen alten Anzug. Er war hier in die Schule gegangen und hatte an der Universität studiert, und er hatte seine Routinen. Er brachte seinen Sohn auf den immer selben breiten Straßen zur Schule, zu Fuß oder mit dem Käfer; manchmal fuhr Leandro allein mit dem Rad. Um neun trank Dyer eine Tasse Tee und aß eine Reiswaffel im Café Lisboa, bevor er in die Bibliothek ging. Um halb eins eine Suppe mit Brötchen im King's Arms. Bevor er Leandro abholte, kaufte er rasch in der Markthalle für das Abendessen ein. Die aufgehängten Fasane, die weißen Plastikeimer voller Schnecken, der Duft von frisch gemahlenem Kaffee. Das Aroma von Cardew's liebte er am meisten. Später musste er dann zu Hause sein, um für Leandro zu kochen und ihm wenn nötig bei den Hausaufgaben zu helfen. Abends manchmal ein Abendessen in Summertown oder in einem College – Merton, Trinity, Exeter – als Gast von Akademikern, die ähnlich esoterische Felder bearbeiteten wie er.

Man spürt die eigene Hässlichkeit, wenn man an einem schönen Gebäude vorbeikommt, man spürt, wie schnell das eigene Leben vergeht, wie unbedeutend es ist, und manchmal hebt es die Stimmung. Sein Oxford war exklusiv, die Kapellen und Hallen, jede wie eine Karavelle in ihrem eigenen Dock; außerhalb davon befand sich eine verarmte, triste Stadt, ihr Pflaster Heimat von Menschen, die so wenig hatten wie die Bewohner der Favelas. Nach und nach hatte er sich das gesamte Panorama wieder angeeignet, Fenster, Collegesäle, Kirchtürme – er stieg Treppen hinauf, abgetretener Stein und knarzendes Holz, bis zur Dachterrasse. Oxford erstreckte sich unter ihm, aufgeteilt in gesonderte Vierecke, abgeriegelt. Der Nachmittag ist vorbei, und er steht da und schaut hinunter zu den Gesichtern, die nach Hause strömen.

Das Heimspiel am Samstag gegen Horris Hill fand an einem kalten sonnigen Nachmittag statt.

Dyer verließ die Bibliothek spät. Bislang war die Recherche eine Plackerei gewesen, und es hatte ihm nichts ausgemacht aufzuhören, um Leandro spielen zu sehen: Es war ein Ausgleich für die Spiele, die seine Eltern versäumt hatten. Plötzlich gefesselt von Professor Madrugadas kürzlich publiziertem Buch über die »zufällige Ankunft« von Pedro Cabrals Flotte in Brasilien, die eigentlich nach Calicut hatte segeln wollen, war Dyer erst um halb drei in der Phoenix. Das Spiel hatte bereits begonnen.

Horris Hill stürmte. Ein langer Ball.

Die Luft war erfüllt von Schreien, Jubelrufen, dem gedämpften Klatschen behandschuhter Hände.

Er ging hinter Männern in Barbours mit Schal um den Hals und Frauen in Daunenjacken und Wollmützen auf dem Kopf vorbei, bis er eine Lücke fand.

Die Eltern standen neben dem Spielfeld, Phoenix auf einer Seite, Horris Hill auf der anderen.

Dyer wollte den Spielstand erfahren und sah den Vater eines Phoenix-Stürmers allein dastehen, einen Goldhändler aus Südafrika, mit dem er beim Spiel gegen Summerfields gesprochen hatte, und ging zu ihm.

Dyer freute sich auf die Gespräche an der Seitenlinie. Zu seiner Überraschung hatte sich der Spielfeldrand als unvergleichliches Forum erwiesen, um zu erfahren, was in der Welt vor sich ging.

Leandros Aufstieg in die erste Elf hatte Dyer auf ein höheres Niveau ehrgeiziger Eltern gehoben. Die in Hongkong lebende Mutter des Mittelstürmers war Erbin einer Kette von Textilfabriken in Kambodscha; nicht nur das, ihrem zweiten Mann gehörte eine große Uranmine in Niger. Der Vater des linken Flügelstürmers war Außenminister einer westafrikanischen Republik. Der Vater eines Verteidigers war die Nummer zwei im tschetschenischen Parlament und wurde laut Leandro von Interpol gesucht – was ans Licht gekommen war, als Ma Crotty ein polizeiliches Führungszeugnis angefordert hatte, damit Mr Abdurashid seinen Sohn ins Skilager nach Davos begleiten konnte …

Dyer hatte über Leandro nicht nur Zugang zu Arenen gewonnen, die ihm unter normalen Umständen verschlossen gewesen wären, sondern auch einen Sitz direkt in der ersten Reihe.

Er machte sich keine Illusionen, dass das, was er aufschnappte, Leckerbissen waren. Plutoniumqualität. Aber Leckerbissen. Es lag ihm im Blut, diese Geschichten samt Eingeweiden herauszukitzeln.

Es faszinierte Dyer immer wieder, wie indiskret die Leute sein konnten, wenn sie glaubten, dass man die Information nicht benutzte. Jeder spricht gern darüber, was er macht, wer er ist. Phoenix-Eltern, die zweimal um die Welt fliegen würden, um Publicity zu vermeiden, verhielten sich unvorsichtig rollenwidrig, wenn sie ihre geschützten Hauptquartiere verlassen hatten und ihr Sicherheitspersonal nicht dabei war. An den Spielfeldrand verwiesen – unter der Woche oft zu einer Zeit, wenn die meisten anderen Eltern auf der Arbeit waren –, wurden sie unberechenbar, durchlässig. Da sie es unerträglich fanden, an einem nieseligen Nachmittag neben einem Fußballfeld mit jemandem zu stehen, der keine Ahnung hatte, wer sie waren, ergriffen sie die kleinste Gelegenheit beim Schopf, es ihm in der Annahme zu erklären, dass er zwangsläufig ebenfalls einer der ihren war.

Das samstägliche Spiel gegen Horris Hill war ein Bilderbuchbeispiel.

»Wie schlagen sie sich?«, fragte Dyer.

»Sie verlieren«, sagte der Vater des Stürmers. »Zwei zu null.«

Er verfolgte das Spiel mit einer pflichtbewussten Miene und nicht mehr wie eine Person, die erwartet, erkannt zu werden, bis er nicht mehr verbergen konnte, dass ihm der Spielstand wesentlich unwichtiger war als seine Verpflichtungen als Besitzer einer südafrikanischen Goldmine.

Er blies auf seine Fingerspitzen und erzählte Dyer in vertraulichem Ton, dass vor nicht langer Zeit die iranische Regierung mit der Bitte an ihn herangetreten war, eine enorme Menge Goldbarren einzuschmelzen.

»Ich habe einen meiner Männer hingeschickt. Er ist zurückgekommen. Es war tatsächlich Gold – die Barren haben sich bis zu den Dachbalken eines Lagerhauses in Teheran gestapelt. Es gab nur ein Problem.«

Dyer ermunterte ihn weiterzuerzählen. Er sammelte Informationen instinktiv, das hatte er gelernt, auch wenn es keinen Abnehmer dafür gab. Es war eine weitere kompensatorische Handlung, eine Ablenkung von seinen bislang nicht gerade aufregenden Recherchen. Hin und wieder tat es ihm flüchtig leid, dass er kein Journalist mehr war, doch bis zum heutigen Tag hatte er bei keiner Geschichte, die er bei einem Fußballspiel gehört hatte, den Wunsch verspürt, zum Stift zu greifen. Seit zwei Jahrzehnten hatte er keinen Artikel mehr geschrieben, und er war auf perverse Weise zufrieden, seinen Muskel fürs Geschichtenerzählen weiterschlafen zu lassen.

»Auf jedem Barren befand sich der Stempel der Zentralbank von Kuwait. Es waren die kuwaitischen Goldreserven, die Saddam Hussein gestohlen hatte.«

»Was haben Sie getan?«

»Die CIA wollte, dass ich darauf eingehe, aber die Iraner haben auf meine Anrufe nicht reagiert.«

Dyer setzte ein Pokergesicht auf und nickte gewohnheitsgemäß fünfzehn Minuten später, als der Vater des Phoenix-Torwarts, ein frankokanadischer Hedgefonds-Manager, der aus einem obskuren Grund für Dyer »schwärmte« – so drückte es scherzhaft seine Frau aus –, in der Halbzeitpause den Hintergrund einer Geschichte erzählte, die es in die Schlagzeilen geschafft hatte.

Tage zuvor war der haushohe Favorit für den Vorsitz der FIFA in der Schweiz verhaftet worden, weil er über ein Zimmermädchen hergefallen war. Weltweite intensive Spekulation in den Medien förderte zutage, dass niemand wirklich die Fakten kannte – außer Gilles Asselin, dessen Firma das Hotel in Genf gehörte, in dem der Vorfall angeblich stattgefunden hatte, wie er Dyer anvertraute, als ihre Söhne wieder aufs Spielfeld kamen.

»Es ist eine Geschichte, die niemand beweisen kann außer mir, ich erzähle sie dir.«

Gilles Asselin hatte sich lichtendes graues Haar, eine lange knochige Nase und einen amüsierten Tonfall, war einundvierzig, sah aber älter aus. Er war ein ehemaliger Eisschnelllaufmeister und joggte jeden Tag acht Kilometer – Dyer könnte sich eine Scheibe von ihm abschneiden, meinte Leandro. Gilles hatte für Goldman und dann für Paribas gearbeitet, bis er sich entschloss, eine eigene Firma zu gründen. Ihm gehörten ein Château in der Nähe von Lüttich und ein Privatjet, der in Kidlington stand, und er hatte überall seine langen blassen Athletenfinger drin.

Undurchdringlich, wenn es um Geschäfte ging, erzählte er Dyer schadenfroh den wahren Grund hinter der Verhaftung: »Es war ein Fall von Verwechslung.«

Der FIFA-Kandidat, »ein Fan von hartem Sex«, hatte seinen Escortservice angerufen und um sein bevorzugtes Mädchen gebeten, das nicht verfügbar war. Doch es würde ein anderes geschickt, das Monsieurs knackigen Geschmack ebenfalls bedienen konnte. Wurde ihm zumindest versichert.

»Bin ich zu schnell?«, fragte Gilles angesichts von Dyers Ausdruck.

»Überhaupt nicht.« Da Dyer seine Neugier gewissenhaft verbarg, wurde Gilles nur noch vertraulicher. »Was lief schief?«

Gilles grinste. »Ding-dong. Herein kommt die sudanesische Putzfrau. Monsieur ist perplex. Nicht ganz, was er erwartet hat. Trotzdem ... Er fällt über sie her. Sie leistet Widerstand. Je mehr Widerstand sie leistet, umso mehr glaubt er, dass es zum Spiel gehört. Er wird brutaler. Er würgt sie, schlägt sie. Sie schlägt zurück. Er wird natürlich noch aufgeregter ... Ein paar Augenblicke später, dingdong. Die korrekte Dame mit weißen Lederstiefeln bis zu den Oberschenkeln steht vor der Tür.«

»Woher weißt du das alles?«

Gilles tippte auf seine Armbanduhr. »Das Gleiche, das Apple erlaubt, meinen Schrittzähler zu überwachen.« Und als Dyer verständnislos dreinblickte: »Datenschnüffler, Bots, Kameras. Sie wissen genau, wo er gewesen ist und was er getan hat ... Wenn man das Geld hat, kann man die Geschichte kaufen. Man kann die eigene Geschichte kaufen. Ein guter moldawischer Technikfreak kann deine

Daten abrufen. Wo du gestern beim Abendessen warst, das Gespräch, das du geführt hast, SMS, Bilder von dir auf dem Nachhauseweg. Er könnte dein Leben besser zusammensetzen als du selbst. Oh, *bien fait*, Phoenix!«

Der Ball war über die Köpfe der Spieler in einem hohen unglaublichen Bogen von der Mittellinie ins Tor von Horris Hill geflogen. Dyer, der noch Gilles' Information verdaute – seine eigene Geschichte, nichts interessierte ihn weniger –, hatte nicht mitbekommen, wer der Torschütze war.

»Hast du das gesehen?«, sagte Gilles und wandte sich ihm zu. »Hast du gesehen, was dein Sohn gerade getan hat?«

»Gut gemacht, Leandro!«, rief Dyer.

Deswegen war er in der Mannschaft. Er spielte Fußball auf brasilianische Weise: Überraschung, Raffinesse, Ausgewogenheit, Spontaneität.

»Das war vielleicht ein Schuss«, sagte Gilles. Er konnte nicht aufhören. »Hoffentlich schauen diese verdammten Scouts zu.« Es war kein Geheimnis – Gilles' großer Ehrgeiz, nahezu seine Obsession war es, dass sein Sohn Pierre in die Auswahl aller Oxford-Schulen aufgenommen würde.

»Dein Junge ist umwerfend«, sagte Gilles' Frau Silvi, die sich zu ihnen stellte.

»Hat er von seiner Mutter«, versicherte ihr Dyer. Er scherzte gern, dass Leandro nicht nur Nissas Nase, sondern auch ihre Beine hatte.

»Und was hat er von dir?«, wollte Gilles wissen.

Dyer dachte nach. »Seine Uneinsichtigkeit.«

»Bist du denn uneinsichtig?«, fragte Silvi. »Ich finde dich nicht uneinsichtig.« Sie schaute noch immer zu Leandro.

»Oh, doch.« Dyer sparte sich hartnäckig für etwas auf. Wofür wusste er nicht. Vielleicht zog es ihn deswegen zu

Eltern wie Gilles und Silvi. Ihre Geschichten waren Perlen für einen Rosenkranz, an dem er arbeitete, während er darauf wartete, dass es sich zeigte.

»Er ist so lebendig«, murmelte sie, »so ganz er selbst.« Sie wandte Dyer ihr blasses Gesicht zu.

Silvi Asselin – als Silvi Kareva in Estland geboren – schielte auf nicht unattraktive Weise. Sie stammte aus einer Kleinstadt westlich von Tartu, sprach jedoch kaum darüber. Ihr Vater war Stalinist und brachte sich um, als die Kommunisten die Macht verloren. Ihre schmalen grünen Augen schienen immer auf die Straße, die aus der Stadt führte, zu schauen, auf die Welt jenseits des Võrtsjärv-Sees und der kaputten Eisenbahnwaggons, der fleckigen Backsteine und der dreibeinigen Katze, möglicherweise auch jenseits von Oxford.

Nachdem sie sich ihren Mann geschnappt hatte, hielt Silvi beständig Ausschau, ob ihr jemand ähnlich sah. Diejenigen, die so leichtsinnig waren und sie nur als Verbindungsglied zu Gilles betrachteten, wurden nicht in ihr imposantes Haus in der Ward Road mit seinen Bädern aus Malachit, einem Butler namens Brian, großen modernen Gemälden, die neben kleineren alten Meistern hingen (»Manchmal auf dem Kopf«, wie ein Fußballvater lästerte), eingeladen. Zu Hause hatte Silvi das Sagen, nicht Gilles.

Silvi mochte Dyer, weil er zuhörte und das estnische Mädchen aus der Kleinstadt in ihr gern die Gönnerin und Kupplerin für verarmte alleinstehende Künstler spielte.

Dyer mochte Silvi, weil sie seinen Sohn mochte und weil sie etwas Großzügiges hatte, das nichts mit dem Reichtum ihres Mannes zu tun hatte.

Wohlgeformt in teurem grauem Latex, glatt wie der Gummigriff eines Hammers, lächelte Silvi Dyer an. Langes blasses Gesicht, kurzes Haar, rötlich wie die Brust eines

Rotkehlchens. Sie sah ihn an wie eine Frau, die umworben und nicht frontal angegangen werden wollte.

»Hat sich seine Mutter in letzter Zeit gemeldet?«, fragte sie.

»So gut wie gar nicht.«

Wütend, weil sie sich rechtfertigen musste, hatte Nissa Dyer die Rolle des Teufels zugeschoben. »Er ist süchtig nach Geschichten, nur nicht nach meinen. Er ist netter zu Leuten im Bus als zu meiner Familie. Er ist ein kalter Engländer. Er ist … er ist … *é um narcisista maligno.*«

»Wohin geht Leandro nach der Phoenix?«, wollte Gilles wissen.

»Das wissen wir noch nicht.«

»Eton, er sollte nach Eton gehen«, beschloss Gilles. »Oder Wellington. Dort kann er das internationale Abitur machen. Wo warst du?«

Dyer sagte es ihm.

»Das ist eine gute Schule. Warum geht er nicht dahin?«

»Mal sehen«, sagte Dyer widerstrebend, weil er nicht zugeben wollte, dass eine Schule, die Gebühren verlangte, unwahrscheinlich war. Und er sagte nicht: Ich kann gerade noch die astronomischen Gebühren der Phoenix zahlen.

Ein brauner Hund mit lockigem Fell lief an Dyer vorbei und stürzte sich auf eine Schar Tauben, die im Gras gelandet waren, und wurde zurückgerufen.

Mit dem Anpfiff des Schiedsrichters richteten sie ihre Aufmerksamkeit erneut auf das Spiel.

Silvi berührte ihn am Arm, bevor sie ging. »Bis heute Abend. Du bist zum Essen eingeladen, erinnerst du dich? Es kommt eine Frau, die du kennenlernen solltest …«

Dyer wollte etwas erwidern, als eine Männerstimme ihn davon abhielt: »Wie geht es deinem Jungen? Gewinnt er immer noch jeden Zweikampf?«

7. KAPITEL

Der Mann hatte sich ihm unbemerkt von hinten genähert. Dyer erschrak, als er den Mann erkannte, der an ihm vorbeiging und seinen Hund anleinte. Unter dem dichten dunklen zurückgekämmten Haar und den buschigen Augenbrauen war sein an sich attraktives Gesicht fleckig, als hätte er ein Ekzem oder einen Sonnenbrand.

Dyer hatte Lionel Updark zuletzt an einem Januarabend vor sechs Wochen gesehen, bei einer Cocktailparty, um Lionels Rückkehr nach England zu feiern. Dyer erinnerte sich nicht, dass seine Wangen und seine Stirn damals wie verklebte Baumrinde ausgesehen hatten.

Der Mann mit den glänzenden Pusteln war Diplomat, bis Dezember in Rabat gewesen und wartete derzeit in einem sandfarbenen Anwesen nahe Woodeaton auf seinen nächsten Einsatz. Sie waren in der Phoenix in dieselbe Klasse gegangen. Erst vierzig Jahre später sahen sie sich auf einer Party bei Updark wieder: Der Gastgeber hatte die Gelegenheit ergriffen, um klarzustellen, dass er in dem wirklich wichtigen Rennen davongezogen war. Dyer erinnerte sich nicht mehr, wer ihm an jenem Abend erzählt hatte, dass Updark Paris versprochen worden war. Er fühlte sich belächelt und als Versager und hatte zu viel zollfreien Rotwein getrunken und außerdem erfolglos mit Updarks zu stark parfümierter Frau geflirtet.

Jetzt traf er ihn zum ersten Mal bei einem Fußballspiel. Dass Updark öffentliche Auftritte vermeiden wollte, war verständlich. Aus der Nähe sah das gesprenkelte Gesicht aus, als wäre es mit Chilipulver bestreut worden. Der ungesunde Eindruck wurde durch seine ordentliche Kleidung noch betont. Polierte Halbschuhe, blaue Cordhose mit akkuraten Bügelfalten, gut sitzendes Tweedjackett, darunter ein burgunderroter Pullover mit V-Ausschnitt.

Die Enden eines verblichenen gelb-blauen Schals hingen über seinem wattierten Mantel, und Dyer registrierte erst jetzt, dass der Schal in den Phoenix-Farben gestreift war.

»Hallo, Lionel. Ich wusste nicht, dass du ein Fußball-Vater bist.«

Wie Dyer spät Vater geworden, hatte Updark eine Tochter in der Schule, die keinen Mannschaftssport betrieb, soweit Dyer wusste.

Er warf einen prüfenden Blick auf die Tafel der Phoenix-Spieler. »Dyer, L. und Marvar, S. Gut gemacht, dass sie in der Mannschaft spielen. Soweit ich mich erinnere, warst du der Kapitän der zweiten Kricketelf.«

Dyer konnte es nicht genau benennen, aber Updarks Verhalten hatte etwas Gekünsteltes, wie ein Mann, der vorgibt zu humpeln.

»Wer führt?«, fragte Updark zerstreut. Er war spät gekommen, weil sein Hund davongelaufen war.

»Horris Hill.«

»Wie hoch?« Er kratzte sich die fleckige Wange und achtete nicht mehr auf das Spiel, sondern auf die Eltern am Spielfeldrand.

»Zwei zu eins.«

Dyer war versucht, Updark nach seinem Ausschlag zu fragen, doch seine Warte-ich-schaue-Fußball-Miene hielt ihn davon ab.

Dieser schick gekleidete Updark passte nicht zu dem plumpen ungelenken Jungen, der in Slimy Prentice' Lateinunterricht Horaz fehlerlos übersetzt hatte. Die Diskrepanz war beunruhigend und passte nicht zu Dyers Erinnerung. Updark war strebsam gewesen, zurückhaltend, interessiert an alten Sprachen und Kricket – er war der Punktezähler der ersten Elf. Die meisten Punkte eines Phoenix-Werfers gegen Cothill? Die meisten Läufe gegen Dragon? Frag Updark. Sein Wissen ermöglichte es ihm, dabei zu sein, selbst auch zur Mannschaft zu gehören.

Es war nicht einfach, den eifrigen introvertierten Schüler mit diesem kompakten Mann zusammenzubringen. Nur das dichte dunkle Haar war unverändert. Mit dem Hund und in der Cordhose hätte er ein Bauer sein können, der rotgesichtig hinter dem Lenkrad eines Range Rovers saß oder einen Klappstuhl bei einem Hindernisrennen aufstellte, aber nicht bei einem Fußballspiel einer weiterführenden Schule.

»Dir muss das Wetter auf die Nerven gehen«, sagte Dyer, um etwas zu sagen, »nach Marokko.«

»Nicht mehr als dir.« Er drehte sich um.

Sein Hund bellte jetzt ein paar Schwäne an.

»Komm her!« Updark riss an der türkisfarbenen Leine. Sein Hemdkragen stand offen, aber er bewegte sich, als würde er eine zu enge Krawatte tragen.

»Wie heißt er?«

»Spassky«, sagte er in einem Tonfall, der klarmachte, dass er den Namen nicht ausgesucht hatte.

Der Hund sah aus wie ein Pudel mit dichtem braunen Fell, die gleiche Farbe wie Marvars Mantel, und einem weißen Streifen auf dem Bauch.

»Hallo, Spassky.« Dyer beugte sich vor und kitzelte ihn am Kinn.

Zwei unter langen Fransen verborgene Augen musterten ihn. Leandro bettelte ständig um einen Hund. Seit dem Tag ihrer Ankunft.

Eine nasse Zunge leckte seine Finger.

»Wir haben ihn gerade erst gekriegt«, sagte Updark, sein Gesicht gerötet von der Anstrengung, ihn festzuhalten. Als er ihm die Hand hinhielt, wich Spassky zurück. »Es ist ein Cockapoo.«

Cockapoos waren gute Jagdhunde, erklärte Updark, und sie haarten nicht. Seine Tochter war allergisch.

Erklärte das die auffälligen Pusteln in Updarks Gesicht, das Dyer an den Hummer auf den Pitu-Flaschen erinnerte?

»Wie geht es …« Er hatte ihren Namen ebenso vergessen wie den ihrer Mutter, und dann fiel er ihm wieder ein. »… Beatrice in der Schule?«

Updarks Tochter – Leandro fand sie sonderbar – ging in eine Klasse über Leandro.

Die Schule sei perfekt für sie, sagte Updark und zählte die Gründe auf: Sie war Kapitänin der Schachmannschaft und leitete den Debattierclub. In allen Fächern außer Biologie war sie unter den Klassenbesten.

»Weißt du schon, wo sie danach hingeht?«, stellte Dyer die unvermeidliche nächste Frage.

»Sie möchte gern in die Wycombe Abbey«, sagte Updark. »Aber da muss sie erst mal reinkommen.« Dann fügte er nachsichtig hinzu: »Sie will Diplomatin werden.«

»Möchtest du das auch?«

»Ach, ich glaube schon. Es wäre die vierte Generation von Updarks im diplomatischen Dienst.«

Updarks ererbte Loyalität zu Königin und Land hatte etwas Rührendes, auch wenn der Stolz auf seine Tochter ihn davon abhielt, sich nach Leandro zu erkundigen. Hätte Updark gefragt, »Was wünschst du dir für *dein* Kind?«, hätte Dyer erwidert, er wünsche sich, dass Leandro etwas finden würde, woran ihm lag, und dass er ein Leben führen würde, das zu ihm passte, und dass weder Reichtum noch Klima etwas damit zu tun haben sollten. »Sei rücksichtsvoll« war gut und schön als Phoenix-Motto, aber es ließ zu viel aus. Statt den Namen der nächsten Schule hatte Dyer gehofft, eine bislang unsichtbare Zeile oder Geschichte zu finden, die er seinem Sohn mitgeben könnte; wie in einer Parabel von Borges würde sie alles enthalten und beantworten, es wäre die PIN-Nummer zum Tresor des Universums. Er suchte noch immer danach.

Dyer nickte. »Und du? Weißt du schon, wohin du als Nächstes geschickt wirst?« Im Bon Croissant kursierte das Gerücht, dass Updarks Einsatz in Paris plötzlich auf Eis lag und etwas streng Geheimes anstand.

»Noch nicht«, sagte Updark. »Noch nicht.«

Als Journalist war Dyer vielen Diplomaten wie Updark begegnet und im Allgemeinen kam er gut mit ihnen aus. Die meisten waren höfliche Händler von exklusivem Klatsch. Ihnen war ein professionelles Interesse gemein, in unsterbliche Worte gefasst von dem Dichter James Elroy Flecker, den Dyer studiert hatte, als die *»Lust zu wissen, was nicht gewusst werden sollte«*. Allerdings war in Dyers Fall das verbotene Wissen für den öffentlichen Gebrauch bestimmt.

»Weißt du, was interessant wäre?«, sinnierte Dyer. »Iran.«

Updarks wache haselnussbraune Augen fixierten ihn. »Was weißt du über den Iran?«

Sein Ausdruck war schwer zu deuten. Er wirkte kämpferisch, als wäre er bereit, sich mit seinem roten Gesicht ins Gedränge zu stürzen.

»Nicht mehr als das, was ich aus den Nachrichten erfahre«, sagte Dyer. »Aber ich wäre beinahe dorthin versetzt worden. Dinge, die man nicht getan hat, sind immer ein wunder Punkt.«

»Das Problem ist, von welchem Iran sprichst du?« Es gebe zwei Iran, fuhr Updark fort, ein bisschen übereifrig wie ein Lehrer, der sein überlegenes Wissen zu diesem Thema an den Mann bringen wollte. »Das freundliche, demokratische, charmante Gesicht, das die Welt sieht, an das wir alle glauben möchten, alt, sonnig, in Paris ausgebildet – oder in Schottland, wie der derzeitige Präsident.« Dann gebe es noch den Iran der harten Schatten, der Revolutionsgarde, der Justiz, der Atomkommission –

Der Hund kaute auf ein paar Wollfransen herum. »Hör auf!« Updark entriss ihm seinen Schal und schlang ihn sich enger um den Hals.

Spassky betrachtete Dyer, dann bellte er. Wedelte mit dem kupierten Schwanz. Als würden sie applaudieren, flatterten Tauben hinauf in den Himmel.

»Na los, Phoenix ... Bewegt euch!« Die Rufe lenkten Dyers Aufmerksamkeit wieder auf das Spielfeld.

»Guter Pass, Leandro!« Es waren noch zehn Minuten zu spielen, als Dyer den Ruf hörte.

Updark war auf dieselbe entwaffnend abrupte Weise verschwunden, wie er aufgetaucht war. An seiner Stelle stand jetzt Rustum Marvar.

Er trug seinen Gangstermantel offen, das hellgrüne Futter von der Farbe trockenen Grases. Dyer hatte ihn am Tag zuvor gesehen, als er auf dem Fahrrad an einer Ampel an ihm vorbeifuhr. Marvar war so gedankenversunken gewesen, dass er nicht bemerkt hatte, wie Dyer ihm zuwinkte.

Er war gerade erst gekommen. »Bitte«, flüsterte er dramatisch, »wer gewinnt?«

Dyer sagte es ihm.

Marvar nickte und beugte sich vor, um seine Schnürsenkel zu binden. Er hatte noch immer Sand auf den Schuhen.

»Kann Phoenix aus der Asche auferstehen?«, fragte Marvar und richtete sich wieder auf.

»Möglicherweise.« Dyer lächelte, freute sich, ihn zu sehen. »Sie verlieren nicht gern gegen Horris Hill.«

Mit manchen Leuten fühlte man sich sofort verbunden. Sie hatten sich neben der Sprunggrube angefreundet.

Doch dieser Marvar war nicht der niedergeschlagene Mann, an den sich Dyer vom Dienstagabend erinnerte. Er war aufgeregt, unbeschwert, trunken – nur dass er nüchtern war. »Lauf, Samir!«, schrie er laut, nahezu hysterisch, nachdem Samir einen Pass von Leandro zwischen den Beinen eines Stürmers von Horris Hill hindurch angenommen hatte.

Der Schrei seines Vaters durchfuhr Samir wie ein Blitz. Er streckte sich, winkelte die Ellbogen in der kalten Luft an wie Flügel. In einer elektrisierenden Sequenz rascher geschickter Schritte dribbelte er den Ball erst an einem Verteidiger, dann an einem zweiten vorbei, nahm ihn mit dem rechten Fuß auf und schoss ihn zwischen den ausgestreckten Armen des Torwarts ins Netz.

Marvar und Dyer fielen sich instinktiv in die Arme. Ein Hund bellte. Nicht vertraut mit den Benimmregeln am Spielfeldrand stieß Marvar die Faust in die Luft und brach in laute Freudenschreie aus.

Dyer wusste später nicht mehr, was er in diesem Augenblick gedacht hatte, doch ihm war aufgefallen, was für eine ungewöhnliche Energie Marvar ausstrahlte. Er hatte in diesem Moment seinen Platz an der Sonne.

»Sehen Sie, was passiert, wenn Sie ihn unterstützen!« Dyer lachte.

Nach dem Gespräch mit Updark wünschte sich Dyer nichts mehr, als dass Phoenix das Spiel gegen Horris Hill gewinnen würde. Es war jetzt wichtig auf eine Weise, die ihm vorher nicht bewusst gewesen war. Nicht nur um Leandros Platz in der Mannschaft zu rechtfertigen, sondern auch Dyers verspäteten Rückhalt für seinen Sohn gegen Wassili.

Er wünschte fast, Katja würde zusehen. Sein Blick schweifte immer wieder zum Spielfeld der zweiten Elf, bis ihm jemand sagte, dass sie auswärts spielte; nebenan spielte die dritte Phoenix-Mannschaft.

Es hatte zu nichts geführt. Nicht einmal zu einem Drink.

Wieder ein Pfiff. Ein Kicker von Horris Hill lag am Boden. Die Spieler beider Teams standen um ihn herum, und der Schiedsrichter schaute nach, ob er verletzt war.

Über Marvars Schulter sah Dyer, wie Gilles Asselin in seine Richtung blickte. Er wirkte verstohlen wie jemand, der sich davonschleichen und telefonieren wollte. Er hob eine Hand, als er merkte, dass Dyer ihn anstarrte.

Dyer war erleichtert, als Gilles mit der Person weitersprach, die bei ihm stand, ein kleiner fleischiger Mann von ungefähr vierzig, mit lockigem orangefarbenem Haar und der Andeutung eines Schnurrbarts, der eine blaue Baseballkappe mit der goldenen Aufschrift »Cal« trug. Wie Silvi ihn erinnert hatte, würde Dyer Gilles später sowieso sehen. Besser war es, den Rest ihres verbliebenen Gesprächspulvers trocken zu halten.

Marvar wandte sich aufgeregt Dyer zu: »Ich wollte Sie was fragen.«

Dyer wartete neugierig. Phoenix-Eltern stellten ihm nur selten Fragen.

»Kennen Sie Ullswater?«

»Im Lake District?«

»Sagen Sie mir, wie ist es dort?«

Dyer hatte einmal mit seinem Vater in Pooley Bridge gefischt. »Extrem schön und erstaunlich wild.« Ihm fiel sein erstes Trekking in den peruanischen Anden ein. Die Gipfel und der klare blaue Himmel oberhalb von Huaraz hatten ihn an Cumbria erinnert.

Als Marvar erzählte, dass er beschlossen habe, das nächste freie Wochenende mit Samir in den Bergen oberhalb von Ullswater wandern zu gehen – ein dort verfasstes Gedicht, das Samir hatte auswendig lernen müssen, hatte ihn auf die Idee gebracht –, sah Dyer ihn in seinem langen dicken Mantel an und hätte fast gelacht.

»Aber behalten Sie das für sich. Bitte. Ich habe es niemandem erzählt.«

»Natürlich«, sagte Dyer, konnte sich aber nicht vorstellen, warum sich jemand für Marvars Exkursion in den Lake District interessieren sollte.

»Ich weiß, dass ich Ihnen vertrauen kann.«

»Wirklich?«, sagte Dyer amüsiert. »Wie können Sie da so sicher sein?«

»Samir hat mir davon erzählt. Von dem Polizisten in Peru. Sie haben diese Geschichte aus ihm herausgeholt. Diese wirklich unglaubliche Geschichte, und Sie haben sie niemandem erzählt.«

Dyer stöhnte innerlich. Leandro. Konnte den Mund nicht halten.

»Ist es so wichtig, immer alles zu sagen? Sie haben mir nie von *Ihrem* Problem erzählt.«

»*Touché.* Aber im Ernst. Warum haben Sie nicht darüber geschrieben?«

»Ach, aus vielen Gründen.«

»Nennen Sie mir einen.«

»Sie war zu persönlich, zu unhistorisch.«

»Sie haben also nur historische Geschichten geschrieben?«

»Wenn Sie so wollen.«

»Noch einen Grund. Bitte …« Er wollte mehr wie jemand, der ein Glas hinhält, um es nachfüllen zu lassen.

»Da war eine Frau.«

»Es gibt immer eine Frau.«

»Es war eine große Liebe. Wenn ich seine Geschichte erzählt hätte, hätte er sie wahrscheinlich nie wiedergesehen.«

Marvar sah ihn aufmerksam an. »Und, hat er sie wiedergesehen?«

Dyer lächelte, als er sich weit zurückerinnerte an den Deal, den Rejas mit der Regierung ausgehandelt hatte. Yolanda war verhaftet worden, weil sie den Revolutionsführer Ezequiel in einer Wohnung über ihrem Tanzstudio versteckt hatte. Rejas hatte zugestimmt, nicht als Präsident zu kandidieren, obwohl er der Favorit war, sofern sie nach zwei oder drei Jahren stillschweigend entlassen wurde.

»*Quién sabe?* Danach habe ich aufgehört, als Journalist zu arbeiten.«

Marvar wurde plötzlich ernst: »Ich habe eine Geschichte … nicht gerade eine Liebesgeschichte …« Er hielt inne, als wollte er mehr sagen, ein Komma, kein Punkt. Doch das Spiel wurde wieder angepfiffen. Danach ging es nur noch ums Spiel, das ohne weitere Tore mit einem Unentschieden endete.

Die Spieler schüttelten Hände und stießen drei Schreie aus. Die Eltern brachen auf zum Tee in der Hoffnung, ein Scone zu ergattern. Im Phoenix-Tor lag Spassky auf dem Rücken und wälzte sich im Dreck.

8. KAPITEL

Leandro bat Dyer, seine Sporttaschen mit seinen schmutzigen Sachen zu nehmen. Leandro trug seine Schultasche, die sich wölbte mit Schulbüchern und Notizen zur Schlacht von Trafalgar; er sollte in ein paar Tagen zu diesem Thema geprüft werden.

Sie gingen durch das Tor und die Bardwell Road entlang.

Auf dem Weg nach Hause deprimierte es Dyer zu sehen, was aus Oxford geworden war: Es schien London nachgeäfft zu haben mit den Vierradantrieben auf den Straßen und den Baugerüsten, die nicht mit seiner Vorstellung von der Stadt übereinstimmten. Dieses Gefühl erstreckte sich auf die abendlichen Essenseinladungen, von denen Dyer viele bekam – zumindest anfänglich.

Die erste Dinnerparty hatte er noch nicht vergessen. Die Gastgeberin war eine Phoenix-Mutter in Summertown gewesen. Ihren Mann hatte sie in der privaten Wirtschaftshochschule INSEAD gefunden, zwei Kinder wurden erzogen, rücksichtsvoll zu sein, die Küche war ausgestattet mit Arbeitsflächen aus weißem Marmor, die ins Wohnzimmer übergingen. So sah es aus, das runderneuerte Heim so mancher unterkühlten vernachlässigten Mutter in North Oxford. Die Unterhaltung drehte sich wie ein Ventilator immer um die gleichen Themen: wo man den nächsten Urlaub verbrachte, auf welche Schule das Kind als Nächstes gehen würde, wie glücklich sich jeder schätzen konnte, der hier in Summertown lebte.

Summertown. Es hätte Luton sein können, abgesehen von den Preisen für die dicht gedrängten roten Backsteinhäuser, dem Marks-&-Spencer-Supermarkt – der angeblich den höchsten Umsatz in ganz England machte – und dem Coffeeshop, gegründet von einem Phoenix-Vater und seiner neuen ökologischen Freundin; alle verdrehten deswegen die Augen, aber sie stellten sich an und zahlten acht Pfund für einen »Verändere dein Leben«-Latte. Kritiker nannten es blasiert.

Die Summertown-Mütter erinnerten ihn an Nissa. Sie benahmen sich wie die Figuren in den Seifenopern des brasilianischen Fernsehsenders Globo. Ihr Gezänk, die kleinen Piranha-Bisse, die das Fleisch von einer Ehe nagten, waren ihm vertraut. Hätte Dyer eine von ihnen geheiratet, hätte er vielleicht hier gelebt, ein Insider, ruhig im Auge des Sturms, blind für die eigene Wut. Er hätte aus dem Fenster des Bon Croissant zugesehen, wie das Leben vorbeijoggte. Sich im St Edward's Sports Club fit gehalten. Tag für grauen kalten Tag Gelbwurz-Chai-Latte und Artischockeneis konsumiert und wäre langsam gestorben.

In Summertown tat man etwas *para inglês ver* – damit die Engländer es sahen; moralisch tadellos, vor aller Augen, den Schein wahrend und politisch korrekt. Unterdessen wurden die echten Geschäfte in den stillen verlassenen Seitenstraßen von Norham Gardens abgewickelt.

Heute war es ein Abendessen in der Ward Road. Gäste aus London. »Du musst zum Essen kommen«, war oft wiederholt worden, und schließlich wurde ein Tag festgesetzt. Dyer hatte vor Wochen zugesagt und gehofft, dass irgendwie nichts daraus würde, vergeblich.

Er hatte seine Babysitterin gebucht. Paula war eine erwerbsunfähige Marinewitwe aus der Sozialwohnung nebenan, der es gefiel, stellvertretend durch die Dyers zu leben. Sie gehörte zu den Menschen, die er in Oxford am meisten mochte. Paula schrie die jamaikanische Familie nicht an, deren Kinder angeblich Drogenhändler waren. Sie vertrieb die Leute nicht, die Flugblätter für die Kunstwoche verteilten, oder den Labour-Stadtrat, der an ihre Tür klopfte und um ihre Stimme bat. Sie klebte keine Brexit-Sticker an ihre Fenster, lief den Müllmännern nicht nach, um sie zu überreden, den wiederverwertbaren Abfall mitzunehmen, wenn sie den Restmüll holten. Die Nachbarn gaben ihr die Schlüssel zu ihren Wohnungen. Boten ließen Amazon-Pakete bei ihr. Dyer würde ihr seine Geheimnisse anvertrauen.

Bevor er aufbrach, bat er Paula, darauf zu achten, dass Leandro Hausaufgaben machte, erst danach durfte er fernsehen oder sich an seine Xbox setzen.

»Ja, ja, jetzt gehen Sie und haben eine schöne Zeit«, sagte sie zu Dyer und klang dabei wie seine Tante. »Wer weiß, wen Sie kennenlernen werden.« Mittlerweile ahnte er es allerdings.

Zu Beginn, in Leandros erstem Schuljahr, hatte Dyer alle an den Schultern gefasst und umarmt, und eine Weile lang war er der Mittelpunkt jeder Party gewesen. Aber dann war die Begeisterung abgeflaut. Er stand herum, doch wenn er kein Glas Wein in der Hand hatte, hatte er auch nichts zu sagen.

Während aus Wochen Monate wurden, trieb er stetig weiter an den Rand und fühlte sich wie der Spion, der zu werden man ihm an der Universität einmal angeboten hatte. Er sah, wie sich Eltern am Schultor gegenseitig grüßten. Die winzigen Gesten des Wiedererkennens waren wie heimliches Händeschütteln; die leichte Veränderung in den Stimmen. Er sah, dass sie hart und konzentriert arbeiteten, gute Gastgeber waren; Ostern in Davos, Sommer in Muskokas, Abonnement in der Oper, Ascot, Wimbledon, Wembley. Doch ihm verwandte Seelen waren rar. Er teilte den Ehrgeiz der meisten dieser Menschen nicht, ihr Gefühl der Verwandtschaft. Er hatte sich nicht in ihre Welt eingebracht; sie hatte nichts mit dem zu tun, was ihm wichtig war. Er war nicht wohlhabend, er war älter; er hatte Erfahrungen mit Themen und Ländern, auf die sie nicht neugierig waren, die ihnen keinen Profit versprachen. Sie gaben ihm das Gefühl, Überlebender eines aussterbenden Stammes zu sein.

Wenn Dyer sich selten in den Phoenix-Eltern täuschte, konnte man das umgekehrt nicht behaupten. Die anfängliche Begeisterung der meisten von ihnen, ihn in ihren Kreis aufzunehmen, war von der Erwartung geprägt gewesen, dass er zwangsläufig die Ansichten seiner früheren Zeitung teilte. Sie mussten feststellen, dass dem nicht so war.

Es war nicht nur Dyers andere Einstellung zu Europa, Amerika und den Besitzlosen, die sie verunsicherte. Seinem Gesicht war auch die Geschichte eines armseligen Privatlebens und einer unbestimmten Beschäftigung in einem entlegenen Kaff abzulesen. Wenn sie von ihrer Karriere in den kommerziellen Hotspots der Welt schwadronierten, spürte er ihre Unsicherheit, die Sorge, dass Dyer in seiner Reaktion auf sie die Grenze zwischen Witz und Unhöflichkeit überschreiten könnte. Schließlich sahen sie in ihm einen aggressiven arroganten Typ, das genaue Gegenteil der Person, die er verbarg.

So fühlte Dyer sich eher mit den Archivaren und Bibliothekaren verbunden, dem portugiesischen Mediävisten im

Haus gegenüber, der jungen Polin in der Portiersloge, die am Tag nach dem Brexit-Referendum im Bus angespuckt worden war.

Und es gab lächerlich reiche Ausnahmen wie Gilles und Silvi Asselin.

Ein stechender Wind blies, als er die Ward Road entlangging, ein Exemplar seines Buchs in der Hand. Er dachte an Rio im Februar, an den gelben Sand, das warme Mosaikpflaster unter den nackten Füßen, ein Café, das auch eine Bar war, an Astruds umgestaltetes Dienstmädchenzimmer mit dem Deckenventilator.

In der grauen Dämmerung war ein modernes Haus so groß wie ein freistehendes Refektorium zu erkennen. Ein Mann in einem engen schwarzen Anzug öffnete das gesicherte Tor und deutete auf den Weg aus hellem Kies. Das Licht in den großen Räumen brannte, wo sich die Leute zwischen Porträts in goldenen Rahmen bewegten.

Silvi begrüßte ihn in der Eingangshalle. Ihre Figur steckte in einem glänzenden Jackett, lakritzschwarz. Sie trug ihren neuesten Lippenstift (»gebrannter Rhabarber«) und eine Kette grüner Jadekugeln um den anmutigen Hals.

»Das ist für dich«, sagte Dyer.

»Hast du das geschrieben?« Sie nahm das Buch mit einer beringten Hand entgegen, als hätte er ihr eine Speisekarte gereicht.

Eine monströse Pflanze auf der Blumenbank schaute ihn an.

»Oh, Liebling«, sagte Gilles, der plötzlich mit einer geöffneten Magnumflasche Jacquesson neben ihnen stand und auf den Umschlag blickte, »das ist die Art Buch, die du *liebst*. Ihr solltet es in eurem Lesekreis vorstellen.« Und zu Dyer: »Silvi war mal mit einem Schriftsteller zusammen.«

»Gilles.«

»Wer war es?«, fragte Dyer.

»Er war kein richtiger Schriftsteller, Gilles. Es war nur eine alberne Sache über Schals.«

»Sie widerspricht gern«, sagte er.

»Ich liebe es zu widersprechen.« Sie lächelte.

»Er hat ein Buch über die Geschichte von Hermès geschrieben«, sagte Gilles und goss eine Kristallflöte voll, die er Dyer reichte. »Hier. Probier. Wenn er dir nicht schmeckt, fuck off.«

Arroganz hat ihren Preis, aber Gilles Asselin konnte ihn sich leisten. In seinem Alpakajackett mit dem blauen Samtrevers verströmte er den Geruch nach verbranntem Gummi von Deals, die Nationen versengt zurückgelassen hatten. Im kolonialen Brasilien wäre er ein *bandeirante* gewesen, der auf der Jagd nach Gold und Edelsteinen Indios zusammentreibt und Aufstände schwarzer Sklaven niederschlägt und sie in Ketten zurückbringt. Im 21. Jahrhundert herrschte er als *banqueiro* auf der Jagd nach Insiderwissen, das ihm einen Vorsprung im Spiel sicherte. Er lebte sein Leben mit einem vollkommenen Mangel an Überzeugungen und ausschließlich mit der Ideologie, Geld zu machen. Sein Mantra sei, hatte er Dyer einmal am Spielfeldrand erzählt: »Wie remple ich mir einen Weg zu sofortigem Profit frei?«

Dyer verheimlichte vor Gilles nie, dass er ihn für einen moralischen Krüppel hielt, doch auf seine Stimme mit den französischen Untertönen wurde in Vorstandszimmern von London bis Seattle hochachtungsvoll gehört. Wohin immer man in der Finanzwelt blickte, Gilles bestimmte, schillerte und verwirrte. Eine seiner Spezialitäten waren Schulden: »Kein Vermögen oder Personal, um das man sich Sorgen machen müsste.« Gerüchteweise hatte er den Deal vermittelt, der Griechenland in die Zahlungsunfähigkeit trieb, dann den Deal, der Griechenlands Bailout sicherte. Er hatte Argentiniens Schulden gekauft und zusätzlich ihre Großsegler eingesackt. Er hatte die ukrainischen Schulden getilgt, damit er den Finanzminister in Kiew beraten konnte, wie er die Wirtschaft neu strukturieren sollte, damit Gilles' Investoren davon profitierten. Regierungen gehörten zu seinen Klienten.

Der Kern und Antrieb dieser Transaktionen war ein kolossales Vakuum. »Die weltweiten Schulden sind dreimal größer als das Kapital. Wenn man alle finanziellen Vermögen in der Welt zusammenzählt, kommt man auf 120 Billionen Dollar BSP und 400 Billionen Dollar Schulden.« In diesem schwarzen Loch gedieh Gilles. Einen nicht unerheblichen Teil des Profits seiner Firma erwirtschaftete er mit Wetten auf Volatilitätsindizes. Mit bemerkenswerter Geduld hatte Gilles versucht, Dyer die Methode zu erklären. »Sagen wir, ich glaube, dass der Preis der BP-Aktien, der derzeit bei sechs Pfund ist, aufgrund irgendeiner Nachricht zusammenbrechen wird. Ich rufe meinen besten Broker in New York an, leihe BP-Aktien und gebe die Order, sie bei sechs Pfund zu verkaufen. Mir ist nur wichtig, dass ich genügend Sicherheitsmarge habe, um meine Wette, dass BP schnell den Bach runtergeht, abzudecken. Wenn der Aktienkurs steigt, muss ich die Anteile kaufen, um die Wette abzusichern. Aber wenn der Aktienpreis unter sechs Pfund sinkt, verdiene ich Geld ... Sinken sie auf drei Pfund, kaufe ich sie zu diesem Preis zurück und mache ein Vielfaches, denn meine einzigen Kosten sind, was der Broker mir als Leihgebühr für die Aktien aufbrummt.«

Für Gilles war das die Art und Weise, wie die Welt schon immer funktionierte. Für Dyer war es Kauderwelsch.

Mehr als einmal hatte Gilles Dyer, den er Jean nannte, erklärt: »Du setzt zu großes Vertrauen in Christus'

Versprechen, dass die Sanftmütigen die Welt besitzen werden.« Sanftmut gehörte nicht zu Gilles' Make-up. Er strebte nach Kontrolle. Er hatte das Stadium erreicht, wo niemand mehr seinen finanziellen Einfluss infrage stellte, seinen eklatanten Reichtum, seine globalen Kontakte. Doch sollte jemand Gilles' weltgewandtes Äußeres durchdringen, müsste er feststellen, dass er über ein vulkanisches Temperament verfügte, eine angeborene Reizbarkeit, die ständig aus der Tiefe emporschnellte, um einen Köder zu inspizieren. So war er Dyer beim Frühstück des Direktors aufgefallen.

Bei dieser nur für Väter bestimmten Veranstaltung neben dem Cherwell war es nicht Mr Crotty, der die faszinierten Blicke der Väter auf sich zog, der Lachen oder Stirnrunzeln auslöste, wenn er lachte oder die Stirn runzelte, der sogar Hüsteln heraufbeschwor, wenn er hüstelte, als ob er den Fluss und die Bäume kontrollierte, sondern Gilles. Wenn Gilles sein Brötchen hob, um zu sprechen, rührte sich niemand; er fixierte sie die ganze Zeit, fesselte aller Aufmerksamkeit – aller abgesehen von Leandros Vater. Vielleicht hatte Dyer zu viele Präsidentschaftskandidaten interviewt. Jedenfalls reizte ihn etwas an Dyers Miene, und Gilles bemühte sich um Dyer, versuchte, ihn für sich zu gewinnen. Doch was immer Gilles an diesem Morgen hatte erreichen wollen, er scheiterte. Sein Gehirn arbeitete auf Hochtouren, er war nicht bei der Sache, er schnalzte mit den Fingern, ungeduldig, unzufrieden. Er wusste, dass er Dyer langweilte.

Deswegen war es eine Überraschung, als Silvi ihm erzählte, wie sehr ihr Mann das Gespräch mit ihm genossen habe. Wie es schien, hatte Gilles Asselin, wissend, dass er sich ihn nicht leisten konnte, Gefallen an Dyer gefunden. Dyers Mittellosigkeit war so unanfechtbar wie die Glocken von St Barnabas. Er war arm, aber frei auf eine Weise, die bedeutete, dass er nicht ein Fünkchen Aufmerksamkeit für Gilles' Luxus und Dominanz übrig hatte, und in dieser ungewohnten Freiheit schien Gilles stellvertretend Erleichterung zu finden.

»Ich lese keine Bücher«, sagte Gilles zu Dyer und zog die Serviette um die Magnum zurecht. »Mein Leben ist ein Buch.«

»Dein Geruch war mir immer egal«, sagte Silvi.«In deinen Geist aber habe ich mich sofort verliebt.« Ihre Gedanken waren immer zwei Töne entfernt von einem Popsong.

»Süße, er hat Buch gesagt, nicht Geruch«, sagte eine bissige Stimme. Sie gehörte einer Frau mit kastanienbraunem Haar und einer seltsam geformten Brille.

»Ich lese gar nichts mehr«, ließ Gilles nicht locker, »außer Silvis Kontoauszügen.«

Schneelandschaften mit Vogelscharen in verschwommenen Pastelltönen. Eine Dekantierkaraffe auf dem Sideboard so groß wie der gläserne Nachttopf unter dem Bett seiner Mutter. Silvi hat die Blumen arrangiert. Gilles ist für den Wein zuständig.

Auf den Jacquesson folgt Sauternes. Er nippt daran voller Selbstverachtung. Er weiß, dass er nach ein paar Gläsern in Feierlaune kommt. Andererseits muss er trinken, um die Party zu überstehen. Ein Abend wie dieser ist wie ein Langstreckenflug. Nach einer halben Stunde ist er wahnsinnig, all sein Scharfsinn darauf ausgerichtet zuzuschlagen, doch am Ende wird er Adressen und Telefonnummern austauschen, er wird einsehen, dass sie gar nicht so schlimm sind, die anderen Fluggäste, sie sind alle Pilger auf der gleichen Reise, Teil derselben Menschheit. Er wird noch einer von ihnen sein, wenn er am nächsten Morgen mit rasendem Herzen aufwachen und sofort erschrecken wird, wenn er durch den Schmutz seiner Gewissenbisse zur Oberfläche auftauchen wird: *War ich unhöflich, habe ich mir anmerken lassen, wie sehr ich mich gelangweilt habe, habe ich zu sehr insistiert?* Aber er wird sich nicht verstecken können. Er wird sie am Schultor wiedersehen. Er wird mit ihnen im grellen Licht der Nüchternheit sprechen müssen, wenn er sich nicht mehr daran erinnern wird, wie er wieder der sein kann, der er am Vorabend war.

Abgesehen von den Gastgebern, die an den beiden Enden des riesigen Mahagonitisches saßen, kannte Dyer niemanden der anderen dreizehn Anwesenden; einige schienen Klienten von Gilles zu sein. Das einzige Paar, das er glaubte wiederzuerkennen – von einem Schulkonzert im Januar –, waren die Cubbages. Ralph aus Kalifornien und seine angestrengt wirkende Frau Bonnie, die in derselben Straße wohnten. Plötzlich ging Dyer auf, dass Ralph der Mann ohne Taille mit der »Cal«-Baseballkappe war, den Dyer am Nachmittag mit Gilles am Spielfeldrand hat sprechen sehen.

Paulas Anweisung folgend, sah sich Dyer um, bereit, sich dem Abend zu überlassen. Silvi, deren Stolz auf ihr Talent, Leute zusammenzubringen, sich in der ausgeklügelten Sitzordnung widerspiegelte, hatte ihm auf dem Weg nach unten zugeflüstert: »Ich habe dich zwischen zwei alleinstehende Damen gesetzt.« Dyer hatte vor, mit der dunkelhaarigen Frau zu seiner Rechten anzufangen; er war ihr zum Tisch gefolgt, etwas hypnotisiert von ihren gelben Schuhen mit den sechs Zentimeter hohen Absätzen.

Seit Nissa hatte er Affären gehabt. Frauen mögen ihn. Er hört ihnen zu und bringt sie zum Lachen. Sie wissen, dass er sich selbst und seinen Puritanismus auf die Schippe nehmen kann. Sie sind gerührt von der Spur Traurigkeit in ihm, verwechseln sie leicht mit etwas Glattem, Rundem,

Solidem, in sich Ruhendem – ohne zu merken, dass es sein Absprungbrett in die Leere ist.

Aber nichts, seitdem sie nach Oxford gekommen sind.

»Jocasta.« Sie ließ ihr iPhone in den Schoß fallen und hielt ihm die Hand hin.

»John.«

Sie war schlank, in ihren unzufriedenen Vierzigern und trug eine durchscheinende fleischfarbene Bluse. Ihr dunkles Haar war kräftiger und gesünder als ihr unauffälliges Gesicht. *Eins dieser Gesichter*, hätte seine Tante gesagt, *die aussehen, als hätte man hineingespuckt und sie poliert.*

»Sind wir uns nicht schon einmal begegnet?«, fragte sie und sah ihn auffordernd an.

»Ich glaube nicht.«

»Komisch, ich war mir sicher, dass ich Sie schon einmal gesehen habe. Sie sind Schriftsteller, hat Silvi gesagt.«

»Sie ist großzügig. Ich habe ein Buch geschrieben.«

»Ich bin ganz aufgeregt. Haben Sie die Filmrechte verkauft? Worum geht es?«

»Die indigenen Stämme im unteren Amazonasbecken.«

Sie sah ihn an wie eine leere Tankanzeige.

»Jetzt erinnere ich mich ... « Ihr Blick schweifte zu dem Telefon in ihrem Schoß. »Sie sind der, der in Südamerika gelebt hat.«

»Mögen Sie südamerikanische Schriftsteller?« Um ihr zu helfen.

Sie hob den Kopf und gab vor, die Gemälde zu studieren. Sie schaute auf die Wand.

»Ich habe sie nicht wirklich gelesen.«

Sie interessiere sich mehr für Menschen. Und habe alle getroffen. David Beckham. David Cameron. Charles Worthington. »Entschuldigung. Ich muss kurz nachschauen. Es könnte mein Bett für die Nacht sein.«

Ihr Gesicht war ausdruckslos, als sie ihre Nachrichten las.

Jocasta hob den Blick über den Tisch und brauchte eine Sekunde oder zwei, um sich daran zu erinnern, wo sie das Gespräch unterbrochen hatte.

»Wie ist Südamerika? Ich wollte eigentlich immer mal dorthin.«

Dyer öffnete den Mund und schloss ihn wieder.

Sie sah ihn aufmunternd an. Ihr Charme wollte durchbrechen, die korallenfarbenen Lippen, die blitzenden Augen.

Er konnte es nicht mehr. Nach siebzehn Monaten in Oxford konnte er ihr den Kontinent nicht mehr beschreiben, die Flüsse, Berge, Wüsten. Er konnte ihr nicht erzählen, wie seine Tante ihn mit Südamerika bekannt gemacht hatte – nach dem Tod seiner Mutter hatte ihm Vivien ein Flugticket geschickt und ihn gedrängt, zu kommen und zu bleiben. Wie er die Schatten der Palmen an den gefliesten Mauern, die gelben Büschel kleiner Kochbananen gesehen und sich verzaubert gefühlt hatte. Er konnte ihr nichts von den grenzenlosen Horizonten und den Schreien der Kiebitze erzählen. Oder von den Städten, Buenos Aires, Iquitos, Belém, den Favelas von Rio, den *pueblos jóvenes* außerhalb von Lima. Er konnte ihr obskure Orte wie Río Pico, Hortensia, Tres Cruces, Corbett, Satipo oder das Dorf im peruanischen Dschungel nicht beschreiben, in dem er fünf Tage lang schweißgebadet im Delirium gelegen hatte. Er konnte ihr nichts von dem aufgeregten Journalistenkollegen erzählen, den er gekannt hatte und der im Gefängnis Lurigancho Sendero-Häftlinge interviewen wollte – ein Knüller, hatte Jaime immer wieder gesagt, ein wirklicher Knüller – und mit herausgeschnittener Zunge wieder herausgekommen war. Er konnte ihr nichts von der tropischen Nacht erzählen, als er in einer behelfsmäßigen Gondel neben einer *canoeira* gelegen hatte, einem Mädchen, das im Venezia-Viertel von Iquitos ihrem Gewerbe nachging, von der rosa Geburtstagskerze in einer Milchdose und von dem runzligen Paddler, der sie mit gleichmäßigen, herzförmigen Schlägen auf den Amazonas hinausgerudert hatte, Dyer den Rücken zugewandt und unerschütterlich wie Charon. Von der frischen Leiche unter der Überführung. Von dem Namen an der Kirchentür, geschrieben mit dem Blut des Priesters. Von dem Café in der Joaquim Nabuco, in das er gern gegangen war, um zu lesen. Er konnte ihr nichts vom Samba erzählen, der im Dunst über dem Fluss pulsierte, den Bussarden, die von den Bergen herabschwebten wie aufgeschlagene Bibeln, dem plötzlichen Gefühl der Freiheit, als er auf einer mit Eukalyptus gesäumten Straße hinausgaloppiert war bis zu der geraden unbefestigten Straße, dem Geruch nach verbranntem Heu, dem Meerrettichgeruch des wilden Grases, den löchrigen Ohren des Pferdes.

»Südamerika«, sagte er bedächtig, »ist großartig, wenn Sie Schmetterlinge mögen.«

»Ich *liebe* Schmetterlinge.«

Eine Kellnerin in einem kurzen schwarzen Rock und schwarzen Strümpfen bediente sie. Die Teller waren blaues Limoges und vorgewärmt.

»Silvi, das ist wirklich gut!«, rief Jocasta.

»Gilles hat sie aus Brüssel mitgebracht.« Sie wandte ihnen das blasse Gesicht zu.

Bald hatten sie die Foie gras gegessen.

»Amigo, macht es Ihnen etwas aus, wenn ich rauche?«, fragte sie ihn.

»Nein.«

»Es ist sowieso nur eine E-Zigarette. Nicht so gut wie Tabak, aber besser als nichts.«

»Es macht mir nichts aus. Wirklich«.

»Sie sind ein guter *Amigo*. Mehr Spanisch kann ich nicht.«

»In Brasilien sprechen sie kein Spanisch.«

Jocasta inhalierte und dachte nach. »Ja, natürlich, ich weiß. Portugiesisch. Gibt es dort Wahrsager?«

»Sie werden *pais de santo* genannt.«

Sie atmete Rauch aus. *»Pais de santo«*, wiederholte sie und rollte die Wörter. »Ich sage Ihnen etwas, Sie werden lachen. Eine Wahrsagerin hat mir einmal gesagt« – sie schob ihren Stuhl zurück –, »dass mein Sinn für Humor wirklich sehr amüsant sei.«

Er trank einen Schluck Wein. Der Wein zumindest war gut. »Der«, hatte Gilles beim Einschenken gesagt, »würde selbst die Moral der alten Griechen lockern.«

Über ihrer Stimme Bruchstücke männlicher Gespräche.

»Von seiner Vulgarität bekommt man Gänsehaut, diese kleinen Vaginaformen, die er aus Händen macht, diese phallische Ignoranz.«

»Mach dir keine Sorgen, ich habe noch alle Tassen im Schrank. Auch wenn es Athen nicht gefällt.«

»Die Region wäre in den Krieg geschlittert, wäre der Deal nicht unterschrieben worden.«

Jacosta erzählte eine Geschichte über einen Mann in Hongkong, der sie schlecht behandelt hatte, und ein Schnellboot. Er gab den Versuch auf, ihr zuzuhören.

Er hörte Gilles sagen: »Nur die Namen von zwei Personen sind für Monate übernommen worden: Augustus und Julius Cäsar.«

Neben ihm spielte Jocasta mit dem Serviettenring, als wäre er ein kostbares Amulett.

»Amüsiert Sie die Geschichte?« Ihre bleichen Wangen. Die Empörung eines Stars, dem man plötzlich die Marotten nicht mehr durchgehen ließ. Er spürte, dass sie es mit ihrer E-Zigarette auf jemanden abgesehen hatte.

Dyer ignorierte die finsteren Möglichkeiten seines Tonfalls. »Ungeheuer.«

Sie wurden vom Hauptgang unterbrochen.

Die Frau auf seiner anderen Seite, in einem kurzärmeligen auberginefarbenen Kleid, sagte etwas zu dem Mann auf ihrer anderen Seite. Dann wandte sie sich Dyer zu.

»Passiert Ihnen das auch?«

Es war die Frau mit dem kastanienbraunen Haar.

»Passiert was?«

»Dass Sie etwas verstecken, damit Sie wissen, wo es ist, nur um dann zu vergessen, wo Sie es versteckt haben.« Bevor sie heute Abend hergekommen sei, erzählte sie, habe sie sich auf ihre Brille gesetzt – die sie unter ein Kissen gelegt habe. Sie sah ihn aus einem verbogenen bronzefarbenen Gestell mürrisch an.

»Die ganze Zeit«, sagte Dyer. Seine Mutter hatte das Gleiche getan.

Sie lispelte leicht, es war wie ein Grübchen in ihrer Stimme, und sie hatte die unregelmäßigen Zähne der englischen Mittelklasse. Gerades schulterlanges Haar, ein intelligentes blasses ovales Gesicht. Müsste Dyer seinen Typ beschreiben, sie wäre es nicht.

Sie hieß Miranda und wohnte am Ende der Straße in einem Haus mit ihrer dementen Mutter. »Sie geht abends raus, winkt nach einem Taxi und lässt sich irgendwohin bringen.« Einmal hatte sie sich nach Malvern fahren lassen. »Ich musste einen Scheck über zweihundertfünfzig Pfund ausstellen.«

Sie war eine gebildete Frau in den Fünfzigern und wie so viele ihrer Freundinnen geschieden. »Viele Frauen heiraten jemanden, mit dem sie auskommen, nicht wen sie wollen.«

»Wen haben Sie geheiratet?«

»Jemanden, mit dem ich nicht ausgekommen bin – was glauben Sie?«

Er war Psychologe und zu einer indischen Krankenschwester gezogen, mit der er ein Doppelleben in Battersea geführt hatte. Eine zweite Familie, eine Geburtsurkunde im Handschuhfach. Das war vor drei Jahren gewesen. Sie zitierte gekränkt: »›Vertrau nicht dem Licht, das Männer Liebe nennen; 's ist nur ein trügerisch Schimmern.‹«

Sie gab zu, mehr verärgert als verbittert zu sein, wütend über den achtlosen Verlust, die feige Haltung, mit der er ihre Loyalität und Liebe weggeschnipst hatte, und diese Einstellung salzte ihren Humor. »Man stelle sich die geistige Anstrengung vor, um beide Leben aufrechtzuerhalten. Aber es hat ihn fit und wach gehalten – meistens. Einmal hat er mir einen Blumenstrauß gekauft, aber es war ihr Geburtstag, nicht meiner.«

Sie hielt inne und aß ein Stück Perlhuhn. »Kommen Sie aus London?«

Er lebe in Oxford, er habe einen Sohn, der hier in die Schule gehe, sagte er.

»Die Phoenix vermutlich?«

»Schuldig.«

»Was machen Sie? Sie sehen nicht aus wie ein Banker.«

»Ich schreibe über einen brasilianischen Stamm namens Tupi.«

»Sprechen Sie ihre Sprache?«

»Ein paar Worte. Aber sie existiert eigentlich nicht mehr.«

»Ich erinnere mich, gelernt zu haben, dass man mit

achtzig Worten so gut wie alles sagen kann. Man kann praktisch über Wittgenstein diskutieren.«

»Das könnte stimmen.«

»Ich würde gern Tupi lernen.« Sie lächelte und schaute in ihr Glas. »Ich habe mich immer für Linguistik interessiert.«

Er sah sie von der Seite an. Sie war nicht, was Dyer schön nennen würde – in ihrem kurzärmeligen Kleid ähnelte sie Cézannes Frau –, aber sie hatte ein wunderbares Lächeln.

»Ich könnte Ihnen ein paar Bücher empfehlen.«

»Ja? Gern.« Als würde sie glauben, er hätte es nur gesagt, um höflich zu sein, fügte sie hinzu: »Ich meine es ernst. Ich würde es gern lernen.«

Die Stimmen der Männer wurden lauter. Auf der anderen Tischseite schaltete sich ein amerikanischer Akzent ein. Ralph Cubbage in seiner maßgeschneiderten roten Jeans, gehalten von einem argentinischen Gürtel. Er plapperte immer noch über das Atomabkommen mit dem Iran.

»... Raketentests ... Waffenfabriken im Libanon ... Schikane unserer Marine im Golf ...«

»Die USA haben das Abkommen von Tag eins an verletzt«, protestierte ein korpulenter Mann auf der anderen Tischseite – ein Bankier aus Hamburg, der die Firma der Familie geerbt hatte. »Sie können mir nicht eine Vereinbarung nennen, die der Iran angeblich gebrochen hat.« Er trug eine Hermès-Krawatte, grün mit zwei gelben Papageien auf einem Ast.

»Natürlich kann ich das«, sagte Cubbage und zerrte an einem Brötchen. »Aber darauf habe ich mich nicht vorbereitet.«

»Man gebe diesem Mann ein schönes großes Glas Halt-den-Mund«, flüsterte Miranda.

»Kennen Sie ihn?«

»Ja, ich kenne Ralph Cubbage. Er ist vor kurzem mir gegenüber eingezogen.«

Dyer schaute sich um, ob ihnen jemand zuhörte.

»Na gut, achtzig Worte über ihn«, sagte er.

Ihr Blick schweifte über den Tisch, dann nahm sie die Herausforderung an. »Atomphysiker. Berkley – das heißt Livermore, amerikanisches Waffenlabor in Kalifornien. Weihnachten angekommen, Stelle im Clarendon. Verheiratet mit der ach-so-frommen Frau links von Gilles. Bonnie ist ein wichtiges Mitglied der Kirche der offenen Tür. Eine Tochter in der Phoenix, die Cello spielt und die sie wie die nächste Jacqueline du Pré behandeln.«

»Ein Atomphysiker«, sagte Dyer bedächtig. »Sie haben noch ein paar Wörter übrig. Legen Sie los.«

Sie musterte Cubbage durch ihre verzogene Brille.

»Ich kenne Sie nicht gut genug für ein paar Worte mehr. Wie wär's damit: Er ist nie einer Meinung mit der Person, mit der er zuletzt gesprochen hat. Und ein unendlicher Langweiler. Gratis gebe ich noch dazu, dass *cubbitch* ›gierig‹ auf Jamaikanisch bedeutet.«

»Das trifft es wohl, in aller Kürze«, sagte Dyer.

Ihre unverblümte Art war wie eine Bluttransfusion. Ihr fehlte wie ihm der Filter, der verhinderte, dass andere vor einem zurückschreckten.

»Gilles?«

»Unser ortsansässiges Raubtier? Kinderleicht«, sagte Miranda und ließ den Blick zum Tischende wandern.

Er wartete, während sie sich neu konzentrierte. Er begann, Spaß zu haben.

Ihr Gastgeber sprach mit einem dünnen kleinen Mann mit traurigem Blick, der sich mitten in einer Scheidung befand.

»Männer wie er wollen ein Drittel für sich, ein Drittel für ihre Frau und ein Drittel für sie beide. Das größte Schimpfwort in ihrem Wörterbuch ist ›Übereinkunft‹.«

Sie schob ihre verunstaltete Brille mit dem Zeigefinger weiter nach oben. »Gilles ist eine parasitäre Ameise. Er beißt anderen Mitgliedern seiner Spezies die Beine ab und macht lebende Silos aus ihnen. Seine Opfer werden übermäßig fett und schwellen an, und im Winter frisst er sie. Er mag Kanadier sein, aber lassen Sie sich davon nicht täuschen. Er mag groß sein. Lassen Sie sich auch davon nicht täuschen. Er hat die Fehler aller Männer unter eins sechzig. Und außerdem hat er Vergnügen an Schmerzen.«

»Woher wissen Sie das?«

»Ich weiß diese Dinge.«

»Noch etwas?«

»Habe ich mein Kontingent noch nicht aufgebraucht?«

»Ich lerne Sie dabei besser kennen. Na los. Nehmen Sie sich noch mal achtzig Wörter.«

Mit verschwörerischer Miene sagte sie: »Er hat keine Persönlichkeit, aber das macht ihn aus. Er mag keine Menschen, wird sie nie mögen. Er sieht die Welt als ein System, das darauf ausgerichtet ist, den Gewinn seiner Firma zu optimieren. Ständig gibt er mir Tipps für ›das nächste große Ding‹, in das ich investieren soll, obwohl ich so gut wie keine Ersparnisse habe. Ich glaube wirklich, dass mir ein winziger Teil von ihm helfen will. An einem Tag ist es Genetik und Data Science, am nächsten Biosynthese und Herstellung von Proteinen. Meiner Meinung nach ist er im Augenblick auf der Suche nach einer neuen Mission.«

»Was für eine Mission?«

»Ach, vermutlich die Beherrschung des Universums wie alle, die viel Geld machen und sich dann philanthropisch geben, um die Ursünde zu verbergen.«

»Wird es ihm gelingen?«

»Das bezweifle ich sehr.«

»Warum?«

»Weil was immer er vielleicht an positiven Charaktereigenschaften besessen hat, dank Reichtum von Wundbrand zerfressen ist. Er hat für alles gezahlt, und jetzt will er eine Freikarte. Er will, dass wir bei der Wahrheit ein Auge zudrücken. Aber es gibt Menschen, die das nicht zulassen werden.«

»Menschen wie Sie?«

»Und Sie vielleicht?«

»Mögen Sie ihn nicht?«

»Ich mag Gilles so sehr, wie eine Katze eine Krähe mag.«

»Dann hassen Sie ihn also?«

»Nein, nein, ich hasse ihn nicht. Aber etwas, das dem nahekommt, ja.«

»Warum sind Sie dann hier?«

»Jemand hat im letzten Moment abgesagt, wussten Sie das nicht? Jemand namens Updark. Hat was Besseres vor. Er isst heute Abend offenbar mit dem Außenminister. Silvi hat mich wütend angerufen. Ich bin die Stachelbeere, die immer verfügbar ist. Sonst hätten dreizehn Leute an diesem Tisch gesessen, und Sie wären überrascht, wie abergläubisch Silvi ist. Mir macht es nichts aus, ich habe keinen Stolz. Ganz selten trifft man jemand Interessanten. Und es ist eine Abwechslung von den Rühreiern mit Mutter.«

»Wer hindert Mutter daran, heute Abend nach Malvern auszureißen?«

»Eine nette Mathestudentin, der ich zehn Pfund die Stunde zahle.«

Gilles ragte plötzlich mit einer vollen Karaffe wie ein Kampfpilot neben ihnen auf. »Zum Teufel mit den Kosten, gebt den Kanarienvögeln noch ein paar Körner.« Er füllte ihre Gläser auf und neigte sich vor. »Glaub ihr kein Wort.« Seine Stimme träge und getrieben von zu leicht erworbenem Reichtum. »Glaub kein Wort.«

Nachdem der Portwein zum zweiten Mal die Runde gemacht hatte, gingen sie nach oben.

Die Kellnerin zeigte den Weg zur Toilette. An den Wänden hingen Fotos von Gilles aus seiner Eisschnelllaufzeit. Eine olympische Silbermedaille aus Nagano. In einer Kurve bei einer Weltmeisterschaft in Montreal, auf die Seite geneigt, eine behandschuhte Hand auf dem Eis.

Der Mann, der sich auf das kirschrote Chesterfield-Sofa neben Dyer setzte, hatte noch die großen kantigen Knie eines Sportlers. Seine Hose spannte an den Nähten.

»Sag mal, Jean«, sagte Gilles freundlich und schwenkte eine honigfarbene Flüssigkeit in einem großen Glas. »Rustum Marvar.«

»Was ist mit ihm?«

»Du hast dich heute Nachmittag mit ihm unterhalten. Er hat sich ungewöhnlich ekstatisch benommen. Warum?«

»Sein Sohn hat ein großartiges Tor geschossen. Hast du das nicht gesehen?«

»Das ist alles?« Er schwenkte weiter das Glas. »Es schien mehr als nur das zu sein.«

»Ich kenne ihn nicht gut«, sagte Dyer vorsichtig, auf der Hut vor der Richtung der Frage. »Ich habe ihn erst zweimal gesehen.«

»Ich habe mich nur gefragt, was du von ihm hältst, das ist alles.«

»Ich mag ihn. Warum?«

Gilles lachte enttäuscht. »Ich weiß nicht, mir kommt er ein bisschen – inkohärent vor. Vor ein paar Tagen war er ganz aufgeregt, als es darum ging, ob sein Sohn bei uns übernachten darf. Und jetzt plötzlich könnte er nicht entspannter sein.«

»Er ist Wissenschaftler, Gilles. Hochs und Tiefs.«

»Vermutlich.« Gilles starrte in sein Glas. »Vermutlich.«

Alle standen auf. Nur Cubbage blieb noch wegen des Rums, den Gilles in Hemingways Keller auf Kuba gekauft hatte.

Scheinwerfer im Regen. Zobelmantel. Eine darin eingewickelte Gestalt mit einer kleinen Reisetasche – Jocasta – stand in der offenen Tür und bedankte sich bei Silvi für den wunderbaren Abend. Auf der Straße wartete ein Taxi mit laufendem Motor. Sie trippelte auf ihren gelben Absätzen darauf zu wie eine Möwe, die kaum mehr fliegen kann, weil sie zu viel gefressen hat.

»Es hat Spaß gemacht«, sagte Dyer und küsste Silvi auf die Wange.

Über ihrer Schulter schimmerte der Kies im Lichtschein.

»Ich rufe dich an wegen Samstag«, versprach sie in Vorfreude auf Pierres Geburtstagsparty. »Du musst mir sagen, ob es irgendetwas gibt, das Leandro nicht isst. Ach, und danke für das Buch.«

9. KAPITEL

Das Fußballspiel am nächsten Samstag war gegen Winchester House im fünfunddreißig Kilometer entfernten Brackley. Um seinen Geburtstag am nächsten Tag zu feiern, hatte Pierre Asselin die Phoenix-Mannschaft eingeladen, nach dem Spiel bei ihm zu übernachten. Leandro ging nicht gern in ein Haus, in dem der Vater nicht ständig anwesend war, und zog Freunde vor, deren Väter sichtbar waren, aber er mochte Gilles und bewunderte ihn ein bisschen wegen seiner Eisschnellläufervergangenheit, nachdem ihm Gilles nach einem Training das Foto auf seinem Handy gezeigt hatte, auf dem er in Japan über die Ziellinie lief.

Dyer hätte das Haus am Wochenende für sich, um an seinem Buch zu arbeiten.

Gegen Samstagmittag zwang er sich, die Bibliothek zu verlassen. Seine Recherchen waren wesentlich interessanter geworden dank einer Monographie, die er eine Woche zuvor bestellt hatte.

Dyer recherchierte die ersten europäischen Siedler in Brasilien: unter ihnen drei heulende Häftlinge, im Mai 1500 zurückgelassen an einem Strand südlich der späteren Stadt Bahia. Der portugiesische Chronist Pêro Vaz de Caminha, der vom Deck des Flaggschiffs seines Admirals den Vorgang beobachtete, berichtete, dass die Todesstrafe für die Männer umgewandelt worden war; im Gegenzug mussten sie sich kundig machen über die Bräuche und die Sprache der nackten Tupi.

Wenig war bekannt über zwei der Ausgesetzten, doch ein Historiker der Universität von Coimbra hatte die Nachfahren des dritten – »ein junger Verbannter« namens Afonso Ribeiro – in Belém an der Mündung des Amazonas, tausendsechshundert Kilometer weiter nördlich aufgespürt; neue Dokumente hatten zu einer Sippe von Ribeiros in der Hafengegend geführt.

Belém war eine Stadt, die in Dyer nachhallte. Dort war er eines feuchten Abends in einem leeren Restaurant am Fluss über den Polizeioberst gestolpert, der Ezequiel festgenommen hatte. Die einzige weitere Person in der Cantina da Lua war der Kellner Emilio Ribeiro, ein schwermütiger Kerl, der sich für niemanden beeilte. Eine Verbindung zu Afonso Ribeiro, dem ersten Europäer, der eine südamerikanische Sprache lernte, schien höchst unwahrscheinlich. In Bahia hießen fast alle da Silva; vermutlich galt das Gleiche für den Namen Ribeiro in Belém. Doch es war ein Zeichen, das der abergläubische Exjournalist nicht ignorieren wollte. Für Dyer wie für einen anderen ehemaligen Journalisten, den er bewunderte, Graham Greene, waren Zufälle nicht nur wie geistreiche Wortwitze, sie »bedrängen unsere Vergangenheit wie Fallen Leoparden im Dschungel«. Die meiste Zeit seines Lebens hatte Dyer außergewöhnliche Zufälle als Schachzüge fauler Schriftsteller betrachtet. Erst seit seiner Rückkehr nach Oxford war ihm langsam aufgegangen, dass ein Historiker nötig war, um Leoparden Fallen zu stellen.

Dyer begriff den Nachnamen des Kellners als Omen. Zum ersten Mal seit Monaten nahm sein Leben einen neuen Rhythmus an. Er kam sich vor wie der portugiesische

Admiral Pedro Cabral auf dem Deck seines Viermasters, von der stürmischen See gebeutelt, die Besansegel gebläht von einem plötzlichen Wind aus Süden.

Kurz vor ein Uhr mittags legte Dyer Professor Madrugadas Buch zurück. Bevor er den Stecker seines Laptops zog, schaute er auf die Schlagzeilen. Ein Massensterben von Antilopen in der russischen Steppe, angeblich dem Klimawandel geschuldet ... Ein australischer Mathematiker vermisst auf einer Buschwanderung ...

Dyers Aufmerksamkeit wandte sich dem Mittleren Osten zu. Die Iraner protestierten gegen den Besuch des US-Präsidenten in Saudi-Arabien und den Kauf von US-Waffen im Wert von 100 Milliarden Dollar. Der neue US-Verteidigungsminister nannte die drei größten Bedrohungen für Amerika: Iran, Iran, Iran. Dyer fragte sich, wie Marvar diese Nachricht aufnehmen würde.

Draußen schlug der volle Winter von Oxford zu. In der Nacht hatte es gefroren. Die Windschutzscheiben der Wagen neben der St Barnabas School starrten ihn unter einer Eisschicht blind an. Dyer ging durch Nebelschwaden zurück nach Jericho und überlegte, wo er seinen froschgrünen Käfer abgestellt hatte.

Im Nebel wirkte er in seinem Mantel wie eine Staubwolke. Dyer war auf halber Höhe der Great Clarendon Street, als er Marvar an die Mauer im Eingang der Oxford University Press gelehnt sah. Unter der Woche standen hier die Raucher – Lektoren und Manager diskutierten über Entlassungen und Boni und, womöglich, über Dyers Buch. Heute waren nur drei Personen da und zogen an ihren Zigaretten, Drucker und Schichtarbeiter wahrscheinlich, sowie eine einzelne große schlaffe Gestalt.

»Rustum?«

Man ist, wer man ist, wenn niemand hinsieht. Er drehte

sich um und blinzelte Dyer an, als würde er ihn nur mit Mühe erkennen. Sein Haar schien noch zerzauster, sein Blick matter als sonst. Sein Gesicht war das eines Obdachlosen auf der Straße vor Blackfriars, an denen Dyer jeden Morgen vorbeiging und die ein Buch verkehrt herum in der Hand hielten in der Hoffnung, die Passanten würden sie für ehemalige Studenten halten, die das Leben gemeinerweise in die Gosse gestoßen hatte.

»Ich bin's«, sagte Dyer. »Leandros Vater.«

Marvar hatte den Mantel fest um sich gezogen und bis oben zugeknöpft.

»John Dyer …«

Sein Atem vermischte sich mit dem Rauch aus seiner Nase. Er war außer sich, als wäre etwas Schreckliches passiert.

»Kommen Sie zum Fußballspiel?«, fragte Dyer. »Ich kann Sie mitnehmen.«

Marvar warf die Zigarette weg und fasste Dyer am Arm.

»Nein, nein, ich kann nicht.« Er schaute ihm ins Gesicht. Die Augen hinter den Brillengläsern flackerten. »Dyer … Haben Sie kurz Zeit?«

Dyer dachte, dass Marvars Verhalten vielleicht mit den Nachrichten über den Iran in Zusammenhang stand. Er blickte auf die Uhr. Das Spiel begann in vierzig Minuten.

»Hören Sie … Ich wohne gleich um die Ecke. Gehen wir zu mir.«

Er würde sich anhören, was Marvar zu sagen hatte. Wenn er schnell genug führe, käme er noch rechtzeitig zum Spiel.

Mit einer merkwürdigen Kopfbewegung schaute sich Marvar in der Great Clarendon Street um. Auf der anderen Straßenseite stand ein silberfarbener Golf, die Fenster beschlagen. Er sah nervös hin.

»Okay, okay. In Ordnung.«

Er ging rasch neben Dyer her und atmete in schnellen Zügen.

Dyer ließ ihn eintreten. Es war das Haus, in dem er seit eineinhalb Jahren lebte: geflieste Böden, pastetenfarbener Teppich auf der Treppe. Aus dem Fenster des kleinen Wohnzimmers sah man den Kanal. Der Hausbesitzer lebte in Wolvercote und bevorzugte runde weiße Türknäufe von Homebase und weißes Geschirr.

Als umgebaute Garage war es nicht jedermanns Geschmack, die Einrichtung knarzte, die einfach verglasten Fenster klirrten bei starkem Wind und ließen den Lärm der Züge herein. Oben roch es nach neuem Teppich, und die Heizkörper gurgelten laut, wenn das heiße Wasser einlief. Auf der Rückseite gingen französische Fenster auf einen Garten hinaus, in dem in einer hölzernen Wanne eine Magnolie wuchs.

Marvar stolperte über die beiden Fahrräder im Flur und stieß dabei Dyers Angel um. Kaum war er wieder im Gleichgewicht, taumelte er in die Küche.

Dyer lehnte die Angel wieder an die Wand und wartete, bis Marvar seinen Mantel aufgeknöpft hatte.

»Setzen Sie sich.« Er nahm den Mantel und hängte ihn in den Schrank unter der Treppe neben seine Angelausrüstung.

Wieder in der Küche fragte er: »Tee? Kaffee? Etwas Stärkeres?« Auf der Ablage stand ein Glas mit einem roten Schimmer am Boden.

Marvar saß unbequem auf einem harten Stuhl und schaute sich langsam um wie ein Passagier, der nach der Landung zögert aufzustehen. Er trug einen Anzug, der maßgeschneidert war, wenn nicht für ihn, dann für seinen

Vater oder Großvater; dunkelblau, altmodisch, Aufschläge. Die Jacke spannte über seinem Bauch.

»Ja«, murmelte Marvar und horchte auf das Klappern. Das Haus nebenan war eingerüstet. Handwerker hatten dort zu tun.

Dyer füllte den Wasserkessel. Marvars Blick schweifte von einem Foto an der Wand, Dyer und seine Klasse in der Favela, zu einer Zeichnung von einem der Waisenkinder und dann zu den Notizzetteln auf dem Küchentisch.

»Woran arbeiten Sie?« Ohne seinen Mantel atmete er gleichmäßiger.

Dyer sagte es ihm.

»Sind Sie ein guter Autor?«

»Mein Englischlehrer in der Phoenix hat gesagt, wenn man ein guter Autor sein will, muss man ein schrecklicher Mensch sein.«

Marvar lachte. Er war bereit zu lachen. Er neigte sich vor, verdrehte den Hals, um Dyers Notizen zu entziffern. »Ich würde gern etwas lesen, das Sie geschrieben haben.«

Dyer kniete sich vor das Bücherregal und zog zwischen den »Gesammelten Gedichten« von Basil Bunting und einem frühen Roman von Mario Vargas Llosa ein Buch heraus und reichte es ihm.

Marvar betrachtete den Buchrücken. »J.W. Dyer. Sind Sie das?«

»Nicht so oft, wie ich es gern wäre.«

Marvar blätterte zerstreut in dem Buch, ohne etwas aufzunehmen. Er war zu dick, und die Wände waren zu dünn. Vielleicht dachte er an ein anderes Buch.

»Behalten Sie es«, sagte Dyer. »Es ist für Sie.«

Es war sein letztes Exemplar. Er könnte mehr bestellen. Das halbe Dutzend, das der Verlag ihm geschickt hatte, hatte er als Geschenk zu Dinnerpartys mitgenommen.

Marvar schlug die Titelseite auf und erhob sich respektvoll. »Dann müssen Sie es signieren.« Das Buch lag auf seinen Handflächen, schwebte in der Thermik.

Dyer klopfte sich auf die Brust, die Taschen. Dann nahm er aus einem Becher mit abgebrochenem Henkel einen Kugelschreiber, der nicht mehr schrieb. »Warum«, murmelte er, »haben Schriftsteller nie etwas zum Schreiben?«

Er zog den Reißverschluss der ledernen Schultertasche mit seinem Laptop auf und nahm einen Minenschreiber heraus.

Marvar blieb stehen, als Dyer das Buch nahm, sich an den Tisch setzte und über eine Widmung nachdachte. Das Geräusch des Hammers gegen das Gerüst klang wie ein Gong. Paulas Haus gegenüber war bislang von der Renovierung verschont worden.

»Ihre Ex?«

Dyer blickte auf.

Oben auf dem Bücherregal stand das Schwarz-Weiß-Foto von Astrud in einem Rahmen aus Ahornholz.

»Eine Ex«, sagte er.

Nissa hing im ersten Stock, lächelnd in Farbe an der Wand von Leandros Schlafzimmer. Ihre Schönheit stand nicht in Zweifel, nur womit sie damit ungeschoren davonkommen konnte. Dass sie ein Herd war, der rauchte, wann immer ein Lüftchen wehte, wie seine Tante es mit scharfer Zunge ausgedrückt hatte, hatte Dyer langsamer begriffen als Vivien. Nachdem sie Nissa endlich kennengelernt hatte, sagte sie zu ihm: »Ich mag sie, John, wirklich. Ich habe nur das Gefühl, dass bei Nissa die Hälfte interessanter ist als das Ganze. Hugo ist das auch aufgefallen. Habe ich dir je erzählt, was er nach unserer ersten Begegnung gesagt hat? ›Ein schönes Gesicht hat immer ein Preisschild.‹ Und es stimmt, mein Lieber.«

Hätte Nissa Leandro ganz und gar ignoriert, hätte es weniger geschmerzt. Im ersten Jahr war sie mit den Berichten über seine Fortschritte zufrieden gewesen, die Dyer ihr nach jedem Schulhalbjahr schickte. Doch jetzt, da ihre Zwillinge in eine englische Privatschule gehen sollten, legte sie größeres Interesse an den Tag. Alle paar Wochen lag neben der Gas- und Stromrechnung eine neue Forderung von ihr im Briefkasten. Sie wollte Leandros Zeugnisse, das Mannschaftsbild, seinen Taillen- und Halsumfang, als versuchte sie ihn zurückzuerobern, indem sie durch die Arme und Beine der Hemden und Hosen nach ihm griff, die sie ihm schickte. Leandro rührte die Sachen nicht an. Sie wäre eine perfekte Phoenix-Mutter gewesen, dachte Dyer, der es nicht hatte kommen sehen. Was er sah, sagte er Leandro nicht – der auch nie fragte –, nämlich dass die Frau, die zu lieben er geglaubt hatte, ihn für jemanden, der reicher war als er, verlassen hatte. Nissa sah es allerdings nicht so. »Du vögelst nicht mich.« Sie wischte sich die Tränen aus den Augen. »Sondern Astrud.«

Marvar betrachtete noch immer Astruds Foto. Es war in der Dämmerung auf der Terrasse ihrer Eltern in Petrópolis aufgenommen. Sie lehnte an den Eisenstäben des Geländers und starrte ihn an. Nicht schön, nicht hässlich. Ihre Offenheit hatte nichts Gekünsteltes. Sie war im dritten Monat schwanger.

»Wie heißt sie?«, fragte Marvar.

Dyer nannte den Namen. Sein Herz schlug einmal schneller. So oft hatte er ihren Namen ausgesprochen. Es war nichts, das man wegreden oder mit Worten beschwichtigen konnte; es war ein Teil seiner selbst, der leer war und es immer bleiben würde. Dasselbe galt für seine Tochter. Er konnte sie aufwachsen sehen, aber es war ein Trugbild.

Wieder das Hämmern. Ein Anwalt aus Putney hatte das

Haus gekauft. Im September sollten sein Sohn und seine Tochter in die Phoenix kommen.

Nachdem Dyer ihm erzählt hatte, dass Astrud bei der Geburt gestorben war, nahm Marvar seine Brieftasche heraus und zeigte ihm ein Foto. »Meine Frau.«

Dyer sah ein Gesicht wie Samirs: große Augen, langes dunkles Haar, schmale kleine Nase und etwas unregelmäßige Vorderzähne, die ihrem Lächeln etwas Elfenhaftes verliehen.

»Und das ist – meine Tochter.«

Das Baby in ihren Armen, es konnte nicht älter als ein paar Monate sein.

»Wie heißt Ihre Tochter?«

»Jamileh«, sagte er leise.

»Und Ihre Frau?«

»Shula.«

»Sie sieht wunderschön aus.«

»Oh, das ist sie, sie ist eine sehr tapfere, schlaue Frau. Sie ist eine Hälfte von mir.« Es war nahezu ein Flüstern.

»Sie haben doch gesagt, dass Sie geschieden sind.«

Marvar senkte den Kopf. »Ich habe gelogen.«

Dyer schaute auf. »Aus welchem Grund?«

Marvars hellbraune Haut spannte sich über seiner Stirn, und Dyer sah eine kleine pulsierende Ader, die er zuvor nicht bemerkt hatte.

Er zog einen Stuhl heran und setzte sich. Der Stuhl knarzte. Die Leute schauen sich immer um, bevor sie lügen. Marvar sah Dyer direkt an.

»Kann ich einen Kaffee haben?« Es klang nicht so, als wäre es die einzige Entscheidung, die er getroffen hatte. Mit Lügen käme er nicht weiter.

10. KAPITEL

Er erinnerte sich, dass sie lachend gesagt hatte, alles würde mit einem Kaffee anfangen. Nicht dass Marvar viel davon getrunken hätte. Er stand immer wieder auf und ging zum Fenster, sprach zum Fenster, als wäre es das Tor zum Himmel. Er gehörte nicht in diesen Raum, sondern in eine Wüstenlandschaft von der Farbe seines Mantels, gesäumt von Vulkanen, mit keuchenden Hunden, einem knarzenden Wasserrad, Fensterläden, die geschlossen und geöffnet wurden. Der Oxford-Nebel, der vom Kanal aufstieg, trennte Marvar von der Realität des Alltäglichen, von diesem roten Backsteinhaus in Jericho, in dem er stand oder sich schnaufend setzte und versuchte, Dyer zu erklären, warum er sich so seltsam und aufgeregt verhielt. Und die ganze Zeit das Hämmern von nebenan.

Zwischen kleinen Schlucken brach es in Bruchstücken aus ihm heraus. Er hatte Angst, zu viel zu sagen. Er kannte Dyer kaum. Sie hatten nur – wie oft? – zweimal miteinander gesprochen. Dennoch sagte ihm sein Instinkt, dass Dyer jemand war, dem er vertrauen konnte, der ihn vielleicht verstand. Mit wem konnte er sonst reden? Es gab niemanden.

Er sprach, als wäre sein Mund trocken. Ja, er war noch verheiratet und zudem glücklich verheiratet. Aber seine Frau Shula war als Geisel in Teheran. Sie hatten sie nicht nach Oxford kommen lassen. Samir hatte er mitnehmen dürfen, nicht aber seine Frau.

Marvar bestritt nicht, dass es eine Überraschung gewesen war, als ihn das Clarendon-Labor »im Geist der Versöhnung« einlud, drei Jahre am Institut für Physik in Oxford zu verbringen. Sein Forschungsfeld war Spektrometrie. Im Iran gab es jede Menge Physiker mit mehr Erfahrung – und zudem war seine Mutter Christin gewesen.

In der Folge erfuhr er, dass ihn ein holländischer Wissenschaftler vorgeschlagen hatte, der eine Weile an der Universität von Teheran gelehrt und sich in der Kantine ein paarmal mit Marvar unterhalten hatte.

»Sie dürfen zusagen.« Es war klar, dass viele Unterredungen stattgefunden hatten, bevor der Institutsleiter Marvar zu sich rief und ihm mit ruhiger teilnahmsloser Stimme erst die Entscheidung verkündete und dann die Bedingungen. Seine Frau durfte nicht mit, er musste jeden Monat über seine eigene Forschung berichten, er sollte Kontakte außerhalb seines Teams im Clarendon vermeiden. Wenn ihn jemand fragte, sollte er sich als alleinerziehender Vater präsentieren. Die gab es im Westen zuhauf.

Shula hatte entschieden. Die Gelegenheit, in Oxford zu arbeiten – sie würde sich nie wieder bieten, und Samir würde profitieren; die Regierung war bereit, die Schulgebühren zu übernehmen.

»Sie hat zu mir gesagt: ›Keine Frage, Rustum, du musst gehen.‹«

Vater und Sohn waren kurz nach dem Abschluss des internationalen Abkommens, das Irans Atomprogramm beschränkte und im Gegenzug Sanktionen erleichterte, in England eingetroffen. Ein dreißigjähriges Patt – drei Jahrzehnte gegenseitiger Dämonisierung – war zu Ende. Die Spannungen verringerten sich weiter, als Iran wieder Öl zu exportieren begann. Marvar erhielt keine weiteren Instruktionen. Er wohnte mit Samir in der Merton Street. Er kam mit seiner Arbeit voran. Er aß *take away*; er ging nicht zu Partys. Letzten Sommer war er mit Samir nach Teheran geflogen, um Shula zu besuchen, die im sechsten Monat schwanger war. Marvar war in Oxford, als Jamileh drei Monate später geboren wurde. Er hatte sich gefreut, seine kleine Tochter im März zum ersten Mal zu sehen, wenn das jährliche Treffen der iranischen Atomenergieorganisation stattfinden sollte.

»Doch in den letzten Wochen – hat sich die Atmosphäre vollkommen verändert.« Die amerikanischen Drohungen, erneut Sanktionen zu verhängen, habe die Iraner zu Berserkern gemacht. »Jeden Tag haben sie neue Anweisungen für alle, die mit dem Westen zu tun haben. Gleichzeitig verhaften sie Leute.«

Sie waren jetzt besessen von Marvars Forschung am Clarendon. Sie bestanden darauf, dass er nicht mehr monatlich, sondern wöchentlich Bericht erstattete, in allen Einzelheiten. Und das war nicht alles.

»Ich bin kein Spion – nein, nein, das dürfen Sie nicht glauben. Aber meine Leute sind sehr argwöhnisch, Sie können sich gar nicht vorstellen, wie argwöhnisch. Sie haben weitere Bedingungen gestellt. Sie *wollen*, dass ich spioniere.«

Er sprach leise, als hätte er Angst, dass sie jemand belauschte. »Ich muss auch über meine Teamkollegen berichten. Wenn sie damit nicht zufrieden sind … Ich kann nicht mehr klar denken.«

Er musste schlucken, bevor er weitersprechen konnte. Nahezu schluchzend sagte er: »Von meiner Cousine habe ich erfahren, dass Shula abgeholt wurde.«

In seinen großen braunen Augen stand das Entsetzen

eines Mannes, der seine Frau vielleicht nie wiedersehen würde. Rejas hatte genauso gelitten, wenn er über Yolanda gesprochen hatte.

Dyer wäre nicht Journalist geworden, wenn er den Menschen vertraut hätte. Er hatte gelernt, nicht zu glauben, es war ein Grunderfordernis seines Berufs. Die Leute lügen die ganze Zeit, vor allem lügen sie sich selbst an. Dreißig Jahre in Brasilien hatten ihn gelehrt, Marvars Geschichte mit Vorsicht zu genießen.

Dyer war nicht klar, wer »sie« waren. Sein Wissen über iranische Politik stammte aus den Nachrichten. Meinte Marvar die iranische Atomenergieorganisation? Sein Institut an der Uni in Teheran? Die Revolutionsgarde? Oder eine geheime Fraktion, die dem Ajatollah noch näherstand?

Er hob die Tasse an den Mund und wartete, dass Marvar fortfuhr. Als er den Kaffee schluckte, fühlte er sich aufgeräumt, ruhig. Jener Tag in Rio. Er hatte sie an einem trockenen einsamen Nachmittag kennengelernt. Sie war wie der erste Kaffee am Morgen. Sie hauchte den Dingen Leben ein, und dadurch wurden sie wahr.

Wenn er aufgeregt war, hob Marvar die rechte Hand von seinem spärlichen Bart zum Haar und tatschte darauf herum, bis es ihm in die Augen fiel.

»Ich weiß nicht, was ich tun soll ... Ich wollte in die Kirche gehen ... Ich habe das Gefühl, wohin immer ich gehe ...« Er verschluckte den Rest des Satzes.

»Sie haben das Gefühl, beobachtet zu werden?«, sagte Dyer.

Marvar nickte. Er räusperte sich.

»Von wem?«

»Cubbage zum Beispiel!« Der Groll war seiner Stimme anzuhören.

Dyer stellte seinen Becher ab. »Was, Amys Vater?«

Genau der. Ralph Cubbage mit dem karottenroten Haar und der maßgeschneiderten roten Jeans, dem schwarzen großen Lexus, der Baseballkappe von Berkeley, der im Januar zum stellvertretenden Direktor von Marvars Institut ernannt worden war. Offiziell verantwortlich war ein australischer Professor, doch Cubbage war für den alltäglichen Ablauf zuständig. Seit dem ersten Morgen, als er durch den pompösen orangeroten Backsteineingang des Clarendon stolziert war, die Holztreppe hinauf und den Flur entlang zu Professor Whittons Raum, hatte sich Dr. Ralph Louis Cubbage jr. verhalten, als hätte er ein Anrecht auf Marvars Arbeit.

»Wenn er nicht für die CIA arbeitet, dann – was sagt ihr immer? – will ich Miller heißen.«

Cubbage war nicht der Einzige. Wohin immer er blickte, überall sah Marvar jetzt Schatten mit Wolfsohren. Abgesehen von den Amerikanern und den Behörden in Teheran schien er sich insbesondere vor den Israelis zu fürchten, die zwischen 2009 und 2012, sagte er, siebzehn iranische Atomwissenschaftler umgebracht hatten. Vor kurzem hatte Marvars Professor im Clarendon zwei Besucher empfangen, angeblich Plasmawissenschaftler aus einem Labor in Tel Aviv. Sie befragten ihn eingehend nach seiner Arbeit, waren jedoch bemerkenswert ausweichend, was ihr eigenes Labor betraf.

Dann folgten die Saudis, die Russen, die Chinesen, die Briten, London, Wall Street, Waffenfabrikanten, iranische Dissidenten – sogar die Ölindustrie. Marvar murmelte: »Die Sache ist so groß, sie wären ganz vorn bei der Revolution erneuerbarer Energie.«

Dyer hörte kommentarlos zu, wie ein Arzt einem Hypochonder beim Aufzählen seiner Symptome zuhört. Es brauchte wenig, um zu erkennen, dass Marvar eine eruptive, verwirrte Person sein konnte, die extrem auf andere Menschen und Situationen reagierte.

»Die Wahrheit ist, ich habe nie erwartet …«

Seine Stimme klang körperlos. Die Angst um das Schicksal seiner Frau und seiner Tochter versetzte ihn in nervöse Anspannung, doch Dyer hatte wieder einmal den Eindruck, dass noch mehr im Schwange war.

»… Ich habe diese Ergebnisse nie erwartet …«

»Entschuldigung«, sagte Dyer, als Marvar erneut aufsprang. »Was sind das für Ergebnisse, von denen Sie sprechen?«

Marvar stand vor dem Fenster, den weißen Becher in der Hand, den Blick in die Ferne gerichtet. Der dichte Nebel, atmosphärisch und trügerisch, zog über die leere Werft, lichtete sich hin und wieder, sodass der Kanal zu sehen war. Der Pfad auf der gegenüberliegenden Seite, an dem Kähne vertäut waren; am diesseitigen Ufer zogen sich schmale Rasenstreifen zu edwardianischen Häusern und modernen Neubauten hinauf, die keinen Garten hatten, aber Balkone und senkrechte Fassaden wie venezianische Palazzi.

»Sehen Sie nur, wie schön es dort drüben ist.« Er wandte sich mit trauriger Miene Dyer zu, als würde er seiner letzten Chance auf Freude nachjagen. »Lassen Sie uns hinausgehen.«

Zwischen den Hammerschlägen nebenan läuteten die Glocken von St Barnabas zweimal. Auf einem gefrorenen Fußballplatz in Brackley wurde angepfiffen, und für Leandro und Samir begann das Spiel – ohne ihre Väter auf der Tribüne, ein Gedanke, der Dyer deprimierte, als er Marvars Mantel holte.

Marvar stand gedankenverloren da und zog sich den

Mantel über, und Dyer rief Silvi Asselin an, um ihr zu sagen, dass er es doch nicht zum Fußballspiel schaffen würde, ebenso wenig Samirs Vater, und ob sie die beiden Jungen mit zu sich nach Hause nehmen könne, wo sie ja übernachten würden.

Silvi reagierte knapp, aber freundlich; Gilles sagte ständig im letzten Moment ab. »Sie werden den Tee versäumen«, sagte sie nur. Der Imbiss in Winchester House war der beste von allen.

Sie gingen über die Brücke und den Pfad am Kanal entlang. Marvar blickte hin und wieder über die Schulter. Das Wasser im Kanal floss langsam und dunkel; Zweige und Flaschen trieben auf der Oberfläche, die schwarz wie Teer war. Nichts schien sich darin zu spiegeln, keine Vögel, keine Wolken, kein Streifen Sonnenschein. Enten tauchten am anderen Ufer unter und wieder auf und schüttelten die Köpfe. Im sich lichtenden Nebel waren verschwommen einzelne Männer neben schwarzen Netzen zu erkennen, die Schleien fischten.

Während sie gingen, erzählte Marvar Dyer eine kuriose – nein, eine phantastische – Geschichte. Bevor er nach England gekommen sei, habe er mit niemandem so freiheraus gesprochen. Aber in der freizügigeren Atmosphäre von Oxford habe er festgestellt, dass man sagen könne, was man wolle, ohne dass die Welt zusammenbreche.

Als sie an einem vertäuten Kahn vorbeikamen, wandte sich Marvar ihm zu. »Was wissen Sie über Kernfusion?«

Physik hatte sich Dyer entzogen; nach Mathe war es sein schlechtestes Fach. Nicht einmal Rougetel, der in den naturwissenschaftlichen Fächern so gut war wie in den geisteswissenschaftlichen, konnte ihm dabei helfen. Dyer erinnerte sich, dass Atome gespalten werden konnten; sie konnten aber auch gezwungen werden zu verschmelzen – und dabei generierten sie unermesslich große Kräfte. Das hatte er in der Phoenix gelernt, von einem jungen Referendar.

»Alles, was ich über Kernfusion weiß«, entschuldigte er sich bei Marvar, »passt auf einen Post-it-Zettel.«

»Einen Post-it-Zettel?« Marvar lächelte. Und nachdem ihm Dyer erklärt hatte, was ein »Post-it-Zettel« war, brach er in Lachen aus und warf den Kopf zurück. »Alles, was ich weiß, auch!«

Marvar deutete auf den grauen Nachmittagshimmel. »Um es kurz zu sagen, in der Sonne – wenn wir sie denn in Oxford mal zu Gesicht bekämen – findet jede Sekunde, jede Minute, jeden Tag eine Kernschmelze statt. Deswegen funkeln die Sterne. Warum sollte so etwas also nicht auch auf der Erde möglich sein?«

Das war der Heilige Gral, die Herausforderung, mit der Wissenschaftler seit achtzig Jahren konfrontiert waren. Wenn wir auf der Erde die Prozesse, die in der Sonne und den Sternen stattfinden, nachahmen könnten, dann wären unsere Probleme mit der Energieversorgung, der Erderwärmung auf der Stelle gelöst. Für immer!

Aber wie?

Er sah Dyer konzentriert an. »Es ist möglich.« Er lachte kurz bekümmert auf. »Ich habe einen Weg gefunden.«

Jetzt brach Dyer in Lachen aus. Doch er verstummte sofort, als er Marvars Miene sah, und er stellte kein Wort mehr infrage, nachdem Marvar zu Ende gesprochen hatte.

Marvars Stimmung hatte sich verändert, er hatte das Tempo angezogen. Nachdem er angefangen hatte, hörte er nicht mehr auf. Jeder Satz, den er sagte, erforderte den nächsten. Jetzt, da er nicht mehr befürchtete, dass ihnen jemand zuhörte, klang er nicht mehr vage und angespannt wie zuvor, sondern sprach klar und kohärent, als befände er sich in einem Beichtstuhl.

Marvar entriegelte das Tor zur Port Meadow und berichtete während der nächsten eineinhalb Stunden leidenschaftlich über seine Forschung am Clarendon. Die große Wiese erstreckte sich bis zum Fluss, unbeackert seit Jahrtausenden war sie eine Weide für Rinder und Pferde. Vom anderen Ende hätte man sie für zwei Wissenschaftler halten können, die tief in ein Gespräch versunken waren, der eine faszinierte den anderen für sein Thema – die Energie der Zukunft.

11. KAPITEL

»Wenn man ein System wirklich stark erhitzt«, sagte Marvar, als sie auf das Wehr zugingen, »gerät es außer Rand und Band. Es ist, als würde man ein Kind, das zu Wutanfällen neigt, in einen Käfig sperren – Wassili zum Beispiel.« Dyer sollte sich Wassili als Plasma vorstellen. »Wenn man Plasma erhitzt, gefällt ihm das gar nicht. Es wirbelt herum, verursacht Instabilitäten und nimmt eine bösartige Identität an.«

Bislang war es nicht gelungen, Plasma so weit zu erhitzen, dass »es sich selbst am Brennen hält« – das hieß, bis zu dem Punkt, an dem das Plasma mehr Hitze generiert, als ihm zugeführt wird, obwohl viele Experimente mit exotischen Metallen, superleitenden Magneten, riesigen Lasern und so weiter durchgeführt worden waren.

Die Instabilitäten verhinderten es.

Im Süden Frankreichs baute ein Verbund von Nationen einen großen Reaktor, der 25 Milliarden Dollar kostete, jedoch erst in acht Jahren getestet werden konnte. Doch es war durchaus möglich, dass ITER wie der Zeppelin oder der Brutreaktor in Amerika scheitern würde, an dem fünfzehn Jahre gebaut worden war, bevor das Projekt wieder aufgegeben wurde, ohne dass ein einziges Experiment durchgeführt worden wäre.

Abgesehen von der Wasserstoffbombe, die mit einer

Atombombe gezündet werden musste, hatte der erfolgreichste Versuch, eine Fusion friedlich auf der Erde zu replizieren, im Culham-Labor außerhalb von Oxford stattgefunden: 1997 war hier in einer Maschine, die so groß wie das Centre Pompidou war, Kernfusion gelungen – wenn auch nur für weniger als eine Sekunde. Der Trick bestand darin, den Fusionsprozess in wesentlich kleinerem Maßstab viel länger andauern zu lassen, doch das war der wissenschaftlichen Gemeinschaft der Welt bislang nicht geglückt. Kalte Fusion, Tokamaks, Stellaratoren, Laser, magnetischer Einschluss – alles schien vielversprechend zu sein. Nichts davon funktionierte. Das selbst erhaltende Brennen blieb unerreicht, eine Schimäre.

»Das heißt, bis 19.32 Uhr letzten Freitag.«

Doch Marvar griff vor. Nichts davon würde für Dyer Sinn ergeben, wenn er die Natur seiner Forschung nicht verstand.

»Pauli? Haben Sie von ihm gehört?«

Hatte Dyer nicht.

»Pauli war ein Pionier der Quantenphysik«, fuhr Marvar lächelnd fort. »Er sah eine Revue in einem Theater in Kopenhagen, als er auf das Ausschließungsprinzip kam.«

Marvar hatte seinen Geistesblitz, als er Samir gegen Summerfields spielen sah.

»Wissen Sie, wie ich auf die Idee gekommen bin?«, sagte er und kam in Schwung. »Der Fußball!«

Um das »Brennen« zu schaffen, musste man die Atome unglaublich hoch verdichten. »Das Problem ist das gleiche, wie wenn man einen Luftballon in beide Hände nimmt und versucht, ihn zusammenzudrücken. Der Ballon platzt zwischen den Fingern, es geht nicht.« Die einzige Möglichkeit, Kernfusion zu erreichen, war, ein absolut symmetrisches Profil herzustellen. »Wir haben noch nie vollkommene Kohärenz erreicht, eine Kugelwelle – wie eine Welle, die überall am Strand zur gleichen Zeit ankommt.« In Livermore, wo Milliarden Dollar dafür ausgegeben worden waren, wurde eine Reihe langer Laseranlagen, jede so groß wie zwei Fußballfelder, auf eine so winzige Kunststoffkugel gerichtet, dass man sie kaum erkennen konnte, und jedes Mal gab es Punkte.

»Und Punkte bedeuten, dass es nicht symmetrisch ist.«

Marvar sah zu, wie Samir einen Eckball ausführte, als seine Gedanken einen akrobatischen Sprung machten: Was, wenn es eine Möglichkeit gäbe, eine vollkommen symmetrische Implosion mit einem *kugelförmigen Laser* zu generieren?

Es verschlug ihm die Sprache. Das Spiel war noch nicht zu Ende, als er den Sportplatz verließ und ins Labor zurückeilte.

Während der nächsten Tage rechnete er unablässig, auf Papierservietten, der Rückseite von Speisekarten, gelben Post-it-Zetteln (»Jetzt weiß ich, wie man sie nennt«) – und »sogar in Sandgruben!«

Was ihm nicht klar gewesen war: Größe spielte keine Rolle. Die Maschine brauchte keine komplizierte Magnetkammer, sie musste nicht riesig sein, nicht wie Wembley. »Sie muss nicht größer sein als ein Fußball.«

Was für eine kühne Idee! Sie stand im Widerspruch zu den Annahmen aller international anerkannten Wissenschaftler. Samir, dessen Eckball ihn inspiriert hatte, konnte er kein Wort davon sagen. Er konnte nicht am Computer arbeiten, weil er wahrscheinlich überwacht wurde, deswegen schrieb er seine Berechnungen in ein Notizbuch, das er ständig mit sich trug. Niemand durfte wissen, woran er arbeitete. Marvars Team glaubte, dass er sich noch immer mit dem Plasmafokus abrackerte, er experimentierte zum

Schein weiterhin mit einer Elektrode mit Wolframspitze, führte gewissenhaft Bericht darüber. Den Rest der Zeit widmete er der Herstellung des »Fußballs«.

»Fünf Tage lang habe ich das Labor kaum verlassen. Das Material war da, ich brauchte nicht viel.«

Er arbeitete in den Nächten, wenn das Risiko, gestört oder beobachtet zu werden, geringer war. Er testete mehrere Lasermedien, bis er eins fand, mit dem es funktionierte. »Dumm von mir, nicht früher daran gedacht zu haben, ein nicht lineares optisches Kristall, mit dem ich in Teheran experimentiert habe.«

Marvar konstruierte daraus eine Art Ummantelung für das heiße Plasma. »Es klingt einfach, aber das war es nicht.« Die gleichmäßige Dicke des Mantels war entscheidend. »Um eine glatte Wellenfront zu schaffen, musste ich andere Lasermedien daruntermischen.«

»Langsam, bitte«, sagte Dyer. »Was für andere Medien?«

Marvar spulte sie herunter. (Als er sich am nächsten Morgen abmühte, sich an die Details ihres Gesprächs zu erinnern, bedauerte Dyer, nicht in Marvars Tasche gelangt und sein Notizbuch geliehen zu haben. In seiner Katerstimmung fiel ihm nicht mehr ein, ob Marvar Neodym oder Monazit oder Bastnäsit oder einen der anderen Kandidaten genannt hatte, die Dyer googelte. Was er begriff: Marvar hatte einen Weg gefunden, die Kristalle so mit Elementen der seltenen Erden zu dotieren, dass sie alle Instabilitäten ausbügelten und die Neutronenproduktion dramatisch erhöhten.)

Dann, am letzten Freitagabend, nachdem alle ins Magdalen Arms gegangen waren, um auf die Aufnahme Professor Whittons in die australische Akademie der Wissenschaften anzustoßen, nahm Marvar hinter einer glänzend roten Tür im Clarendon ein Kügelchen gefrorenes Deuterium in einer dünnen Haut aus Plastik und legte es in seinen Laser. Die gefrorene äußere Oberfläche dieses Kügelchens war ein Spiegel, die äußere Oberfläche der Ummantelung war der zweite Spiegel; zusammen formten sie den Laserresonator.

»Das ist nicht verrückt, es erforderte nur eine absolute Angleichung der beiden.«

»Wie haben Sie das Kügelchen zentriert – es musste doch genau in der Mitte sein?«

»Sehr gute Frage!«

Whitton und Cubbage benutzten in ihren Experimenten ein Röhrchen mit einem Durchmesser von fünf Mikron – »doch auch das verursacht überaus spürbare Störungen in der Symmetrie«. Marvars Lösung: magnetische Levitation.

Er schaute auf. Dyer hatte wieder zu kämpfen.

»Das lassen wir jetzt mal beiseite. Ich erzähle Ihnen, was passiert ist.«

Kurz nach 19.30 Uhr trat Marvar von der Zielkammer zurück hinter eine bleiverstärkte Betonwand, setzte eine Schutzbrille auf und schaltete die Energiezufuhr ein. Durch die dunklen Gläser sah er, wie mehrere Laserimpulse Schockwellen in das Kügelchen schickten, die zurück und vor schwangen, zurück und vor, dabei stärker und stärker wurden wie die Wellen, die Samir in der Badewanne erzeugt – »seine Mutter mochte das gar nicht!« –, bis plötzlich die Laseratome durchbrachen und »einen Impuls wunderschönen kugelförmigen Lichts generierten«.

Es war keine anhaltende Reaktion; sie dauerte so lange, bis die zugeführte Energie verbrannt war – von Marvar sorgfältig berechnet, um die hochdichte Implosion zu überleben. Bevor jemand vom Team zurückkehrte, maß Marvar in aller Eile die Größe der Reaktion mit der zeitgesteuerten Röntgenkamera des Clarendon, die Brenndauer mit der Röntgen-Streak-Kamera und die Neutronenausbeute mit dem neuen Neutronenaktivierungsdetektor des Labors. Er traute sich kaum, das Ergebnis zu flüstern.

Er richtete sich auf und sah Dyer ins Gesicht.

»Ich hatte nicht nur eine gute Komprimierung erreicht, nein, sie war perfekt. Als ich die Daten kontrollierte, hatte ich mehr Energie erzeugt als verbraucht.«

Marvar sagte voller Leidenschaft: »Ich habe die Bedingungen für die Fusion hergestellt mit einem Gerät, das nicht größer ist als Samirs Fußball in einem Raum so groß wie Ihr Küchentisch.«

12. KAPITEL

Marvar wandte sich ab. Er stand am Ufer und starrte auf die Bäume. Auf der gegenüberliegenden Seite dümpelte ein Ausflugsboot, Stühle waren aufeinandergestapelt. Von der Brücke war das leise Lachen einer Frau zu hören.

Dyer öffnete den Mund und vergaß, was er sagen wollte. Was Marvar ihm erzählt hatte, war unglaublich. Wenn es stimmte, waren die Implikationen für alle und für immer ungeheuerlich.

Aber stimmte es?

Als sie vor knapp zwei Stunden das Haus in Jericho verlassen hatten, hatte Dyer unwillkürlich geglaubt, dass Marvar sich auf der Grenze zwischen Täuschung und Selbsttäuschung bewegte. Seine Skepsis war nicht kleiner geworden, als Marvar seinen fußballförmigen Laser beschrieb. Dyer hatte Mühe zu glauben, dass ein junger Forscher aus Teheran – der aufgrund des iranischen Atomprogramms bereits unter Überwachung gestanden haben musste – in der Lage war, eine so bedeutende Entdeckung zu machen, allein an einem Freitagabend, ohne eine Spur zu hinterlassen.

Dyer machte eine Kehrtwende.

So unwahrscheinlich es schien, hier war der einsame Iraner Ende dreißig, im Exil in dieser verregneten Stadt voller gestreifter Krawatten und schwarzer Talare, naiv und leidenschaftlich, der nie erwartet hatte, das Rätsel der Kernfusion zu knacken, doch der vielleicht erfolgreich war, wo Teams von Wissenschaftlern und staatlich geförderten Organisationen gescheitert waren.

Dyer staunte immer wieder über die Dinge, die wir nicht wissen, und die sich manchmal dank der Genialität oder des schieren Glücks eines Einzelnen klärten. War Marvars zufällige Entdeckung – ein neuer Kontinent des Wissens – so anders als Cabrals zufällige Entdeckung Brasiliens, nachdem ein Sturm auf See den Admiral gezwungen hatte, sich nach Westen zu wenden?

Nur für einen Augenblick wollte Dyer die ungeheuerliche Möglichkeit genießen, dass Rustum Marvar mehr war als ein Physiker auf der Flucht in einem graubraunen Mantel. Er war ein Symbol, erlesen und unauslöschlich wie eine Person auf den Briefmarken, die Dyer als Junge gesammelt hatte und die an den Moment erinnerten, als Alexander Fleming das Penizillin entdeckte oder die Brüder Wright vom Boden abhoben oder Marconi zum Wegbereiter der drahtlosen Nachrichtenübermittlung wurde.

Eine dichte Schicht Kumuluswolken hing über ihnen wie Treibeis. Wenn man sich konzentrierte, sah man, dass sie sich bewegte. Ein böiger Wind trug den Geruch nach frischem Kuhdung und Pferdemist heran.

Dyer wusste nicht, wie viel Zeit vergangen war, als er sich sagen hörte: »Was haben Sie jetzt vor?«

»Ich weiß es nicht«, sagte Marvar tonlos, Dyer den Rücken zugewandt. Er hatte etwas Trauriges an sich, wie ein Mann, der viel gelernt hatte und doch durch die Prüfung gefallen war. Er nahm seine Brille ab, rieb sich erst ein Auge und dann das andere und setzte die Brille wieder auf. Er drehte sich quälend langsam um. »Ich weiß es wirklich nicht …«

Dyer wusste, dass er sich lange an Marvars Ausdruck, die Leere in seinem Blick, erinnern würde. Seine Augen wirkten wie erloschen. Wo Freude hätte sein sollen, war ein namenloser unendlicher Schrecken.

»In meinem Land feiert alles, was böse ist, fröhliche Urständ.«

Die Veränderung war erstaunlich. Es sprach eine andere Person mit grenzenlosem Kummer in der Stimme, die Dyer nicht daran erinnern musste, dass die Ajatollahs im Namen der Religion einen autoritären Staat errichtet hatten, der es mit dem Faschismus der dreißiger Jahre in Europa aufnehmen konnte.

»Sie können sich das Böse, das im Namen des Guten getan wird, gar nicht vorstellen – in großem Maßstab.«

Iran sollte ein Gottesstaat sein. Er war es nicht. Religiöse Vielfalt werde geringgeschätzt, sagte Marvar hart. »Ich bin nicht religiös, aber meine Mutter war es – sie war gläubig, und wie sehr sie gelitten hat. Wie sie gelitten hat.«

Kurz nach dem Tod seines Vaters, als Marvar sieben war, war seine Mutter zum Christentum übergetreten. Anfänglich passierte nichts. Vor fünf Jahren wurde sie jedoch festgenommen, als sie die Janat-Abad-Kirche in Teheran verließ. Ihre religiösen Bücher wurden konfisziert. Als sie wieder entlassen wurde, erinnerte man sie daran, dass Apostasie mit dem Tod bestraft wurde. Elf Monate später starb sie an Bauchspeicheldrüsenkrebs, ohne dass sie je wieder offen ihren Glauben hätte leben können.

Marvar glaubte an die Wissenschaft. Als er mit seiner Forschung begann, hatte er seine Position, die Implikationen des Erfolgs nicht in Betracht gezogen: Er hatte sein Ziel nur um der Erkenntnis willen verfolgt. Jetzt war er mit den politischen Realitäten seiner Entdeckung konfrontiert.

Die Verfolgung seiner Mutter hatte einen bereits rebellischen Samen in ihm zum Keimen gebracht. Marvar studierte an der Universität von Teheran, als er auf eine Zeile von Werner Heisenberg stieß, die lautete, »dass effektiven Widerstand nur die leisten können, die vorgeben zu kollaborieren«. Das beeindruckte ihn, aber noch mehr beeindruckte ihn die Aufforderung eines anderen Atomphysikers, Fritz Houtermans: »Jede anständige Person, die mit einem totalitären Regime konfrontiert ist, sollte den Mut haben, Hochverrat zu begehen.« In der freien Atmosphäre von Oxford, in Kontakt mit Wissenschaftlern aus der ganzen Welt, hatte er diesen Mut aufgebracht. Er hatte seine letzten Forschungsergebnisse trotz des Drucks der Revolutionsgarde nicht an Teheran weitergegeben.

»Ich habe ihnen noch nichts gesagt.«

Für die Garde und ihre Mullahs wäre sein Verhalten unweigerlich Verrat, doch Marvar hatte alles getan, um seine Spuren zu verwischen. Seine Notizen hatte er in einen Safe in Oxford gesperrt und der iranischen Botschaft in London jeden Sonntag Routineberichte und theoretische Arbeiten – »überwiegend zu Bromiden« – geschickt, die er auch an seine Teamkollegen im Clarendon weitergab. Bis zur Ankunft von Ralph Cubbage war es Marvar gelungen, seinen australischen Professor im Dunkeln zu lassen. Für Professor Whitton war Marvar ein gewissenhafter, wenn auch ungeselliger Experte für Spektrometrie, der sich nicht sonderlich erfolgreich an magnetischer Levitation versuchte. Es wäre Whitton nie in den zerstreuten Sinn gekommen, dass dieser schwerfällige neununddreißigjährige Forscher aus dem Iran die Herstellung billiger Fusionsenergie in greifbare Nähe gerückt hatte. Gleiches galt für Marvars Vorgesetzte in Teheran, die ihm gestattet hatten, nach Oxford zu gehen.

Aber jemand musste Verdacht geschöpft haben. Die Idee, die Marvar am Spielfeldrand von Summerfields gekommen war, versetzte ihn in eine Aufregung, die ihn alles andere vergessen ließ. Als er den dummen Fehler beging und Shula eine beglückte SMS schickte, war sein Schicksal besiegelt.

Teheran wurde entweder von der Botschaft oder von jemand anderem davon in Kenntnis gesetzt, dass Marvar undurchsichtig war, dass er etwas verbarg. Es war zu früh, um sagen zu können, was sie wussten, ob sie ahnten, was Marvar gelungen war, doch sie mussten es angesichts ihrer Reaktion vermuten.

Zwei Gestalten dominierten Marvars Albträume. Ein General Damghani von der Revolutionsgarde, der seinen Sohn bei einem Gasangriff auf Saddam verloren hatte; und über ihm ein alter Ajatollah aus Ghom, gebildet, Experte für mittelalterliche Poesie, der vom Savak gefoltert worden war. Diesem mächtigen Duo unterstanden alle iranischen Physiker, die im Ausland arbeiteten. Sie betrachteten Amerika und Großbritannien – gleich nach Israel – im selben Licht, wie Saddam es getan hatte, und Saddams Mantra war auch ihres: »Steht jemand auf, um dich zu töten, steh früher auf und komme ihm zuvor.« Sie verdächtigten Marvar sofort des Verrats, ließen seinen Hintergrund neu prüfen und trafen eine Entscheidung. Er musste auf Linie gebracht werden – bevor er der Versuchung erlag, seine Ergebnisse jemand anderem mitzuteilen.

Marvar hatte letzten Donnerstag in seinem Postfach im Clarendon eine Warnung vorgefunden. Er steckte den USB-Stick in seinen Laptop und hörte eine Tonaufnahme, keine Worte, nur gedämpfte Geräusche. Keine dreißig Sekunden später riss er den Stick heraus, rannte aus dem Raum, den Flur entlang in die Toilette und übergab sich.

Er sagte mit tonloser, müder Stimme: »Sie müssen verstehen, es ist nicht Hass. Es ist etwas Tieferes.«

Während der nächsten vierundzwanzig Stunden revoltierte er gegen seine Phantasie. Was er gehört hatte, war gestellt, es gab keinen Beweis, die Aufnahme war eine abgekartete Sache, es waren Schauspieler, so rasch hatten die Behörden nicht reagieren können.

Doch am Freitag erhielt er die bittere Nachricht von seiner Cousine. Eines frühen Morgens war eine Gruppe Männer vor seiner Wohnung aufgetaucht, in der Shula unter Hausarrest stand, und hatte sie und Jamileh mitgenommen.

Marvar wusste, was wahrscheinlich passiert war. Er las Bücher, Zeitungen. Es war ihm unmöglich, die Szene nicht zu rekonstruieren. Sich die nicht bearbeiteten Bilder und Geräusche jenes Tages vorzustellen.

Das Hämmern an die Türen, die Schritte auf dem Dach.

13. KAPITEL

Shula hielt Jamileh in den Armen, als sie hereinstürmten. Ganz andere Typen als die in dem geparkten Auto, die Marvar im Lauf des Sommers gelernt hatte wiederzuerkennen. Männer mit Bärten und engen, bis oben hin zugeknöpften Krägen, in weiten schwarzen Sirwal-Hosen, die eine Nummer zu groß waren. Sie hätten Shula ein Foto von ihr gezeigt und gefragt, ob sie das sei. Nachdem sie es bestätigt hätte, hätten sie das Haus durchsucht, auch die Slipper, die er im Räumungsverkauf von Duckers für sie erstanden hatte. Sie hätten Shulas Radio gefunden, das auf den persischsprachigen BBC-Sender eingestellt war. Unter der Matratze des Babys hätten sie den englischen Roman entdeckt, den Marvar auf dem Weg nach Heathrow hastig bei Blackwell gekauft hatte. Sie hätten Shula die Augen verbunden und sie gezwungen, sich ohne Schuhe in den Paykan ohne Nummernschilder zu setzen. Sie hätten sie mit Jamileh in den Armen in die Haftanstalt Kahrizak gebracht und einen schmalen Korridor entlang in eine Zelle geschoben. Gefliester Boden, kein Fenster, dunkel, Fäkaliengestank. Ungeachtet der Schreie des Babys hätten sie ihr Jamileh weggenommen. Sie hätten ihr üppiges langes schwarzes Haar mit einem schlichten Tuch bedeckt, Shula geschlagen, sie an die Wand gestoßen, wären ihr mit den Armeestiefeln auf die nackten Füße getreten und hätten sie dann an den Hand- und Fußgelenken an ein eisernes Bett gefesselt. Sie hätten ihr mit einem Kabel auf die Fußsohlen geschlagen, ohne ein Wort zu sagen, ohne Fragen zu stellen. Bevor sie gingen, hätte einer eine Decke über sie geworfen. Augenblicke oder Stunden später wäre Shula erwacht, weil sich etwas auf ihren Lippen bewegte – dann wäre ihr klar geworden, dass ihr Ameisen in den Mund und in die Nase krochen. Irgendwann wären die Männer zurückgekehrt und hätten sie losgebunden, damit sie in der Ecke ihre Notdurft verrichten könnte. Sie hätten sie bei den Schultern gepackt und in einen anderen Raum gezerrt, und erst jetzt hätten sie die Augenbinde abgenommen. Während sich ihre Augen an das Licht gewöhnten, wäre ein Kleriker mit schwarzem Bart und Turban hereingekommen und hätte sich ihr gegenüber an den hölzernen Tisch gesetzt. Er hätte ein Buch auf den Tisch gelegt, den englischen Roman, den Rustum ihr gegeben hatte. Sie sei eine Ungläubige, hätte der Mann mit Turban gesagt. Sollte er sie berühren, sollte er dieses ekelhafte Buch berühren, würde er schmutzig, so wie Jamileh schmutzig wurde, wenn Shula sie stillte, und er würde Shula erklären, dass ihre Milch aus religiösen Gründen verboten war, weil sie nicht gläubig war, und als Ungläubige durfte sie ihre Tochter in einem islamischen Land nicht aufziehen, außer sie kooperierte. Dann würde ein Wächter mit Wollmaske über dem Gesicht, sodass nur sein Mund und seine Augen zu sehen waren, eine Blechschale mit getrockneten Früchten auf den Tisch stellen. Der Kleriker wählte eine Dattel und schilderte ihr dann, in welchen Schwierigkeiten sie steckte. Sie wäre für immer verseucht und verunreinigt, außer sie würde gestehen und offenlegen, was ihr Mann verheimlichte, mit welchen ausländischen Agenten er sich traf, was genau er ihnen mitgeteilt hatte. Der Kleriker hätte zugehört, die Dattel und dann noch eine gegessen, während sie darauf beharrte, dass sie nichts über die Arbeit ihres Mannes in Oxford wusste, dass Marvar nie darüber sprach, dass sie nichts verstanden hätte, auch wenn er es getan hätte, sie studierte Literatur, nicht Atomphysik. »Was ist dann damit?«, hätte der Kleriker erwidert und einen Zettel über den Tisch geschoben, den Shula mit zitternden Fingern genommen und gelesen hätte: *Meine andere Hälfte, du hast die Welt für mich verändert – & noch einmal mit unserem Sohn & unserer Tochter. Jetzt habe* ich *vielleicht etwas getan!* Und Shula würde den Kopf schütteln. »Ich weiß es nicht, ich weiß es nicht.« Und nach einer langen Pause würde der Kleriker fragen: »Was ist mit seinem Christentum?« Sprach ihr Mann nie darüber, dass er Andachten in Privathäusern besuchte und an Gottesdiensten teilnahm, die gegen die nationale Sicherheit verstießen? Wieder hätte Shula den Kopf geschüttelt, heftig diesmal, und verzweifelt gesagt: »Das war nicht Rustum, das war seine Mutter!« Der Kleriker schaute sie an, und Worte waren nicht nötig, um zu wissen, was er dachte: *Wie die Mutter, so das Kind.* Dann würde er dem maskierten Wächter zunicken, damit er eine weitere Schale auf den Tisch stellte, die mit ihren eigenen Ausscheidungen gefüllt war, wie der Kleriker erklärte, bevor sie würgte. Sie müsste kooperieren oder sie leer essen. Und sie hätte ihn angesehen, als wäre er wahrhaftig wahnsinnig, oder sie wäre es. Nachdem sie sich die Nase gewischt hatte und wieder zuhören konnte, würde er sagen: »Willst du Jamileh wiedersehen?« Würde sie nicht essen, würde sie Jamileh nie wieder in den Armen halten. Ihre Entscheidung. Er hätte zu ihr gesprochen, während er die Trockenfrüchte kaute und einen nach dem anderen die Anklagepunkte auf ein Blatt Papier schrieb, hin und wieder aufblickte, um ihren Fortschritt zu beobachten, oder aufstand und in eine Ecke des Zimmers ging, um zu beten. Erst nachdem sie die Schale schluchzend, würgend, leer gegessen und dabei ausschließlich an Jamileh gedacht hatte, las er ihr vor, was er geschrieben hatte. Er würde sie anklagen, die nationale Sicherheit gefährdet und mit einem feindlichen Staat kooperiert zu haben, verhandelbar vor der Abteilung 13 des Revolutionsgerichts; die öffentliche Ordnung gestört zu haben – er deutete auf den Roman –, indem sie falsche Informationen und Immoralität verbreitet hatte, verhandelbar vor einem Sondergericht der Region 21 von Teheran; und – am schwerwiegendsten – den Propheten und den Obersten Führer Ajatollah Ali Chamenei beleidigt zu haben, zu verhandeln vor der Abteilung 16 des Strafgerichts. Er würde sie auffordern, das Papier zu unterschreiben, und als sie – statt Papier und Stift zu nehmen und mit der hysterischen Erleichterung zu unterschreiben, mit der neun von zehn es getan hätten – ihren Blick von seinem dichten Bart, über seine dicken Lippen und seine narbige Nase bis zu seinen Augen hob und dachte, wie viel Hass in zwei kleinen Augen brennen konnte, und mit leiser schneidender Stimme sagte, dass sie diesen beschissenen Meineid nicht leisten würde, auch wenn das hieß, dass sie ihre Tochter nicht wiedersehen würde, denn was würde eine Mutter einem Kind auf Allahs Erde nützen, wenn sie bereit gewesen wäre, diese schäbigen Lügen über sich zu unterschreiben, sodass sie von nun an Angst haben müsste, jemand anderen in sich zu finden, wann immer sie sich ansah, weil sie diese Verbrechen, wie er sehr wohl wusste, nicht begangen hatte, schaute er sie ausdruckslos an, und als sie geendet hatte, faltete er das Blatt Papier, steckte es in den Roman, stand auf, nickte dem Wärter noch einmal zu und ging. Nachdem der Kleriker die Tür hinter sich geschlossen hatte, sagte der Wärter, dass sie vergewaltigt würde, sodass sie nicht in den Himmel käme. Er führte sie in die Gefängnisbibliothek, die zum Beten benutzt wurde. Sie würden sie von vorn und von hinten vergewaltigen. Drei Männer. In der Bibliothek. Die ganze Zeit hielte ihr eine Hand mit dunklen Haaren auf den Knöcheln den Mund zu. Nach einer halben Stunde könnte sie kaum mehr stehen. Sie würden sie in ihre Zelle zurückführen, sie hielte sich den Bauch, trippelte in kleinen Schritten, nach vorn geneigt. Der Wärter würde ihr die Augen wieder verbinden. Er würde sie an Händen und Füßen erneut ans Bett fesseln. Und im Nachklapp die Decke auf sie werfen. Die letzten Geräusche, die sie hörte, bevor sie bewusstlos würde, wären das Kratzen des schweren Schlüssels im Schloss und die jetzt verzweifelten Schreie von Jamileh am anderen Ende des Korridors.

14. KAPITEL

Dyer musste ihn nur ansehen und wusste, dass sich Marvar völlig erschöpft hatte, als er gegen diese Bilder ankämpfte. In seinem Kopf drehte sich im Kreis, was womöglich geschehen war, was er tun konnte.

»Haben Sie mit jemandem gesprochen?«, fragte Dyer schließlich. Hier auf der Port Meadow neben der Themse schien die ganze Geschichte melodramatisch, extrem. Völlig unwahrscheinlich.

»Nein … Samir kann ich es nicht erzählen.« Er hatte zuerst seine Aufregung und dann seine Angst von seinem Sohn fernhalten müssen.

»Mit einem Arzt vielleicht?« Dyer meinte es nicht so, wie Marvar es offenbar auffasste.

»Sie glauben mir nicht.«

»Das habe ich nicht gesagt –«

»Ich bin nicht verrückt.« Sein Gesicht schien eingefallen.

Dyer reagierte in dem kontrolliert neutralen Tonfall des erfahrenen Reporters. Hinter ihm Jahre geduldigen Fragestellens. Telefongespräche, lange Busfahrten, die Sonne im unrasierten Gesicht. Die Worte seines ersten Chefredakteurs im Ohr. Zweifeln Sie, und Sie werden nicht hinters Licht geführt.

»Bitte. Ich versuche zu verstehen. Sie haben Angst, dass

Ihre Frau gefoltert und vergewaltigt wurde, weil Sie ihr eine begeisterte SMS geschickt haben?«

»Sie kennen diese Leute nicht, John Dyer«, sagte er aus einem unsichtbaren Loch heraus. »Ich dachte, Sie wenigstens würden ... mit Ihren Erfahrungen mit dem Leuchtenden Pfad ... Sie würden wissen, wozu die Menschen in der Lage sind ... würden sehen, dass ich die Wahrheit sage.«

Er musste innehalten, um Luft zu holen. Aber er war noch nicht fertig. »Ich habe immer gehofft, dass sie entkommen würde, weil sie so wunderbar lebendig war ... Sie konnte immer ... Sie hatte einen animalischen Überlebensinstinkt. Aber als ich diese Stimme hörte, wie versteinert, da dachte ich: O Gott, ich habe sie verloren. Und jetzt habe ich keine Hoffnung mehr.«

Sein hilfloser Tonfall sagte Dyer, dass es stimmte.

»Gibt es keine Möglichkeit, Shula herauszuholen?«

Nichts leichter als das, sagte Marvar und lächelte spöttisch. Er müsste nur General Damghani anrufen und ihm erklären, was er neun Tage zuvor in einem Raum im zweiten Stock des Clarendon getan hatte und wie man das Experiment wiederholen konnte.

Marvar hätte es am liebsten allen erzählt. Und er stimmte Robert Oppenheimer zu: »Ein Wissenschaftler darf den Fortschritt nicht aufhalten aus Angst, was die Welt mit seiner Entdeckung machen wird.« Selbst Dyer mit seinem Halbwissen erschienen die Implikationen von Marvars Erfolg bahnbrechend, auch wenn das Wort nicht stark genug war. Gut möglich, dass Marvar, so er die Wahrheit sagte, ein größerer Durchbruch gelungen war als Oppenheimer. Nicht nur war Kernfusion von Bedeutung, es war angesichts der Richtung, die die Welt eingeschlagen hatte, wahrscheinlich das Einzige, das überhaupt noch von Bedeutung war. Sein kugelförmiger Laser. Die Sonne auf Erden. Was für gewaltige Konsequenzen für unseren Planeten – in den richtigen Händen. Kein Kohlebergbau mehr. Kein Fracking. Keine Ölkatastrophen. Keine Umweltverschmutzung. *Keine weitere Erderwärmung* … Ein unerschöpflicher Vorrat an Energie zu geringen Kosten; man brauchte nur Wasser. Die Energieversorgung der Welt würde sich über Nacht ändern. Wüsten würden bewässert. Bislang vernachlässigte, weil zu trockene Regionen würden fruchtbar. Mit Umkehrosmose-Wasserreinigern würden der Tigris, der Euphrat, die Sinai-Halbinsel zu Gärten Eden und Nahrung für die Welt produzieren. Es gab nichts, was Marvars »Fußball« nicht verbessern würde. In den richtigen Händen.

Aber eine ebenso starke Kraft hielt Marvar zurück. Was, wenn seine Resultate in die *falschen* Hände gerieten? Das war die Möglichkeit, die ihn lähmte.

»Soll das Clarendon denn nicht erfahren, was Sie getan haben?«, fragte Dyer.

»Damit Cubbage es an die USA weitergibt?«

Marvar glaubte nicht, dass die Amerikaner die Technologie zu friedlichen Zwecken einsetzen würden. Dyer durfte sich nicht einlullen lassen von den Sirenengesängen von Männern wie Whitton, die darauf bestanden, dass Kernfusion sicher war. »Glauben Sie niemandem, der behauptet, es wäre sauber.« Oppenheimers entsetzte Reaktion auf die Wasserstoffbombe war die richtige gewesen: Sie war wie die Pest von Theben.

Ja, billige und einfache Fusion erschien wie die Rettung, aber zugleich drohte sie mit einer Zerstörung, wie es sie ihresgleichen in der Geschichte noch nicht gegeben hatte, abgesehen von dem Meteoriteneinschlag, der den Golf von Mexiko geschaffen und die Dinosaurier hatte aussterben lassen.

Die heutigen Dinosaurier waren einerseits der amerikanische Präsident und andererseits die fanatische Revolutionsgarde, die Shula und Jamileh festgenommen und gelobt hatte, Israel auszuradieren. Was für Versprechen auch immer sie im Atomabkommen unterzeichnet hatten, Dyer musste begreifen, dass diese Männer während der letzten vierzig Jahre Atomwaffen hatten bauen wollen. Das aggressive Verhalten des US-Präsidenten hatte die Garde dazu veranlasst, ihre Versuche wiederaufzunehmen. Kernfusion würde einen neuen Typ von Waffen ermöglichen, deren Potenzial unvorstellbar war. Marvars Entdeckung würde der Garde – ohne große Veränderungen – eine obszöne Kontrolle nicht nur über Israel, sondern über den Mittleren Osten und darüber hinaus verschaffen. Nordkorea könnte die Rakete liefern. Aber man bräuchte nicht einmal eine Rakete. Ein einziges Geschoss würde ausreichen. Ein Geschoss mit einer Kapsel darin, die das Deuterium-Tritium-Gemisch enthielt und mit extrem hoher Geschwindigkeit abgefeuert würde. Das Empire State Building. Das Taj Mahal. Big Ben. Die Bodleian Library. Marvar deutete mit zwei Fingern auf eine Entenfamilie, die neben dem Ufer schwamm. Bum bum bum.

Marvar war alles wieder und wieder durchgegangen. Ihm war klar, dass die Menschen seine Erfindung aus guten und aus schlechten Gründen willkommen heißen würden. Dann gab es noch die, denen sie überhaupt nicht gefallen würde, weil Marvar Iraner war. Zwei hartnäckige Gegner der Kernfusion waren Russland und Saudi-Arabien, die zu den instabilsten Ländern der Welt gehörten. »Wenn jemand sagen würde: Wir haben die Technologie, um die Welt zu verändern. Wir brauchen kein Öl mehr, keine Kohle, kein Gas. Wie würde Putin reagieren? Wie die Saudis? Das Ölkartell würde durchdrehen.«

Bankiers, Investoren, Hedgefonds-Manager – sie alle würden einen Anteil am Wissen fordern. »Die Kosten für den Energieverbrauch der Welt belaufen sich auf sieben Billionen Dollar im Jahr. Ein Prozent davon sind siebzig Milliarden. Wenn man den Prozess lizenzieren würde, bekäme man mehr als ein Prozent. Das würde selbst die reichsten Personen auf der Welt in den Schatten stellen.«

Es widersprach allen Geboten Marvars, sein Wissen denjenigen auszuhändigen, die Shula misshandelt hatten. Gleichzeitig ging ihm das Herz über wegen Shula. Vergewaltigt, den Mund voller Ameisen, nicht ahnend, was er getan hatte.

Dyer begriff es mit erschreckender Klarheit. Marvar würde seine Frau zurückbekommen, wenn er auspackte … Doch wenn er auspackte … Sein Dilemma war nicht aufzulösen. Deswegen stand er am Ufer wie ein aufs Trockene geworfener Lachs. Seine Miene, die Bewegungen seiner Schultern, seine Hände, die fahrig über seinen Mantel strichen, als würden sie im Stoff zwischen den Knöpfen die Antwort finden, verrieten seine vollkommene Verzweiflung. Er war nicht da. Er war irgendwo anders, in seiner eigenen Zelle, allein.

Sie waren über das Wehr zu dem Teilstück des Flusses gegangen, wo die College-Achter trainierten. Die Wolken hatten sich aufgelöst, und über den Bäumen war ein Streifen klarer papierweißer Himmel zu sehen. Ein leichter Wind bewegte die Äste. Die Themse murmelte, Pferde, Kühe, Enten. An sonnigen Morgen joggte Dyer hier. Hatte jemand das Recht, das alles auszulöschen? Von irgendwoher drang das metallische Zwitschern einer Sumpfmeise.

Auch Marvar hörte es. Er stand da in seinem Mantel

und starrte auf die kahlen Bäume, suchte nach der Quelle des Geräuschs. Jetzt, da er seine Last losgeworden war, wirkte er noch trauriger. Er hatte mit Dyer gesprochen, als wollte er es so lange wie möglich hinauszögern, bis die Welt von diesem Wissen erfuhr. (»Wie lange würde es sonst dauern?« »Jahre!«) Er hatte nichts mehr zu sagen. Vögel flogen über ihren Köpfen und verschwanden. Der Wind kräuselte das Wasser. Marvar war wieder da, wo er angefangen hatte, als er vor der Oxford University Press Dyer blinzelnd angesehen und nicht gewusst hatte, was er tun sollte.

Dyer deutete in eine Richtung.

»Schauen Sie. Er sitzt dort drüben.«

Marvars Blick folgte Dyers Finger zu einem winzigen dunklen Fleck, der wie eine musikalische Note auf einer Telefonleitung balancierte.

»Er? Wie können Sie da so sicher sein?«

Jetzt war Dyer an der Reihe, Marvar etwas zu erzählen, das er nicht wusste: Es war ein Amateurornithologe gewesen, der herausgefunden hatte, dass die Kuckucksmännchen singen, und das galt für alle Singvögel.

Marvar schüttelte den Kopf; er hatte es nicht gewusst. »Sie meinen«, sagte er leise, fasziniert, »dass es immer ein Männchen ist, wenn man Vögel zwitschern hört ... Das ist wirklich unglaublich.«

Sie hörten eine Weile weiter schweigend zu, bis der Vogel davonflog.

Marvar seufzte leise. Er rieb sich über die Fingerknöchel. »Die Atombomben – sie hatten Männernamen.«

Als hätte sich eine Tür geöffnet, setzte ein kalter Wind ein. Dyer schaute auf die Uhr. Das Fußballspiel war vorbei. Ihre beiden Söhne ließen sich jetzt in Summertown Krabbensandwiches und Bananenkuchen schmecken.

»Warum kommen Sie nicht auf einen Drink mit zu mir – oder haben Sie andere Pläne?«

»Pläne?« Es war ein hohles Lachen, aber immerhin ein Lachen. »Ich habe keine Pläne.«

Als sie sich umwandten, flogen schnatternde Gänse tief über den Fluss, ein großes braunes V vor dem dunkler werdenden Himmel.

15. KAPITEL

Zum zweiten Mal an diesem Nachmittag nahm Dyer Marvar den Mantel ab.

»So einen Mantel bräuchte ich auch. Woher haben Sie ihn?«

Sie standen im Flur neben der Angel.

»Shula hat ihn mir vor meiner Abreise schneidern lassen«, sagte Marvar.

In den Kragen genäht war ein Etikett, das Dyer zuvor nicht aufgefallen war. Ein Rötelreiher und ein Wort in Farsi – der Name des Schneiders nahe der Laleh-zar-Straße, erklärte Marvar. »Er hat sie gewarnt, dass es in Oxford extrem feucht ist.«

Lächelnd hängte Dyer ihn auf.

Leandro und Samir schliefen nicht zu Hause. Sie konnten trinken. Sie konnten reden. Marvar konnte entscheiden, was er tun würde.

Er hörte den Stuhl knarzen, als Marvar sich setzte.

In der Küche öffnete Dyer eine Kiste, holte eine Flasche Wein heraus und zeigte sie ihm. »Ich habe nur Weißen.«

»Ich trinke Weißwein.«

»Ich lege sie in den Gefrierschrank.«

»Keine Umstände, ich trinke ihn warm.« Er blickte auf das Etikett, ohne es zu sehen.

Dyer schenkte ein.

Marvar nahm sein Glas und trank, als wären warmer Weißwein und er füreinander geschaffen.

»Wer weiß sonst noch von Ihrer Entdeckung?«, fragte Dyer und setzte sich.

»Nur Sie. Sie sind der Einzige.«

Marvar hatte seinen kugelförmigen Laser auseinandergebaut. Doch es war leicht, einen weiteren zu bauen – wenn man wusste wie. Man brauchte nur die Formel.

»Wo ist sie? Auf Ihrem Laptop?«

»Keine Sorge, sie ist in Sicherheit. Ich bin kein Dummkopf.« Er würde es nie riskieren, irgendetwas auf einem Computer zu speichern. Jeder Ajatollah konnte ihn hacken, meinte er freudlos.

Seine Aversion war verständlich. Dyer dachte an Rejas, der ihm erzählt hatte, dass Ezequiel nie etwas aufschrieb, ebenso wenig wie Sokrates oder Jesus es getan hatten. *»Das Problem mit einem Text ist, dass er ein Eigenleben annimmt. Er kann nicht antworten und nichts erklären.«*

Aber so weit war Marvar nicht gegangen. Er fuhr mit dem Finger um den Rand des Glases. »Wissen Sie, wie man ein Geheimnis am besten aufbewahrt? Mit Stift und Papier – wie in alten Zeiten. Aber Sie sind Schriftsteller« – er deutete auf Dyers Notizen und auf das aufgeschlagene Buch auf dem Tisch, das noch auf eine Widmung wartete – »Sie wissen das.«

Marvar hatte seine weltverändernde Entdeckung zu einem Algorithmus auf einem einzigen Blatt Papier verdichtet. Handgeschrieben. Keine Kopie. »Mehr braucht man nicht.«

Das sei das Schöne an der Wissenschaft, sagte er. Sie war nicht so schwer zu verstehen wie Liebe oder Krieg. Alles konnte auf ein paar Buchstaben und Zahlen reduziert werden, die man in die Hand nehmen konnte.

Aber das Problem bestand weiter. Wem sollte er seine Ergebnisse geben? Marvar riss die Augen auf, starrte durch sein Glas auf seine offene Handfläche, als könnte er dort die Antwort lesen.

Sie den Mullahs überlassen und vielleicht Shula zurückbekommen, aber riskieren, dass sie seine Entdeckung als Waffe benutzten? Sie dem australischen Professor am Clarendon geben, aber riskieren, dass sie den Feinden des Iran in die Hände fielen? Wollte er sie der seriösesten Organisation auf seinem Gebiet anvertrauen – der Europäischen Atomenergiebehörde zum Beispiel? Oder sollte er sie der ganzen Welt bekannt geben durch Wikileaks oder eine Zeitung? Lautete die Antwort »alle« – oder »keiner«? Was, wenn Marvar niemanden fand, der diese Information verdiente? »Was, wenn es die richtige Person nicht gibt?«

Das Fehlen einer Lösung quälte ihn offenkundig.

Bald hatten sie die Flasche geleert. Dyer öffnete eine zweite. Es war ein neuseeländischer Sauvignon aus dem Supermarkt.

»Möchten Sie eine Pizza?«

»Eine Pizza?«, sagte Marvar.

»Ich kann anrufen.«

»Warum nicht? Die letzte Pizza.« Er wedelte fröhlich mit der Hand wie ein Schaffner.

»Hoffentlich nicht«, sagte Dyer. Er stand auf, wählte die Nummer auf dem Post-it-Zettel am Kühlschrank und bestellte eine Quattro Stagioni für sich und eine Margherita für Marvar.

»Zwanzig Minuten«, sagte eine Männerstimme mit ausländischem Akzent.

Er füllte erneut ihre Gläser.

Marvar trank einen großen Schluck und starrte vor sich hin.

»Ja, *Sie*, J.W. Dyer, *können* es sich vielleicht vorstellen«, sagte er und schaute vom Bücherregal zu Dyer und dann zu dem aufgeschlagenen Buch auf dem Tisch. »Sie schreiben ein Buch, Sie stecken jahrelang Arbeit rein, Ihr Leben … und *niemand verlegt es*. Die viele harte Arbeit, und Sie haben keinen *einzigen Leser.*« Er leerte sein Glas, nahm die Flasche und schenkte sich ein. »Ich hatte eine Lehrerin. Eine liebe alte Frau. Klavier. ›Musik, die nicht gehört wird, hat keinen Wert‹, hat sie immer gesagt. Und es stimmt, es stimmt.«

Dyer sah ihn an. »Sollten wir uns nicht erkundigen, wie es unseren Söhnen geht?«

»Ja«, sagte Marvar und unterdrückte ein Rülpsen. »Das sollten wir.«

Dyer fand Silvis Nummer und wählte. »Hallo, Silvi, John hier. Rustum ist bei mir. Genau, Samirs Vater. Wir haben uns gefragt, wie es unseren Söhnen geht.«

Nach einem kurzen Gespräch mit Silvi – es ging ihnen gut, Gilles hatte Cheeseburger gemacht, alle waren jetzt im Hobbyraum und spielten Fifa – wurde Dyer an seinen Sohn weitergereicht.

Leandro schien ihn nicht zu hören, zweifellos mit dem Spiel beschäftigt. Nachdem er seinem Sohn das Spielergebnis aus der Nase gezogen hatte – 3:1 für Winchester House –, fragte Dyer: »Ist Samir da? Sein Vater will kurz mit ihm sprechen.«

Er gab Marvar sein Handy.

Dyer schob die Notizen über die Tupi zusammen, während Vater und Sohn sprachen. Dennoch nahm er wahr, dass Marvars Stimme plötzlich besorgt klang. »Aber Samir … «, sagte er und hielt sich am Tisch fest. Er schob den Stuhl zurück und stand unsicher auf. »Und du hast nicht aufgehört zu spielen?« Er runzelte die Stirn. »Hm, ich kenne den Typ nicht …« Er drückte das Haar auf seinem Kopf platt. »Nein, ich bin bei Leandros Vater.« Und dann ein paar Worte in Farsi, so wie Dyer mit Leandro über Anwesende Portugiesisch sprach. Schließlich sagte Marvar: »Wann soll ich dich abholen? Um sechs? So spät? Ach, es gibt eine Party … Ja, ja, Ward Road, ich habe die Adresse. Bis morgen, mein Schatz … Hab dich lieb.« Er machte Kussgeräusche ins Telefon und hob es ans Ohr, um zu horchen, aber Samir hatte aufgelegt.

»Alles in Ordnung?«, fragte Dyer.

»Samir hat sich verletzt.« Marvar verzog das Gesicht und gab das Telefon zurück. »Ein großer Junge von Winchester House. Er hat ihn Milchpubi genannt. Heißt das, dass er frühzeitig in die Pubertät gekommen ist?«

Dyer lachte. »Normalerweise gibt es immer einen Jungen, der eins neunzig groß ist und sich schon rasiert. Aber ist er okay?«

»Alles in Ordnung. Es war nur das Schienbein. Kein Grund zur Sorge. Wir werden wandern gehen können«, sagte er mit aufgesetztem Frohsinn. Dann wiederholte er überflüssigerweise, was er zuvor gesagt hatte: »Ich habe gesagt, dass ich ihn morgen Nachmittag um sechs Uhr abholen werde.«

Es läutete. Und noch einmal. Länger diesmal.

Marvar blickte zu Dyer. Die Muskeln um seine Augen spannten sich an.

»Die Pizzas«, sagte Dyer.

Ein albanischer Junge auf einem Motorrad brachte sie. Dyer packte sie aus und legte sie auf die Teller. Marvar knabberte niedergeschlagen an seiner Margherita.

Draußen war es mittlerweile dunkel. Die Düsternis lag schwer auf ihm.

»Wo ist das Klo?«

»Da entlang auf der rechten Seite.«

Sein vergrößerter Schatten flackerte an der Wand.

»Ich weiß, dass sie tot ist«, sagte er, als er zurückkehrte. Er hatte Schluckauf.

Er lehnte sich auf seinem Stuhl zurück. Der Puls hinter seiner Schläfe raste.

»Dafür haben Sie keinen Beweis«, sagte Dyer.

Marvars Gedanken rasten voraus, hetzten dem Schlimmsten nach. Das Gespräch mit Samir hatte ihn aufgeschreckt. Er war wie ein Schaf, das das Schlachthaus gerochen hatte.

Wieder der Schluckauf. Seine Frau war in Teheran, in einem gefliesten Raum, hinter einer verschlossenen Tür. Sie hatte Krämpfe in den Beinen, ihre Lippen waren geschwollen.

»Nein, nein, sie ist tot, sie könnte es jedenfalls sein. Was sie an mir geliebt hat, gibt es nicht mehr – weil sie es mit sich nehmen wird. Ich habe das Gefühl, dass ein großer Teil von mir auch nicht mehr da ist. Aber solange ich lebe – und solange Samir lebt –, wird sie nicht tot sein. Solange wir leben, wird sie nicht vollständig tot sein.«

Es klang wie eine Rede, die er auf der Toilette eingeübt hatte.

»Das wissen Sie nicht«, sagte Dyer wieder. Marvar sagte es nur, um zu wissen, wie es sich anfühlte. Er wollte seine Fähigkeit testen, den Tod seiner Frau zu überleben. Aber sie würden sie nicht töten, bis sie Marvar hätten.

Auf der anderen Seite des Tisches sein hartes ätzendes Lächeln. »O doch. Ich weiß es.«

Er sagte nichts mehr. Im Zimmer war es völlig still, stiller als in der Bibliothek. Als die Kirchenglocke läutete, klang es unnatürlich laut.

Dann brach er in Tränen aus. Er hatte den Halt verloren. Bis jetzt hätte nicht einmal Gott einen Feigling aus ihm machen können. Aber er zerbrach, daran bestand kein Zweifel. Die Beichte hatte ihm nicht weitergeholfen. Er hatte sich an Dyer gewandt, damit er ihm Absolution erteilte. Oder vielleicht damit er ihm sagte, was er tun sollte.

Dyer ging auf die Toilette.

Als er zurückkam, war Marvars Stuhl leer.

Marvar stand vor dem Kühlschrank. Seltsam ruhig schien er den Magnet mit Pelé darauf zu betrachten, den Vivien Leandro geschenkt hatte, und den gelben Post-it-Zettel mit den Telefonnummern von Pizzerien, Reinigungen, Ärzten, Installateuren … in der Küche von Dyers Leben.

Als er Dyer sah, trat Marvar zurück, setzte sich wieder und schob Dyers Buch über den Tisch. Es war, als hätte seine Nervosität einer großen Entschlossenheit Platz gemacht.

»Sie haben die Widmung noch nicht geschrieben.« Er reichte Dyer den Drehbleistift. »Na los. Schreiben Sie etwas. Für mich.«

Dyer nahm den Stift und schaute auf die Titelseite. Er wusste immer noch nicht, was er schreiben sollte. Er war sich bewusst, dass Marvar ihn durch seine runden Brillengläser beobachtete. Es war immer so, dachte er und setzte sich.

Das Letzte, an das Dyer sich erinnerte, war, dass Marvar Astruds Foto nahm, es anstarrte, wieder zurückstellte und sagte: »Ah, ja. Sie hatten eine Frau und eine Tochter.«

In dieser Nacht schlief Marvar in Leandros Bett. Er war nicht in dem Zustand, in seine eigene Wohnung in der Merton Street zu gehen. Und er machte sich offensichtlich Sorgen, wer dort auf ihn warten könnte.

Als Dyer am Morgen erwachte, war er verschwunden.

Er hatte das Buch mitgenommen, aber nicht seinen Mantel. Er hing mit hochgeschlagenem Kragen neben Dyers Ausrüstung im Schrank unter der Treppe. Marvar musste ihn gesucht haben und ohne ihn gegangen sein, als er ihn nicht fand.

16. KAPITEL

Nachts träumte Dyer eine Gedichtzeile, die ihm so wahrhaftig erschien, so wunderschön, dass er sie an die Oberfläche holen musste, um sie beim Erwachen aufzuschreiben. Er zerrte die Zeile durch die vertikale Wiese seines Schlafs, und nachdem er sie in seinem Mund warm und weich gehalten hatte wie ein Jagdhund einen Vogel, ließ er sie vor sein erwachendes Selbst fallen.

Nachdem er sie aufgeschrieben hatte, schlief er wieder ein. Am Morgen nahm er das Blatt Papier, das er zwischen Fotos, Büchern und anderen Dingen auf den Nachttisch gelegt hatte, und las: *»Normalerweise fuhr er mit dem Zug.«*

Verschlafen zog er seinen Bademantel an.

Im schwachen Licht Leandros kaltes leeres Bett. Neben der Spüle unten zwei leere Weingläser, ein weißer Becher zu drei Vierteln mit kaltem Kaffee gefüllt, Marvars kaum angerührte Pizza.

In Brasilien war »pizza« Slang für ein juristisch folgenloses Verbrechen. Marvar hatte kein Verbrechen begangen – soweit Dyer wusste. Er musste zurück in seine Wohnung geschlurft sein.

Dyer zog die Vorhänge auf und schaute durch das französische Fenster. Der Nebel stieg aus dem Kanal auf und verhüllte die Häuser. Über die grau gedeckten Dächer klang das Läuten von Glocken. Es hätte Belém sein können – die schmalen Straßen, die vom Platz abgingen, die kleinen zweistöckigen pastellfarbenen Häuser, die Eingangstüren zur Straße. Doch es war der energische Pfarrer von St Barnabas, der ihn zum Morgengottesdienst rief. Dyer erinnerte sich, dass Marvar gestern dorthin unterwegs gewesen war. Er war für die Kirche angezogen und hatte sich zu den Rauchern im Eingang der OUP gestellt, um ebenfalls eine Zigarette zu rauchen, als Dyer aus dem Nebel auftauchte.

Die Glocken verstummten, Dyer war zurück in Jericho. Sollte er jemanden anrufen? Aber wen? Darüber würde er nach dem Frühstück nachdenken. Nachdem er alles über das Gespräch mit Marvar aufgeschrieben hätte, an das er sich erinnern konnte.

Trotz der Kopfschmerzen zwang er sich an den Küchentisch und begann mit einer vollen Kanne Kaffee neben sich, die Geschichte zu notieren, bevor die Einzelheiten im Nebel verschwanden. Als er nach England kam, war gerade bekannt geworden, dass Microsoft dreißig Jahre zuvor jedes Programm so konfiguriert hatte, das die US-Geheimdienste potenziell auf jeden Computer zugreifen konnten. Marvar hätte ihn nicht daran erinnern müssen, dass Papier und Stift die beste Methode waren, ein Geheimnis zu schützen.

Viel von dem, was Marvar ihm erzählt hatte, war zu technisch, und Dyer ließ eine Menge aus; er hätte sich zudem an gewisse Dinge falsch erinnern können. Aber es war eine Erleichterung, seine Journalistenmuskeln anzuspannen, zu schreiben, es fließen zu lassen. Während der letzten Monate hatten sich seine Gedanken im Gestrüpp am Cherwell verloren, doch jetzt brannten sie mit Marvars Geschichte. Indem er sie in Kurzschrift auf A4-Seiten übertrug, gewannen sie Realität. Er hatte keine Ahnung, was genau er damit tun würde. Er wusste nur: Marvars Geschichte war anders als alles, was er je gehört hatte.

Angefüllt mit Kaffee ging Dyer ihre wenigen Begegnungen durch. Marvars abruptes Verschwinden während des Spiels gegen Summerfields – es musste nach Samirs Eckstoß gewesen sein, der den Ball ins Rollen gebracht hatte. Als Dyer ihn zum ersten Mal an der Sprunggrube sah, kritzelte Marvar mathematische Formeln in den Sand, quälend nah an der Lösung. Die aufgeregte Umarmung am Spielfeldrand nach Samirs Tor gegen Horris Hill hatte Stunden nach Marvars erfolgreichem Experiment stattgefunden. Seine ekstatische Reaktion war demnach kein Wunder.

Aber gestern Abend zeugte Marvars Gesicht von vollkommener Erschöpfung. Er hatte geredet wie ein Mann, der aus allen Richtungen angegriffen wurde, der nicht wusste, wohin er sich wenden sollte. In seiner Verzweiflung hatte er sich Dyer anvertraut.

Ihre beiden Söhne waren von demselben Jungen drangsaliert worden. War das der Grund?

Etwas an Marvars Verhalten beim Spiel gegen Horris Hill war doch ungewöhnlich gewesen, jetzt fiel es Dyer auf. Dass Marvar mehrmals auf die Geschichte von Rejas zurückgekommen war. Sie hatte Marvar fasziniert. Aber nicht so sehr wie Dyers Gründe, sie für sich zu behalten, sie nicht zu publizieren.

Dyer konnte nur vermuten, dass sich Marvar nach einem ehrenwerten Weg gesehnt hatte, sich seiner Verantwortung zu entledigen. Mit jedem Augenblick wurden seine Optionen weniger, er hatte nicht mehr viel Zeit. Er wollte Shula unbedingt retten, doch die einzige Möglichkeit, ihre Freilassung zu erreichen, kam nicht infrage. Er musste einen anderen Weg finden.

Es war leicht nachzuvollziehen, dass Marvar in seinem paralysierten Zustand die Hilfe des Gottes seiner Mutter suchte, eines Gottes, an den er bislang nicht geglaubt hatte. Er hatte in St Barnabas vermutlich für die Entscheidung beten wollen, die ihm abverlangt wurde, als Dyer ihn aufhielt.

Wem vertraute man unter diesen Umständen? Der eigenen Regierung – oder irgendeiner Regierung – konnte er nicht trauen. Er konnte seinem Professor im Clarendon nicht trauen, der nur eine leise Ahnung hatte, wer er war. Seiner Frau konnte er nichts anvertrauen, weil sie halb bewusstlos in einer Gefängniszelle in Teheran lag. Es blieb ihm nur der ehemalige Journalist, den er neben der Sandgrube der Schule und einmal am Rand des Fußballfelds getroffen hatte. Er musste jemandem wie John William Dyer vertrauen, Autor von *Sozial- und Kulturgeschichte des unteren Amazonasbeckens* (OUP 2001), einem Mann, der sich so starrsinnig an den Mast seiner Prinzipien gekettet hatte, dass er eine einigermaßen vielversprechende Karriere versenkt hatte, weil er den Mund hielt.

Kurz nach 18 Uhr fuhr er zu den Asselins, um Leandro abzuholen.

Im Autoradio hörte er die Nachrichten: Die wichtigsten Meldungen betrafen die sich verschlimmernde Lage im Mittleren Osten. Der amerikanische Präsident versprach, »das katastrophale Abkommen mit dem Iran« zu kündigen. Als Antwort verschärfte der Iran die Rhetorik. »Israel muss nicht länger in unserer Nähe existieren.« Noch eine Provokation, sagte der Sprecher in Teheran, und der Iran würde »innerhalb von Stunden« sein Atomprogramm wiederaufnehmen.

Die letzte Meldung galt dem australischen Mathematiker Todd Angle, der auf einer Buschwanderung im Südwesten Tasmaniens vermisst wurde. Dyer wollte gerade ausschalten, als ihn der Satz »Damit die ganze Welt es erfährt« davon abhielt. Ein Freund hatte zwei Tage, nachdem er verschwunden war, einen Brief von Angle erhalten, der mit diesen Worten, dick oben auf die erste Seite geschrieben, begann, und Angles philosophische Gedanken zur Realität und eine mathematische Theorie enthielt, die das ideale Steuersystem erklärte. »Ich habe mich gefragt, ob Todd sich umgebracht hat, kam jedoch zu dem Schluss, dass er sich einfach sehr verändert haben muss, seit ich ihn das letzte Mal gesehen habe.«

17. KAPITEL

Dreißig Stunden später waren Dyers Gedanken noch immer verstopft mit Marvars Geschichte. Dyer war an jenem Tag lebendiger gewesen als in den siebzehn Monaten zuvor. Wer hätte vorhersehen können, dass es so ausgehen würde, als sie sich vor der Oxford University Press über den Weg liefen?

Als Dyer wieder einmal alles durchging, fragte er sich, ob Marvar nicht übertrieben hatte. War es nicht auch möglich, dass Shula wohlauf und Marvars Angst das Produkt seiner verwirrten Phantasie war?

Die Wahrheit hat ihren eigenen Geruch. Nichts an Marvar wirkte gespielt. Dennoch sorgte sich Dyer, dass eine lange Zeit der Inaktivität sein Urteilsvermögen eingeschränkt hatte. »Stell ein nasses Auto nie in die Garage«, hatte sein Vater immer gesagt. »Sonst fängt es an zu rosten.« War Dyer genau das passiert?

Er freute sich darauf, ein paar Stunden nicht an Kernfusion denken zu müssen, wofür er sowieso kein wirkliches Talent hatte; stattdessen wollte er sich an der brasilianischen Küste des 16. Jahrhunderts tummeln. In der Bucht unter dem Monte Pascoal. Das Donnern der Wellen an der steilen Küste. Die portugiesische Flotte lag vor Anker.

Ein kalter Wind blies, ein Oxford-Wind, messerscharf, der totes Laub und leere Pappbecher aufwirbelte. Dyer schlang den Schal fester um sich. Er kam aus der Little Clarendon Street, ging an St Bennett vorbei, am Eagle and Child, wo Tolkien und C. S. Lewis gemeinsam Bier getrunken hatten, an dem frisch renovierten St Giles Café, einst eine schmutzige Kaschemme, in der er und sein bester Freund Rougetel an Samstagnachmittagen heimlich ein Ei auf Toast gegessen hatten.

Der Wind schärfte seine Sinne. Als er an der Oxfam-Buchhandlung vorbeikam, roch es heftig nach Schweiß und Urin. Vor ihm erkannte er einen Phoenix-Vater. Ein professoraler Mann mit einer schwarzen Baskenmütze, unter der das ungekämmte graue Haar in alle Richtungen abstand: Der Vater des anderen Jungen, der aus der ersten Elf hinausgeworfen worden war und dessen Namen Dyer vergessen hatte. Er machte einen großen Bogen um einen verwahrlosten Akkordeonspieler, der im Schneidersitz auf dem Gehweg saß.

Blauer Trainingsanzug mit hellen Flecken, Schorf auf den Handrücken, kurze schwarze Zahnstümpfe; er blinzelte, als würde er keine Töne aus dem Kasten quetschen, sondern einen monotonen Klangbrei.

Seine Züge waren verbittert, als wäre er sein Leben lang nicht ernst genommen worden, als hätte er für alles kämpfen müssen. Auf einem Schlafsack neben ihm lagen verkehrt herum ein aufgeschlagenes Taschenbuch, die Seiten gefleckt, und eine Halbliterflasche Rum.

Er hörte auf zu spielen. Mit der linken Hand griff er nach einem McDonald's-Kaffeebecher mit Münzen und schüttelte ihn.

Dyer wollte gerade die Bibliothek betreten, als er eine leise Stimme seinen Namen rufen hörte. Er schaute sich um. Ein schnittiger schwarzer Audi stand auf der Busspur direkt vor dem Eingang. Knöchel klopften gegen ein dunkles Rücksitzfenster, das geöffnet wurde und das fleckige Gesicht von Lionel Updark freigab, der sich hastig die Apple-Kopfhörer aus den Ohren nahm.

»John, hast du einen Moment Zeit?«

Dyer wollte sich abwenden. Er deutete auf die ionische Fassade in seinem Rücken. »Ich wollte gerade reingehen.«

Der Fahrer sprang heraus und öffnete die Tür auf der anderen Seite.

»Ich bin die letzte Person, die du sehen willst, ich weiß«, sagte Updark und lächelte gezwungen. Er machte mit drei Fingern den Pfadfindergruß, wickelte dann das weiße Kabel der Kopfhörer darum und steckte sie in die Tasche. »Es wird nicht lange dauern.«

Dyer stieg ein, verfluchte das rote Ampellicht, das er am Fußgängerübergang pflichtbewusst abgewartet hatte. Der Wagen fuhr die Woodstock Road entlang.

»Wohin fahren wir?«

»Geduld, John, Geduld.«

Updark saß in einem schwarzen Mantel neben ihm, die Hände im Schoß, und schaute aus dem Fenster. Schnell dahinziehende Wolkenbänke, so intensiv weiß wie der Zuckerguss auf einem süßen Brötchen, verbargen die Sonne. In manchen Häusern brannte noch Licht.

Der Wagen verlangsamte vor dem Blitzgerät gegenüber Lynam's Grundschule und beschleunigte dann wieder. Über den Kreisverkehr. Auf die A40.

»Hat es was mit deinem neuen Einsatz zu tun?«, fragte Dyer in trockenem flapsigem Tonfall. Es wurde gemunkelt, dass Updark nicht nach Faubourg St Honoré und in den früheren Palast von Napoleons Schwester entsendet wurde, sondern vorübergehend in eine Außenstelle des Nachrichtendienstes GCHQ versetzt war.

»Das wirst du verstehen, wenn wir dort sind«, sagte Updark. Er wischte sich ein paar Haare von der Hose. »Wie lange meinen Sie, Peter?«

Zwanzig Minuten, war die Antwort. Dyer wusste jetzt, wohin sie fuhren. Nicht zu Updarks Haus in Woodeaton, wo er der lockenköpfigen Audrey – so hieß sie! – beschwipst Komplimente für ihr süßliches Parfum gemacht hatte. (»Das riecht exotisch, was ist es?« »Oh, irgendwas, das ich im Souk von Rabat gekauft habe.«) Sondern zu einem anonymen Lagerhaus aus Wellblech in einem Gewerbegebiet außerhalb von Eynsham, wo er seine Schultertasche am Empfang zurücklassen und sich einer eingehenden Durchsuchung würde unterziehen müssen, und nachdem ihn ein Wachmann durchgewinkt hätte, würde er hinter Updark eine Eisentreppe hinaufgehen, einen Korridor mit Stahlwänden und abgeschirmten Koaxialkabeln entlang in einen großen Raum mit deckenhohen Fenstern.

Das Geräusch der Reifen auf der ebenen Asphaltstraße lullte sie ein.

»Schade, dass du neulich Abend nicht bei den Asselins warst«, sagte Dyer.

»Es ist was dazwischengekommen«, sagte Updark ernst.

»Die Person, die deinen Platz eingenommen hat, hätte dir gefallen.«

Updark schwieg. Dyer dachte an Miranda, wie sie Updark in Gedanken durch ihr verbogenes Brillengestell musterte und ihn in achtzig Worten zusammenfasste.

»Wie geht es Beatrice?«, fragte Dyer nach einer Weile, und als er keine Antwort erhielt: »Spassky?«

Updark ignorierte ihn und sagte: »Hast du mitgekriegt, dass Slimy gestorben ist?«

Von allen Phoenix-Eltern sagte der Name nur Dyer etwas. Es war, als würde Updark einen Schützengraben suchen, in dem sie beide Zuflucht fanden, bevor die Feindseligkeiten wieder aufflammten.

»Ich habe es gelesen. Ein Wunder, dass er der Operation Yewtree entgangen ist.«

»Erinnerst du dich an Parkhouse?« Respekt und Ehrfurcht lagen in Updarks Stimme. Aus seinen Nasenlöchern wuchsen Haare. Er berührte ein Pflaster auf seinem Handgelenk.

Dyer dachte an die Zeit zurück. Er würde das Spiel mitspielen. »Robin Parkhouse?« Er sah ein rundes Gesicht und einen blau-gelb gestreiften Blazer vor sich. »Der Kapitän der Kricketmannschaft.«

»Ich habe ihn vor nicht allzu langer Zeit getroffen«, fuhr Updark fort. »Er hat mir erzählt, dass er seinen Sohn in einer Schule in Dorset anmelden wollte, hatte alles dabei, und nachdem sie das Büro des Direktors verlassen hatten, ging auf dem Flur eine Tür auf – und heraus kam Slimy!«

Dyer musste lächeln. »Das war bestimmt ein Schock. Obwohl ich sagen muss, dass er mich nie geschlagen hat.« Slimy Prentice hatte nur Dyers Mathehausaufgabe in den Papierkorb geworfen und gesagt: *»Das, Basil, ist überhaupt nicht amüsant.«*

»Mich auch nicht«, sagte Updark und rieb zerstreut mit dem Finger über sein Handgelenk. »Er war eigentlich kein schlechter Lehrer. Erinnerst du dich, dass er zu uns gesagt hat: ›Wissen ist Macht‹? Natürlich hat Slimy verschwiegen, dass er Bacon zitiert hat. Dennoch, es stimmt.« Dann: »Hast du in letzter Zeit jemand von den anderen gesehen?«

»Ich habe im Ausland gelebt – wie du«, sagte Dyer. Es war ein bisschen zu früh für dieses Cocktailparty-Geplauder. Er hatte alles getan, um Updark bei der letzten Elternversammlung im Januar aus dem Weg zu gehen, weil das genau die Unterhaltung war, die sie dort geführt hätten.

»Ich war beim letzten Schultreffen«, sagte Updark. Dort hatte er Parkhouse getroffen. Er konzentrierte sich wie der ehemalige Punktezähler, als er sich an das Treffen im In and Out Club erinnerte. »Komisch, wie wir alle den starken Einfluss der Schule auf uns betont haben, wie lebhaft wir uns jetzt noch daran erinnern und wie schwierig es ist, unsere Erfahrungen von damals unseren Frauen zu vermitteln.«

Dyer hatte die Einladung abgesagt; in diesen Club hatte ihn sein Chefredakteur zum Mittagessen eingeladen, als er ihn einstellte. Doch er konnte sich das Treffen vorstellen. Der lange Tisch, der glänzte wie das Deck der Yacht seines Onkels, das Rebhuhn mit Brotsauce, der Rotwein, die blassen Köpfe mit schwarzen Krawatten, die souffléartigen Gesichter von Steuerberatern, Anwälten, Beamten, Bankern, Lehrern, die sich mühten, sich an die Spitznamen der anderen zu erinnern, nur um sie noch einmal auszusprechen. Wie sah das Schicksal von Splash, Boggy und Wiggy aus? Nachdem sie durch das Tor in die Bardwell Road getreten waren mit ihrem Latein und Griechisch, ihren nicht ganz schlechten Mathekenntnissen und unermesslichen Ambitionen. Hatten sie es geschafft, oder waren sie auf der Strecke geblieben? Hatten sie ihre Guineveres gefunden?

»Wer war sonst noch da?«, fragte Dyer pflichtbewusst. »Finnock vermutlich.« Der einstige Schülersprecher, der immer kam.

»Finnock ist tot. Armer Finnock. Mit sechsundvierzig. Krebs.«

Dyer dachte an die anderen in seinem Wohnheim. »Garridge?«

»Garridge lebt in Perth.«

»Und macht da was?«

»Ich glaube, Gartenmöbel.«

»Rougetel?«, sagte Dyer impulsiv. Wie schwer es war, wieder aufzuhören, wenn man einmal angefangen hatte.

»Keine Ahnung. Ich kannte ihn nicht gut, er war ja ein Jahr unter mir.« Er kniff die Augen zusammen. »Du warst mit ihm befreundet, stimmt's?«

»Er war ein Freund.« Der eine Eigenschaft besaß, von der Dyer, damals zwölf, nur in *Jane Eyre* gelesen hatte: den Willen zu absoluter Wahrheit.

»Hat er nicht in Südamerika gelebt?«

»Ja, in Bolivien.«

»Ich erinnere mich, dass er davongelaufen ist ...«

Wo war er jetzt? Plötzlich wollte Dyer Rougetel retten, vor der Zeit und davor, dass Updark ihn zuerst fand. Während des ersten Schuljahrs hatte Rougetel seine Großeltern gebeten, ihn zu einer bestimmten Uhrzeit am Briefkasten vor dem Wohnheim abzuholen, und als sie nicht kamen, fuhr er mit dem Zug nach London, wo er von der auf dem Bahnsteig wartenden Polizei aufgegriffen wurde.

»... Das hat großen Eindruck gemacht. Eine Rebellion!« Updark lachte unbehaglich, schüttelte den Kopf. Er hatte nie rebelliert. Er war dem Weg gefolgt, den seine Eltern und Großeltern vor ihm beschritten hatten. »Hast du ihn mal getroffen, Rougetel?«

»Nicht, seit ich zwanzig war«, schätzte Dyer. An einem verregneten Sommernachmittag neben der Themse in der Nähe von Hampton Court. Eine schlanke Gestalt stand am Ufer und sah Dyer und seiner Crew dabei zu, wie sie das Boot aus dem Wasser holten. *»Hallo, Basil.«* Dyer schaute auf zu der Person in der schwarzen Jeans und mit Rucksack und erkannte ihn sofort. Sie sprachen verlegen vor dem umgedrehten Boot, doch als Dyer das Boot weggeräumt hatte und zum Fluss zurückkehrte, war niemand mehr da. »Ich habe keine Ahnung, was aus ihm geworden ist.«

Stimmte nicht ganz. Trundle, der Außenbordmotoren in Benin verkaufte, hatte in einem Brief von einer bizarren Begegnung geschrieben. »*Du wirst es nicht glauben, aber rate mal, wen ich in einer Voodoo-Prozession mitten in Ouidah gesehen habe?*« Trundle hatte seinen Namen gerufen, und der Mann hatte kurz aufgeblickt und war eilig weitergegangen. »*Ich bin sicher, dass es Rougetel war.*« Das war vor achtzehn Jahren gewesen.

Updark war noch immer beim Schultreffen. »Seltsam, wie jemand, den man für einen Volltrottel gehalten hat, Direktor der ICI wird, aber jemand, auf den man sein Geld gewettet hätte …« Er musterte Dyer. »Aber du hast es ja geschafft. Auf deinem Gebiet.«

»Ein sehr kleines Gebiet.«

»Ja«, sagte Updark nachsichtig und nickte, »aber ein Gebiet ist ein Gebiet ist ein Gebiet. Mit wem habe ich über dich gesprochen …?« Er zupfte ein weiteres Haar von seiner Hose. »Wer immer es war, hat mich an etwas erinnert, das ich dich fragen wollte. Warum wurdest du Basil genannt? Du bist alles andere als ein Basil.«

Der Fahrer hörte und sah im Rückspiegel zu. Dyer lächelte geschlagen. Seit wie vielen Jahren hatte er diesen Namen nicht mehr gehört? Vermutlich nicht mehr seit der Begegnung mit Rougetel vor dem Molesey Boat Club. Er sah noch immer die schwarzen Jeans und sein Profil vor seinem geistigen Auge.

Dyer erzählte. »Es war dieser Physikpauker.«

»Jumbo?«

Dyer nickte. »Er hat uns im Unterricht eine Frage gestellt. Ich habe die Hand gehoben. ›Ja, du, Basil.‹ ›Sir, ich heiße nicht Basil.‹ ›Von jetzt an schon.‹ Lange Zeit habe ich mich gefragt, warum er mich so genannt hat. Ich wusste es damals nicht und habe es bis heute nicht rausgefunden.«

Am Ende des Schuljahrs nannten ihn alle Basil – sogar der Schulleiter. »Vermutlich war es Jumbos Rache – für den Spitznamen, den wir ihm gegeben haben.«

»Ich glaube nicht, dass ich jemals einen Spitznamen hatte«, sagte Updark nach einer Pause. Er schaute aus dem dunkel gefärbten Fenster. Das Licht, das auf seine Wangen fiel, hob die schimmernden Knötchen auf seiner Haut hervor, die roten Quaddeln, geschwollen und schuppig mit nassen Stellen wie Ezequiels Schuppenflechte. »Aber es ist komisch, wie ein Name hängen bleibt. Ich denke an dich immer noch als Basil.«

Sie hatten Eynsham erreicht.

»Ich würde dich gern etwas fragen«, sagte Dyer.

Updark wandte ihm langsam das Gesicht zu und sah Dyer mit einem grundlosen Grinsen an. »Ich bin ganz Ohr.«

»Was ist mit deinem Gesicht passiert?«

18. KAPITEL

Oben saßen sie auf weißen Plastikwürfeln in einem von Neonlampen erhellten großen Raum. Um sie herum arbeitete ungefähr ein Dutzend Gestalten an Computern, manche lässig gekleidet, andere mit Krawatte, einige unterhielten sich neben dem großen Fenster, das auf den Parkplatz hinausging. Die Bildschirme standen auf langen schmalen Tischen. Hin und wieder rollte jemand einen weißen Kasten mit Schubladen unter seinem Tisch hervor und schob ihn einem Kollegen zu.

Dyers Blick erfasste die Details: Topfpflanzen neben dem Fenster, ein Zettel an einer Lärmschutzwand, »Denk an deine Nachbarn, bitte kein Curry«, keine Unordnung, kaum Papier und trotz der Gespräche der Eindruck der Geräuschlosigkeit.

Updark winkte einer Frau zu, die an einem Schreibtisch in der Nähe saß, und bat um Kaffee.

»Milch?« Sie sah Dyer an und zog die Augenbrauen in die Höhe. Sie hätte aus einer von Viviens Modezeitschriften sein können: kurzer blauer Rock mit roten Punkten und dunkle Strümpfe. Ihr braunes Haar war zu einem altmodischen Knoten gebunden, zwei lose Strähnen hingen ihr über die Ohren.

»Nicht für mich«, sagte Dyer.

»Den üblichen Spritzer, danke, Lorna.«

Sie warteten auf jemanden. Er kam im gleichen Augenblick wie ihr Kaffee. Ein junger Mann, schlank, unrasiert, das Hemd offen, grünes Tweedjackett. Sein braunes Haar sah aus, als wäre es vor kurzem geschnitten worden. Sein Mund war klein.

Updark stellte ihn vor. »Roland Hissop. Abteilung Iran.«

»Hallo.« Ein fester Handgriff. In der anderen Hand hielt er ein Clipboard.

»Hallo.«

»John und ich sind gemeinsam zur Schule gegangen«, erklärte Updark. »Wir haben uns gerade auf den neuesten Stand gebracht.«

Hissop offenbar auch. Er wisse von Dyers Arbeit in Rio, sagte er. Er war als Erstes nach Venezuela entsandt worden.

»Es tut mir leid wegen Ihrer Frau.« Er setzte sich auf einen Würfel.

»Welche?«, fragte Dyer schärfer, als er beabsichtigt hatte.

»Oh, ich dachte, es hätte nur die eine gegeben.«

»Nicht wirklich. Aber Sie haben mich nicht herbringen lassen, um über meine Ehen zu sprechen.«

»Richtig«, sagte Updark. Er war jetzt wieder der strenge und wachsame Regierungsbeamte, so verschlossen wie die Keksdose, die er jetzt öffnete und anbot. »Haferkekse? Lorna hat sie gemacht.«

Dyer schüttelte den Kopf.

»Danke«, sagte Hissop und nahm zwei.

Updark wollte einen nehmen, überlegte es sich anders. »Wir haben dich hergebracht« – er stellte die Dose auf den weißen Kasten zwischen ihnen zurück – »um über Rustum Marvar zu sprechen.«

Natürlich. Die freundliche Einladung, in das Auto zu steigen. Es konnte nur wegen Marvar sein.

Dyer trank langsam einen Schluck lauwarmen Kaffee. »Was ist mit ihm?«

»Die Vernehmung«, sagte Updark, »fängt sofort an.« Er nahm ein Notizbuch und einen Stift aus seinem Jackett. »Soweit ich weiß, seid ihr befreundet, du und Marvar?« Er sah Dyer fragend an.

»Befreundet ist zu viel gesagt. Unsere beiden Söhne wurden gemobbt.«

»Ah, ja, von diesem russischen Jungen. Ein bösartiger Klumpen Speck, behauptet Beatrice.«

»Es wurde jedenfalls geregelt.«

»*Agam quam brevissime petero* – ich möchte mich so kurz wie möglich fassen.« Er zog seine Manschetten zurecht. »Weißt du, wo Marvar im Augenblick sein könnte?«

»Nein. Warum?«

»Weil er verschwunden ist. Ebenso sein Sohn.«

»Seit wann?«

»Sie sind gestern kurz nach Mittag von einer Adresse in der Ward Road weggefahren. Seitdem wurden sie nicht mehr gesehen.«

»Das ist das Haus der Asselins ...«

Dyer fühlte sich elend bis ins Innerste. Er hörte das Knarzen von Plastik. Updark runzelte die Stirn und senkte den Kopf.

»Dein Sohn war auch dort, glaube ich.«

»Ja. Pierre hatte Geburtstag. Er hat Leandro und den Rest der Mannschaft eingeladen, bei ihm zu übernachten.«

»Mrs Asselin sagt, dass Marvar vor dem Mittagessen gekommen ist und Samir geholt hat, ohne auch nur Hallo zu sagen oder sich zu bedanken. Sie war zu diesem Zeitpunkt unten. Sie hat ihn nicht einmal gesehen.«

»Das ist seltsam«, sagte Dyer, der sich deutlich daran erinnerte, dass Marvar Samir um sechs abholen wollte.

Leandro hatte nicht erwähnt, dass Samir die Party früher verlassen hatte. Andererseits bekam Leandro nichts mit, wenn er in ein Computerspiel vertieft war. »Kann ihn jemand anders abgeholt haben?«

»Der Butler hat einen Mann beschrieben, der Marvar sein könnte, und wir haben darum gebeten, uns die Aufnahmen der Sicherheitskamera ansehen zu dürfen.«

Sie machten sich viel Mühe wegen eines Mannes, der erst einen halben Tag vermisst wurde.

»Warum glauben Sie, dass Marvar so früh gekommen ist?«, fragte Hissop.

»Ich habe keine Ahnung. Ich weiß, dass er sich Sorgen wegen einer Beinverletzung Samirs gemacht hat. Aber es klang nicht ernst.«

»Wir müssen mit der letzten Person sprechen, die ihn gesehen hat«, sagte Hissop.

Updark presste die Fingerspitzen aneinander. »Silvi Asselin hat gesagt, dass er bei dir war.«

»Das war am Samstag.«

»Können Sie uns mehr dazu erzählen?«, sagte Hissop.

»Ich bin ihm vor der OUP über den Weg gelaufen.«

»Wann genau?«, fragte Updark, Notizbuch aufgeschlagen, Stift schreibbereit.

»Das muss kurz nach ein Uhr mittags gewesen sein«, sagte Dyer. »Er kam auf einen Kaffee mit zu mir. Dann sind wir über die Port Meadow spazieren gegangen.«

»Wie lange?«

»Ach, ein paar Stunden.«

Hissop blickte zu Updark.

»Und dann?«

»Er kam wieder mit zu mir. Wir haben Pizza bestellt und zwei Flaschen Wein getrunken, und er ist über Nacht geblieben. Er war besorgt, dass er zu viel getrunken hatte, deswegen habe ich ihm ein Bett angeboten. Als ich aufgestanden bin, war er nicht mehr da.«

»Haben eure Söhne am Samstagnachmittag nicht Fußball gespielt?«

»Ja.«

»Gehe ich richtig in der Annahme, John, dass du dir normalerweise Leandros Spiele ansiehst?« Updarks Höflichkeit war purer Eigensinn. Bis vor zwei Monaten hatten er und Dyer lediglich die Nachnamen füreinander übrig. Dass er ihn nun mit dem Vornamen ansprach, erinnerte Dyer an Schriftsteller, die sich an ihn und die anderen mit »Lieber Leser« wandten; es war beunruhigend, unverdient.

Bleib so nahe wie möglich bei der Wahrheit, war Dyers Devise gewesen, wann immer er von der Militärpolizei festgenommen worden war. Er sagte: »Wir kamen ins Reden, und plötzlich war es zu spät, um noch nach Winchester House zu fahren.«

»Worüber habt ihr geredet?«

»Über seine Frau und seine kleine Tochter vor allem.«

»Was ist mit ihnen?«

»Er hat gesagt, dass sie in Teheran verhaftet wurden. Und Schlimmeres.«

»Hat er über seine Arbeit gesprochen?«

Dyer blickte zu Updark. »Er ist Physiker. Das ist nicht mein Gebiet. Ich bin für Südamerika zuständig, hast du das vergessen?«

»Aber du stellst Fragen, du bist neugierig.«

»Genau, Sie sind Journalist«, sagte Hissop.

»War.«

»Man ist immer ein Exjournalist.« Sein Tonfall wissend.

»Hat er über seine Arbeit gesprochen, John?«, fragte Updark noch einmal. Er war nervös wie ein an den Schreibtisch gezwungener Obrist.

»Ein bisschen.«

»Wie viel ist ein bisschen?«

»Nicht viel.«

»War er aufgeregt?«, fragte Hissop.

»Ein bisschen.«

»Ich wünschte, du würdest dich anders ausdrücken«, sagte Updark. »›Ein bisschen‹ fällt kein Mann vom Pferd. Hat er über magnetischen Einschluss oder Plasmafokus gesprochen? Hat er was darüber erzählt? Ihr habt ein paar Stunden miteinander geredet. Du bist der Einzige, der so etwas wie ein Gespräch mit ihm geführt hat.«

»Wie gesagt, er hat sich Sorgen wegen seiner Frau und seiner Tochter gemacht.«

»Wie hast du gemerkt, dass er aufgeregt war?«

»Ich sehe, dass dich deine Arbeit aufregt, aber ich erwarte nicht, dass du mit mir darüber sprichst.«

Updark schaute ungeduldig zu Hissop. Er war auf der Karriereleiter weiter nach oben gestiegen als Dyer, und es ärgerte ihn, dass er behandelt wurde, als säßen sie noch im selben Klassenzimmer. Die Muskeln in seinem Kiefer spannten sich an, als hätte er auf eine harte Nuss gebissen.

»Ich kann dich nicht dazu zwingen, es zu erzählen. Nur du weißt, was Marvar zu dir gesagt hat. Aber wenn du es uns erzählen willst, hören wir gern zu.«

»Ich habe wirklich nicht mehr zu sagen.« *Ich weiß, ich kann mich auf Sie verlassen, dass Sie nichts sagen werden.* Er hatte es Marvar versprochen. Und er war sich plötzlich ihrer Motive nicht mehr sicher.

Es war zu viel für Updark. »Du warst immer schnell von Begriff, John«, sagte er und machte klar, dass er Dyer für ebenso rebellisch hielt wie seinen besten Freund Rougetel. »Aber du tust dir nichts Gutes. Vielleicht wirst du dir am Ende wünschen, dass deine Ohren nicht so viel hören würden.«

Dyer lächelte ihn an. »Und warum, Lionel, sollte ich mir das wünschen?«

»Legen wir ein paar Karten auf den Tisch. Lange Geschichte kurz gefasst, es ist vorstellbar, dass deinem Freund Rustum ein wissenschaftlicher Durchbruch gelungen ist.«

»Ein revolutionärer Durchbruch«, fügte Hissop hinzu und biss in einen Keks.

Dyer schaute von Hissop zu Updark, der beruhigt und ausgetrickst werden musste. »Entschuldigung, aber worüber sprecht ihr?«

»Weißt du, John, ich habe Probleme mit Dummheit, die eine gewisse Temperatur übersteigt.«

»Gerade hast du meine Intelligenz gelobt.«

Updark sah ihn streng an. »Ich glaube, wir verstehen uns nicht.«

Dyer lächelte. »Ich bin ganz Ohr, Lionel.«

»Fangen wir so an: Alles, was du mir bislang erzählt hast, nehme ich *cum grano salis.*«

»Aber ich habe dir nichts erzählt. Und ich bin mir gar nicht sicher, was ich zu sagen habe. Und wenn ich etwas zu sagen hätte, hast du mich gerade erinnert, dass ich nicht verpflichtet bin, es zu sagen. Jetzt nehme ich einen Keks.«

Updark ließ die umgängliche Maske fallen.

Er sagte zu Dyer, es sei wichtig, etwas klarzustellen. »Es geht um die nationale Sicherheit, okay? Okay, John? Du sprichst mit niemandem darüber. Mit niemandem.«

»Okay.«

»Es besteht die Möglichkeit – ich betone die Möglichkeit –, dass Marvar eine Abkürzung genommen und einen Weg gefunden hat, unsere Energieprobleme zu lösen.«

Dyer blieb gelassen. »Wie kommst du darauf?«

»Du erwartest doch nicht, dass ich dir sensible Informationen gebe. Sagen wir so, die Daten wurden auf einer Maschine im Labor entdeckt, und unsere Kuckucke im Clarendon glauben, dass sie auf ein Ergebnis hindeuten. Nur wie Marvar zu diesem Ergebnis gekommen ist, ist das Rätsel, vor dem wir stehen.«

»Das klingt«, sagte Dyer, »als würdet ihr ihn bereits überwachen.«

»Wir haben seinen Computer gefunden«, sagte Hissop ausweichend. »Wir haben einen Safe gefunden, den er benutzt. Wir haben seine Räume durchsucht. Er ist schlau. Er hat keine Spuren hinterlassen.«

»Abgesehen davon«, sagte Updark und schnalzte mit den Fingern. »Bring uns bitte die Serviette, Lorna.«

Sie öffnete eine Schublade in einem Kasten, holte etwas heraus und legte es neben die Keksdose.

Updark sagte: »Die haben wir in dem Café gefunden, in dem er oft gefrühstückt hat. Der Kellner hat gehört, wie Marvar mit sich selbst gesprochen hat, bevor er aufgesprungen und hinausgelaufen ist. Er klang ziemlich aufgeregt – so aufgeregt, dass er vergessen hat, um die Rechnung zu bitten. Das war vor zehn Tagen, am Freitagmorgen.«

Er entfaltete die weiße Papierserviette mit ungeheurer Vorsicht, als könnte sie detonieren. Zwischen Kaffeeflecken und getrocknetem Eidotter war in schwarzer Tinte etwas darauf gekritzelt, das aussah wie eine mathematische Formel.

»Können Sie damit etwas anfangen?«, fragte Hissop.

»Es könnte nichts sein«, schaltete Updark sich ein, »aber wir können uns das Risiko nicht leisten, dass es doch etwas ist.«

Dyer starrte auf das Gekritzel. Plötzlich fiel ihm die

Sandgrube ein. Zwischen den kleinen, schlecht verwischten Sandhäufchen waren ebenfalls die Zahl 7 und der Buchstabe M zu erkennen gewesen.

Sie ließen ihn nicht aus den Augen.

»Es sieht aus wie Spiegelei.«

Updark stand auf und schlug sich mit der Faust auf die Handfläche. Seine Wangenknochen waren rot, als wäre er geohrfeigt worden und würde nicht unter einer mysteriösen Allergie leiden, die sofort nach seiner Rückkehr nach England ausgebrochen war, wie er Dyer im Wagen erklärt hatte. Dreimal in der Woche, Montag, Mittwoch, Freitag, musste er sich jetzt einem Allergietest unterziehen, ein Plastikstreifen auf seinem Handgelenk mit Aluminiumfeldern, die »verdächtige Substanzen« enthielten. Updark war erleichtert, darüber sprechen zu können, erzählte in allen Einzelheiten, als sie die Treppe hinaufgingen, nachdem Dyer gründlich durchsucht worden war. Updarks Befragung durch zwei Dermatologen in Milton Keynes, ihre Prognosen. War er gebissen worden? Hatte er ein neues Shampoo benutzt, eine neue Seife oder Rasiercreme? Was hatte er anders gemacht, wo war er gewesen? Alles reine Spekulation. Es gab keine Diagnose dafür – *Granuloma faciale* war noch die beste. »Sie wissen es nicht. Manchmal geht es einfach wieder weg.« Sie schlossen Stress nicht aus, hatte er optimistisch zu Dyer gesagt.

Im Augenblick wirkte er nicht sehr optimistisch.

»Verarsch mich nicht, Basil.«

Auf den Spitznamen reduziert, hätte Dyer wieder in der Schule sein können.

Updark strich sich das Haar glatt. Er mochte es, wenn Leute, die mit ihm in die Phoenix gegangen waren, ihn an sich als Phoenix-Schüler erinnerten, dem die Welt offenstand. Dyer tat es nicht. »Ich glaube nicht, dass dir klar ist, wie viel auf dem Spiel steht. Die Zahlen, verdammt. Schau dir die Zahlen an.«

Dyer schob die Serviette weg. »Wie du weißt, war ich nie gut mit Zahlen.«

»Er hat dir wirklich nichts gesagt?« Updark stand noch immer. Sein rot geflecktes Gesicht. Er zerrte an der Leine eines ungehorsamen Hundes.

»Warum sollte er? Wie ich dir gesagt habe, ich kenne ihn kaum.«

Doch Dyers Gedanken rasten. Seine Niederschrift ihrer Unterhaltung, die er am Sonntag verfasst hatte – war sie unten in seiner Schultertasche? Auf dem Küchentisch? Er erinnerte sich, dass er sie am Sonntagabend auf die Seite geschoben hatte, als er Leandro dabei half, die Positionen der britischen und französischen Flotten bei Trafalgar aufzuzeichnen.

Updark schlug sich mit seinem Notizbuch gegen das Bein.

In diesem Moment unterbrach sie Lorna, um mitzuteilen, dass Updark oben gebraucht wurde.

»Bin gleich zurück«, sagte er zerstreut. Sein Blick schweifte kurz zu der Papierserviette. Dann steckte er sein Notizbuch in die Jackentasche und ging.

Hissop sagte: »Ich glaube, wir brauchen noch Kaffee. Lorna!« Und zu Dyer: »Sie ist meine Sekretärin.«

»Ich bin nicht wirklich seine Sekretärin.«

»Was immer Sie sind, bringen Sie uns bitte Kaffee.«

Sie nahm Dyers weißen Becher und sagte: »Immer noch schwarz?«

Er nickte und wusste plötzlich, was ihm an ihrer Stimme – so unverwechselbar wie der Schrei des Brachvogels – und an dem Ingwergeschmack ihrer Kekse bekannt vorkam. »Woher im Norden sind Sie?«

»Aus der Nähe von Sedburgh.« Sie sah Dyer an. »Ihr Akzent ist auch nicht gerade südlich weich.«

»Stimmt.« Die Familie seiner Mutter stammte aus Clitheroe. Sie seien kaum bis Penrith gekommen, erzählte er. Seine Großmutter betrachtete jeden, der nicht aus ihrer Gegend war, als »Zugereisten« und brachte es kaum über sich, mit ihm zu sprechen.

Jetzt lächelte sie. »Sie scheinen nicht sehr wild darauf zu sein, uns zu sagen, was Sie wissen. Wenn Sie das ganze Bild kennen, werden Sie verstehen, warum es so wichtig ist, dass Sie uns helfen.«

Als er mit Dyer wieder allein war, sagte Hissop: »Iran. Waren Sie jemals dort?«

Nein, sagte Dyer, aber seine Zeitung habe ihn dorthin schicken wollen, und er sei versucht gewesen. Ein englischer Dichter, den er bewundere, habe als Sonderkorrespondent der *Times* in Teheran gearbeitet, bis er des Landes verwiesen wurde.

Hissop hatte noch nie von Basil Bunting gehört. Er wischte die Krümel von seinem Hemd. »Als ich dort war, war es auch nicht besonders lustig. Ich sage immer zu unseren Leuten: Verliert die Geduld nicht. Zählt immer erst mal bis zehn. Wenn ihr sagt, *Hör mal, ich werde dich nicht bezahlen, du arroganter Mistkerl, weil du faul und korrupt bist*, wird man so schnell nichts erreichen, aber genau das tun unsere amerikanischen Freunde, und dann fragen sie sich, warum sie zum Abendessen noch nicht zu Hause sind.«

»Was haben Sie dort gemacht?«

»Lange Geschichte, machen Sie sich deswegen kein Kopfzerbrechen. Aber Sie haben in Südamerika gearbeitet. Sie kennen den Geruch menschenleerer Straßen in der Nacht.«

Updark kam zurück. Er nahm sein Notizbuch wieder aus der Tasche, in das er zuvor Dyers Antworten eingetragen hatte, und blickte hinein. »Wo waren wir? O ja, du hast gesagt, dass Marvar dir nichts gegeben hat.«

»Das stimmt nicht ganz«, sagte Dyer. »Er hat seinen Mantel bei mir gelassen. Ich habe mich gefragt, wie ich ihn zurückgeben soll. Wenn er verschwunden ist, erklärt das, dass ich nichts von ihm gehört habe.«

Die Entspannung war winzig, aber Dyer bemerkte sie, als wäre Updark erfreut, dass er den Mantel erwähnt hatte. »Du hast keine Ahnung, wo er sein könnte?«

»Überhaupt keine.«

»Diese Physiker gehen gern wandern«, sagte Hissop. »Sie behaupten, es würde ihre Gedanken klären.« Er las die Namen von vier Wissenschaftlern und ihren bevorzugten Bergregionen vor. »Hat Marvar vom Wandern gesprochen?«

»Was, im Februar? Ohne seinen Mantel?« Dyer lachte. Er würde ihnen nichts von Ullswater erzählen, und er war sich ziemlich sicher, dass Marvar niemand anderem davon erzählt hatte. »Du hast ihn gesehen«, wandte er sich an Updark. »Ich hätte gedacht, dass ihm jede Art von sportlicher Betätigung fremd ist.«

»Wenn er auf der Flucht ist, dann sollte er besser seinen Rückspiegel putzen«, sagte Hissop niedergeschlagen. »Es gibt eine Menge Leute, die keine Ruhe geben werden, bis sie wissen, was er weiß – oder er landet zerstückelt und in Plastiktüten verpackt in einer Gefriertruhe. Und ich meine wirklich eine Menge Leute.«

»Bevor wir dazu kommen«, sagte Updark, »ich habe immer noch kein deutliches Bild von dem Mann. Roly?«

»Unhöflich, sarkastisch, empfindlich, zurückgezogen, einsilbig«, las Hissop von einer Seite auf seinem Clipboard vor. »Aber auch: schlau, loyal, witzig, patriotisch, kreativ, geschickt.«

Updark wandte sich an Dyer: »Was war dein Eindruck?«

»Ich kannte ihn kaum, wie ich schon mehrmals gesagt habe. Aber wenn ich deiner Liste was hinzufügen soll, würde ich sagen: ehrlich, sensibel, verwirrt, verängstigt und wie schon erwähnt, körperlich nicht in Form.«

»Kein Aufrührer also?«

»Ich würde ihn nicht dafür halten.«

Updark seufzte. »Zeig's ihm, Roly.«

Hissop reichte Dyer ein Foto.

Die Farben waren verblasst, doch Marvar war deutlich zu erkennen. Viel jünger, schlanker, mit kantigem Schnurrbart ähnelte er einem linken Studenten. Er marschierte unter blauem Himmel in einer Menschenmenge eine Straße entlang. Er hielt eine Stange, und sein Mund war geöffnet, als würde er etwas rufen.

Dyer lächelte.

»Hat er dir erzählt, dass er ein Aktivist war? Nein, vermutlich nicht.«

»Wenn er ein Aktivist war«, sagte Dyer, der sich Marvar plötzlich angestachelt vorstellen konnte – von Heisenberg, von Houtermans, von der Behandlung seiner Mutter durch das Regime –, »dann für die Demokratie, da bin ich sicher.«

»Hat er dir erzählt, dass er Ingenieurwissenschaft studiert hat, bevor er zur Physik gewechselt ist?«

»Nein.«

»Na gut, lassen wir für den Augenblick außer Acht, dass die meisten Dschihadisten einen technischen Hintergrund haben. Nehmen wir an, dass er für Demokratie demonstriert hat und er alles ist, was du sagst, und nicht als Spion von einem Regime zu uns geschickt wurde, das von seiner

Forschung profitieren würde. Gehen wir weiterhin davon aus, dass er seit seiner Ankunft hier ein wirklich guter Maschinenbauingenieur und Plasmaphysiker geworden ist und dank eines außergewöhnlichen und nicht vorhersehbaren Wunders erreicht hat, was wir glauben, dass er erreicht hat. Aber da stoße ich auf etwas, das mich verwirrt. Niemand hält besonders hohe Stücke auf ihn. Nicht hier, nicht in Teheran, nirgendwo. Der Mann aber, der die Kernfusion knacken will, muss einen ziemlich großen Hut tragen. Von welcher Perspektive man es auch betrachtet, Rustum Marvars Kopf passt nicht.«

Hissop nickte. »Ehrlich gesagt, wir hatten ihn nicht auf dem Radar.«

»Nicht nur *uns* ging es so.« Updark schaute zu Dyer. »Ich erzähle dir nur, was unsere Leute sagen. Dein Freund Rustum steht nicht gerade weit oben in der Hackordnung brillanter iranischer Wissenschaftler. Der Chefunterhändler beim Atomabkommen hat nie von ihm gehört. Das Gleiche gilt für Oxford.«

Hissop sagte: »Er ist keinem College zugewiesen. Er hat keine Studenten. Er ist im Grunde nur ein kleiner Forscher in einer Gruppe von acht Doktoranden mit einem zuständigen Professor.«

»Was sagt sein Professor?«, fragte Dyer.

Hissop hustete. »Marvar hatte keine schrecklich enge Verbindung zum Chef der Gruppe.«

»Professor Bruce Whitton«, sagte Updark bissig und streckte ein Bein, »glaubt an die Doktrin der geringsten Anstrengung. Er interessiert sich mehr für eine andere Richtung der Plasmaforschung und ist viel zu beschäftigt, dafür Gelder aufzutreiben und ins *All Souls* zum Abendessen zu gehen. Er kann sich nicht vorstellen, dass Marvar ein Durchbruch gelungen wäre. Roly?« Er griff nach seiner Tasse und wartete, dass Hissop einen Zettel hervorholte.

Hissop las vor: »›Schwerfällig, unstet, paddelt mit seinem Kanu auf einem Zufluss des Plasmafokus, der in einer Sackgasse endet.‹ Whitton hält es für absolut unvorstellbar, dass dieser Mann über die Lösung der Kernfusion gestolpert ist. ›Was hat er als Energiequelle benutzt? Er hatte keinen Zugang zu Tritium.‹ Außerdem hat Whitton uns sofort daran erinnert, dass sich viele solcher Behauptungen in der Vergangenheit als Humbug erwiesen haben. Anfangs scheinen sie umsetzbar, aber man kratze daran – und es ist wieder nicht plausibel. Da war der deutsche Wissenschaftler in Argentinien in den fünfziger Jahren. Das große Palaver über kalte Fusion in den Achtzigern. Dann die falschen Hoffnungen von ZETA und TFTR und JET. Eine nach der anderen wurden diese sogenannten Entdeckungen ad acta gelegt.«

»Warum hört ihr dann nicht auf Whitton?«, fragte Dyer und staunte, wie leicht es gewesen war, sie dazu zu bringen, alles auf den Tisch zu legen.

»Whitton ist nicht unsere Hauptquelle in dieser Sache«, sagte Hissop und wurde rot.

»Was sich verändert hat«, sagte Updark, als wäre Dyers Frage beantwortet, »ist, dass ein einzelner Unternehmer jetzt das Handwerkzeug auftreiben kann, um ohne bürokratische Behinderungen Dinge schneller zu entwickeln als Regierungen und sie damit austricksen kann. Man braucht keine großen Labore mehr. Man braucht nur ein sehr kleines Team und ein sehr kleines Budget.«

»Was ist mit den anderen in der Gruppe?«, fragte Dyer. »Müssten sie nicht etwas davon wissen?«

»Roly, du hast mit ihnen gesprochen«, sagte Updark. »Sie hatten kaum oder keinen Kontakt zu ihm, oder?«

»Er scheint mit niemandem im Team zusammengearbeitet zu haben«, bestätigte Hissop. »Whitton hat die Zügel locker gehalten. Keine großen Sicherheitsmaßnahmen. Marvar konnte kommen und gehen, wann er wollte.«

»Wir wollen damit sagen«, sagte Updark, »dass er kein wertvoller Aktivposten war. Er zählt nicht, er bewegt nichts, er ist ein kleiner Fisch. Andererseits – und das klingt nicht wirklich logisch –, wenn jemand die Fusionsbarriere durchbrechen wird, dann wahrscheinlich jemand, der ignoriert wurde. Erfinder sind langweilig. Denk an Fritz Zwicky.«

»Wer ist Fritz Zwicky?«, fragte Dyer.

»Er hat wohl die spektakulärste Entdeckung des 20. Jahrhunderts gemacht. Dunkle Materie. Aber vierzig Jahre lang wurde er nicht ernst genommen – genau wie unser Mann. Nein, das, was ich nur schwer glauben kann, ist, dass Marvar seine Entdeckung in einem Unilabor anscheinend übers Wochenende gemacht haben soll.«

»Es gibt Überraschungen. Überraschungen sind möglich.« Hissop blätterte in seinen Notizen. »Nach dem Zweiten Weltkrieg wurden im Westen die Fähigkeiten der Russen, Bomben zu bauen, weitgehend unterschätzt. Während der 1960er machten die Russen große Fortschritte bei der Kernfusion mit dem Tokamak. Bei Nordkorea haben wir uns wahrscheinlich genauso verrechnet. Aber bis zu diesem Augenblick« – er blickte auf seine digitale Armbanduhr – »10 Uhr dreißig, Montag 28. Februar zweitausend und bla bla, hat niemand einen einfachen Weg der Kernfusion gefunden – und schon gar nicht ohne massive Unterstützung einer Regierung.«

»Wenn es also kein Blödsinn ist«, sagte Updark, »müssen wir als Nächstes folgende Frage stellen: Wenn er tatsächlich eine Möglichkeit gefunden hat, hat er es dann allein getan oder ist eine andere Regierung involviert? Und wenn es unser verirrter Asteroid nicht allein getan hat, ist er abgehauen? Und wenn er nicht abgehauen ist, wurde er abgeholt, und wenn ja, von wem?«

Er verschränkte die Arme und lehnte sich zurück. »Roly, könntest du Lorna fragen, ob sie einen Moment Zeit für uns hat.«

19. KAPITEL

Während Hissop Lorna holte, breitete Updark die Arme aus und nahm einen weiteren Keks. Seine Haltung war jetzt weniger gereizt, eher versöhnlich, als glaubte er, Dyer würde jetzt, da ihm alles gesagt worden war, um das Spiel spielen zu können, nachgiebiger.

»Fusionsforschung wird seit 1958 nicht mehr im Geheimen durchgeführt. Internationale Kooperation heißt das Zauberwort. Willst du wissen warum? Weil kein Land es alleine schafft, es ist so verdammt schwierig. Aber in dem Moment, wenn es so aussieht, als würde jemand einen Dollar damit verdienen, wird die Kooperation vergessen sein. Im Augenblick läuft das Rennen in Livermore, in Cadarache, in Moskau, in Peking – und auch an ein paar Orten in der Gegend von Oxford.« Er sprach mit der selbstsicheren Stimme dieser Stadt, dem Bariton, der Schiffe, Ministerien und Botschaften kommandierte.

»Diese Sachen entwickeln sich immer schneller, als man denkt. Deswegen haben alle eine Heidenangst, dass die andere Seite einen Vorteil haben könnte. Es gibt keinen Wissenschaftler auf der ganzen Welt, der seiner Großmutter nicht in den Nacken treten würde, um das Rennen zu gewinnen.«

Er biss die Zähne zusammen und dachte nach, während er langsam den Keks kaute.

»Ist Marvar der erste? Wenn ja, heißt das, dass der Iran das Wissen hat? Denn das würde das Spiel grundlegend verändern. Wir wissen, dass die Mullahs verzweifelt auf jeden Vorteil in diesem Rennen aus sind. Die Rhetorik aus Teheran legt nahe, dass sie etwas haben. Das meinen jedenfalls die Amerikaner.«

»Du meinst Cubbage?« Dyer hatte nicht nachgedacht und bereute es sofort.

Updark hörte auf zu kauen, hob das Kinn. »Warum sagst du das?«

»Ich kann zwei und zwei genauso gut zusammenzählen wie alle anderen.«

»Hat Marvar etwas über Ralph Cubbage gesagt?«

»Nur dass er ihm nicht traut.«

»Er hat also über Cubbage gesprochen.« Sein Tonfall missbilligend.

»Nur dass er vermutet, dass Cubbage für die CIA arbeitet.«

»Vorhin hast du gesagt, dass Marvar dir nichts über seine Arbeit erzählt hat.«

»Ich habe gesagt, dass er ein bisschen darüber gesprochen hat.«

»Du biegst dir die Wahrheit gern ein wenig zurecht, nicht wahr, John?«

»Warum stellst du mir Fragen, wenn deine Meinung sowieso schon feststeht?«

»Du willst uns abspeisen«, sagte Updark. Ärger färbte sein Gesicht noch röter. »Das ist unübersehbar.«

»Du musst es wissen«, sagte Dyer trotzig.

Schweigen.

»Wie sind die Kekse?«, fragte Lorna fröhlich.

Hissop stand hinter ihr.

Sie reichte Dyer die randvolle Tasse mit warmem Kaffee.

Dyer lächelte sie an. »Hervorragend.«

Updark stöhnte. »Marvar wusste von Cubbage.«

Hissop reagierte gereizt. »Cubbage ist wirklich eine Nervensäge.«

Updark schaute zu Dyer. »Wir sind nicht glücklich mit den Amerikanern«, gestand er ein.

Dyer sah, dass Lorna sich einen Würfel holte und setzte. »Warum das denn?«

»Warum. Das. Denn«, wiederholte Updark langsam. »Fragen wir Lorna.« Und an Dyer gewandt: »Lorna ist unsere Chefanalytikerin. Sie weiß alles über die Amerikaner. Bitte, erzähl John, was du weißt.«

Lorna beeindruckte vom ersten Wort an. Sie war wie seine Tacheles redende Tante, wenn sie tanzte. Unter dem Rock, dem Lächeln war sie ganz Sehnen und Stahl.

Sie sah Dyer direkt ins Gesicht. Sie brauchte keine Notizen. Sie beherrschte ihren Stoff.

»Wo soll ich anfangen?« Ihre North-Country-Stimme beschwor für Dyer ein kleines Wohnzimmer herauf, in dem seine Großmutter Tee und selbst gemachten Kuchen auf einem Silbertablett servierte.

»Fange ich mit den fünfziger Jahren an, als die Amerikaner sich weigerten, ihre Atomgeheimnisse weiterzugeben? Was uns nicht davon abgehalten hat, in drei Jahren die Wasserstoffbombe zu entwickeln.

Oder springe ich zu 1975, als Kissinger einverstanden war zusammen mit seinen Kumpeln Cheney, Wolfowitz und Rumsfeld, dem Iran Atomenergietechnologie im Wert von sechs Milliarden Dollar zu verkaufen?

Oder ins Jahr 2000, als genau diese Herren alles daransetzten, dem Iran die gleiche Technologie zu verweigern?

Oder gleich in das Jahrzehnt zwischen 2005 und 2015

und zu der amerikanischen Behauptung, dass die USA den wirtschaftlichen Preis für die über den Iran verhängten Sanktionen bezahlt haben, als es tatsächlich die EU war, die ökonomisch am meisten gelitten hat?

Oder soll ich 2015 anfangen, als die Amerikaner hinter unserem Rücken die EU-Ölsanktionen als ihre beste Karte in den geheimen Verhandlungen mit dem Iran benutzten in elementarer Verletzung der Souveränität der EU?

Das ist kein schlechter Moment, um anzufangen, da es auch das Jahr ist, als republikanische Senatoren die israelische Lobby gegen das Abkommen mit ausgestreckten Armen empfingen – obwohl Israel an dem Abkommen überhaupt nicht beteiligt war. Und doch haben die Republikaner uns – Amerikas engstem Verbündeten – nicht erlaubt, ein Wort mitzureden. Im Augenblick stellt die alte Riege der Republikaner eine größere Bedrohung des Weltfriedens dar als die Revolutionsgarde in Teheran. Nach meinen Erfahrungen mit beiden Seiten – und ich war in Livermore, als drei Waffenversuche scheiterten – bin ich zu dem Schluss gekommen, dass es einfacher sein könnte, mit dem Iran zu verhandeln als mit dem Kongress.«

Dyer hörte mit stiller Bewunderung zu. »Dann machen Sie es doch«, hörte er sich sagen.

»Wir«, korrigierte ihn Updark. »Wenn, dann wir.«

»Aus zwei guten Gründen«, sagte Lorna, die ihn noch immer anschaute. »Erstens, mit dem Satan zu verhandeln widerspricht dem Koran. Zweitens, es wird zunehmend schwierig, die Iraner davon zu überzeugen, dass sogar der Satan Perspektiven bietet. Jede Äußerung aus dem Weißen Haus nährt ihre Paranoia, dass die USA und Großbritannien darauf aus sind, sie fertigzumachen. Selbst das Denken der obersten Machthaber ist von Verschwörungstheorien vernebelt. Wenn sie keine sehen, erfinden sie eine.«

»Ich glaube, Lorna will damit sagen, dass wir für den Iran immer noch der Satan sind.«

»Von allen arroganten Mächten der Welt gelten wir als die bösartigste. Aber ich spreche auch über ein politisches System, das ein Eigenleben annehmen kann, wie Roly hier bezeugen kann.«

»Richtig«, sagte Hissop.

»Jetzt folgt die Geschichtslektion«, sagte Updark.

Lorna hielt den Blick auf Dyer gerichtet. »Iran ist ein Land mit einer stolzen siebentausend Jahre alten Zivilisation, die sich erst allmählich von einer religiösen Überreaktion auf zwei westliche Regierungen – USA und UK – erholt, die seine demokratisch gewählte Regierung 1953 gestürzt haben. Und warum? Weil Mossadeq offenbar auf die schreckliche Idee gekommen war, dass das Volk am Ölreichtum seines Landes einen Anteil haben sollte. Iran hätte längst eine Bombe wie Nordkorea bauen können, wenn die Mullahs gewollt hätten. Aber warum sich Sorgen machen? Nicht nötig, solange die USA ein umfassendes Schlamassel aus ihrer Außenpolitik machten. Abgesehen von der nicht hilfreichen Tatsache, dass die Amerikaner nicht in der Lage waren, in Afghanistan Ziegenhirten in Flipflops zu besiegen, gibt es noch den beunruhigenden derzeitigen Amtsinhaber im Weißen Haus.«

»Der sich das Recht verdient hat, als der größte Pissestrahl, der je aus einem amerikanischen Schwanz geschossen ist, betrachtet zu werden, entschuldigt mein Farsi«, sagte Updark und leckte sich die Finger.

»Und warum verhält sich der US-Präsident so?«, fuhr Lorna fort. »Salopp gesagt, kann er nicht akzeptieren, wie sehr sich das Kräfteverhältnis verändert hat seit der katastrophalen amerikanischen Invasion des Irak 2003 und der Niederschlagung des IS in Syrien, für die er, möchte ich hinzufügen, die stillschweigende Zustimmung des Iran brauchte.

Kurz gefragt, wer sind die beiden größten Nutznießer von Amerikas strategischem Missmanagement im Mittleren Osten? Erstens Russland. Zweitens Iran, der schnell aufholt. Die Verlierer sind Amerika, die Saudis und Israel – die ständig die Verantwortung für die Missstände in der Region dem Iran zuschieben. Der wesentliche Grund, warum sie aus dem Atomabkommen aussteigen wollen, ist, dass es den Iran als Regionalmacht außer Gefecht setzen würde.

Verstehen Sie mich nicht falsch. Niemand behauptet, der Iran sei die harmloseste Macht der Welt. Alle internationalen Kontrollen deuten bislang allerdings darauf hin, dass der Iran seinen Verpflichtungen nachkommt. Der Iran mag vor 2015 ein Atomprogramm verfolgt haben, aber es gibt nicht den kleinsten Hinweis, dass er es seitdem noch tut. Deswegen würde Ralph Cubbage so gern irgendeinen Beweis dafür auftreiben, dass der Iran das Abkommen bricht. Marvars Forschung mag im Augenblick nicht auf Waffen fixiert sein, aber es wäre, wie Lionel sich gern ausdrückt, das tropfende Sirloin-Steak, nach dem Cubbages Präsident lechzt.«

»Danke, Lorna«, sagte Updark. »Präzise wie immer. Und bevor ich es vergesse« – er tippte auf die Keksdose – »erinnern Sie mich daran, dass ich Audrey Ihr Rezept gebe.«

Sie verstand es als Hinweis, aufzustehen, ihren Rock zurechtzuziehen und an ihren Schreibtisch zurückzukehren.

Er wandte sich an Dyer: »Fragen?«

Dyers Bedauern über Lornas Abgang war vermischt mit der Erleichterung, dass sie ihn nicht direkt nach seiner Unterhaltung mit Marvar befragt hatte. Er sah die beiden Männer an. »Wo glaubt ihr, ist Marvar?«

»Wir haben alle Flüge in den Iran überprüft«, sagte Hissop. »Er scheint das Land nicht verlassen zu haben.«

»Aber warum sollte er zu diesem Regime zurückkehren?«, sagte Dyer. »Sie haben seine kleine Tochter mitgenommen. Und wahrscheinlich seine Frau gefoltert.«

»Was eventuell darauf hindeutet, dass er einen bedeutenden Durchbruch erzielt hat …«

»Und jetzt über ihre Freilassung verhandeln will?«, schaltete sich Updark ein.

»Wenn er verschwunden ist, ist es dann nicht wahrscheinlicher, dass die Iraner ihn bereits haben?«

»Da sind wir dran. Wenn die Mullahs wirklich glauben, dass einer ihrer Wissenschaftler diesen Wal von einem Fisch in Oxford an Land gezogen hat, der ihnen die Hegemonie über alle anderen Nationen geben würde, und seinen Vorgesetzten kein Wörtchen davon geflüstert hat, dann wäre das Misstrauen extremer Hardliner grenzenlos. Da bleibt nicht mehr viel Raum für Dissens.«

»Vielleicht wurde er von der Quds-Einheit entführt«, sagte Hissop.

»Sie sind wie die Prätorianergarde des Augustus«, erklärte Updark. »Du erinnerst dich bestimmt an die Klassiker – die besten, loyalsten Legionäre, die den Kaiser beschützten, in diesem Fall den Ajatollah. Eine ihrer Aufgaben ist es, seine Gegner im Ausland zu liquidieren. Vor dem Abkommen waren sie für zahlreiche Morde verantwortlich.«

»Was willst du damit sagen? Dass Rustum tot sein könnte?«

»Möglich«, sagte Updark. »Wahrscheinlicher ist allerdings eine Entführung – damit er den Mullahs noch das letzte Jota seines Geheimnisses preisgeben kann.«

Hissop studierte sein Clipboard. »Seit dem frühen Morgen suchen wir einen weißen Lieferwagen, der in Cowley registriert ist. Eine Überwachungskamera in Norham Gardens hat drei bärtige dunkelhäutige Männer aufgenommen, die ein sofagroßes Objekt eingeladen haben, dem offenbar die Polster fehlten.«

»Mit anderen Worten: Es war vielleicht kein Sofa«, sagte Updark.

»Aber wenn es doch ein Sofa war?«, wandte Dyer ein. »Und was, wenn ihn nicht die Iraner gekidnappt haben? Was, wenn jemand vor ihnen da war?«

»Fällt dir da jemand ein?«, fragte Updark.

»Du hast selbst gesagt, dass eine Menge Leute hinter ihm her sein könnten.«

»Was sie alle wollen«, sagte Updark und betonte jedes Wort gewissenhaft, als würde er seinen Kulturbeutel ausräumen und Haarbürsten auf dem Toilettentisch arrangieren, »ist das Wissen, wie er getan hat, was immer er vielleicht getan hat. Und, wie ich hinzufügen möchte, John, wir wollen es auch. Ich weiß nicht, wie sein Apparat aussieht, ob er einem Omnibus oder einer Konservendose ähnelt, aber ich höre die Blödmänner in London schon sagen: *Wir brauchen einen davon. Mit der britischen Flagge oben drauf.* Das ist wahrscheinlich auch der Standpunkt in Tel Aviv, Riad und Peking. Und der von Mr Putin.«

Hissop sagte: »Moskau hat sein eigenes geheimes Programm von Wissenschaftlern, die an der Fusion arbeiten, aber wenn tatsächlich etwas Interessantes in Russland passiert, werden wir es erst sehr spät erfahren.«

Dyer dachte daran, wie nervös Marvar die Autos in der Great Clarendon Road gemacht hatten. »Er hatte Angst davor, beobachtet zu werden.«

Updarks Lächeln war hart. »Und nicht nur von den verrückten Mullahs. Seine Angst vor Israel wäre auch berechtigt. Noch bevor das Abkommen unterzeichnet wurde, gab es mehrere Gründe, warum man lieber kein Wissenschaftler im Iran sein wollte, der überzeugendste davon, dass einen die Israelis abservieren.«

Hissop konsultierte erneut sein Clipboard. »Als der zuständige israelische General gefragt wurde, wie weit er gehen würde, um das iranische Atomprogramm zu stoppen, sagte er: ›Zweitausend Kilometer.‹ Wenn der Mossad in Marvars Labor herumschwirrt, dann ist es, wie Lionel gesagt hat, wahrscheinlich, dass es auch die Russen, Saudis und Chinesen tun.«

»Und ich sage dir noch was«, sagte Updark gereizt, »sie fallen nicht alle über unsere verträumten Kirchturmspitzen ein, weil sie den süßen Duft billiger Energie riechen. Die weitverbreitete Vorstellung, mit der Professor Whitton *et alii* hausieren gehen, dass Kernfusion keinen militärischen Nutzen hat, ist Mumpitz. Das nur für den Fall, dass du noch immer neugierig bist, warum wir dich heute hierhergebracht haben. Deswegen haben wir so viel Energie darauf verwendet, dich zu befragen und um deine Hilfe zu bitten. Die Probleme sind extrem ernst. Und ich meine extrem. Wenn Marvar wirklich eine einfache Möglichkeit für eine Kernfusion gefunden hat, würde das viele wichtige Leute auf der ganzen Welt zutiefst deprimieren. Dir steht es dann frei, allen anderen ›bösen Kerlen‹ – ich klinge schon wie der amerikanische Präsident – die Kontrolle über die tödlichste Waffe zu geben, die je entwickelt wurde, und sie heimlich und mit geringen Kosten herzustellen. Du erinnerst dich bestimmt an den Vorfall in der U-Bahn in Parsons Green. Ein delinquenter Teenager, der sauer war und eine Einkaufstasche mit Nägeln dabeihatte, reichte aus, um die ganze Nation für zwei Tage zu paralysieren. Stell dir vor, was eine engagierte unzufriedene

Gruppe Teenager mit einer Einkaufstasche und einem Fusionsapparat tun könnte. Wenn man bereit ist, sich selbst in die Luft zu jagen, um eine Person zu töten, warum da haltmachen? Warum nicht eine halbe Million umbringen? Demnächst in einem Todestheater in Ihrer Nähe ... Nein. Den Film haben wir schon gesehen, das Ende hat mir nicht gefallen.«

Dyer schwieg. Er trank seinen Kaffee. Der Becher war so weiß wie die Tassen seines Vermieters in Jericho. Er dachte an Marvar, der neben dem Fenster stand, den Becher in der Hand und nichts trank. Konnte er mit Samir in den Lake District gefahren sein, um den Fußstapfen von Wordsworth und Coleridge zu folgen und in Ruhe darüber nachzudenken, was er tun sollte? Hatte er Dyer deswegen gebeten, nichts von seinen Plänen zu erzählen?

Zum Teil um Updark abzulenken, sagte Dyer schließlich: »Was, wenn ihn niemand gekidnappt hat? Was, wenn er aus einem anderen Grund abgetaucht ist?«

»Und aus welchem?«

Dyer zuckte die Achseln. »Um sich gut vorzubereiten, bevor er an die Öffentlichkeit geht? Er bekäme den Nobelpreis dafür, oder?«

»Und ob!«, sagte Hissop. »Aber wenn er es im Clarendon entwickelt hat, würde Whitton einen Teil der Ehre einstecken wollen.«

Updark kratzte sich die Wange. »Ich weiß nicht, Roly«, sagte er. »Aber du hast mit diesen Leuten gesprochen. Hältst du es wirklich für wahrscheinlich?«

»Es ist eine Möglichkeit. Den meisten Wissenschaftlern sind zehn Millionen Dollar weniger wichtig als der Nobelpreis. Aber wenn man die Sache von einem iranischen Schreibtisch aus betrachtet, gibt es noch einen Aspekt, den wir nicht vergessen dürfen. Märtyrertum.«

»Ach ja, Märtyrertum«, sagte Updark kraftlos. »Erklär es Mr Dyer.«

Hissop wandte sich ihm zu. »Manche von uns sind bereit, für etwas zu sterben, selbst wenn man am Leben hängt. Marvar könnte so jemand sein. Kernfusion könnte eine heilige Idee sein, an die er glaubt, für die er aber auch seine gesamte Existenz riskieren würde, wenn der Kern der Idee beschmutzt wird. Vielleicht will er sterben und hat beschlossen, sein Geheimnis mit in die nächste Welt zu nehmen, damit es nicht in die falschen Hände gerät, so wie der berühmte Shia-Märtyrer Imam Husain im siebten Jahrhundert.«

»Hattest du den Eindruck, dass er gläubig ist, John?«

Dyer dachte an Marvar in seinem altmodischen Anzug, der stehen blieb, um eine Zigarette zu rauchen, bevor er nach St Barnabas ging, um zum Gott seiner toten Mutter zu beten.

»Möglich.«

»Und was ist dann mit seinem Sohn?«, sagte Updark. »Wie passt er in dieses Todesszenario?« Er sah Dyer an. »John, ich frage dich. Glaubst du, dass er Samir das antun könnte?«

Dyer dachte daran, wie Marvar mit Samir am Telefon gesprochen hatte, nachdem er von der Schienbeinverletzung erfahren hatte. Er dachte daran, was Marvar zu ihm gesagt hatte. *»Wir können immer noch wandern gehen … Solange ich lebe … und Samir lebt – ist sie nicht tot …«*

»Nein, um ehrlich zu sein, das glaube ich nicht.«

»Lassen wir Märtyrertum für den Augenblick beiseite, Roly. Die wenigen Fakten, die wir haben, deuten in eine Richtung. Abgesehen davon, dass wir Marvar finden müssen, ist es unsere höchste Priorität herauszufinden, wo er den Rest seiner Zauberformel deponiert hat.«

Die Besprechung war beendet. Ein Wagen wurde gerufen, der Dyer zurück nach Oxford fahren sollte. Updark begleitete ihn nach unten und wartete, als er seine Schultertasche holte.

»Und, John?«

»Ja?«

»Nicht nötig, mit jemandem darüber zu sprechen. Ich glaube, das wäre ein großer Fehler. Der Name des Spiels lautet Diskretion und Geheimhaltung. Oh, und die Regeln.«

»Die Regeln?«

»Tennis. Punkte zählen und den Partner mit Bällen versorgen. Wenn Marvar sich meldet, sag es uns bitte, verdammt noch mal.«

20. KAPITEL

Dyer bittet den Fahrer, ihn nach Jericho zu bringen. Er weiß, dass er nach Hause muss, bevor er Leandro von der Schule abholen kann. Warum, daran erinnert er sich nicht mehr. Langsam erholt er sich von Updarks Befragung.

Der Fahrer sieht im Rückspiegel zu, wie Dyer seine Tasche überprüft. Er kann davon ausgehen, dass sie die Daten auf seinem Laptop heruntergeladen haben. Glücklicherweise hat er seine Unterhaltung mit Marvar nicht im Computer protokolliert. Aber seine handschriftlichen Notizen – wo sind sie?

Der Wagen setzt ihn vor seiner Wohnung ab. Dyer wartet, bis er weggefahren ist, bevor er hineingeht.

Auf den ersten Blick ist alles so, wie er es drei Stunden zuvor verlassen hat: die Betten nicht gemacht, der Abwasch nicht erledigt. Magda war nicht da, um zu putzen; sie weiß, was sie nicht anfassen darf.

Doch als sich Dyer näher umschaut, wächst seine Angst.

Nissa hing in einem anderen Winkel an der Wand in Leandros Zimmer. Aber das war noch nicht alles. Astrud sah ihn vom Regal etwas zu direkt an. Auf ihrem stummen Gesicht sah er die Spiegelung maskierter Gestalten, die die Räume durchsuchten. Er spürte, wie ihre Finger seine Kleidung, die Taschen betasteten.

Seine Notizen zu Marvar lagen weder auf dem Küchentisch noch in dem Regal, in dem er normalerweise seine Papiere ablegte. Er lief erneut nach oben. Der einzige Zettel, den er auf seinem Nachttisch fand, war die unsinnige Zeile, die er geträumt hatte.

Updark war während der Befragung einmal fortgerufen worden. Hatten ihm seine Männer berichtet, was sie gefunden hatten?

In einem Zustand vollkommener Wachheit öffnete Dyer den Schrank unter der Treppe und schaute in seinen Angelkasten. Beim Angeln war er abergläubisch. Er ordnete die Köder in der Dose für künstliche Fliegen immer in einer bestimmten Reihenfolge an.

Es erschütterte ihn, als er sah, dass die Dose verkehrt herum dalag.

Plötzlich fühlte er sich schwach. Er konnte seine Gedanken nicht mehr kontrollieren. Sie stolperten durch seinen Kopf, ließen gespenstische Bilder von Updarks Männern aufleuchten, die sich über sein Gespräch mit Marvar beugten …

Neben dem Angelkasten hing Marvars Mantel auf dem hölzernen Kleiderbügel. Der Kragen war nicht mehr hochgeschlagen. Ihn hätten sie als Allererstes durchsucht, um sicherzugehen, dass nichts in das grüne Futter genäht war.

Das war der Grund: Dyer hatte den Mantel zur Schule mitnehmen wollen, um ihn Samir zu geben.

Aber Marvar? Was war mit ihm? Neben seinem sandfarbenen Mantel hatte er einen Haufen Fragen zurückgelassen. Wo war er? Lebte er noch, war er tot, gefangen?

Und seine revolutionäre, weltverändernde Formel – wo war sie?

Marvar hatte – an diesem Tisch – Dyer überzeugt, dass es möglich war, seinen Durchbruch auf einem einzigen Blatt Papier festzuhalten, und er hatte es getan. Aber wo war es?

Unfähig, sich zu konzentrieren, nicht in der Stimmung, in die Bibliothek zu gehen, und um den Ansturm an Fragen aufzuhalten, kniete er sich vor das Bücherregal und ging die Buchrücken durch auf der Suche nach einem Band, der ihn ablenken würde.

Seine Lieblingsbücher – Gedichte und Romane – standen zwischen jeweils mit einem Phönix beklebten Buchstützen, die er unter Anleitung seines Werklehrers Mr Barson aus einer Sperrholzplatte gesägt hatte. Nachdem er Borges' *Labyrinthe* herausgezogen und wieder zurückgestellt hatte, nahm er Basil Buntings *Gesammelte Gedichte* heraus, setzte sich neben das französische Fenster und begann zu lesen. Er musste sich daran erinnern: *Du hast Marvar nicht verraten. Wenn Updark dich wieder holen lässt und will, dass du deine Notizen erklärst, verweigere einfach die Antwort. Weise darauf hin, dass sie illegal in ihren Besitz gekommen sind und Journalisten ihre Quellen nie preisgeben – eine wichtige Regel, die auch für ehemalige Journalisten gilt.*

Eine Fliege landete auf seinem Arm. Er schüttelte sie ab, und sie flog auf sein rechtes Ohr. Er wischte sie weg. Nach einer Weile atmete er wieder normal.

Um halb vier setzte er sich in sein Auto und fuhr zur Schule.

Er war erleichtert, als er seinen Sohn unter der Uhr stehen sah.

Leandro, den Helm auf dem Kopf, beugte sich über sein Fahrrad und fummelte am Schloss herum.

»Hallo, Dad. Was machst du hier?«, fragte er verwirrt und richtete sich auf.

»Ich habe beschlossen, dich abzuholen«, sagte Dyer.

»Was ist mit meinem Rad?«

»Damit kannst du morgen nach Hause fahren.«

»Na gut«, sagte Leandro, holte seine Schultasche aus dem Korb und nahm seinen Helm ab. »Ich muss es wieder abschließen.«

Dyer machte Pasta zum Abendessen.

Fünf Minuten, nachdem sie angefangen hatten zu essen, hob Leandro den Kopf. »Dad, was machen wir an dem langen Wochenende?«

Ein Viertel seiner Klasse war in den Winterferien mit der Schule nach Davos zum Skilaufen gefahren. Während Leandro in Jericho geblieben war und Fifa 18 gespielt hatte, flog ein Junge nach Perth – und zwei Mädchen flogen nach Hongkong. Leandro versuchte noch immer, mit der widersprüchlichen Botschaft klarzukommen, dass er einerseits Schulfreunde hatte, deren Eltern es sich leisten konnten, sie regelmäßig in weit entfernte Orte zu schicken, und andererseits einen Vater, dessen finanzielle Mittel so beschränkt waren, dass sie seit ihrer Ankunft in Oxford kein einziges Mal nach Rio zurückgekehrt waren.

Dyer murmelte, dass er noch keine Pläne gemacht habe.

In Wahrheit schmolz Viviens Erbe dahin. Die Schulgebühren wurden jedes Jahr erhöht. Nach der letzten Rechnung musste sich Dyer die Frage stellen, ob der Umzug von der Joaquim Nabuco in die St Barnabas Street es wert gewesen war. Vieles von dem, was Leandro in der Phoenix beigebracht wurde, war nebensächlich. Was lernte er hier, was er in Rio nicht hätte lernen können? Selbstsicherheit, die Geschichte seines Hintergrunds, ein halbes Dutzend Gedichte und Lieder? Fand er Freunde, die sich später gegenseitig helfen würden (oder nicht)?

Oder hatte Dyer seinen Sohn entwurzelt, um einen Riss in seinem eigenen Gewebe auszubessern?

Leandro steckte sich eine weitere Gabel Spaghetti in

den Mund und kaute sie langsam. Genauso hatte er im ersten Schuljahr dreingeblickt, als ihn die anderen Jungen verspottet hatten, weil er keine der Kindersendungen im Fernsehen gekannt hatte.

»Sogar Samir fährt irgendwohin«, sagte er schlecht gelaunt.

Kurz darauf sah er Dyer an und fragte, als rechnete er mit einer negativen Antwort: »Dad, wann legen wir uns endlich einen Hund zu?«

»Hast du dich entschieden, was für einen Hund du willst?«, wich Dyer aus. Er hätte wissen müssen, dass Kinder die Versprechen der Erwachsenen einfordern.

»Ja.«

Dyer sah ihn an. Die Pasta, die konzentrierte Miene. Sein blondes Haar fiel ihm in die Augen.

»So einen wie Beatrice Updark hat.«

Unter Beatrice' Aufsicht hatte Leandro Spassky an seiner bunten Leine um den Tennisplatz ausgeführt. Nicht einmal, erfuhr Dyer jetzt, sondern mehrmals.

»Ich dachte, du magst Beatrice nicht.«

»Ich mag ihren Hund«, sagte Leandro trotzig.

Dyer unterdrückte ein Lächeln. Er erinnerte sich daran, was Vivien über die Phoenix gesagt hatte, als sie ihn aufforderte, Leandro dort in die Schule zu schicken. *»Deine Mutter und ich wurden wie die Jungs behandelt. Uns wurde eingetrichtert, dass wir genauso gut sind wie sie, wenn wir so gut wie sie waren. Wir haben gelernt, mit ihnen zu konkurrieren, ehrgeizig und abenteuerlustig zu sein – wir Mädchen waren es, die in die Schlafsäle der Jungen gegangen sind, nicht umgekehrt.«*

»Ich bin nicht sicher, ob mir die langen Augenbrauen gefallen.« Dyer runzelte die Stirn.

»Das nennt man Furnishing und ist bei Rauhaarrassen

nun mal so«, konterte Leandro mit ungewohnter Autorität.

Dyer verzichtete auf weitere Argumente, aber ihm fiel ein anderes Versprechen ein, das er Leandro in Rio gegeben hatte. »Warum gehen wir nicht zum Fliegenfischen und sprechen dann weiter?«

Die bevorstehenden drei freien Tage fielen dieses Jahr mit dem Beginn der Angelsaison zusammen. Dyers Vorschlag, einen Landgasthof an einem Fluss zu suchen, wo er Leandro beibringen konnte, wie man eine Forelle angelte, hatte eine beschwichtigende Wirkung auf seinen Sohn. Etwas weniger niedergeschlagen säuberte sich sein Sohn die Fingernägel mit der Spitze eines Druckbleistifts.

Nach dem Abendessen musste Leandro Hausaufgaben machen. Als Dyer anbot, sie sich anzusehen, sobald er damit fertig wäre, lehnte Leandro ab. Er brauche keine Hilfe, jemand anderes helfe ihm bereits.

Leandro öffnete seine Schultasche, als Dyer den Tisch abräumte und darüber spekulierte, wer diese Person sein konnte – Beatrice? Leandros Geschichtslehrer, Ma Burgeon? –, bevor andere Gedanken – seine verschwundenen Notizen, Marvar, Updark – die Oberhand gewannen.

»Oh, Dad, entschuldige.« Leandro verzog das Gesicht. »Heute Morgen habe ich die aus Versehen eingesteckt.« Mit reuiger Miene nahm er einen Packen Papier aus der Tasche, der mit Dyers Kurzschrift bedeckt war.

Dyer wurde kalt. Seine Hände zitterten, als er danach griff.

»Gott sei Dank.« Er ließ sich auf einen Stuhl fallen. »Gott sei Dank.«

Updark hatte nichts gegen ihn in der Hand. Es gab keine Beweise, die Dyer mit Marvars Entdeckung in Verbindung brachten – nur diese elf A4-Seiten.

Leandro schaute erschrocken auf. »Dad, alles in Ordnung?«

»Ja, ja.« Er las die erste Seite. Er brauchte Astruds Foto nicht, das ihn warnte. Er musste die Notizen verstecken – entweder das oder sie vernichten. Sie durften nicht im Haus gefunden werden.

Dyer sah zu seinem Sohn. Und er durfte Leandro nicht mit seiner Angst, seiner Erleichterung anstecken.

Leandro schaute ihn mit rührender Zärtlichkeit an. »Hoffentlich hast du dir nicht meine Erkältung eingefangen. Vielleicht habe ich Samir angesteckt.«

Dyer neigte sich vor. »Hast du Samir gesehen?«

»Nein, heute nicht, er war nicht in der Schule. Mr Tanner hat gemeint, dass es wegen seiner Verletzung war, aber Dad, das war es nicht, er konnte ganz normal gehen. Ich wette, es war die Erkältung, die ich hatte. Es ging ihm nicht gut bei der Übernachtungsparty, das habe ich gesehen.«

Nachdem Leandro ins Bett gegangen war, machte sich Dyer Tee. Er tat Milch hinein, und als er den Kühlschrank schloss, ließ ihn eine Erinnerung an Rustum Marvar innehalten, der genau an dieser Stelle gestanden hatte, an der er jetzt stand.

Marvar hatte Leandros Pelé-Magnet angestarrt, sein Ausdruck, alles an ihm anders als einen Augenblick zuvor.

Aus einem halben Meter Entfernung betrachtete Dyer das Bild des brasilianischen Fußballspielers. Dann kam ihm langsam ein Gedanke. Was, wenn Marvars Blick nicht Pelé gegolten hatte, sondern dem gelben Zettel, der darunter hervorschaute?

»So werden sie also genannt!«

Marvar war auf dem Weg stehen geblieben und hatte lachend den Kopf zurückgeworfen, als Dyer es ihm gesagt hatte.

»Post it. Wie einen Brief. Von mir an Sie.«

Doch im nächsten Augenblick schien Marvar verunsichert, als hätte er einen Fehler begangen. Dyers Herz war ihm zugeflogen. Er erkannte die Verlegenheit von jemandem wieder, der eine Tragödie erlebt hatte und beim Lachen erwischt wird.

Dyer trat näher an den Kühlschrank. Auf dem Zettel kam ihm an seiner Handschrift etwas seltsam vor. Er studierte die Namen und Telefonnummern, die er für Paula aufgeschrieben hatte: Domino's Pizzeria; Magda, die polnische Putzfrau; die Hausverwaltung des Vermieters in Summertown …

Dann sah er es.

Eingezwängt zwischen den Buchstaben und Zahlen, die Dyer geschrieben hatte, stach ein einzelnes Wort heraus, gekritzelt in einer anderen Handschrift und mit einem Drehbleistift. Jeder Buchstabe so deutlich wie die auf einen Tennisball gebrannten Initialen.

BOOMERANG.

Eine scheinbar unbedeutende Sache kann von ungeheurer Bedeutung sein, hatte das Leben Dyer gelehrt. Er wartete, bis um Mitternacht der letzte Glockenschlag in der Dunkelheit von Oxford verklungen war. Dann schaute er nach, ob Leandro schlief, zog sich einen zweiten Pullover über und eine schwarze Wollmütze, die er sonst nie trug, und ging hinaus.

Er hatte den Wagen in der St Barnabas Street neben dem Kirchturm geparkt. Bevor er in seinen Käfer stieg und den Motor anließ, schaute er sich auf der Straße um. Niemand folgte ihm in die Great Clarendon Street oder links in die Walton Street und dann rechts in die Margaret's Road.

Dyer brauchte fünf Minuten bis zur Schule. Er blieb

neben dem Briefkasten stehen und stieg aus. Ohne den Wagen abzuschließen, ging er rasch den Gehweg entlang bis zum Zebrastreifen und über die Straße. Das letzte Mal, als er diesen Weg so spät nachts gemacht hatte, nachdem Rougetel ihm die Stelle im Toilettenspiegel verraten hatte, hatte Dyer einen blau-weiß gestreiften Schlafanzug und einen Bademantel mit Paisley-Muster getragen.

Er tippte den Code ein und ging durchs Tor. Er rannte, als wollte er ein klingelndes Telefon erreichen. Die Straßenlampen warfen ein orangefarbenes Licht. Er kniete sich in die Sandgrube direkt gegenüber der Stelle, an der Rustum gesessen hatte, und begann den Sand mit den Fingern zu sieben. Er hatte Angst, aber auch das Gefühl, als würde er sich selbst von hoch oben beobachten.

Nahezu sofort ertasteten seine Finger einen soliden Gegenstand. Diesmal nicht den Flügel eines australischen Kampfflugzeugs, sondern eine Ziploc-Plastiktüte, in der sich eine kleine grüne Mappe befand, eingewickelt in Wachspapier.

Der Seewetterbericht ging zu Ende, als er zurück nach Hause fuhr. Die St Barnabas Street war so friedlich wie zuvor, als er aufgebrochen war. Doch etwas hatte sich verändert. Er erkannte die Stadt nicht wieder, er hätte auch durch Rio fahren können.

ZWEITER TEIL

21. KAPITEL

Oxford erwacht in der Dämmerung, das kalte Sonnenlicht so betäubend und klar wie Morphium, der maisfarbene Stein, die Blazer in den Fenstern, die Radfahrer. Über den Dächern ist der Tom Tower zu sehen wie eine Pickelhaube. In einem überdachten Stand in der Broad legt ein Mann mit andinen Zügen zum Klang von Flötenmusik Reihen von Panamahüten aus. Er blickt kurz zu Dyer, fragt sich, ob er ihn erkennen sollte, doch der scheint keinesfalls bemerkt werden zu wollen, und er entscheidet sich dagegen.

Dyer sieht die schlankere Gestalt seines jüngeren Selbst die Turl Street hinunterhuschen. Er folgt ihr bis zur Market Street und in die Markthalle. Das portugiesische Café ist mehr oder weniger, wie er sich daran erinnert. Dasselbe hellbeige Linoleum, hellblaue Resopaltische. Er kann die Glastür aufstoßen und eintreten, als wären keine fünfzig Jahre vergangen.

Nachdem er Leandro zur Schule gebracht hat, geht er als Erstes ins *Café Lisboa*. Mehr als alles andere in Oxford erinnert es ihn an seine Kindheit, aber auch an Brasilien. Nicht zuletzt, weil man hier Portugiesisch sprechen kann.

»*Puxa! É você, João?*«, sagt Miguel, legt seine melancholische Maske ab und lächelt. »*Disculpe, não lhe reconheci com esse sobretudo.*«

Dyer blickt auf den langen Mantel hinunter, den er trägt und sagt: »*Pertence a um amigo.*«

Miguel, ein rundlicher Mann mit zwei weißen Haarsträhnen, stammt aus Madeira. Nach den rituellen Fragen nach dem Onkel in Funchal, der Enkelin bei Phil & Jim, bestellt Dyer eine Tasse Tee und eine Reiswaffel.

Neben der Säule ist ein Tisch frei. Dyer zieht den schweren Mantel aus und hängt ihn über die Lehne eines Rohrstuhls. Am Ärmel fehlt ein Knopf, und er denkt an Marvars nervöse Finger auf der Port Meadow.

Als er sitzt, öffnet Dyer seine Schultertasche und nimmt die elf A4-Blätter heraus, die ihm Leandro zurückgegeben hat, und legt sie auf die Seite. Dann holt er die Ziploc-Plastiktüte mit der geriffelten grünen Mappe heraus, legt sie vor sich auf den Tisch und öffnet sie.

Aus der Mappe nimmt er gelbes Papier – fünf mal fünf Zentimeter –, das Marvar von einem Block abgerissen haben muss, denn es kleben zwei weitere Post-it-Zettel daran, beide unbeschrieben.

Dyer starrt auf diesen Meteoriten, der in seinen Händen gelandet ist. Er hält ihn hoch und versucht zu verstehen, was Marvar mit einem blauen Kugelschreiber in penibler, gedrängter, kleiner Handschrift auf beiden Seiten notiert hat.

Das Licht einer Lampe fällt auf ein Durcheinander von Zahlen und Buchstaben, manche griechisch, andere römisch, manche großgeschrieben, andere nicht, und auf der Rückseite unter weiteren Berechnungen – Eigenschaften und Namen von Mineralen, die als Lasermedium dienen können? – ein einzelner Satz: *Otto Hahn – ›im Widerspruch zu Gottes Willen‹?*

Dieses schreckliche Wissen, das die Atmosphäre, das Wasser in Brand setzen – oder uns die Sonne schenken könnte. Es ist das Original. Es gibt keine weitere Kopie. Im Sand vergraben, damit Dyer es fand.

Es war unmissverständlich und unvermeidlich, dass Dyer der Empfänger sein sollte. Jeder *pai de santo*, der in seine flache Schale mit Kaurimuscheln schaut, hätte es ihm sagen können: Es war kein Zufall gewesen, dass Marvar in Dyers Leben getreten war. Marvar war wie die Brandung, die seine Füße umspült und manchmal daran gezerrt hatte, wenn er am Strand nach Leblon gelaufen war; eine größere Welle als alle anderen, unvorhergesehen, die einen umwerfen konnte.

Dyer stellte sich vor, wie Marvar alles sorgfältig notiert hatte, sein Gesicht angespannt. Er musste es am Sonntagmorgen vergraben haben, bevor er Samir bei den Asselins abgeholt hatte. Marvar hatte sich an Dyers Geschichte aus der Schule erinnert und seine Hoffnungen darauf gesetzt.

Er hört, wie Muscheln geputzt werden. *»Er hat dir dieses Wissen überlassen, damit du eine Entscheidung triffst, weil er selbst unfähig dazu war.«*

Die Angst in Marvars Augen. Dyer hatte sie wieder gesehen heute Morgen, als er beiläufig in den Spiegel blickte. Es schmerzte ihn, das Gesicht anzuschauen, das ihn ansah. Marvars schwarzer Fleck war in seine Hände geraten, dunkler als alles, was ihm der blinde Pew in die Hand hätte drücken können, dunkler als alles, wofür er einen Namen hatte.

Nur dass es nicht namenlos war, es war nicht aus einer Bibel gerissen oder dem Koran oder irgendeinem anderen religiösen Text, und es war nicht schwarz; es war bananengelb, bedeckt mit Zahlen und Buchstaben und enthielt ein Zitat eines deutschen Chemikers.

Erklärte die Angst in Marvars Augen sein Verschwinden? Hatte ihn die Last überwältigt?

Zwar hatte er Hissops Vermutung ins Lächerliche gezogen, doch Dyer fragte sich, ob Marvar nicht tatsächlich an seinem Plan festgehalten hatte und mit Samir wandern gegangen und in Sicherheit war. Hissop hatte eine Reihe Physiker genannt, die regelmäßig in den Bergen wanderten, um ihre geistige Gesundheit zu bewahren – Teller, Fermi, Bloch, Heisenberg. Marvars abruptes Verschwinden erinnerte Dyer an den noch immer vermissten australischen Mathematiker Todd Angle.

Bei der Vorstellung, wie Marvar in Wanderstiefeln durch die hügelige Landschaft stolperte, musste Dyer lächeln. Es war wichtig zu lachen. Andernfalls wäre das Ganze zu erdrückend.

Dyer wanderte in Gedanken ein Stück mit Marvar. Er wünschte sich so sehr, glauben zu können, dass Marvar Samir früh bei Asselins abgeholt hatte, um mit ihm in die Berge zu fahren. Er sah vor sich, wie er mit seinem Sohn die grasbewachsenen Hügel oberhalb von Howtown hinaufstieg und auf Patterdale hinunterschaute. Er brach ein Stück Reiswaffel ab und schob es in den Mund. Nein, es war zu schwer, einen mantellosen Marvar heraufzubeschwören, der sich mit seinem Sohn das Fusedale hinaufkämpfte, stolpernd und keuchend. Die alternativen Szenarien, die Hissop entworfen hatte, erinnerten in ihrer Brutalität an die Spiele in Leandros Xbox. Dyer wollte nicht daran glauben. Leichter war es, sich vorzustellen, dass sich Marvar in Oxford in Luft aufgelöst hatte. Er war in einem Sturm verschwunden, wie es Gustav Mahler angeblich getan hatte. Er war verglüht wie ein Komet.

Wenn Marvar nicht zurückkehrte … wenn er auf irgendeine Weise aus der Gleichung genommen worden war … dann war Dyer der einzige Wächter seines Wissens.

Was er mit diesem Wissen anfangen soll, dafür hat er

kein Skript. Er würde keine Kopie machen; Marvar hätte es nicht gewollt. »*Mehr braucht man nicht.*« Und die Formel ist viel zu lang, als dass er sie hätte auswendig lernen können.

Wenn er sie nicht kopieren oder sich einprägen kann, was für andere Optionen hat er noch?

Dyer, der normalerweise schnell Entscheidungen trifft, kommt zu keinem Schluss. Der Freund des vermissten australischen Mathematikers hatte den Brief, den er bekommen hatte, der Polizei übergeben. Das Nächstliegende wäre es, das Post-it Updark zu geben. Das wäre der Weg, den er einschlagen sollte.

Doch bei dem Gedanken, Marvars Informationen Updark zukommen zu lassen, wird Dyer schwindlig, er verliert die Orientierung. Dass Updark mit Cubbage Umgang hat und bei dem Abendessen hätte dabei sein sollen, schreckt Dyer ab nach allem, was er von Lorna über die Amerikaner erfahren hat.

Er starrt auf Marvars Zettel und hat das Gefühl, in einen Strudel gezogen zu werden. Diese Zahlen und Buchstaben – wie Abrakadabra. $E=mc^2$ hat uns die Atombombe eingebracht. Aber Marvars Berechnungen? Ist es möglich, zu viel in sie hineinzulesen? Könnten sie Quatsch sein wie Todd Angles verquere Philosophie – oder Dyers Mathehausaufgabe für Slimy? »Das eignet sich nur«, hatte Slimy gesagt, »für Klopapier.«

7, M, Q_{fus}, nTT … Dieses Durcheinander von Zeichen erscheint ihm wie die Fehler, die die Schriftsetzer früher gemacht haben. Dyer war versucht, das Ganze als Unsinn abzutun.

Wonach er gesucht hatte, war eine einfache Formel, nach der er leben könnte. Was sollte die Welt von ihm halten, wen liebte er am meisten? Sein Leben war eine verschlüsselte Ansammlung von Buchstaben und Zahlen, die auf eine Lösung warteten.

Wie es Menschen in einer Krise oft tun, dachte Dyer daran, woher er kam. Ein großer Teil von ihm, ein zu großer, ging zurück auf Astrud.

Manchmal sah er sie in einer anderen Frau, wie sie über einen schachbrettgemusterten Boden ging, um eine Schulter zu berühren, ihre Augen, die eigensinnige Locke über ihrem linken Ohr, die sie immer zu glätten versuchte. Die Bar ist voll, das Buch liegt aufgeschlagen auf dem Tisch, ein Bleistiftstrich am Rand. *»Was lesen Sie?«*

Und später die leeren Morgen und Nachmittage. Am Abend sitzt er am Tisch mit einem kalten Glas Bier und einem Buch und studiert die Gesichter. Ein Samba wird gespielt. Sein Gesicht ist nass. Es hätten seine besten Tage sein sollen.

Vivien hatte versucht, ihn zu trösten. Nach der Beerdigung in Nossa Senhora da Candelária in Petrópolis – Astrud im Sarg, die Hände, die seine Schultern berührt hatten – rief ihn seine Tante jede Woche an und zwang ihn zum Reden. *»Es ist schlimm, sich zu erinnern, aber es ist noch schlimmer, es nicht zu tun.«*

Er hatte seine Schlüssel nach dem Arzt geworfen, der ihm die Nachricht überbrachte. Im Sonnenschein des ersten Tages seiner Trauer schnitt er sich die Haare. Er konnte keine Musik hören, kein Buch lesen, keine *moqueca* essen.

Nachdem sie gestorben war, ging ihr Hund nicht mehr in ihr Zimmer.

Obwohl seitdem viel Zeit vergangen war, wallte es immer wieder in ihm auf. Wann war seine Trauer so pathologisch geworden? Wann würde er damit aufhören, die Erinnerungen mit Händen zu betasten und sich daran zu wärmen? Es schien ihm jetzt zeitlich näher als seit vielen

Jahren. Er war daran gekettet wie ein Häftling. Sich von ihrem Verlust zu erholen wäre ein Wunder.

»*Senhor João?*« Es ist Miguel, der sich fragt, warum sein normalerweise stiller Gast zuerst lächelt und dann schluchzt. »Noch eine Tasse Tee?«

Er blickt nicht auf. »Nein, danke, Miguel.« Er langt nach der Papierserviette.

22. KAPITEL

Dyer steckte die Mappe wieder in die Plastiktüte, zog Marvars seidengefütterten Mantel an, zahlte und ging. Es war ein merkwürdiges Gefühl, im Mantel eines anderen Mannes durch die Markthalle zu gehen. Seine Fingerspitzen hatten bereits ein in Papier eingewickeltes Hustenbonbon gefunden, das nach Marvars Atem roch. Er spürte Sandkörner in den Taschen.

Marvar hatte den Mantel nicht, als er am Sonntag zur Sandgrube ging; er hing in Dyers Schrank. Hatte Marvar ihn vorsätzlich als Abschiedsgeschenk dagelassen, hatte er damals schon eine Haut abgeworfen?

Der Mantel war warm, aber zu groß und zwang ihn, anders als sonst zu gehen. Am Fischgeschäft, dem Schuhladen, dem Friseur und Ben's Cookies vorbei ging er hinaus auf die High Street.

Eine Glocke schlug neun. Er sehnte sich nach vorgestern und dem Tag davor. Wäre er nur nicht vor der University Press stehen geblieben, um mit Marvar zu sprechen. Wäre er nur nicht um Mitternacht zur Phoenix gefahren. Die Tasche über seiner Schulter war so schwer, als befände sich eine Leiche darin.

Dyer wartete, bis der letzte Glockenschlag verklungen war, dann ging er los. Zuvor war er langsam zur Markthalle gegangen, als würde Marvar auftauchen, wenn er sich Zeit ließ. So war er früher schon gegangen. Er stellte sich vor, er würde sie sehen, laufen, um sie einzuholen, und dann würden sie gemeinsam weitergehen.

Jetzt waren seine Schritte nervös, kürzer. Die Menschen, an denen er vorbeikam, wussten nichts von der Last, die er trug. Ein kleiner Zettel Papier konnte so schwer sein.

Updark hatte ihm seine Karte gegeben – Dyer hatte sie neben das Telefon gelegt. Er würde seine Vorbehalte gegenüber dem Mann überwinden und ihn anrufen, sobald er zu Hause wäre. Trotz dieser Entscheidung fühlte sich Dyer unwohl. Er schaute nach unten und wich einem Riss im Pflaster aus.

Wer sonst hatte gesehen, wie er mit Marvar in der Great Clarendon Street gesprochen hatte oder eine Stunde später auf der Port Meadow, vertieft in eine Unterhaltung, die niemand hätte unterbrechen können, oder wie er mit Marvar nach Jericho zurückgekehrt war? Welche Blicke hatten sie hinter beschlagenen Windschutzscheiben verfolgt? Gehörten sie zu denselben Menschen, die Dyers Haus durchsucht hatten, oder waren es andere? Auch wenn Marvar nicht entführt worden war, war es möglich, dass wer immer ihn verfolgte, seine Aufmerksamkeit jetzt auf Dyer ausgedehnt hatte.

Es war ihm schon ein-, zweimal im Leben passiert. Jemand war ihm eingefallen, an den er seit Jahren nicht mehr gedacht hatte, und im nächsten Augenblick war diese Person aufgetaucht. Aber nie zuvor, nicht einmal, als er in die Cantina da Lua und die Treppe hinauf gegangen war, durch den Schnurvorhang, ein Buch in der Hand – das gleiche Buch, das Rejas las –, hatte er ein Ereignis vorausgeahnt, das dann tatsächlich eingetreten war.

Dyer ging die Magdalen Street entlang, als ein Wagen ausscherte, scharf bremste, die Türen aufflogen, zwei

Männer heraussprangen und auf ihn zu rannten. Dyer hatte einen Stakkato-Eindruck, rat-tat-tat, schwarze Kapuzen, Hände in Handschuhen, die ihn am Arm packten, ein silberfarbener Passat Estate, Auspuffgase. Eine Gruppe chinesischer Touristen schaute mit offenem Mund zu, als Dyer eine junge Chinesin am Handgelenk zu fassen bekam, so laut er konnte schrie und zugleich mit ganzer Kraft seine Schultertasche festhielt.

Eine der Kapuzen versuchte, Dyer von der entsetzten Frau loszureißen, und stieß ihn zu Boden. Die andere Kapuze ging auf die Knie und nahm seinen Kopf in den Schwitzkasten, drehte seinen Hals und hob ihn an, damit Dyer zu dem Wagen schauen musste.

Er sah, dass ihn vom Beifahrersitz ein dunkelhäutiges Gesicht anstarrte, die ausdruckslosen kanalschwarzen Augen, die Dyer musterten und dann überrascht und entsetzt dreinblickten. Dyer hörte einen kurzen Schrei, einen Befehl in einer fremden Sprache – aber welche Sprache? Arabisch, Hebräisch, Farsi? Er war sich nicht sicher, auch später nicht.

Die zwei Kapuzen waren perplex, ließen ihn los, standen auf und rannten zurück zum Wagen. Reifen kreischten, Türen wurden zugeschlagen, der Wagen fuhr davon.

Dyer lag ein paar Sekunden reglos da. Dann stand er auf, überprüfte, dass er seine Tasche noch hatte, ihr Inhalt sicher war, und half der chinesischen Frau auf die Füße.

Sie war erschrocken, aber unverletzt.

Er führte sie zu einer Bank, wo ihre Gruppe sie beruhigen konnte.

Ihr Reiseführer – schwarzer Blazer mit Messingknöpfen, blau, rot und braun gestreifte Krawatte – war Engländer wie Dyer, mit einem breiten Maulwurfgesicht. »Wer war das?«, fragte er Dyer ruhig.

»Ich habe keine Ahnung«, sagte Dyer.

»Haben sie Sie vielleicht mit jemandem verwechselt?« Er schaute auf die Straße.

»Möglich«, sagte Dyer. Nachdem ihm die Frau noch einmal versichert hatte, dass es ihr gut gehe, wirklich, ging er die Treppe zur Bibliothek hinauf.

Dyer hängte Marvars Mantel auf, setzte sich in den französischen und deutschen Lesesaal, öffnete seine Tasche und griff hinein. Seine Finger berührten Marvars Mappe, die er kurz zuvor schon einmal angefasst hatte, aber er musste sich vergewissern.

Wie schnell die Flut kam. Von seinem Stuhl aus schaute Dyer durchs Fenster und rieb sich das Kinn. Er konnte den Gehweg sehen, auf dem er zu Boden gerissen worden war. Eine neue Gruppe chinesischer Touristen wartete darauf, die Straße überqueren zu können.

Die Männer im Auto – wohin hatten sie ihn bringen wollen? Was wollten sie?

Dann begriff er. Der Reiseleiter hatte recht. Sie hatten ihn mit Marvar verwechselt.

Seiner abergläubischen Natur folgend hatte Dyer Marvars Mantel angezogen, als würde er ihm bei der Entscheidung helfen, was er mit dem Post-it tun sollte. Stattdessen hatte der Mantel Dyer zu einem Ziel gemacht.

Verwirrt, voller Angst – er war zu Tode erschrocken – nahm er seinen Laptop, schloss ihn an und starrte einen Augenblick auf den Bildschirm. Dann griff er nach Professor Madrugadas Buch, das er von einem Stapel im großen Lesesaal geholt hatte, wo er es am Samstag zurückgelassen hatte: in dem Regalfach für Nachnamen, die mit dem Buchstaben D begannen. Er schlug es auf der Seite auf, in dem der weiße Bibliothekszettel steckte. Er nahm ihn heraus und setzte seine Reise ins Landesinnere von Brasilien fort, doch er konnte den Mann im Passat nicht vergessen, seine dunklen Augen, den Ruf in einer fremden Sprache.

Dyer erschrak, als die Tür aufging und eine stämmige junge Frau in Jeans hereinkam, Computer, Ladegerät, Bücher, Schal, Pudelmütze und eine Flasche Wasser auf dem Tisch in der Mitte ablegte. Ohne ihn anzusehen, öffnete sie den Reißverschluss ihres pelzgefütterten Parkas, zog ihn aus, seufzte und ging wieder hinaus.

Er spürte, wie die Anspannung nachließ. *Wird es jetzt immer so sein?* Er war allein in einer feindseligen, unbekannten Welt, in der jeder ein potenzieller Feind war. Er war wie Afonso Ribeiro, der sich allein bei den Tupi durchschlagen musste. Das Tosen der Brandung. Die Karavelle ein Punkt in der Ferne. Er musste eine neue Sprache lernen, um zu überleben.

Er las ein paar Seiten. Die betriebsamsten Stunden des Morgens vergingen. Die Bibliothek war seine Zuflucht. Hier fühlte er sich sicher, unbeobachtet. Nur ein mittelmäßiges Bild in einem angelaufenen vergoldeten Rahmen sah ihn von der Wand über dem Regal mit der *Encyclopédie Larousse* und einer roten Rollleiter aus Metall an. Es war eine klassische bukolische Szene, ein Hügel, in der Ferne ein Bergzug, ein junger Hirte, vielleicht Endymion, der sich um den verletzten Fuß einer halb nackten Frau, vermutlich Diana, kümmerte, die auf einem Felsen saß, umgeben von Jagdhunden und Putten.

Dyer las bis zum frühen Nachmittag. Sein Platz am Fenster war gut dafür geeignet, auch wenn er nicht wirklich aufnahm, was er las, und manche Seiten mehrmals von vorne beginnen musste. Hin und wieder machte er eine Notiz in seinem Laptop oder schaute zu dem Bild hinauf. Er schaute oft zu dem Bild hinauf. Die Frau erinnerte ihn an jemanden.

Dienstags gab es in der Phoenix keine Sport- oder Clubveranstaltungen. Die Schule war um halb vier aus, und er wollte Leandro sehen. Der Angriff steckte ihm noch immer in den Knochen. Um drei Uhr packte Dyer seine Sachen ein und ging durch den großen Lesesaal.

Niemand sah auf, als er vorbeikam. Hier zumindest wurde er ignoriert.

Die Bibliothekarin trug eine lila gefasste Designerbrille und hatte kurzes wasserstoffblondes Haar.

»Kann ich das verlängern?«, fragte Dyer.

Hätte er einen besseren Bibliotheksausweis, wie sie für Professoren, Dozenten und Doktoranden ausgestellt wurden, hätte er das Buch vielleicht mit nach Hause nehmen können, doch es entsprach ihm, es reservieren zu lassen und hier in der neutralen Atmosphäre der Bibliothek zu lesen. Sollte er es länger brauchen, konnte er die Bestellung erneuern, was er jetzt tat.

Sie nahm das Buch, um es einzutragen.

»Vermutlich hat niemand anders es vorbestellt«, sagte er geistesabwesend. »Ich bin wahrscheinlich der Einzige, der danach fragt.«

Sie schaute auf den Bildschirm. »Sie sind wirklich der Erste. Aber darum geht es nicht. Es sollte auch anderen Lesern zur Verfügung stehen. Doch im Moment ist Ihr Status als Mr … Madrugadas einziger Leser sicher.«

»Wie das?«

»Datenschutz. Ich darf nichts sagen … Allerdings muss es mir dafür erst gelingen, das Buch einzugeben.« Sie sprach wie in Zeitlupe. »Ein Hoch auf. Das. Neue. Sicherheitssystem. Der Bodleian.«

Schließlich gab sie ihm das Buch zurück. »Sie haben es

jetzt für eine weitere Woche. Und nur damit Sie es wissen, Sie können es selbst online verlängern.«

Als er sich umwandte, um zu gehen, fragte sie streng: »Ist das Ihr Mantel?«

»Nein.«

Sie sah ihn einen Moment lang an, wie er seine Tasche festhielt, als läge ein neugeborenes Baby darin.

»Sie können ihn da nicht hängen lassen.« Der Garderobenständer war nur für Angestellte.

Er hatte es vergessen, als er gekommen war. »Er gehört mir nicht«, wiederholte er und fühlte sich ertappt. »Ich habe ihn nur geliehen.«

Sie deutete auf einen Regenschirmständer im Flur. »Da können Sie ihn lassen.«

Der schwarze Audi stand offenbar seit Mittag vor dem Haus des Direktors, und doch war Mr Crotty – oder »Crotch«, wie die Jungen und Mädchen ihn nannten – noch immer nicht herausgekommen.

Mr Tanner blickte grimmig drein. Er ging über den Sportplatz zu seinem Büro und unterhielt sich dabei leise mit der Notfallseelsorgerin, einer selbstbewussten, korpulenten Frau, Crotchs unverheirateter Schwester.

Vor dem *Rink* standen die versammelten Mütter in der Kälte. Die Nachricht, dass einer der ihren vermisst wurde, hatte sie veranlasst, dem *Bon Croissant* den Rücken zu kehren und hier miteinander zu sprechen. Sie nickten. Sie schürzten die Lippen. Sie saugten die Gerüchte auf, lächelten grimmig, versuchten herauszufinden, was los war. Hin und wieder steckte eine den Kopf durch das Tor, als hoffte sie, Marvar und nicht Dyer kommen zu sehen.

Er war den ganzen Weg von der Bibliothek wie befreit zu Fuß gegangen, bis er Katjas blonden Kopf sah, die abseits von den anderen Müttern stand und sich die behandschuhten Hände rieb. Sie hatte seit dem Abend von Mr Tanners Intervention nicht mehr mit ihm gesprochen. Dyer hatte so wenig wie möglich an sie gedacht, als wäre er verantwortlich. Bei ihrem Anblick spannte er sich leicht an.

»Hallo«, sagte sie und lächelte unsicher.

Er sah sie an – es war ein schönes Gesicht. Vielleicht hatte sie ihm verziehen.

»Hallo.«

Sie musterte ihn. Sein olivgrünes Baumwollhemd und sein ungekämmtes Haar. Die Schultertasche, die er mit beiden Händen festhielt.

»Frieren Sie nicht?«, fragte sie.

Er richtete sich auf. »Nicht wirklich.« Lächerlich, dachte er, als wäre es das Natürlichste auf der Welt gewesen, Marvars Mantel an diesem kalten Februartag an einem Messinghaken in der Bibliothek zurückzulassen. Die Bibliothekarin würde ihn mit Sicherheit als Dyers Mantel wiedererkennen.

Er würde ihn das nächste Mal mitnehmen, ihn in eine Tasche stecken, niemand würde es merken.

Katja sah ihn merkwürdig an.

In kurzer Entfernung war eine Summertown-Stimme zu hören. »Er hat mich immer gemieden.«

Ohne sich umzudrehen, erkannte Dyer die Stimme. Samantha Puckey. Mitglied eines Buchclubs. Er hatte ihr bei einem Roman geholfen, ohne Erfolg. Das Scheitern wurde ihm zugeschoben.

Sie erhob die Stimme, um gehört zu werden. »Im Nachhinein ist man immer klüger, aber ich hatte sofort das Gefühl, dass er etwas an sich hatte, das, ich weiß nicht, nicht echt war.«

»Wie geht es Ihnen?«, fragte er Katja.

Die Sonne brach durch, ein schwaches silbriges Licht flackerte über allem.

Gennadi war abgereist. Er war in keiner guten Stimmung, erklärte sie. Sie machte eine Kopfbewegung.

Er stand weiterhin so, dass er den anderen Müttern den Rücken zukehrte. Ihr Gesicht war blass. Er vermutete, dass sie geweint hatte. So wie sie die Zähne zusammenbiss.

Sie berührte einen Fleck an ihrem Hals. »Sie haben von Marvar gehört?«

»Marvar?« Den Namen ausgesprochen zu hören war ein Schock. Er war nicht darauf vorbereitet, er hatte ihn für sich unter Verschluss genommen. Jetzt verlieh er wieder allem, was er fürchtete, Realität.

Dyer murmelte etwas, das Katja als Aufforderung interpretierte, es ihm zu erzählen.

Seit zwei Tagen hatte niemand Samir oder seinen Vater gesehen, sagte sie. Alle hatten an eine Erkältung gedacht. »Das geht um.«

»Ich weiß.« Aber er konnte sich nicht konzentrieren. Hinter ihr war die Sandgrube. Bilder in seinem Kopf. Marvar, der auf der niedrigen Mauer sitzt, die Schuhe im Sand. Wie er auf seine Fingerspitzen schaut, als stammten die Sandkörner darauf aus der Wüste.

Sie warf der Gruppe in seinem Rücken einen Blick zu. »Sie behaupten, dass es keine Erkältung ist.«

Katja wollte noch etwas sagen, aber dann kam ihr Sohn, und sie überlegte es sich anders.

»Wassili.«

Sein Haar war sehr kurz und sah aus, als hätte sie es selbst geschnitten. Er nickte Dyer zu. »Leandro ist unterwegs. Ich habe ihn gerade gesehen.«

Er war weniger mürrisch, als Dyer sich erinnerte.

Ein paar Tage zuvor hatte sich Dyer bei Leandro erkundigt, wie Wassili sich ihm gegenüber verhielt. »Ach, Wassili ist in Ordnung.« Die Antwort hatte Dyer daran erinnert, dass Leandro nicht urteilte, Kinder beschützen einander. Er sorgte sich jedoch, dass sich Leandro mit dem Jungen identifizierte und eigentlich sagen wollte: »Halt dich fern, Dad, ich mach das schon.« Dyer wusste, dass er seine Bedenken zurückhalten musste. Es war ein Prozess, ein notwendiger Schritt, den Leandro tun musste, um eine neue Beziehung zu Wassili aufzubauen – allerdings war ihr freundschaftlicher Umgang noch nicht so weit gediehen, dass Wassili zu ihnen kam oder Leandro zu ihm ging.

Die Freundschaft seines Sohnes mit Samir war andererseits nicht so weit fortgeschritten, wie Dyer vermutet hatte. Leandros Bedauern vom Vortag, dass er seine Erkältung vielleicht an Samir weitergegeben hatte, war einer pragmatischeren Einstellung gewichen. Dumm gelaufen. Pech gehabt. So was passiert beim Sport. Wenn du dir Sorgen machst wegen eines Freundes, den du mit einer Erkältung angesteckt hast, dann bist du verloren, wirst nie gewinnen, war Leandros neue lässige Einstellung.

»Ich konnte vier Tage lang nicht spielen. Er wird bald wiederkommen.«

»Und wenn nicht?«, hatte Dyer wütend gesagt und daran gedacht, was ihm stattdessen womöglich zugestoßen war.

Denn was allen langsam klar wurde: Der Grund für Samirs Abwesenheit war nicht eine harmlose Erkältung.

»Was sagen Sie?«, fragte Dyer Katja. Es war eine Sache, dass Marvar vielleicht entführt worden war von feindseligen Kräften, die zweifellos schreckliche Mittel anwandten, um die Informationen zu bekommen, die sie wollten, aber dass ein Elfjähriger mit hineingezogen wurde, war undenkbar.

Ihre Miene erstarrte. Sie wandte sich ihm zu und sah ihn mit dem gleichen Blick an wie Vivien, wenn sie hatte sagen wollen: Nicht vor den Kindern.

»Wir sehen uns«, erwiderte sie tonlos und ging mit Wassili davon. Dyer atmete die Luft ein, in der noch ein Hauch ihres Parfums hing.

Dann stand Leandro vor ihm. »Dad! Ich habe dich erst gar nicht erkannt. Frierst du nicht?«

Dyer ärgerte sich über die Frage. Die Kälte war seine geringste Sorge.

Leandro schaute ihn weiterhin verwirrt an. »Ich wollte mit dem Rad nach Hause fahren, erinnerst du dich?« Er fand das besorgte Verhalten seines Vaters seltsam, der ihn erst nach Hause fahren wollte und dann unangekündigt auftauchte.

»Ich dachte, ich würde mit dir nach Hause gehen«, sagte Dyer zerknirscht.

»Können wir dann bei *Peppers Burger* vorbeigehen?«

»Heute nicht«, sagte Dyer. »Morgen – nach deinem Test in Geschichte.« Im Kühlschrank lagen Lammkoteletts. Wenn sie sie heute nicht äßen, müsste er sie wegwerfen.

Die Erinnerung an den bevorstehenden Test und die Tatsache, dass sie nicht zu seinem bevorzugten Imbiss in der Walton Street gehen würden, verfinsterte Leandros Stimmung. Er zog seine Schultasche weiter die Schulter hinauf.

Die Wolken waren wie Schaum hinter einem Schiff. Sie gingen die Phoenix Lane entlang, durch Park Town und warteten an dem grasbewachsenen Oval, um die Banbury Road überqueren zu können.

Als Dyer in die Phoenix gegangen war, hatte auf dieser kleinen Rasenfläche eine öffentliche Toilette gestanden. Er erinnerte sich, dass er einmal an der Bushaltestelle gegenüber gewartet hatte, während Rougetel darin verschwand, um zu pinkeln. Als er wieder herauskam, hatte er seine Neugier angesichts der Warnung über der Latrine nicht verbergen können. So laut er konnte, hatte er Dyer, der in einer Schlange ernster grauhaariger Frauen stand, zugerufen: »He, Basil, was ist eine Geschlächterkrankheit?«

Während sie jetzt auf eine Lücke im Berufsverkehr warteten, schaute Dyer zu seinem Sohn, der ausgekocht lächelte.

»Wassilis Mutter ... », sagte Leandro.

»Was ist mit ihr?«

»Ich hab gesehen, dass du auf ihren Busen geschaut hast.«

23. KAPITEL

»Was ist das?«

Leandro war es, der am nächsten Morgen den Kratzer sah, als er die Beifahrertür öffnete. Ein sauberer vorsätzlicher Kratzer auf der Seite.

»Randalierer«, murmelte Dyer, aber er war nicht überzeugt. Man verkratzt nicht aus Missgunst einen sieben Jahre alten Käfer mit dem Lenkrad auf der linken Seite.

Als Erstes seine versuchte Entführung. Jetzt dieser dreizackige Kratzer. Dyer beschloss zu handeln wie jemand, der knapp einem schweren Unfall entgangen war und sich plötzlich mehr traute.

Nachdem er Leandro vor der Schule abgesetzt hatte, fuhr er nach Jericho zurück, doch statt in die Bibliothek zu gehen, nahm er seine Schultertasche vom Beifahrersitz und ging zurück ins Haus.

Er hängte die Tasche an einen Haken, nahm das schnurlose Telefon und setzte sich damit aufs Sofa in dem kleinen Wohnzimmer. Er hatte die Nummer aufgeschrieben, die ihm Lionel Updark gegeben hatte für den Fall, dass »ihm irgendetwas einfiel«, doch diese Nummer wählte er nicht. Etwas – eine pelzige Zunge, wenn er an ihn dachte, als hätte er Walnüsse, eine Kiwi oder Aubergine gegessen – hielt Dyer davon ab, sich an Updark zu wenden.

Schließlich meldete sich Silvi.

Als er ihre Stimme hörte, folgte Dyer dem Instinkt, nicht gleich zur Sache zu kommen, wie er es bei Gilles getan hätte. Bei Silvi funktionierte ein Einstieg von der Seite besser. Er dankte ihr für die Übernachtung seines Sohnes, Leandro würde noch schreiben. Er habe noch einen Grund für den Anruf …

Ein argwöhnisches »Ja?« am anderen Ende.

Wie er Miranda erreichen könne.

Silvi, die Kupplerin, konnte ihr Vergnügen nicht verbergen. »Sie hat dir gefallen?«

»Das ist nicht der Grund. Ich habe ihr eine Leseliste versprochen, habe aber vergessen, mir ihre Nummer geben zu lassen.«

»Einen Moment. Allerdings glaube ich, dass sie im Moment nicht da ist.«

Er wartete, bis Silvi Mirandas Adresse und Telefonnummer (»ihre E-Mail habe ich offenbar nicht«) nachgeschlagen hatte und schrieb sie zusammen mit ihrem Nachnamen in sein Notizbuch.

Silvi fuhr fort: »Mit deinem Buch habe ich noch nicht angefangen – erst muss ich ein anderes zu Ende lesen. Danach werde ich Miranda vielleicht nach deiner Leseliste fragen. Du musst sie vielmals von mir grüßen, wenn du sie siehst.«

»Das werde ich.«

»Du wirst es nicht glauben. Ich habe zu Gilles gesagt: ›Sie hat zwar eine Frisur, als käme sie aus Bukarest, nicht gerade modern, aber John kommt anscheinend mit ihr klar.‹«

»Apropos, Silvi, ist Gilles da?« Wenn jemand eine plausible Erklärung hatte, was mit Marvar und seinem Sohn geschehen war, dann war es Gilles Asselin.

Ihr Mann sei unterwegs, im Sinai, sagte sie in einem veränderten Tonfall.

»Was macht er dort?«

»Kauft die Wüste, ich weiß es nicht.« Er sei am Montag von Kidlington aus geflogen.

»Wann ist er wieder zurück?«

»Das hat er nicht gesagt. Du kennst Gilles. Ein Esel jagt immer der nächsten Möhre nach.«

»Ich wollte ihn nach Rustum Marvar fragen.«

»Das ist so schrecklich.«

»Silvi, hast du eine Ahnung, wo Marvar sein könnte?«

»Er hat Samir vor dem Mittagessen abgeholt, vor der Party. Er hat nicht einmal Hallo gesagt, ich habe ihn nicht gesehen.« Sie klang, als wollte sie sich selbst entlasten. Sie hatte die Geschichte schon mehrmals erzählt.

»Bist du sicher, dass es Marvar war, der ihn abgeholt hat?« Oder war Marvar zu diesem Zeitpunkt bereits von den Iranern, den Israelis oder irgendjemand anderem gekidnappt worden, und hatten sie Samir geholt, um ein Druckmittel gegen ihn zu haben?

»Er hat zu Brian – unserem Butler – gesagt, dass er Samirs Vater sei. Und die Kamera am Tor, Gilles hat es sich angesehen. Er sagt, dass es mit Sicherheit Marvar war.«

»Er hatte es offenbar eilig«, sagte Dyer. »Vielleicht mussten sie zum Zug. Oder hatten einen Flug.«

»Vielleicht.« Doch ihrem Tonfall nach zu urteilen, glaubte sie es nicht. Samir und Marvar wurden erst seit ein paar Tagen vermisst, aber sie stellte sich schreckliche Dinge vor. »Samir – ich sehe jetzt noch vor mir, wie er in der Eingangshalle steht und wartet.« Es hätte ihr Sohn Pierre sein können. »Jean, wenn du etwas hörst, bitte sag es mir.«

Sie versprachen sich gegenseitig, sich auf dem Laufenden zu halten.

Seit seiner Unterhaltung mit Gilles zum Thema Überwachung war Dyer vorsichtiger am Telefon. Ebenso wenn er im Internet surfte. Er hatte nicht mehr nach Kernfusion gesucht. Allerdings wäre es verdächtig untypisch, wenn er sich nicht für Marvar interessiert hätte.

Bereits am Morgen hatte er nach Marvar gegoogelt. Nichts über eine Entführung. Kein Selbstmordattentat. Kein vermisster Vater, der mit seinem Sohn von der Clifton-Kettenbrücke gesprungen war.

Er rief bei der *Oxford Mail,* der *Oxford Times,* der BBC Oxford an, um sich zu erkundigen, ob irgendwo Leichen gefunden worden waren.

Nichts.

Zu Dyers besten Zeiten hatten die Updarks dieser Welt auf Korrespondenten wie ihn gezählt, um zu erfahren, was passierte. Unsicher, wohin er sich wenden sollte, tat Dyer, was jeder pensionierte Journalist tat, der eine Geschichte nicht verifizieren konnte, noch dazu eine, von der er nicht wusste, wo er sie platzieren sollte. Er rief seine alte Zeitung an und fragte nach Nat Royter.

Sie hatten als junge Journalisten im selben Jahr angefangen. Nats erklärtes – und erreichtes – Ziel war es gewesen, politischer Korrespondent zu werden. Er war eines der letzten Relikte einer anderen Zeit, der den Verkauf der Zeitung an einen dreißigjährigen Milliardär und Brexit-Befürworter aus Qatar, wohnhaft auf Menorca, überlebt hatte.

Nicht lange nach Dyers Rückkehr aus Rio hatten sie sich in Pimlico getroffen. Kurz vor Dyers Abreise nach Brasilien vor fünfundzwanzig Jahren hatten sie sich bei einem warmen Glas Calvados zum letzten Mal gesehen. Diesmal gaben sie sich mit Kaffee in der Lobby zufrieden. Das Geld der Redaktion sei so knapp, sagte Nat wehmütig, dass er seinen Schreibtisch nicht lange allein lassen könne und schon gar nicht wegen eines Drei-Gänge-Menüs bei Clarke's.

»Sie haben mir auch noch die Auslandsredaktion gegeben«, sagte er. »Gott sei Dank.«

»Das hätte Frank gefallen«, sagte Dyer und erinnerte sich an die verschrobenen Züge ihres ersten Redakteurs.

»Frank Tullover«, murmelte Nat. »Der uns die Frage eingetrichtert hat: Warum erzählt uns diese Person das?«

»Und: Rechtfertigt eure Ausgaben immer im zweiten Absatz.«

Sie sahen sich an. Seine Nase war breiter geworden, ebenso sein Brustkasten. Früher hatte er Zigarillos geraucht; jetzt wirkte er wie ein Mann, dem es nach einer Zigarre gelüstete.

»Du siehst jung aus.« Nat betrachtete Dyer über einem Glas mit einem Latte. »Aber das hast du schon immer. Mistkerl.«

»Die Sonne hat dabei geholfen.«

»Und keine Abgabetermine.«

»Das auch.«

Nat stammte aus einer windgepeitschten Gegend, bevölkert von Lachsfischern und Wilderern. In dem Jahr, als Dyer nach Brasilien aufgebrochen war, erbte er eine Birnenplantage in der Nähe von Hereford; damals war es sein Traum, den Journalismus eines Tages aufzugeben und Birnenwein zu machen. Doch es hatte ihm entweder der Mut gefehlt oder er hatte den richtigen Zeitpunkt verpasst; jetzt saß er in der Menschenfalle London fest.

»Als dir der Job in Rio angeboten wurde, hat keiner verstanden, warum du ihn angenommen hast.«

»Es gab keinen besonderen Grund«, sagte Dyer. »Meine Lieblingstante lebte in Lima, und in der Schule hatte ich einen Freund, der in Südamerika aufgewachsen war. Es klang interessant. Heaths Regierung, Ratten im Müll, streikende Krankenschwestern, Stromausfälle – ich wollte nicht da sein, wenn es wieder losgeht.« Und nach dem Tod seiner Mutter sehnte er sich danach, Erfahrungen zu machen, die seinen Eltern verweigert worden waren. Sie waren im Nachkriegsengland jung gewesen, als Lebensmittel rationiert waren, als es Walfleisch und Wohnschlafzimmer mit Gasuhren gab; sie hätten nichts mit zu der Party bringen können, wie Dyer sie in Brasilien erlebte.

Auch Nat hatte diese Party verpasst. Seine Karnevalskönigin war Mrs Thatcher. Die Erfahrung schien ihn verbittert zu haben; er hatte die Sonne, das Glück des Corcovado, das Glück gebräunter Körper nicht erlebt. Sein Gesicht war alt geworden wie eine Birne.

»Du bist im richtigen Moment weg«, sagte er mit nach unten gezogenen Mundwinkeln, »auch wenn es damals keiner von uns geglaubt hat.«

Alles, was ihnen der Journalismus bedeutet hatte, die Überzeugung, der Adrenalinstoß, die Zuversicht, dass alles, was sie schrieben, von der Mehrheit der Menschen, die sie kannten, gelesen wurde – all das gehörte einer vergangenen Ära an. Heute wurden Nats Kommentare auf Menorca diktiert. Die Zeitung hatte noch denselben Namen, aber ein Albtraum hatte ihr den Lebenswillen ausgesaugt und ihre Verbreitung reduziert.

»Sie haben alle hinausgeworfen, es ist wie ein Potemkinsches Dorf. Fünf unterbezahlte Studenten machen alles, überwacht von ein paar überbezahlten Kapos – verdienstlose Redakteure, von denen nicht einer einen Job bei der alten Zeitung bekommen hätte. Sie erfüllen die Launen des abwesenden Playboy-Besitzers, stecken siebenstellige Boni ein und suchen fieberhaft nach Möglichkeiten, die Kosten weiter zu senken. Wir drucken keine gut recherchierten Berichte mehr, wir drucken Handzettel.«

»Tut mir leid, Nat Royter hat vor über einem Jahr bei uns aufgehört«, sagt eine junge Frau. Sie wisse nicht, wie Dyer Kontakt zu ihm aufnehmen könne.

Er bittet darum, mit jemandem aus demselben Ressort sprechen zu können, aber sie sind alle beschäftigt. Könnte ihn jemand aus dem Auslandsressort zurückrufen?

»Worum geht es denn?« Sie klingt nicht älter als zwanzig.

»Iran.«

Als sich niemand meldet, ruft er noch einmal an und wird mit einem erschöpft klingenden Mann verbunden. Dieser Mann ist ebenfalls jung; er hat nicht viel Zeit, er arbeitet an drei Geschichten.

Dyer fühlt sich unwohl, als er zu erklären beginnt. Er hat ein Bild von der Person am anderen Ende der Leitung vor Augen, ein Gesicht wie Hissop. Der Mann hört nur halb zu, wäre lieber woanders.

»Nat Royter würde sich für mich verbürgen.«

»Ah, Nat.« Sein Nachfolger klingt gereizt. »Sie sind ein Freund von ihm, oder?«

Rasch erklärt Dyer seine Verbindung zur Zeitung, seine fünfundzwanzig Jahre als ihr Lateinamerikakorrespondent. Er rufe an, um sich nach der Lage in Teheran zu erkundigen, von Journalist zu Journalist. »Ist es plausibel, dass die Revolutionsgarde die Frau eines iranischen Atomwissenschaftlers, der zurzeit in England arbeitet und möglicherweise übergelaufen ist, inhaftiert und vergewaltigt?«

»Kann ein Fisch schwimmen?« Er lenkt ein wenig ein. »Wenn sie eine doppelte Staatsbürgerschaft hat, wie die eingesperrte Mama, wird sie vielleicht nicht vergewaltigt. Wenn sie Iranerin ist, ist alles möglich. Warum fragen

Sie?« Dyer hört, wie er auf seine Tastatur tippt, sein Mund steht vermutlich offen, und vermutlich ist er nicht rasiert. »Denken Sie an jemand Bestimmtes?« Er klingt nicht wie jemand, der oft aus Pimlico rauskommt, gewiss war er noch nie in Teheran oder Rio. Wahrscheinlich noch nicht einmal in Malvern.

»Nicht wirklich«, sagt Dyer.

»Wenn Ihr Mann übergelaufen ist, dann hoffentlich nicht zu uns – außer er will den Rest seines Lebens in Langley verbringen. Großbritannien gibt vor, gemeinsam mit der EU dem Iran dabei zu helfen, die US-Sanktionen zu umgehen. Glauben Sie das nicht. Ich war gestern bei einem Briefing im Außenministerium. Das neue Auslieferungsabkommen, das der Außenminister unterzeichnet hat – ich stelle es später ins Netz. Im Prinzip fliegen wir jeden, den die Amerikaner anfordern, nach Virginia.«

Das Gespräch verläuft unbefriedigend und erinnert an Nats bittere Klagen. Die nostalgische Vorstellung platzt, der Zeitung, der er und Nat die besten Jahre ihres Arbeitslebens gewidmet haben, Marvars Geschichte zu geben.

Doch die Reaktion des jungen Mannes bestätigt, was Dyer in seinen alten Reporterknochen glaubt. Wenn Marvar die Wahrheit über seine Frau gesagt hat, dann hat er wahrscheinlich auch die Wahrheit über die Kernfusion gesagt. Und wenn es so ist, dann ist Lionel Updark nicht der geeignete Empfänger seines Post-it-Zettels.

»Warten Sie, wie ist Ihre Nummer? Wenn ich etwas höre ...«

24. KAPITEL

Dyer stellte das Mobilteil zurück auf die Basis, ging zu seiner Schultertasche und kontrollierte den Inhalt. Die Tasche war nicht in seiner Sichtweite gewesen. Obwohl er sicher war, dass niemand hereingeschlichen war und darin gekramt hatte, während er auf dem Sofa telefonierte, empfand er das abergläubische Bedürfnis, sich zu vergewissern.

Dann ging er zum Fenster und schaute hinaus. Die Anrufe hatten ihn deprimiert, er war nicht weitergekommen. Immer wieder dachte er an Marvar und den Post-it-Zettel.

Was tut man, wenn einem so etwas aus heiterem Himmel in den Schoß fällt? Dyer wollte ihn unbedingt jemandem geben, ihn loswerden. Aber wenn nicht Updark, wem dann? Er hielt nach Zeichen Ausschau und fand keine. Er hatte gehofft, die Risse im Asphalt würden es ihm sagen. Hätte er an eine höhere Macht geglaubt, hätte er sie angefleht, ihm einen Weg zu zeigen.

Der gelbe Zettel war nicht seine einzige Sorge. Seine Gedanken kreisten ständig um die Implikationen seiner Entscheidungen für Samir, Rustum, Shula und Jamileh. Er hatte versprochen, die Information nicht weiterzugeben. Sollte er Marvars Entdeckung an Updark oder Euratom oder eine neutrale Institution weiterleiten, dann befürchtete Dyer, dass die Revolutionsgarde Shula einfach exekutieren würde, weil sie nicht länger als Druckmittel einsetzbar war. Wenn Marvar und Samir andererseits entführt worden waren, wäre Shulas Leben sowieso wertlos für die skrupellosen Leute, die sie festgenommen hatten.

Wohin also mit der giftigen Notiz? Marvars Information war so radioaktiv, dass sie zusammen mit Madame Curies Kochbüchern in einem Tresor sicher verwahrt werden sollte. Es war nicht ratsam, sie mit sich herumzutragen.

Am gegenüberliegenden Kanalufer legte ein glatzköpfiger Mann mit einem Kahn ab. Eine Frau mit einem Kinderwagen ging vorbei. Shula und ihre kleine Tochter. Unerträglich, an sie zu denken.

Leichter, sich Gedanken über Marvars Mantel zu machen. Dyer konnte ihn nicht in der Bibliothek lassen – die Bibliothekarin würde ihn unvermeidlich mit ihm in Verbindung bringen. Obwohl der Mantel ihn zu einem Ziel gemacht hatte, fühlte er sich dafür verantwortlich. »Shula hat ihn mir vor meiner Abreise schneidern lassen.« Dass Magda demnächst auftauchen würde, mobilisierte ihn.

Der Mantel war zu voluminös und passte nicht in seine Schultertasche, aber Leandros Sporttasche war groß genug. Dyer holte die verschmutzten Socken, Hemden und Hosen heraus und steckte sie in die Waschmaschine.

Als er Waschpulver einfüllte, fiel ihm ein, dass ihn eine Mutter aus North Oxford dazu beglückwünscht hatte, ein moderner Vater zu sein. Das habe er von seiner Mutter, hatte er zu ihr gesagt. »Sie hat die Steuererklärung gemacht, mein Vater hat gekocht.« Als seine Mutter starb, hatte er für sich selbst ihre Stelle einnehmen müssen, und jetzt übernahm er diese Rolle für Leandro. Es machte ihm nichts aus, es war nur eine weitere Rolle.

Er schaltete die Maschine ein und packte Marvars Plastiktüte mit dem Post-it, die elf Seiten Niederschrift seines

Gesprächs mit ihm, seinen Laptop und die Gedichtsammlung, in der er gelesen hatte, in Leandros Tasche.

Nachdem er eine Arbeitsliste für Magda geschrieben und zehn Pfund auf den Tisch gelegt hatte, brach er auf.

Um in der Favela nicht überfallen zu werden, war er jeden Tag einen anderen Weg gegangen. In Oxford tat er das jetzt zum ersten Mal und nahm nicht die Little Clarendon Street, sondern die Canal Street, ging über die Fußgängerbrücke und dann den Uferweg entlang. Auf dieser Strecke war leichter zu bemerken, ob ihm jemand folgte.

Er schaut auf den reglosen Kanal. Es ist, als würde er fünfzig Jahre zurückversetzt. Er ist zwölf. Er und Rougetel gehen auf dem Weg in die Stadt, damit sie von Slimy oder Jumbo nicht erwischt werden. Rougetels Eltern leben im Ausland, in La Paz, wo sein Vater für eine Telefongesellschaft arbeitet. Er ist der jüngere Bruder, den Dyer nie hatte, schlau, unkonventionell, unabhängig, der ihm mit den Hausaufgaben hilft, mit dem er die Schule schwänzt.

Nach schnellen zwanzig Minuten war Dyer auf der Hythe Bridge Street.

Er blickte über die Schulter, als er in die Worcester Street einbog. Wie oft hatte er auf der Straße oder im Auto Personen gesehen, die er kannte, ohne dass sie ahnten, dass er sie beobachtete; wie oft war er gesehen worden von jemandem, der sich nicht zu erkennen gab wie eine Forelle, die nach seiner Fliege schnappte, ohne dass er es bemerkte?

Er erkennt kein Gesicht und geht die Beaumont Street weiter bis zur Bibliothek.

Er atmet auf, als er an der Ausleihe keinen platinblonden Schopf entdeckt.

Marvars Mantel hing noch im Flur, mit dem Saum auf dem Boden. Dyer stopfte ihn schnell in Leandros Tasche. Auf halber Höhe nach unten blieb er stehen.

Hier, in dem grauen Treppenhaus, hatte Dyer die Idee. Er langte zu dem gusseisernen Handlauf und machte kehrt. Oben an der Treppe stieß er die Tür auf und ging über den weichen korallenroten Teppich. Ihm war plötzlich eine Möglichkeit eingefallen, seine Gegner abzulenken.

Die Wände des großen Lesesaals waren mit Büchern bedeckt. Sieben davon waren für Dyer reserviert. Diese Bücher standen mit vielen anderen bestellten Bänden in einem freistehenden Regal in der Mitte des Raums.

Dyer neigte sich über einen Stapel im zweiten Regalfach. Er fuhr mit dem Zeigefinger über die Buchrücken, bis er auf die weinrote Ausgabe von *Uma Nova Luz Num Litoral Antigo* von Sergio Madrugada stieß (University of Coimbra Press, 2017). Er nahm das Buch heraus und ging damit in den französischen und deutschen Lesesaal nebenan. Wie er vorausgesehen hatte, war er menschenleer.

Er setzte sich an den langen Tisch neben dem Fenster und öffnete die Sporttasche, fasste unter Marvars Mantel und zog Basil Buntings *Gesammelte Gedichte* heraus. Er schlug sie auf Seite 72 auf, griff auf das Wissen zurück, das er sich in diesem Raum fast drei Jahrzehnte zuvor angeeignet hatte, und begann, in seinem Notizbuch anhand der letzten sechs Zeilen des Gedichts einen Code zu entwickeln, und tauschte bestimmte Buchstaben durch Zahlen aus.

Sobald er den Code hatte, nahm er die drei Post-its, riss einen der leeren Zettel auf der Rückseite ab, verglich seinen Code mit Marvars Berechnungen und schrieb eine völlig andere Formel darauf, erst auf die eine Seite, dann auf die andere und endete mit den Worten: *»gegen Gottes Willen?«*.

Er überprüfte sie ein letztes Mal, diese falsche Formel in seinem Bunting-Code in einer Handschrift, von der er hoffte, dass sie Marvars ähnlich war. Dann steckte er den Zettel zurück in die grüne Mappe. Anschließend schob er den dritten leeren Post-it-Zettel in seine Brieftasche.

Vierzig Minuten waren vergangen, als Dyer den von Marvar beschriebenen gelben Zettel in das vorletzte Kapitel von Professor Madrugadas Buch legte und es zum Stapel zurücktrug. Er schaute sich um. Drei junge Frauen saßen an dem runden Tisch in der Mitte und machten sich Notizen. Ein dicklicher Mann schrieb eine Postkarte. Sicher, dass niemand ihn beobachtete und keine Überwachungskameras ihn aufzeichneten, legte Dyer *Uma Nova Luz Num Litoral Antigo* auf den Stapel, nahm seine Tasche und ging.

Die blond gefärbte Bibliothekarin hatte ihn auf die Idee gebracht. Als er die Treppe hinunterging, erinnerte er sich an sie: Die bedeutungsschwangere Weise, wie sie den platinblonden Kopf gehoben und gesagt hatte, *»Sie können es noch eine Woche behalten«*, nachdem sie zuvor erklärt hatte, niemand wisse, dass Dyer Madrugadas Monographie bestellt hatte. Etwas an ihrer Art hatte ihn an seinen Chefredakteur erinnert, als er Dyer beauftragte, einen letzten Artikel über Südamerika zu schreiben. Es bewegte Dyer dazu, die Verlängerung eines schwer verständlichen Buchs aus der Bibliothek mit dem gleichen Respekt zu behandeln, wie er einst jeden Abgabetermin eingehalten hatte. Das Datum war willkürlich, hatte keinerlei Bedeutung, doch es verschaffte ihm weitere sechs Tage, um zu überlegen, was er tun sollte. Von jetzt bis nächsten Dienstag 20 Uhr lag Marvars Post-it-Zettel sicher zwischen den Seiten eines Buchs, das niemand lesen wollte.

Dyer hatte etwas Außergewöhnliches gebraucht, das ihn motivierte, ihm Auftrieb gab. Jetzt hatte er es.

Er hatte Gilles' Rat, keine digitalen Spuren zu hinterlassen, nicht vergessen. »Halte dich von Kameras fern. Kaufe ein paar SIM-Karten und rotiere sie, damit kein Muster entsteht. Und benutze eine Gedichtzeile als Passwort, da kommt niemand drauf.«

Im Vodafone-Laden kaufte Dyer für fünf Pfund SIM-Karten und in der Postfiliale in der Walton Street zwei wattierte braune Umschläge.

In den kleineren Umschlag schob er seine Notizen über das Gespräch mit Marvar und adressierte ihn an sich selbst. Er klebte ihn zu, faltete ihn und steckte ihn mit einem kurzen Brief in den größeren Umschlag. Auf diesen kopierte er eine Adresse aus seinem Notizbuch, dann riss er die Seite heraus und warf sie zusammen mit seinen Notizen für den Code weg.

Er schrieb den Brief:

Liebe Miranda,
bitte entschuldigen Sie, dass ich mich aus heiterem Himmel an Sie wende. Ich weiß, dass es eine ungewöhnliche Bitte ist, aber würden Sie den mitgeschickten Umschlag für mich aufbewahren? Ich werde alles erklären, wenn wir uns das nächste Mal sehen (aus zu weit führenden Gründen besser nicht über E-Mail oder das Telefon). Angefügt ist eine Liste von Büchern über die Tupi.
Herzliche Grüße,
abáûera,
John Dyer

Kurz darauf öffnete Dyer seine Haustür und hörte sofort das Telefon in der Küche klingeln. Er lief hinein, warf die Sporttasche auf den Tisch und nahm ab.

»Hallo?«, rief eine Stimme von oben. »Hallo?«

Nur das Freizeichen. Marvar?

»Ich bin's, Magda. Alles in Ordnung.«

Sie sagte etwas, was er über dem Lärm des Staubsaugers nicht verstand.

Er drückte auf Anrufen. Die Nummer war verborgen. Updark? Der Journalist? Jemand anders?

Magda kam herunter. »Es hat immer wieder geklingelt«, sagte sie. »Ich dachte, Sie wollen nicht, dass ich rangehe.«

»Nein, da haben Sie recht«, sagte er und zog den Stecker aus der Dose. Er meinte einen Grund dafür zu haben, konnte ihn aber nicht benennen.

»Ich habe ihr Bett gemacht«, sagte sie. »Und Leandros Daunendecke frisch bezogen.« Doch sie sei spät dran, erklärte sie, weil sie ihren Freund zum Bus gefahren habe, der zu einem Vorstellungsgespräch nach Bicester musste. Sie müsse noch die Waschmaschine leeren, Leandros Fußballtrikot zum Trocknen aufhängen, zwei weiße Hemden von Dyer bügeln, einen Knopf annähen, unten saugen. Sie hätte auch eine Vorstrafenliste herunterleiern können.

Eine Fliege flog gegen die Fensterscheibe. Dyer blickte auf die Uhr. Zehn vor eins. »Dann gehe ich Ihnen aus dem Weg.« Plötzlich hatte er Hunger.

25. KAPITEL

Das *Old Bookbinders* war seit Dyers Rückkehr nach Oxford beliebt geworden, und zur Mittagszeit war es voll besetzt. Ein französisches Paar hatte es im letzten Frühjahr gekauft. Statt eingelegter Eier und örtlichen Malzbiers standen jetzt *Moules marinières, Croques monsieur, Steak frites* auf der Tafel und diese Woche ein preisgekröntes Weizenbier.

Er ließ den Blick argwöhnisch über die Gesichter schweifen. Die üblichen Gäste: französische und italienische Studenten; Leute mittleren Alters aus den Sozialwohnungen und von den Kähnen, die für den Brexit gestimmt hatten; an der Bar eine geschiedene Frau und ein pensionierter Spanischprofessor, die eine schaute verträumt zu den ausländischen Geldscheinen, die ein früherer Besitzer an die Decke geklebt hatte, der andere las im *TLS*, das auf seinem braunen Cordsamtschoß lag.

Dyer drängte sich zur Theke und bestellte ein Bier und ein Baguette mit Schinken und Käse bei der schmalgesichtigen Frau, die Gläser abtrocknete.

»Ich bin da drüben«, sagte er und nahm das Wechselgeld entgegen.

Mit dem Bier in der Hand duckte sich Dyer unter einem Balken hindurch in das Hinterzimmer. Sonnenstrahlen wiesen ihm den Weg zu einem freien Tisch.

Er stellte das Glas ab, legte seinen Schal auf einen Stuhl, um den Tisch zu besetzen und ging zurück durch das Pub auf die Toilette.

Bei seiner Rückkehr roch er einen bekannten Duft.

Dyer hatte sich bereits gesetzt, als er eine Gestalt in der Ecke bemerkte. Das blonde Haar hochgebunden, sah sie sich um wie ein Mädchen in einer fremden Stadt und lächelte.

»Hallo.«

Knochenfarbene Jacke. Enger grüner Pullover, der ihre hohen vollen Brüste unter dem Kaschmir betonte. Als er sie erkannte, veränderte sich seine Miene.

Jetzt wusste er, wer den betörenden Duft verströmte.

»Katja.«

Sie akzeptierte seinen Kuss auf die Wange.

»Damit hatte ich nicht gerechnet – was tun Sie hier?«

Sie schien nachzudenken.

»Ich wollte ... »

Er wartete. »Was?«

Sie schüttelte die Schultern wie jemand, der einer Liebkosung entgehen wollte. »Wir wollten hier ein ›Helles‹ trinken ...«

Er schaute auf ihren leeren Tisch. »Sie haben nichts.«

Sie warf ihm einen Blick zu. »Was immer Sie trinken«, sagte sie.

Er war rasch wieder zurück.

»Das war längst fällig.« Sie stießen an.

Sie trank einen Schluck. »Nicht schlecht«, sagte sie.

»Sie wollen nur höflich sein.«

»Nein. Es schmeckt mir. Einigermaßen.« Sie zog die kleine Nase hoch. »Glaube ich.«

Aus der Küche drang Knoblauchgeruch. Ihr grüner Pullover war von der Farbe eines Billardtisches.

Er senkte den Blick und verschob sein Glas. »Wie geht es Wassili?«

An einem Lederband um ihren Hals hing ein silbernes Blatt. Katja berührte es hin und wieder, während sie ihm kurz über ihren Sohn berichtete. Er lernte für die Aufnahmeprüfung und hoffte von Harrow angenommen zu werden. Der Übergang von Moskau nach Oxford war nicht glatt verlaufen, aber Wassili war jetzt zufriedener. »Englische Geschichte fällt ihm allerdings schwer. Die ›Rocket‹ von Stephenson …«

Dyer lachte. »Leandro hat ähnliche Probleme mit Trafalgar.«

Sie studierte sein Gesicht. Wenn er über seinen Sohn sprach, lächelte sie übers ganze Gesicht.

Dankbar, dass Katja den Vorfall, der ihren Flirt sabotiert hatte, nicht ansprach, erzählte er ihr, dass Leandro trotz Dyers Verbindung zur Schule eineinhalb Jahre gebraucht hatte, um sich einzugewöhnen.

»In der ersten Woche wurde ich angerufen, weil Leandro nicht die richtigen schwarzen Schuhe hatte – Turnschuhe waren nicht gut genug.«

Und nicht einmal in Turnschuhen war Leandro immer ein As. In seinem ersten Rugbyspiel beachtete Leandro, der nie zuvor Rugby gespielt hatte, die Grenzlinien nicht und wurde vom Trainer zur Schnecke gemacht.

»Er rannte immer wieder vom Feld zu den Zuschauern. Mr Tanner hat ihn aufs übelste beschimpft.« Er nahm sein Glas. »Wenn ich Leandros Mutter wäre, hätte ich ihm zum Trost einen sehr teuren Lamy-Kugelschreiber geschenkt.«

»Warum hat sie es nicht getan?«

»Seine Mutter lebt in Brasilien«, sagte Dyer rasch. »Sie hat nicht viel Kontakt zu ihm. Und ich auch nicht zu ihr.«

Er hatte es Nissa nicht gesagt, als Leandro mit Läusen nach Hause gekommen war.

»Brasilien ist weit weg. Weiter als Moskau.«

»Ja, es ist weit.«

»Und Leandro – vermisst er sie?«

»Natürlich«, sagte Dyer. »Aber ich glaube, ihm ist klar, dass sie nicht mehr für ihn da ist. Sie hat wieder geheiratet und andere Kinder.«

»Vermissen Sie sie?«

»Leandros Mutter? Nein. Ja. Ich weiß es nicht.«

»Geht es Ihnen mit ihr so wie mir mit dem Bier?« Sie nahm ihr Glas, schloss die Augen und trank einen Schluck. Als sie die Augen wieder öffnete, blickte sie streng drein. »Was ist passiert?«

»Mit mir und Nissa?« Er griff nach seinem Glas, als enthielte es eine Erklärung. Mit den Blasen stiegen zahllose falsche Vorstellungen auf. Ein Paar, das nichts von der Vergangenheit des jeweils anderen wusste und eine Zukunft vor sich gesehen hatte, die sich nie erfüllte. »Sie war nicht mehr verliebt«, sagte Dyer schließlich und trank noch einen Schluck. Das Bier schmeckte jetzt anders, als würde es auf seine Erinnerungen reagieren.

Katja stellte ihr Glas ab. »Und Sie?«

»Oh, sie würde sagen, dass ich nie in sie verliebt war.«

Sie sah ihn aufmerksam an. »Warum haben Sie sie dann geheiratet?«

»Wir waren nicht verheiratet. Wir waren verlobt, aber wir haben die Schlinge nie zugezogen.«

»Die Schlinge?«

Er machte eine Handbewegung um seinen Hals. »Was der Henker tut. Es war ein Witz.«

»Ihr Engländer«, sagte sie und schüttelte den Kopf. »Ich glaube euch nur, wenn ihr Witze macht.«

»Wirklich, nur dann?«

»Ja«, sagte sie und lächelte. »Nur dann.«

Bevor sie weitersprechen konnte, sagte er abwehrend: »Was ist mit Ihnen und Gennadi? Es ist nicht einfach, in zwei verschiedenen Ländern zu leben.«

Er glaubte, sie wollte einen Ohrring schließen, aber sie berührte eine Stelle an ihrem Hals.

»Wie haben Sie sich kennengelernt?«, hakte er nach.

Sie schaute in ihr Glas, auf das braune warme Bier. Sie waren gemeinsam an der Universität in Moskau gewesen. Er war Steuerberater, so hatte er angefangen, sagte sie.

»Aber Sie sind aus Murmansk, dachte ich.«

»Murmansk?«

»Sie waren eine Schönheitskönigin in Murmansk, habe ich gehört.«

»Wer sagt das?« Sie runzelte die Stirn.

»Jemand in Summertown. Ich habe vergessen, wer.«

Sie senkte den Kopf. »Ich war keine Schönheitskönigin.« Sie stammte aus Muranovo, fünfzig Kilometer nördlich von Moskau. »Ich wurde auf dem Anwesen des großen russischen Dichters Fjodor Tjuttschew geboren.«

»Haben Sie auch Wirtschaft studiert?«

»Nein«, sagte sie.

»Lyrik?«

»Physik.«

Er lehnte sich auf seinem Stuhl zurück.

Sie lächelte, ein wenig bekümmert. »Ich bin meinem Vater – »

Sie wurde von einer jungen Frau mit kurzem blau gestreiftem Haar unterbrochen, die einen Teller brachte. »Wer hat das Baguette bestellt?«

»Ich.« Er hob das Glas. Und zu Katja: »Haben Sie Hunger? Wir können es uns teilen.«

»Ich kann –« Sie griff nach ihrer roten Handtasche.

»Nein, nein, ich habe schon bezahlt. Es geht auf mich.«

Er brach das Baguette in zwei Teile und gab ihr eine Hälfte. Sie aßen schweigend, keiner schien etwas sagen zu wollen. Aus dem Nebenraum drangen Stimmen. Jemand meinte: »Er lebt in einem Bungalow und hat einen Bart.«

Dyer wartete, bis sie fertig gegessen hatte. »Gennadi arbeitet für Gazprom, hat er mir erzählt.«

»Wenn Gennadi es sagt, wird es stimmen.« Sie schob den Teller weg und versuchte zu lächeln.

Vorsichtig fragte er: »Sie glauben nicht alles, was Ihr Mann sagt?«

Sie zog die Augenbrauen in die Höhe, als hätte er ihr ein Kompliment gemacht, und schaute an ihm vorbei zur offenen Tür. Ohne ihn anzusehen, sprach sie über ihre Ehe, hob hin und wieder das Glas, um einen Schluck zu trinken.

Es war kein Geheimnis in Moskau, warum sollte es in Oxford eines sein? Sie und ihr Mann hatten sich entfremdet. Gennadi war ein Nutznießer des Zugriffs auf Vermögenswerte, der typisch war für Wladimir Putins Russland. Sie schien sich mit ihrer Erzählung selbst zu langweilen, als sie schilderte, wie eng er mit Putins innerem Kreis verbunden war, doch während er Kontakte knüpfte und reich wurde, hatten sie sich auseinandergelebt. Sie kamen leidlich miteinander aus, doch ihr trauriger Ausdruck – und ihr feierliches Eingeständnis, dass sie seit einem halben Jahr nicht mehr miteinander geschlafen hatten – machte klar, dass die Knorpel zwischen den Knochen aufgerieben waren und sie nur noch Wassili zusammenhielt.

Ihr Mann, ein leidenschaftlicher Chelsea-Fan (»er besitzt viele Anteile«), war nicht glücklich darüber gewesen, wie sie mit Wassilis Zurückstufung aus der ersten Elf umgegangen war. Sie hatte noch einen blauen Fleck am Hals, wo Gennadi seiner Frustration freien Lauf gelassen hatte.

Sie wandte ihr Gesicht dem Streifen Sonnenlicht zu, das in den Raum fiel, und Dyer sah ihn.

Er hatte ihn für ein kleines Muttermal gehalten. Er spürte, wie er die trockene Zunge gegen die Zähne presste.

Sie senkte den Kopf, saß da und wartete.

Er starrt sie an und kommt sich klein vor. Er merkt, dass er rot wird. Unwillkürlich sagt er: »Wollen Sie auf einen Kaffee mit zu mir kommen?«

Sie blickt streng drein, denkt darüber nach. Ihre Brüste heben sich unter dem Pullover.

»Ja.«

26. KAPITEL

In der Küche schaltete er die Kaffeemühle ein.

Magda war gegangen. Auf einem Zettel neben der Spüle bat sie ihn in ihrer kindlichen Handschrift, Waschpulver zu kaufen. »Aber nicht das flüssige!«

Katja war ohne Mantel unterwegs. Sie stand mit verschränkten Armen mitten in der Küche und ließ den Blick über das Bücherregal, die Fotos und Bilder an den Wänden, die unpersönliche Einrichtung hinaus in den Hinterhof schweifen. Zu dem Magnolienbaum in der Wanne. Zu der Wäscheleine mit Leandros Fußballsachen, die Magda zum Trocknen aufgehängt hatte.

Das Wasser kochte. Sie schaute zu Marvars Mantel, den Magda aus Leandros Sporttasche genommen und über einen Stuhl drapiert hatte, und schauderte. »Es ist kalt«, murmelte sie leise.

Sie ließ ihn Kaffee einschenken und ging nach oben.

»Katja?«, rief er ihr nach. »Das Bad ist hier unten.«

Dann: »Der Kaffee ist fertig.«

Keine Antwort.

Mit schlagendem Herzen ging er die Treppe hinauf.

Sie stand im Schlafzimmer, Dyer den Rücken zugewandt. Sie hatte die Jacke ausgezogen und aufs Bett gelegt. Als sie ihn hereinkommen hörte, hob sie die Hand und löste ihr Haar. Sie schüttelte den Kopf.

Angespannt wie ein kleiner Junge sagte er: »Katja?«

Sie drehte sich wortlos zu ihm um und machte einen Schritt auf ihn zu – er konnte ihren Atem riechen, einen Hauch Bier –, sah ihn an, öffnete den Mund und drückte ihn auf seinen.

Das Bett war frisch bezogen. Im Radio hatte er eine Meldung gehört. Die Amerikaner kündigten das Atomabkommen mit dem Iran auf. Ein Junge auf dem Weg neben dem Kanal sprach mit einem mageren Mann mit einem Rucksack. Der Nebel, der vom nahe gelegenen Friedhof herüberzog, ließ die Äste der Bäume verschwinden. Sie neigte sich vor, um die Schuhe auszuziehen. Der Pullover spannte über ihren Schultern, und dann zog sie ihn über den Kopf.

Sein Herz stolperte. Sie lag auf dem Rücken. Ihre Brüste. Die langen Beine gespreizt auf dem Laken, das kleine dunkelblonde Dreieck aus Haar dazwischen. Sie trug nur noch das silberne Blatt um den Hals. *Adams Unschuld konnte nicht größer sein als die Unschuld dieser Menschen.* Ihr Mund hypnotisiert ihn. Sie weiß, dass sie attraktiv ist, kennt ihre Wirkung.

Sie war sechsunddreißig. Ihr Sohn hörte mit gerunzelter Stirn seiner Geschichtslehrerin zu. Als sie mit den Händen nach seiner Brust fasst, werfen ihre Brüste einen Schatten auf das Kissen.

Gefühle haben keine Manieren. Sie rollen übereinander. Benommen sieht er sie unter sich. Ihr großartiger Hintern angehoben, die Backen glänzend und fest wie Kastanien. Als er in sie eindringt, kennt er den Code des Universums, er sieht ihn vor sich aufblitzen, schwindelerregend und leuchtend, dann verblasst er und verschwindet.

Sie hält ihn von hinten, ihr Schamhaar weich an seinem Hintern. Trotz des Biers kann er ihr Parfum riechen. Er dreht sich um und fragt danach. Sie sieht ihn lächelnd an. »Parfum? Nein, ich benutze kein Parfum. Du meinst mich … Ah, jetzt weiß ich es, es ist meine BB Cream.«

Er küsst ihren Nacken, der jetzt mit einer dünnen Schweißschicht bedeckt ist, und hat plötzlich einen öligen Geschmack in der Kehle, den aggressiven bleichenden Geschmack des Waschpulvers. Dann wird ihm klar, dass es die Creme ist, mit der sie den dunklen Fleck auf ihrer Haut bedeckt hat.

Sie bewegt sich unter ihm, fährt mit den Fingern über seinen Rücken. Er wird wieder hart, öffnet ihre Beine. Er steht auf dem Spielfeld, sieht nicht zu, sondern spielt selbst. Bald schießt er den Ball in den Himmel, in die Sonne, ihr Mund an seinem Ohr. »Jetzt.« Er küsst ihre Schultern, ihre Lippen. Er hält sie in den Armen und schläft zum Lärm der Glocken und Züge ein. In der Geschichtsstunde hat Ma Burgeon Wassili gerade vom ersten Todesopfer der Eisenbahn erzählt, dem Abgeordneten William Huskisson, der 1830 von Stephensons Dampflokomotive überfahren wurde.

Dyer erwachte, als Katja aus dem Bett aufstand. Sie ging auf Zehenspitzen und mit geradem Rücken wie eine Ballerina. Er horchte auf die Schritte ihrer nackten Füße auf der Treppe und stützte sich auf einen Ellbogen.

Ihre Unterwäsche lag auf dem Boden. Ein dünner weißer Slip von der Farbe des Nebels. Er verschluckte alles Licht im Zimmer.

Er fühlt sich seltsam, als hätte er lange geschlafen, obwohl es erst drei Uhr ist. Er lässt den Kopf wieder aufs Kissen sinken.

Von unten das Geräusch der Toilettenspülung. Als sie zurückkommt, trägt sie Marvars Mantel wie einen Bademantel, die Hände tief in den Taschen vergraben.

»Du hast das Telefon ausgesteckt«, sagt sie.

»Jemand hat mehrmals angerufen und wieder aufgelegt.«

»Was, wenn es Marvar war?«

Er sieht sie an. Ihre weißen Brüste, gerötet, wo seine Zunge und Zähne am Werk waren, heben sich vor dem grünen Seidenfutter ab.

»Das ist sein Mantel«, sagt er nach einer Weile.

»Ich weiß, ich erkenne ihn wieder.« Eingerahmt von den Kamelhaarrevers sind ihre Schlüsselbeine Fragezeichen.

»Er hat ihn dagelassen.«

»Vielleicht will er ihn zurück.« Ihr Blick ist irreführend klar und ruhig.

»Schön wär's.«

»Du bist ein Freund von ihm?«

»Nicht wirklich.«

Sie nimmt die Hände aus den Taschen und setzt sich ans Ende des Betts. »Ich habe gesehen, wie du mit ihm gesprochen hast.« Sie streichelt seinen Knöchel durch das Laken.

»Wann?« Er wägt ihr Motiv ab.

Das Grau in ihren Augen wirkt so dunkel wie der blaue Fleck, voller verborgener Gedanken.

»An dem Abend. An der Sandgrube. Erinnerst du dich?«

»O ja. Wir haben über Wassili gesprochen«, sagt er fest.

Sie runzelt die Stirn. Sie wendet sich ihm zu und sieht ihn scharf an.

»Marvar hat an der Fusion gearbeitet, oder?«

Er hat das Gefühl, er würde wegkippen. »Vermutlich. Ich weiß nicht viel über Kernfusion. Kennst *du* dich damit aus?«

Sie schwieg, angespannt, als wären sie gemeinsam in eine Höhle getreten.

»Es war das Forschungsgebiet meines Vaters.« Sie machte eine zerstreute Handbewegung. »Es heißt, er hat gute Arbeit geleistet.«

»Dein Vater?«

»Rustum Marvar.«

»Wer sagt das?«

Sie sah ihn angespannt an. »Sein Professor.«

Er schob die Hände unter den Kopf. »Ich weiß es wirklich nicht. Im Augenblick beschäftige ich mich mit Brasilien im 16. Jahrhundert. Das 21. kann mich mal.«

Sie schwieg. Ein Geräusch erschreckte sie. »Was war das?«

Er setzte sich auf und horchte auf den gurgelnden Heizkörper. »Ach, das.« Er legte sich wieder hin. »Die Heizung muss sich eingeschaltet haben.«

Sie wandte das Gesicht zur Wand, und er war nicht vorbereitet auf das, was sie als Nächstes sagte. »Phoenix muss teuer sein für einen Schriftsteller.«

»Das ist sie, ja.« Die Wendung des Gesprächs verwirrte ihn.

»Wohin wird Leandro als Nächstes gehen?«

»Wahrscheinlich nicht, wohin seine Freunde gehen«, sagte er zu ihrem Rücken.

»Vielleicht kann man ihm helfen?«

Sie hob die Schultern und klopfte die Taschen des Mantels ab, als hätte sie sie noch nicht durchsucht. »Gennadis Leute … Sie würden viele Dollars zahlen, um rauszufinden, was Marvar wusste.«

Seine Stimmung hatte sich verändert, es war ein messerscharfer Kontrast zu einem Augenblick zuvor. Er schaute hinaus auf den Oxford-Nachmittag, fixierte das Fenster.

»Vielleicht sollten sie seinen Professor fragen. Das käme billiger.«

»Er weiß nichts.«

Durch das kleine Fenster sah er den stillen Kanal. Im Nebel schnüffelte ein Hund an einem Müllsack. Das Licht wurde schwächer. Er müsste bald los.

Er schmeckte ihre Creme auf der Zunge. »Was ist mit Marvars Leuten, den Iranern? Sie wissen vielleicht was.«

»Gennadi sagt, nur Marvar hat die Informationen.«

Dyer blickte zurück ins Zimmer. »Woher weiß er das?«

Sie fuhr mit den Händen über das blassgrüne Mantelfutter, das schimmerte wie etwas frisch Gehäutetes.

»Die Amerikaner. Sie glauben es.«

»Und dein Mann glaubt den Amerikanern?«

Sie machte eine Kopfbewegung. »Er glaubt, was er weiß.«

»So wie es klingt, weiß er viel.«

Er griff nach seinem Hemd auf dem Boden. Daneben lagen ihre Strümpfe wie eine abgeworfene Haut.

»Je eher Marvar gefunden wird, umso besser. Wenn du mich fragst.«

»Außer«, sagte sie nachdenklich und wandte sich ihm zu, »er hat die Information jemand anderem gegeben.«

»Wem zum Beispiel?«

Einen Augenblick sah er Wassilis Gesicht in ihrem.

»Ich weiß nicht. Einem Freund. Vielleicht hat er sie im Mantel gelassen.« Sie schob die Hände wieder in die Taschen und lächelte merkwürdig. »Vielleicht hat er sie dir gegeben.«

Wie sie ihn ansah. Mit diesen Augen. Dyer schien, als würde sie sich ganz darauf konzentrieren, was er als Nächstes sagen würde. In diesem Moment war sie eine sehr gute Imitation einer Grubenotter.

Er hat das Gefühl, jemand hätte ihn am Ellbogen gefasst und herumgerissen, damit er sie erstmals richtig ansieht. Traurigkeit durchströmt ihn. Er erinnert sich, was Vivien gesagt hat, nachdem er Nissa bei der Fotoausstellung kennengelernt hatte. *»Freude, mein Lieber, ist eine Warnung vor dem Unglück.«*

Im Augenblick will er nicht wissen, ob Katja mit Gennadi zusammenarbeitet oder ob Gennadi sie gezwungen hat oder woher Katja Whittons intimste Gedanken kennt oder ob sie etwas in sein Bier getan hat, als er im Bookbinders auf der Toilette war, damit sie später sein Haus durchsuchen konnte. Etwas hatte sich abgeschaltet wie der Fernseher in seinem Wohnheim am Samstagabend. Aus der unendlichen Entfernung von eineinhalb Metern schrumpfte und schrumpfte sie, bis sie nur noch ein kleiner heller Fleck auf einem dunklen Bildschirm war.

»Nein«, sagte er und nahm seine Unterhose. Er wollte sich bedecken, ihm schwindelte und er fühlte sich ausgelaugt. »Das Einzige, was ich von Marvar bekommen habe, war ein Kater.«

Katja starrte ihn konzentriert an, und dann verschwamm ihr Blick, und sie murmelte etwas in einer Sprache, die er nicht verstand. Sie wirkte, als würde sie etwas neu interpretieren. Ihre harten grauen Augen waren wie glühende Kohlen. Etwas Unheilvolles reflektierte sich darin, brannte wie eine weit entfernte Stadt in der Nacht, doch sie achtete nicht mehr auf Dyer, als wäre er eine Sporttasche mit nassen Socken oder die tote Schmeißfliege auf dem Teppich, die Magdas Staubsauger entgangen war.

»Wir müssen los und unsere Jungs abholen«, sagte er.

Sie zog Marvars Mantel aus, nahm ihren Pullover und ihre Unterwäsche und begann sich anzuziehen.

Er setzte sie vor dem Schultor ab, wartete, dass sie ausstieg, um dann einen Parkplatz zu suchen.

»Tschüss.«

»Tschüss.«

Sie küssten sich nicht.

Nissa hatte mit ihm gestritten, weil er sich immer umstandslos verabschiedete.

27. Kapitel

Dyer fuhr zweimal durch die Chadlington Road, bevor er eine Lücke fand. Er blieb sitzen, öffnete das Fenster.

Der Schock. Er war wie betäubt. Dann ein heftiger brennender Stich.

Es zerfraß sein Inneres. Der gespenstische Mantel, die hasserfüllten Augen. Er war verletzt, sie hatte einen Stein auf ihn geworfen – alles war zerschmettert. Unter der gesplitterten Oberfläche wirbelten Scherben.

»So brutal es klingt, Tatsache ist, dass sie dich grandios verschaukelt hat«, hätte seine Tante gesagt.

Ihre heisere Stimme wie harter Schnee. Er hatte gedacht, dass sie ihn mochte; sie hatte nicht gesagt, dass sie ihn nicht mochte. Sie waren freundlich zueinander gewesen, bis er Marvar kennenlernte; sie hatte nicht geheuchelt.

Wie sehr er sie unterschätzt hatte. Er hatte die Warnhinweise in ihrem Blick erst bemerkt, als sie mit den Händen in den Taschen von Marvars Mantel vor ihm stand. Nie zuvor war er so angesehen worden, es war wie der Tritt eines Pferdes gewesen. Da war ihm klar geworden, dass sie ihn ausgetrickst hatte.

Wichtiger: Hatte Katja ihm geglaubt, als er sagte, dass er nur einen Kater von Marvar bekommen hatte?

»Ihr Engländer. Ich glaube euch nur, wenn ihr Witze macht.«

Plötzlich schien sein Schicksal – und auch das von Leandro – von einem dummen Witz abzuhängen.

Dyer konnte nirgendwo Leandros Fahrrad sehen. Er schaute zur Uhr hinauf. Er war spät dran, der Sportplatz war leer.

Sie musste Wassili abgeholt haben und gegangen sein.

Er ging zu Mr Tanner, der seit Montag unübersehbar am Tor Position bezog. »Haben Sie Leandro gesehen?«, fragte er.

»War er nicht mit dem Rad da?«

Wenn ja, musste er laut Mr Tanner die Schule über die Phoenix Lane verlassen haben. Er vermied es, Samir oder Samirs Vater zu erwähnen.

Dyer fuhr schnell nach Hause, seine Gedanken machten Sprünge. Dank Katja hatte er Leandro aus den Augen verloren. Obwohl es verboten war, während des Fahrens zu telefonieren, rief er Leandro an, als er in die St Margaret's Road bog. Seine Panik wurde größer, als sich sein Sohn nicht meldete.

Er parkte neben dem Kirchturm und lief nach Hause.

Am anderen Ende der Canal Street beugte sich seine Nachbarin über eine braune Papiertüte. Der Boden war gerissen, ihre Einkäufe lagen auf der Straße verstreut. Dyer blieb stehen.

Obwohl er am liebsten weitergelaufen wäre und nachgesehen hätte, ob Leandro sicher zu Hause angekommen war, half er Paula, sammelte die Dosen ein und trug sie um die Ecke in ihre Küche. Es roch nach Raumspray. Er wollte wieder gehen, als er durch den dünnen Nylonvorhang ein unbekanntes Auto auf der Straße sah.

Ein Mann saß in dem braunen Škoda. Er neigte sich vor, und Dyer wusste, dass er sein Haus beobachtete.

Paula knüllte die zerrissene Tüte zusammen und warf sie in den Abfall.

»Wie hat sich Leandro bei der Geschichtsprüfung geschlagen?«

»Ich weiß es noch nicht. Paula, kann ich hinten über Ihren Zaun steigen? Ich habe mich ausgesperrt.«

Sekunden später sprang er in seinen Hinterhof, ging an der Magnolie vorbei und unter der Wäscheleine durch, feuchte Socken und T-Shirts schlugen ihm ins Gesicht, bis zum französischen Fenster.

Im Haus brannte Licht. Dyer klopfte an die Scheibe.

Nichts rührte sich.

Er klopfte noch einmal.

Stille.

Er versuchte es mit dem Fenster. Es war nicht geschlossen.

»Leandro!«, rief er, als er hineinging. »Leandro!« Seine Stimme hallte im Haus wider.

Keine Antwort.

Er lief in die Küche, die so aussah wie knapp eine Stunde zuvor, als er mit Katja hinausgegangen war. Zwei Becher mit Kaffee neben der Spüle. Seine Schultertasche am Haken, zweifellos durchsucht von Katja. Allerdings hatte sie wahrscheinlich Leandros Sporttasche nicht gefilzt. Magda hatte sie außer Sichtweite in die Lücke zwischen Waschmaschine und Wand gestopft.

Dyer zog sie heraus, öffnete den Reißverschluss. Sein Laptop war darin, Buntings Gedichte und ganz unten die durchsichtige Plastiktüte, in der Marvars kleine grüne Mappe lag. Dyer betrachtete sie einen Augenblick, als würde er sie schon seit seiner Kindheit beobachten und sie wäre ein Floß, das demnächst im Wasser versinken würde.

Vorsichtig nahm er die Mappe heraus, öffnete sie. Der falsche Post-it-Zettel war noch da.

Er packte alles wieder zurück, rannte die Treppe hinauf und stieß alle Türen auf.

Marvars Mantel lag auf dem Bett wie ein gehäuteter Kadaver auf dem Permafrost.

Dyer ging in Leandros Zimmer. Er stellte sich neben das Fenster und blickte vorsichtig hinunter.

Es dämmerte, ein Hund bellte. Jenseits des Kanals fuhr ein Zug vorbei. Der braune Škoda stand auf der anderen Straßenseite, die Kontur eines hageren Gesichts, vom Licht eines Handys erhellt.

So machen sie es in Brasilien, dachte Dyer, *wenn sie dich fertigmachen wollen. Sie beobachten dich, bis sie das Muster deiner Tapete kennen, die Farben deiner Hemden. Und dann, wenn du es am wenigsten erwartest, schlagen sie zu.*

War Leandro entführt worden?

Er setzte sich auf das Bett und wählte mit zitternden Fingern noch einmal die Nummer seines Sohnes. In seiner Ungeduld ließ er eine Zahl aus und musste wieder von vorn anfangen.

Nissa lächelte auf ihn herunter, als er auf den Klingelton wartete. Er drückte das Telefon ans Ohr und horchte. Ein-, zwei-, drei-, viermal.

Wieder meldete sich niemand.

Panische Gedanken, die Polizei anzurufen, oder sogar Updark, wurden unterbrochen, als unten die Haustür zugeschlagen wurde.

Leandro war überrascht, als ihn sein Vater fest umarmte.

»Hallo, Dad. Was machst du?«

»Wann bist du gekommen?«

»Vor ungefähr zwanzig Minuten.«

»Wo warst du?«

»Nur schnell im Laden an der Ecke.« Er hielt die Match-

Attax-Karten hoch, mit denen er sich nach der vielen harten Arbeit belohnen wollte. »Wo bist *du* gewesen?«

»Ich habe Paula geholfen. Tut mir leid. Ich war zu spät dran …«

»Ich habe dich angerufen«, sagte Leandro. »Mrs Updark hat mir ihr Handy geliehen. Keine Ahnung, was passiert ist, aber es war komisch.«

»Ich habe eine neue Nummer. Warte …«

Er schrieb sie auf und gab sie Leandro, der noch immer verwirrt dreinblickte.

»Dad, das Festnetz funktioniert auch nicht. Magda hat es ausgesteckt …«

»Das war ich.«

Leandro runzelte die Stirn. »Ich dachte, es sei Magda gewesen. Und dein Bett hat sie auch nicht gemacht.«

»Sie hat deins gemacht«, sagte Dyer, der dieses Fass nicht aufmachen wollte. Er ging zum Kühlschrank und schaute hinein.

Er hatte nichts eingekauft.

»Dad …«

Er spannte sich an. Was würde Leandro als Nächstes sagen? *»Hast du eine Affäre?«*

»Meine Prüfung in Geschichte –«

»Ja, ich will hören, wie es gelaufen ist.«

Dyer schloss den Kühlschrank und drehte sich um. Ihm war sein Versprechen eingefallen. »Warum erzählst du es mir nicht in *Peppers Burgers?*«

Eine Viertelstunde später hatten beide geduscht. Als sein Sohn zur Haustür gehen wollte, rief Dyer streng: »Nein, Leandro, warte. Da lang.« Er öffnete das französische Fenster und betrat den Hinterhof. »Wir laden Paula ein. Sie will es auch wissen.«

Der braune Škoda war nicht mehr da, als die drei eine Stunde später wieder nach Hause kamen. Paula verabschiedete sich mit einer kleinen Verbeugung. Ihr Mann war U-Boot-Matrose gewesen und hatte ihr beigebracht, keine Worte zu verschwenden. »Ich danke euch beiden. Was für eine nette Überraschung. Ihr dürft immer über meinen Zaun steigen.«

Dyer schloss die Haustür auf. Er hatte das Licht unten brennen lassen. In der Küche sah er sich schnell um. Alles in Ordnung.

Nachdem Leandro in sein Schlafzimmer gegangen war, um angeblich »zu lesen«, vermutlich aber um Fifa 18 zu spielen, holte Dyer seinen Laptop und stellte ihn auf den Küchentisch. Seitdem er sie vor der Schule abgesetzt hatte, brannte er darauf, Katja Petroschenko zu googeln.

Es war riskant, Suchanfragen konnten nachverfolgt werden. Doch wie mit Marvar könnte es noch verdächtiger wirken, wenn er kein Interesse zeigte.

Da er kein Russisch konnte, tippte er nur Katjas Namen in das Suchfeld. Ein Schwung russischer Webseiten lieferte einen Treffer: ein Hinweis auf Gennadi Petroschenko, stellvertretender Direktor von Gazprom (verheiratet seit 2004 mit Katja, ein Sohn).

Ohne ihren Mädchennamen würde Dyer nicht mehr herausfinden. Frustriert ging er in Gedanken ihr Gespräch durch. Sie war mit Einzelheiten noch geiziger gewesen als Marvar.

Ein angefangener Satz fiel ihm. *»Ich bin meinem Vater«* – was immer das heißen sollte – war die einzige Information, die sie preisgegeben hatte. Das und eine Stadt in der Nähe von Moskau, die nicht Murmansk war.

Sie hatte einen russischen Dichter erwähnt. Tjuttschew. Dyer suchte nach ihm. Fjodor Tjuttschew. Aus Muranovo. Das war es.

Er versuchte es auf gut Glück. In Muranovo geborene Wissenschaftler. Und schon tauchte er auf, Wassili Lawramarow, geboren 1941. Er sah genauso aus wie sein Enkel und wie Katja.

Bis er das Gesicht ihres Vaters sah, hatte Dyer sich geweigert zu glauben, was er bereits wusste. Doch seine letzten Zweifel lösten sich auf, als er las, dass der Atomphysiker Wassili Lawramarow Mitglied der Kernfusionsdelegation war, die 1969 den Tokamak T3 gebaut hatte. Seine alte Zeitung hätte eine zweite Quelle verlangt; Dyer brauchte keine weitere Bestätigung. Katja war ein Kind der Kernfusion. Sie musste Marvar seit ihrer Ankunft in Oxford ausspioniert und Putins Freund Gennadi berichtet haben.

Dyer wusste nicht, was er denken sollte. In seinem Stolz hatte er nicht glauben wollen, dass alles eine Finte war, dass sie Leandro bewunderte, dass sie wegen Wassili gekränkt war, dass sie sich zu Dyer hingezogen fühlte, dass sie mittags allein in einem Pub saß.

Sie hatte gesehen, wie er mit Marvar sprach und anschließend gemeinsam mit Gennadi beschlossen, dass Dyer ein Stein war, der umgedreht werden musste.

Kaum hatte sie entschieden, dass Dyer nichts wusste, dass er genau der war, der er vorgab zu sein, ein angespülter ehemaliger Journalist, der verzweifelt nach der Bedeutung einer portugiesischen Kolonie in Lateinamerika suchte, war er Geschichte, so überflüssig und erbärmlich wie sein Thema.

Dyer schloss seinen Laptop. Doch der Lärm in seinem Kopf verstummte nicht. Immer wieder drehten sich dieselben Fragen im Kreis.

Wenn er Katja glauben konnte, hatten die Russen Marvar nicht. Aber ebenso wenig die Amerikaner, denn dann würde Updark nicht nach ihm suchen. Und auch nicht die Iraner – wenn wirklich die Iraner versucht hatten, Dyer in die Hände zu bekommen. Wer aber dann? Die Israelis? Die Saudis? Die Chinesen?

Oder war das alles ein Sturm im Wasserglas, und Marvar ging es blendend?

Dyer wollte sich nicht eingestehen, dass Marvar tot sein konnte. Seine grundlegende Unschuld konnte nicht angetastet werden, irgendwie würde sie überdauern. Dann dachte er an den Mantel, der auf seinem Bett lag wie das Fell eines erlegten Mammuts.

Aber ob Marvar entführt oder tot war oder durch die Moore bei Fusedale stapfte, war irrelevant. Der Zettel, den er vergraben hatte, wo Dyer ihn finden konnte, machte ihn nur umso lebendiger.

Marvars erschöpfter Ausdruck, der Schmerz in seinem Blick hatten ihn berührt. Dyer mochte Marvar nicht schützen können, doch was sein Post-it betraf, war er nicht machtlos. Marvars merkwürdige Überzeugung, dass Dyer wissen würde, was er damit tun sollte, hatte ihn beflügelt, die Information zu schützen, für die Marvar sein Leben – und das seiner Familie – riskiert hatte, damit Dyer sie bekam.

Dyer glaubte nicht einen Augenblick, dass er nicht auch in Gefahr schwebte. Seitdem er den Ziploc-Beutel aus der Sandgrube geholt hatte, verfolgte ihn eine hartnäckige Angst, wie er sie in Oxford nie und nimmer erwartet hätte. Der Knoten in seinen Eingeweiden, wenn er nachts allein als einziger Weißer durch die Favela gegangen war, vorbei an Feuern in Milchkanistern, verfolgt von Blicken, die jede noch so kleine Bewegung wahrnahmen.

Seine Angst war ein Haken, der ihn durchs Wasser zog. Er konnte sie nicht abschütteln. Auch wenn Updark und

Katja glaubten, dass er kein weiteres Licht auf Marvars Entdeckung werfen konnte, hinter ihnen blitzten – böse, dunkel – andere Silhouetten auf und verschwanden wieder, bevor er sie identifizieren konnte.

Wer rief bei ihm an? Wer hatte sein Auto zerkratzt? Wer waren die Männer im Passat? Wer war der Mann im Škoda, der ihn mit der Konzentration eines Schuhputzjungen beobachtete, sein hageres Gesicht auf gespenstische Weise von seinem Handy erhellt?

Diejenigen, die überzeugt werden mussten, dass Marvar Dyer seine Formel nicht gegeben hatte …

Indem er ihn zu seinem Sachwalter ernannt hatte, setzte Marvar Dyer einer Bande blindwütiger Wilder aus, die vor nichts haltmachen und ihre Speere in seinem und Leandros Blut baden würden, sollten sie ihn verdächtigen, sie zu hintergehen.

Leandros Lavalampe war ausgeschaltet, als er oben nach ihm schaute. Im Dunkeln spähte er zwischen den Vorhängen hinaus und sah, dass der Škoda nicht zurückgekehrt war. Er küsste sein schlafendes Kind, schloss leise die Tür, ging über den Flur in sein Schlafzimmer und schaltete das Licht ein. Das zerwühlte Bett und eine kurze Erinnerung. Aber etwas stimmte nicht.

Marvars Mantel liegt nicht auf dem Bett.

Er rennt nach unten, nimmt drei Stufen auf einmal.

Auf dem Haken in der Diele Dyers lederne Schultertasche. Neben der Waschmaschine Leandros blaue Sporttasche, aus der er eine halbe Stunde zuvor seinen Laptop geholt hatte. Er öffnet sie, kramt darin. Er zieht Buntings *Gesammelte Gedichte* heraus und die Ziploc-Tüte mit der grünen Mappe.

Die Mappe ist leer. Das Floß ist gesunken.

Es waren Profis, die wussten, wonach sie hatten suchen müssen. Während Dyer und Paula ihre Hähnchen-Burger aßen und zuhörten, wie sich Leandro für Nelsons Flotte begeisterte, die Villeneuves Reihe von Schiffen durchbrochen hatte, war jemand ins Haus eingedrungen und hatte es gründlich durchsucht.

Dyer taumelt über den orange gefliesten Boden und lässt sich schwer auf das Sofa fallen, dessen billiger hölzerner Rahmen knarzt.

Fast gleichzeitig empfindet er Bedauern wegen Marvars verschwundenem Mantel, doch dann durchflutet ihn Erleichterung. Der schreckliche Haken war ihm aus dem Mund gezogen worden. Er war noch nicht frei, aber die Spannung hatte nachgelassen, ihm war eine Atempause verschafft worden.

Für den Moment waren er und Leandro sicher.

Denn wer immer Marvars Mantel gestohlen hatte, hatte auch eins von Marvars zwei überzähligen Post-its mitgenommen.

Vor langer Zeit hatte Dyer gelesen, dass man ein Kleidungsstück fallen lassen muss, wenn man von einem Elefanten verfolgt wird, in der Hoffnung, dass das Tier stehen bleibt und es angreift. Dann hat man die Chance davonzukommen. Dyer hatte seine unbekannten Verfolger abgelenkt: Er hatte ihnen einen gelben Zettel mit Abrakadabra dagelassen.

Ihre Energie würde dafür draufgehen, Dyers Code zu knacken. Er hatte eine vorsätzlich irreführende Formel aus dem letzten Vers von Basil Buntings Gedicht »Chomei at Toyama« von 1932 zusammengestellt, Buchstaben durch Zahlen ersetzt und ein paar Großbuchstaben hinzugefügt. Ob Dyer Rustum Marvars Behauptung glaubte oder nicht – und sein eigensinnigster Teil verweigerte den Glauben –, seine eigene Formel, die auf einem Bacon-Code basierte, war in seinen Augen nicht unsinniger als Marvars Original. Zudem beruhte sie auf etwas, das Dyer verstand.

Ich habe der Welt entsagt;
bin eine heilige
Erscheinung.

Mir gefällt es nicht, arm zu sein,
ich bin von leidenschaftlicher Natur.
Meine Zunge
schnalzte ein paar Gebete.

Es war das Gedicht, das er in Rio gelesen hatte, als die Hand einer jungen Frau seine Schulter berührte.

28. KAPITEL

Die erste Märzwoche. Frühling liegt in der Luft.

Im *Bon Croissant* wird Skurriles ausgetauscht. »Dyer hat eine Affäre mit Katja.«

»Kann nicht sein. Ihr Sohn hat seinen Sohn gemobbt.«

»Kein Kind wird von seiner Mutter so abserviert.«

»Sie hat Zwillinge mit jemand, der nach Summerfields zieht.«

»Hat er wirklich für die *Daily News* gearbeitet?«

»Ich habe nie etwas gelesen, das er geschrieben hat. Er hat mir mal sein Buch gegeben, als er zum Essen bei uns war. Hat aber vergessen, es zu signieren. Irgendwo habe ich es noch.«

»Ich liebe dieses Eis.«

Im selbstgefälligen Summertown wendet sich das Gespräch wieder einmal Samir zu. Sein Vater habe ihn offenbar mit in den Iran zurückgenommen. Seine Mutter sei krank. Eine Updark-Geschichte, zusammen mit Crotty ausgedacht.

Eine andere Frau trank ihren Latte mit Gelbwurz aus und sagte: »Glaubt ihr, dass es im Mittleren Osten Krieg geben wird?«

Der israelische Premierminister hatte in der BBC zu einer wütenden Attacke auf den Iran ausgeholt und gesagt, dass die Regierung in Teheran »die größte Bedrohung der

Welt« darstelle. Er wiederholte sein zwei Wochen altes Versprechen, dass Israel »nicht zulassen werde, dass das Regime im Iran eine Schlinge des Terrors um unseren Hals legt«.

Samantha Puckey, die zu ihrem Termin bei Cannelle Medispa muss, regt sich mehr über den steigenden Meeresspiegel auf. Sie denkt an ihr Ferienhaus an der Küste von Suffolk. »Anstatt uns zu schützen«, zitiert sie den neuen Bericht des UN-Klimarats, »könnte die Erde zu unserem Feind werden.«

29. KAPITEL

Auf der Suche nach einer Hausnummer ging Dyer die Ward Road entlang, als ein Wagen neben ihm anhielt.

»Du bist nicht ans Telefon gegangen.«

Dyer brauchte einen Augenblick, bis er das gefleckte Gesicht erkannte.

»Ich war in der Bibliothek und bin jetzt auch wieder unterwegs dorthin.«

»Ich nehme dich mit.«

»Ich gehe lieber zu Fuß.«

»Ist mir egal, was dir lieber ist«, sagte Updark streng. »Du kommst mit mir, jetzt sofort. Steig ein.«

Im Auto sagte Updark drohend: »Weißt du, John, die Leute zählen die Fehler zusammen von denen, die sie warten lassen.« Dann knallte er ein Buch zwischen sie auf den Rücksitz.

Dyer erkannte es sofort. Er holte tief Luft.

Updark schlug die Titelseite auf, damit Dyer die Widmung lesen konnte.

»Deine Handschrift?«

»Ja.« Dyer nahm das Buch. »Woher hast du es?«

»Vom Schuldirektor. Jemand hat es neben der Sprunggrube gefunden, heißt es.«

Dyer erinnerte sich an den Audi, der vor Crottys Haus gestanden hatte.

Benommen las er: *Für Rustum Marvar, der vielleicht alles gelöst hat.* Seine Unterschrift und das Datum.

Was für eine banale Widmung. Auch nach dem vielen Sauvignon war er sich bewusst gewesen, wie viel Marvar zu verlieren hatte. Marvar hatte gar nichts gelöst.

»Siehst du das Datum?«, sagte Updark.

»Ja.«

»Das macht dich jetzt offiziell zur letzten Person, die ihn gesehen hat.«

Dyer schloss das Buch. Er war sich Updarks Blick bewusst. »Es war ein Geschenk«, hörte er sich selbst sagen.

»Du hast keinen Kontakt zu ihm, nehme ich an?«

»Nein«, sagte Dyer. Er musste davon ausgehen, dass Updark über seine E-Mails und Anrufe Bescheid wusste.

»Was soll das heißen ›alles gelöst‹?« Updark zog die Manschette über das Pflaster auf seinem Handgelenk. »Die Antwort auf eine von Slimys Bruchrechnungen? Es klingt, als hätte er dir etwas Interessantes erzählt, Basil.«

»Es war eine Metapher.«

»Eine Metapher«, sagte Updark kühl.

»Er hatte Probleme mit seinem Sohn und hatte sie gelöst.«

»Das«, sagte Updark und schnaubte, »ist eine riesige Ladung von Schaukelpferdmist. Ich könnte damit ein Jahr lang meinen Schrebergarten düngen.«

»Mach damit, was du willst. Das hat er gesagt«, beharrte Dyer.

»Wenn es eine Note für Starrsinn gäbe, John, bekämst du eine Eins plus. Du bist auf irritierende Weise wie Will Ladislaw. Dazu geboren, Ärger zu machen, wenn es schon brennt.«

Updark hatte eine Audioaufnahme von *Middlemarch* gehört. Die essigsaure Wirkung dieser Gespräche aus dem

19. Jahrhundert, die wie Tennisspiele um Leben oder Tod waren, erinnerten ihn an die Kultur, die zu bewahren er sich berufen fühlte. Der Roman war gut für die Fahrt zur Arbeit und zurück, stellte ihn neu ein. »Ich habe ein ganzes Jahr dafür gebraucht, bin gerade beim Epilog. Du wirst darin erwähnt, Basil – ›eine Pflanze, die auf dem Gehirn eines ermordeten Mannes wunderbar erblühte‹.«

Dyer fand Updarks Feindseligkeit tröstlich. Sie ließ darauf schließen, dass Updark immer noch im Dunkeln tappte. Hätten seine Männer das falsche Post-it gefunden, würde er danach fragen, nicht nach der Widmung in einem Buch, oder?

Updark kam wieder auf sein eigentliches Anliegen zurück. »Ich meine, es dort liegen zu lassen, ein Geschenk von dir … Es kann doch nicht an deiner Prosa liegen?«, sagte er grausam. Dann: »Was glaubst du, hat er bei der Sprunggrube getan?«

»Burgen gebaut. Gewünscht, er wäre am Meer. Gewünscht, er würde was anderes lesen.« Er wandte sich wütend Updark zu. »Was glaubst du, dass er getan hat?«

Updark öffnete den Mund wie eine Forelle, die nach der Fliege schnappen will. »Ich weiß es nicht.«

»Glaubst du, dass er ermordet wurde?«, fragte Dyer.

»Nein. Ich bin zumindest nicht sicher.«

»Hast du immer noch die Iraner im Verdacht?«

Updarks harter wachsamer Blick gab nichts preis. »Der Iran ist der offenkundige Bösewicht. Aber wir hören nichts aus dieser Richtung.«

»Was ist mit den Drohungen aus Teheran?«

»Nur heiße Luft.«

»Heiße Luft beziehungsweise Dampf hat die ›Rocket‹ angetrieben«, sagte Dyer.

Updark lächelte frostig. »Rühre nicht im Dreck von Kamarina, Basil. Ich brauche keine Lektion in Naturwissenschaft.« Er schien mehr sagen zu wollen, doch in diesem Augenblick erklang Bach aus seiner Jackentasche. Er zog sein Handy heraus. Nachdem er den Anrufernamen gesehen hatte – »Entschuldige, ich muss rangehen« –, hörte er zu, ohne den Blick von Dyer zu nehmen, der hinnehmen musste, dass dies vielleicht nicht der richtige Augenblick war, um Updark um Rat wegen eines Hundes zu fragen oder die Freundschaft seines Sohnes mit Updarks Tochter anzusprechen.

Nach einer Weile sagte Updark: »Nein, kein Wort.« Und dann, zähneknirschend: »Okay, Ralph, du kannst seinen Kopf haben, aber vergiss nicht, dass er mit einem schwammigen Haartransplantat bedeckt ist, das einmal im Monat desinfiziert werden muss.«

Er legte auf. »Unser Freund Cubbage«, sagte er. »Die Amerikaner wollen Professor Whitton grillen.« Dyer musste das nicht erfahren; dennoch hatte Updark es ihm anvertraut.

»Es war Cubbage, der Whitton überstimmt hat, wie du dir zweifellos schon gedacht hast. Cubbage bleibt dabei, dass die Informationen, die der andauernd tickende neue Detektor des Clarendon aufzeichnet, nicht gefälscht und auch nicht gelöscht werden können – was Marvar versucht hat, wie mir gesagt wurde.«

Dyer wartete, ob noch mehr kommen würde. »Könnten die Amerikaner Informationen haben, die sie zurückhalten?«

Updark verzog das Gesicht. »In einer Hinsicht hat sich Amerika seit den fünfziger Jahren verändert. Sie haben große Mühe, irgendetwas geheim zu halten. Es liegt in ihrem Wesen, dir alles zu sagen, was sie wissen. Mein Eindruck ist, dass die Amerikaner genauso wie wir im Dunkeln tappen, *ob* oder *wie* Marvar die Kernfusion geknackt hat und auch wo er ist.«

Updark steckte sein Handy zurück in die Tasche und holte sein Notizbuch daraus hervor und schlug es auf.

»Ach, danach wollte ich dich fragen.«

Er las vor. »›Normalerweise fuhr er mit dem Zug.‹ Was bedeutet dieser Satz? Hissop meint, es könnte ein Code sein.«

Updarks Frage bestätigte, was Dyer vermutet hatte. Während er Lornas Kekse in Eynsham aß, hatten Updarks Männer sein Haus durchsucht. Aber hatten auch sie die Attrappe gestohlen, die Dyer in Marvars grüner Mappe platziert hatte? Er war sich immer noch nicht sicher.

Updark sah Dyer mit seinen kalten Augen an. »Warum lächelst du?

»Das habe ich geträumt.«

»Geträumt.« Updark nickte. »Geträumt«, wiederholte er, als würde ihm in einem anderen Kontext gefallen, wie es klang.

Dyer stieß ihn an. »Komm schon, Lionel, du musst doch auch schon mal geträumt haben, dass dir die Antwort auf alles gegeben wurde. Ich bin aufgewacht und habe den Satz aufgeschrieben. Wie du siehst, ist es erbärmlicher Unsinn.« Wie die Formel, die auf Buntings Gedicht basierte. Dyer erlaubte sich ein weiteres Lächeln, als er sich Updark, Hissop und Lorna vor einem Bildschirm vorstellte, wie sie stirnrunzelnd seinen Code zu knacken versuchten.

Die Muskeln in Updarks Kiefer entspannten sich. »Wenn wir schon bei Träumen sind. Diese russische Mutter, Katja. Siehst du sie oft? Ich vermute, eure Söhne haben ihren Streit beigelegt.«

»Haben sie. Und nein, ich sehe sie nicht oft.«

Updark sah aus dem Fenster, als wäre der Sommer ausgebrochen und er würde bei einem Kricketspiel zuschauen und Dyers Antwort wäre ebenso folgenlos wie das Geräusch der Räder des Audis, der sie nach St Giles fuhr. »Das überrascht mich nicht. ›Es fällt schwer, einer Nation zu vertrauen, die beim Mixed Curling betrügt.‹« Es klang bekannt, und dann wurde ihm klar, dass Updark ihn zitierte, nicht aus einem Gespräch, das sie geführt hatten, sondern aus einer Textnachricht, die Dyer Leandro nach der Mobbing-Geschichte geschickt hatte. »Ein kleiner Rat aus Marokko, Basil, von dem auch Professor Whitton profitieren könnte, glauben zumindest unsere amerikanischen Freunde. Wer Feuer im Herzen hat, hat Rauch im Kopf. Und noch einer: Einem armen Mann wird nie geglaubt.«

Der Wagen hielt vor der Bibliothek.

»Du kannst jetzt gehen«, sagte Updark und schlug sein Notizbuch zu. »Plan nur keine Reise an den Amazonas, das ist alles. Wir müssen in Kontakt bleiben.«

Dyers Hand war bereits am Türgriff. Er stieg aus. Warum erwähnte Updark seine Nachforschungen über Brasilien? War es ein Fehler gewesen, der Bibliothekarin zu glauben? Hatte Updark Madrugadas Buch gefunden?

Er schloss die Autotür und wollte sich abwenden, als ihm etwas einfiel. Er klopfte an das dunkel gefärbte Fenster.

Updark ließ es herunter und schob das gefleckte Gesicht ins Licht. Er schien immer noch an dem zu leiden, was Dyers Buchhändler in Rio als durch Insekten verursachten Kollateralschaden bezeichnet hatte.

»Ist dir noch was eingefallen?«

»Ich habe vergessen zu fragen. Was ist mit dem Allergietest? Haben sie was gefunden?«

Updark ignorierte seinen Tonfall und sagte todernst: »Sie fragen sich, ob es ein Ekzem ist. Sie haben mir ein Steroid verschrieben, aber bislang wirkt es nicht.«

30. KAPITEL

Beobachtet nur von dem Paar in dem Gemälde, setzt sich Dyer in den französischen und deutschen Leseraum und schlägt das Buch auf. Sein Herz macht einen Satz.

Noch da.

Dyer legt Madrugadas Monographie zurück auf den Stapel, sein Vertrauen in das System, das ihm versprochen hat, das Buch fünf weitere Tage für ihn zu reservieren, ist sofort wiederhergestellt. Er verlässt die Bibliothek und geht die Ward Road entlang.

Er kommt an dem Haus vorbei, vor dem er stand, als Updarks Wagen neben ihm hielt, als hätte er ihn bei einem seiner heimlichen Ausflüge mit Rougetel in die Stadt erwischt. Vor der Tür mit der Nummer 8 bleibt er stehen und klingelt. Er wartet, drückt noch einmal auf die Klingel. Nichts rührt sich.

Weil er Leandro unbedingt aus Oxford herausschaffen wollte, ging er nach Hause und machte Pläne für die freien Tage. Er würde seinen Sohn nicht aus den Augen lassen. Er hatte ihn zur Schule gebracht und wartete auf ihn, als die Glocke zum Unterrichtsende läutete.

Die ersten Momente auf dem Schulgelände waren wie die ersten Momente in der Favela. Dyer nahm das pulsierende Leben vom Rand aus wahr, während die Mädchen und Jungen aus dem Gebäude strömten. Der Sportplatz war wie ein Resonanzkörper. Schreie drangen an sein Ohr, dann Wörter – über Lehrer, Hausaufgaben, Spiele, Events. Es gab Wortwechsel, die Dyer auswendig kannte wie Zeilen aus dem *Phoenix-Buch der Verse*. In dieser Echokammer war er sozialisiert worden, jetzt befand er sich erneut darin.

An diesem Donnerstagnachmittag hatte er das Gefühl, einen Traum zu betreten. Er sah und sah nicht. Die Zeit verging auf seltsame Weise. Er bemerkte Details, die ihm sonst nie auffielen, er schaute sich wachsam um, ob wer immer den falschen Post-it-Zettel genommen, den Köder geschluckt hatte – und Dyer somit deswegen nicht mehr belästigen musste.

Die Schulsprecherin zog am Seil. Die Glocke läutete.

Dyer sah sich nach seinem Sohn um. Erst als die Menge ausdünnte, sah er Leandro neben einem Jungen aus seiner Klasse stehen. Sie sprachen mit einem Erwachsenen, der den Kopf hob, als Dyer sich näherte: ein schlanker Asiate in einem braunen Anzug mit fein ziselierten Zügen, gut für Nebenrollen in einem Spielfilm.

»Wer war das?« Dyer nahm Leandros Hand. Er blickte zurück. Irgendetwas an dem Gesicht. Im Licht eines Armaturenbretts.

»Das ist Huis Leibwächter.«

Hui war Chinese, ein plumper höflicher Junge, der gut in Mathe war. Leandro hatte ihn einmal nach Hause mitgebracht.

»Hui hat mich zum Paintball eingeladen.«

»Wann?«

»Morgen.«

»Das ist jammerschade«, sagte Dyer bestimmt. »Ich habe andere Pläne.« Plötzlich fiel ihm ein, dass Huis Vater für einen Telekomgiganten in Peking arbeitete.

Leandro steigt ins Auto und schweigt, bis Dyer rechts in die Bardwell Road biegt.

»Warum fährst du hier lang?«

»Ich will es mit einer Abkürzung versuchen, um zu sehen, ob es so schneller geht.« Und um den weißen Renault Clio abzuschütteln, der ihn vielleicht verfolgt.

Er biegt links in die St Margaret's Road, und der Renault schießt vorbei.

Die Abkürzung führt ihn in die Nähe der Jamaica Road. Dyer bremst hinter einem Bus, und während er darauf wartet, dass die Leute einsteigen, schaut er zu Leandro.

Sein Sohn wirkt so verloren wie ein Hund, der Vögel jagt.

»Was?«, sagt Dyer.

»Dad ... du hast doch deine Telefonnummer gewechselt. Ich sollte vielleicht mein Passwort in der Schule wechseln ...« Und er erzählt, wie ihm Mr Tanner eine E-Mail mit Anhang geschickt und Leandro gebeten hat, sich das Dokument anzuschauen, aber als Leandro auf den Anhang klickte, war es nicht, was er erwartet hatte. »Und seitdem kriege ich immer Mails.«

»Was für Mails?«

»Komisches Zeug, in dem steht, dass mein Computer gehackt wurde und sie alles auf meinem Bildschirm sehen können ...«

»Das muss Malware sein«, versucht Dyer, ihn zu beruhigen. Eine ähnliche Mail hatte er auf seinem Laptop von jemandem bekommen, der behauptete, Dyers Router mit einem Programm namens Spyware infiziert zu haben, doch er hatte sie ignoriert.

»Nein, nein, Dad, du verstehst nicht. Sie wissen, welches Spiel ich als letztes auf meiner Xbox gespielt habe, was an meiner Wand hängt, sie ... Dad, war jemand in meinem Zimmer?«

Dyer hatte ihm nicht erzählt, dass Marvar über Nacht geblieben war. Leandro war es damals nicht aufgefallen, seine ganze Konzentration hatte Trafalgar gegolten.

»Warum fragst du?«

»Es ist verrückt. Sie wollen diesen Mann. Sie sagen, dass sie mich in Ruhe lassen, wenn ich ihnen sage, wie sie ihn finden. Ich habe wirklich keine Ahnung, wovon sie sprechen.«

Der Bus vor ihnen fuhr wieder los.

»Das ist nur irgendein Nerd«, sagte Dyer und legte den Gang ein. »Ein kranker Nerd.« Doch ihm war nahezu schlecht. »Ich werde Mr Tanner anrufen, wenn wir zu Hause sind«, versprach er. »Wir sagen ihm, dass er dein Passwort ändern soll.«

Als Dyer links in die Jamaica Road bog, sahen sie Wassili, der einen gelben Fußball auf dem Finger drehte, während er darauf wartete, dass sich das gesicherte Tor öffnete.

Leandro rutschte instinktiv auf seinem Sitz nach unten, sodass Wassili nur Dyer erkannte, als er zu ihnen blickte.

»Ich dachte, ihr beide versteht euch jetzt besser«, sagte Dyer, als sie vorbeigefahren waren.

»Tun wir«, sagte Leandro von unten.

»Leandro – »

»Lass locker.«

»Lass locker?«

Leandro lachte. »Alles okay, Dad.« Er richtete sich wieder auf.

Dyer hatte gehofft, dass die Mobbing-Geschichte hinter ihnen lag. Die Aussprache hatte die Sache eigentlich entschieden, aber es bestand immer die Gefahr, dass sie wieder aufflammte. Doch vielleicht ging es darum, wenn man ein Kind hatte. Dyer konnte seinen Sohn nicht vor allem beschützen, und im Augenblick stand Wassili nicht weit oben auf der Liste der Bedrohungen.

Was Wassilis Mutter betraf, empfand Dyer Zerknirschung.

Seine Gewissensbisse waren nur der Nachtisch der Lust, wären sich seine Tante und Updark einig gewesen. Was immer seine Sicht auf Katja Petroschenko vernebelt hatte, war verschwunden.

Dennoch beschäftigte sie ihn. Als er sie am nächsten Tag wiedergesehen hatte, blieb ihm keine Zeit, um sie umständlich zu meiden. Sie holte Wassili vom Sportplatz ab. Er sah sie an in ihrem lavendelfarbenen Kaschmirpullover (trug sie jemals eine andere Art Pullover?) und erinnerte sich schaudernd daran, dass sie möglicherweise versucht hatte, ihn zu vergiften. Als sie Dyer erkannte, warf sie ihm einen kühlen Blick zu, riss die großen grauen Augen weit auf und hörte Mr Tanner offensichtlich fasziniert zu, als er ihr seine Pläne für das bevorstehende lange Wochenende schilderte.

DRITTER TEIL

31. KAPITEL

Ein weitläufiges Landhaus außerhalb des Dorfs Browsholme in Lancashire. Plakate der Great Northern Railway auf gestreifter Tapete. Holzscheite brennen in einem Kamin aus Marmor, und der Fluss Hodder plätschert in der Dunkelheit über Steine.

Das Abendessen besteht aus geräucherter Forelle, Lamm, argentinischem Merlot und einer Limonade für Leandro.

Dank einer Stornierung saßen sie in diesem warmen Speisezimmer. Dyer hatte mit Paulas Handy gebucht. Zuerst hieß es, das Gasthaus sei aufgrund einer Hochzeit voll besetzt. Dann, am Donnerstagnachmittag klingelte Paula bei ihm. »Sie haben angerufen.« Ein Zimmer war frei. Und sie hatte vier Pakete von Amazon für ihn.

Er sagte niemandem Bescheid. Updark hatte nicht von ihm verlangt, Oxford nicht zu verlassen. Nur Paula hatte Dyer anvertraut, wohin er mit Leandro in Erfüllung eines Versprechens fuhr, das er ihm an einem fast zehntausend Kilometer entfernten gelben Sandstrand gegeben hatte.

Sie brachen am Freitagnachmittag auf, vier Stunden auf der M6, über den Trough of Bowland, an grünen Hügeln und Schafen neben einem Fluss vorbei. Dyer befürchtete, dass der Käfer es nicht schaffen würde, nachdem ein orangefarbenes Licht unter dem Kilometerzähler zu blinken anfing. Leandro blätterte vergeblich im Handbuch, doch nach Dunsop Bridge erlosch das Licht wieder, und kurz vor acht trafen sie im Gasthaus ein.

Er musste geduldig sein, und Angeln wäre eine gute Übung darin. Der Hodder war einer der Flüsse, an denen Dyer gelernt hatte, eine Angel auszuwerfen – als er zwei Jahre älter gewesen war als Leandro jetzt. Und zudem kannte er das Gasthaus.

Dyers mit Nostalgie vermischte Erleichterung dauert während des gesamten Abendessens an. Goldene Flammen tanzen im Kamin, als wäre das Feuer nie ausgegangen.

Dreißig Jahre zuvor hatte Dyer bei einem der letzten Ausflüge mit seinem trauernden Vater hier gegessen. Sie waren wortlos übereingekommen, nicht über seine Mutter zu reden – die hier in der Nähe in Clitheroe geboren war –, und hatten in einem Marmeladenglas einen Teil ihrer Asche dabei. Die Atmosphäre und die Einrichtung hatten sich nicht verändert. Der gleiche Tee hätte in derselben silbernen Kanne serviert werden können. Nur das Fehlen eines Aschenbechers hätte seinen ketterauchenden Vater zur Verzweiflung getrieben.

Es sind keine weiteren Angler abgestiegen. Abgesehen von Dyer und Leandro sitzt nur eine stille Gruppe am anderen Ende des Raums.

Nach dem Abendessen brachte Dyer seinen Sohn in das Zimmer mit Blick auf den Fluss im zweiten Stock und ging dann wieder hinunter auf einen letzten Drink.

In der Bar unterhielt sich ein grauhaariger Mann mit dichtem Bart aus dem Ort mit einem aus der Gruppe – einem zerstreut wirkenden, glatt rasierten Amerikaner, seinem Akzent nach zu urteilen – und erklärte ihm, wie man das Moorhuhn vor der Kornweihe schützen kann.

Im Andenken an seinen Vater bestellte Dyer einen Armagnac, ging mit seinem Glas in das leere Speisezimmer und setzte sich neben das Feuer. Die Wände strahlten einen ihm vertrauten Geruch aus, der sich mit dem Aroma des Holzfeuers und des Armagnacs vermischte. Mit Leandro hier zu sein erinnerte ihn an seine Kindheit. Er starrte in die Flammen.

Als sie am nächsten Morgen aufbrachen, fiel ein leichter Regen und legte sich wie ein dünner Schleier vor die Wolken. Die Wiese war nicht gemäht, und es war anstrengend, sich mit neuen Gummistiefeln durchzukämpfen. Pestwurz, Ampfer, hohes Gras am Ufer.

Ihr Ziel war ein Fischwehr – ein ruhiger Ellbogen im Fluss in einer Senke, braune Kieselsteine am flachen Ufer und Steine zum Darauftreten im Wasser.

»Wir fangen mit Äschen an«, sagte er zu Leandro. Der Hodder war ein guter Fluss für Äschen.

Zuvor hatten sie auf dem schmalen Rasenstück vor dem Gasthaus das Auswerfen geübt. Neben den neuen Stiefeln hatte Dyer Leandro eine Angel mit monofiler Schnur gekauft. Leandro freute sich wie ein Kind darüber, doch zum Üben bestand Dyer darauf, dass er die längere Bambusangel seines Vaters benutzte.

Er stand neben Leandro im Wasser und erinnerte ihn daran, die Angel als Hebel zu benutzen. Nachdem Leandro die Angel ein paarmal ausgeworfen hatte, befestigte er eine Kite Imperial Größe 14.

»Um eine Äsche zu fangen, benutzt du eine kleine Fliege.« Dyer hörte die verrauchte Stimme seines Vaters in seiner eigenen, während er Leandro erklärte, dass Äschen auf ganz eigene Art fressen. »Sie kommen hoch vom Flussbett und schnappen in einer anderen Bewegung als Forellen nach der Fliege, die sich seitlich nähern und dann blitzschnell den Kopf wenden.« Er reichte seinem Sohn die Angel.

Leandro warf sie mehrmals falsch aus, bis die Leine richtig im Wasser landete. Beim nächsten Mal verfing sich die Leine im Schilf. Dyer watete hinaus, um sie zu holen. »Nicht verzweifeln! Du kannst nicht alles an einem Tag lernen.« Er erinnerte ihn daran, wie er sich anfangs beim Rugby angestellt hatte.

Stunden vergingen. Als es aufhörte zu regnen, gelang es Leandro besser, die Angel auszuwerfen. Er war sich ziemlich sicher, dass zweimal etwas an der Leine gezogen hatte.

Am Nachmittag aßen sie am Ufer ein spätes Mittagessen, Sandwiches vom Gasthaus. Der Wind wehte durch das hohe feuchte Gras. Eine Schar Tauben landete auf einem Baum und flog wieder davon.

Nach dem Mittagessen sprang Leandro auf die Füße – er wollte unbedingt seine Carbonangel ausprobieren. Dyer baute sie für ihn zusammen. Dann ließ er seinen Sohn bei den Steinen im Wasser zurück und ging mit seiner Bambusangel ein Stück flussaufwärts zu einer Stelle, die im Schatten der Bäume lag, von wo er Leandro jedoch immer im Blick hatte. Er wollte eine Weile allein sein, Inventur machen.

Nach einem Morgen am Fluss hatte Dyer nicht mehr das unangenehme Gefühl, beobachtet zu werden, das ihn belastet hatte, seitdem Marvar bei ihm übernachtet hatte. Auch Leandro schien ruhiger. Mr Tanner hatte schnell reagiert und ihn ein neues Passwort für das Computersystem der Schule wählen lassen; auf Dyers Rat hin hatte er sich für eine Zeile aus »Präludium« von Wordsworth entschieden und keine unheimlichen Mails mehr bekommen.

Hier, weit weg von Oxford, konnte Dyer sich besser konzentrieren und darüber nachdenken, was er mit Marvars Zettel tun sollte.

Noch drei Tage bis zu seiner selbst gesetzten Deadline. Das Buch war bis zum nächsten Dienstag für ihn reserviert, und dann musste Dyer eine Entscheidung fällen. Sollte er die Formel im letzten Kapitel lassen, bis ein unbekannter Leser sie finden – und zweifellos wegwerfen würde? Sollte er Marvars Zettel in ein neues Buch stecken, und dann wieder in ein anderes? Oder sollte er ihn einer anderen Person in die Hand drücken?

Die Deadline war natürlich absolut subjektiv, eine Stunde null, die ebenso wenig Bedeutung hatte wie die Risse im Asphalt, auf die Dyer nicht trat, doch für seine abergläubische Seite war es einer der wichtigsten Termine seines Lebens.

Dyer schaute auf den Hodder, als wüsste der Fluss die Antwort.

Dann ließ er den Blick zur Mitte des Wassers schweifen und folgte seinem Verlauf bis zu den Hügeln. Der Fluss wand sich seit Menschengedenken durch das Tal. An seinem Ufer hatten er und sein Vater die Asche seiner Mutter ins Wasser gekippt. Einen intensiven Moment lang fühlte sich Dyer von der Landschaft aufgenommen, darin verankert.

Aus dem Schilf flog ein Gänsesäger auf, Wasser tropfte. Dyer überlegte, welchen Köder er benutzen sollte. Dann öffnete er die Fliegenbüchse, deren Inhalt einer von Updarks Männern durcheinandergebracht hatte. Er dachte an seinen Vater, der zu ihm gesagt hatte: »*Du brauchst nur die Schwanzfeder eines Fasans und ein Stück Kupferdraht, möglichst dunkelbraun, aus einem alten Transistorradio, und ein paar braune Wollfäden.*« Sein Vater hatte nicht in Zeiten von Laptops, Handys und Datenschnüffeleien gelebt.

Nirgendwo sonst konnte er sich seinen Vater so gut

vorstellen. Nur an einem Flussufer kehrte er zurück, in den Hundstagen nach dem Tod seiner Mutter; er saß im Schneidersitz im Gras, einen blauen Filzhut auf dem Kopf und rauchte eine Zigarette nach der anderen, seine wässrigen grünen Augen und den Zeigefinger zum blauen Himmel erhoben, wenn Schwalben über ihren Köpfen flogen, und erzählte von männlichen Singvögeln.

Von seinem Vater hatte Dyer das Angeln gelernt. Wie man einen Knoten macht und die Leine befeuchtet, welchen Köder man benutzt, wo man nach Fischen schaut. Am Hodder und dann an anderen Flüssen und Seen brachte ihm sein Vater Geduld und Respekt bei und dass die einzige Möglichkeit, beim Angeln erfolgreich zu sein, darin bestand, unsichtbar zu werden. Um eine Chance zu haben, einen so leicht erregbaren Fisch wie eine Forelle zu fangen, hatte ihm sein Vater eingetrichtert, musste er in seine Umgebung eintauchen, zu einem ruhigen und stillen Schatten werden, bis er von der Forelle nicht mehr zu unterscheiden war.

Es war eine Lektion, die Dyer versucht hatte, auf seine derzeitige Situation zu übertragen, um seine Jäger von seiner Fährte abzubringen.

Eine Forelle zu fangen war jedoch nur ein Teil der Sache. Das Angeln schärfte das Gedächtnis und die Wahrnehmung, sodass man Verbindungen bemerkte, die einem sonst vielleicht entgangen wären. Später übertrug Dyer diese Lektion auf den Journalismus. Als junger Reporter stellte er fest, dass nahezu alles am Fliegenfischen, von der Auswahl des Köders bis zu der Art und Weise, wie er die Leine auswarf, etwas mit seiner Prosa gemein hatte: Es offenbarte seinen Charakter – obwohl alles paradoxerweise auf den Versuch hinauslief, ebendiesen Charakter zu verbergen.

Vor allem aber lernte er, dass noch die kleinste Äsche, die er aus dem Wasser zog, ein wahres Bild war, ein wahrheitsgemäßer Satz, ein winziger Teil einer größeren Wahrheit. Ein lichtbeschienener Muskel und ein aufgerührtes Leben, die den Angler mit dem Universum verbanden.

Obwohl er die Angel seines Vaters im Flur stehen ließ als Erinnerung an etwas, was er beabsichtigte zu tun, hatte er bislang in England nicht gefischt. Er hatte im Piabanha in der Nähe von Petrópolis geangelt, im Paraná weiter im Norden und im Amazonas – von störgroßen *peixe*, deren perlenfarbene Schuppen so groß waren wie das Portemonnaie einer Frau, bis zu winzig kleinen blauen Beilfischen, die aussahen, als wäre ein Eisvogel ins Wasser getaucht und hätte sich aufgelöst. Doch seit Astruds Tod hatte er die Angel kaum mehr in die Hand genommen und kein einziges Mal mit Fliegen gefischt.

Er entschied sich für eine weiße Klinkhammer und befestigte sie. Er schritt das Ufer ab: seine ungeduldige, hektische, blinde, laute Gestalt war ein schlagendes Argument gegen die Eigenschaften, die nötig waren, um einen Fisch zu angeln. Sein Ziel an diesem Nachmittag war so schlicht wie beim ersten Mal, als er als Teenager hierhergekommen war. Zu werden, was er normalerweise nicht war, und in diesen meditativen Zustand zu gelangen, in dem seine Gedanken vom Fluss fortgetragen wurden – bis sein Kopf gereinigt und bereit war, Verbindungen herzustellen; zuzuschlagen, etwas herauszuziehen.

Er stellte sich auf einen Felsen und warf die Leine flussaufwärts aus. Die weiße Fliege war schwer von den Blasen und dem Schaum zu unterscheiden. Er musste die Angel anheben und die Fliege zurückziehen, bis sie auf der Oberfläche trieb. »*Das Geheimnis ist Konzentration. Gehirn, Muskeln, Ohren, Augen müssen koordiniert arbeiten. Das kann man jemandem nicht beibringen.«* Unter den abergläubischen Vorstellungen, die sein Vater an ihn weitergegeben hatte, war die Idee, dass man sich beim Angeln auf die Fliege konzentrieren musste, bis sie ihn in eine andere Welt mitnahm.

Dyer warf die Angel immer wieder aus. Es war wie ein Gebet. Jedes Mal warf er die Leine ins Unbekannte, bis er statt eines hüpfenden weißen Punktes auf dem Wasser ein Auge sieht, das ihn mustert.

Er schaut in das Auge. Dieses Auge – leidenschaftslos, sachlich – schätzt ihn als den ein, der er ist, und nicht nach einem Geheimnis, das er in einem Buch in der Bibliothek versteckt hat. Rougetel hebt die Kerze an ihr Gesicht.

Dyer starrt vor sich hin, während eine Erinnerung die nächste auslöst.

Die griechische Insel Kythera. Seine ersten langen Ferien. Erst ein Jahr später sollten sie sich vor dem Molesey Bootsclub begegnen.

Dieses Treffen findet auf dem Platz von Banda Landra statt und wurde vorausgeplant, als sie feststellten, dass sie beide im August in Griechenland sein werden.

Dyer hört seinen Namen, dreht sich um und sieht, wie ihm ein Motorradfahrer zuwinkt. Als er den Helm abnimmt, kommt ein sommersprossiges Gesicht mit einem Grübchen im Kinn zum Vorschein. Rougetel.

Er verbringt ein Jahr im Ausland und unterrichtet an der örtlichen Schule. Er ist unterwegs zu einer kleinen Kapelle mit byzantinischen Fresken, die normalerweise verschlossen ist. Der Pfarrer – seine Nichte ist Rougetels Schülerin – hat ihm den Schlüssel gegeben. »Warum kommst du nicht mit?«, sagt er zu Dyer.

Nach einer kurzen Fahrt über eine steinige Straße gelangen sie zu einer Ansammlung pilzfarbener Dächer. Im Inneren niedrige Tonnengewölbe und bröckelnde Wände mit Heiligen in verblassten Rot- und Blautönen. Rougetel zündet eine Kerze an, um sich ihre abblätternden Züge anzusehen. Ein von Mehltau befallenes Fresko der Madonna zieht ihn unwiderstehlich an. Dyer findet es beunruhigend grob, flache Farbflecken zur schlichten Gestalt einer jungen Frau arrangiert. Doch Rougetel sieht sie anders. Dyer nähere sich der Madonna auf falsche Weise, er müsse sich zurückversetzen in den Kopf eines John Dyer im 13. Jahrhundert, eines jungen Mannes, der die Jungfrau nicht bloß als figurative Darstellung gesehen habe, sondern eher als einen zweiseitigen Spiegel – ihre Augen die Gucklöcher in eine andere Dimension, aus der sie selbst herausschaue. In der Kapelle erklärt ihm Rougetel in ehrfürchtigem und zugleich aufgeregtem Tonfall, dass er und Dyer sehen und auch gesehen werden. »Du glaubst, dass du sie anschaust. Doch tatsächlich«, er hebt die Kerze höher, um ihm zu zeigen, dass das Weiß in ihren Augen – eine Mischung aus zerriebenen Hühnerknochen und geklärtem Fischleim – erhaben ist, um das Licht einzufangen, »sieht sie auch dich an.«

Der Wind spielte mit der Leine. Er zog sie ein. Die sechs Stunden am Flussufer hatten seinen Kopf gereinigt. Am meisten liebte er am Angeln eine Eigenschaft, die es mit Lesen und Schreiben gemein hat: Es bündelt die Gedanken, während es sie zugleich entlässt. Es ging weniger darum, einen Fisch zu fangen, als den Angler zu befreien.

Hier an diesem Stück des Hodder beobachtete ihn niemand. Hier war er der Jäger. Zum ersten Mal seit Tagen fühlte sich Dyer bei sich selbst.

Er warf die Leine erneut aus, und eine Forelle schnappte

nach seinem Köder, doch er war auf Äschen eingestellt und zog zu rasch an der Leine.

Schließlich fing er eine kleine braune Forelle mit Pilzflecken, als hätte sein Haken sich im Mund von Updark verfangen.

Er warf sie zurück ins Wasser und wollte gerade zu Leandro zurückgehen, als der Bauer vorbeikam. Lange Zähne wie eine Hexe im Märchen, aber freundlich. Er habe gesehen, wie Dyer seinem Jungen das Angeln beibrachte. »Sie fangen gerade rechtzeitig an.« Er grinste. Er habe beobachtet, wie Eisvögel ihren Jungen beibrachten, Fische zu fangen und ihnen auf den Steinen die Köpfe einzuschlagen.

Leandro hatte zwar noch dreimal ein Ziehen gespürt, aber nichts gefangen. Dyer freute sich, dass ihn die Erfahrung nicht entmutigt hatte, im Gegenteil. Sie aßen früh in der Bar zu Abend und gingen wieder hinaus.

Im schwindenden Licht führte Dyer seinen Sohn zu einem großen Wasserbecken unterhalb des Gasthauses. Sie hörten, wie ein Fisch zurück ins Wasser sprang, das Wasser kräuselte sich, und es bildeten sich Blasen auf der Oberfläche.

Meerforellen kamen nicht vor Mai oder Juni. Es war vermutlich ein Lachskelt oder ein Bachsaibling, die nicht zum Meer geschwommen waren, erklärte er Leandro leise. Sie standen reglos und schweigend da, horchten auf einen weiteren Platscher.

Zwischen den steilen Ufern ähnelte der Hodder, dessen Wasser so dunkel war wie kalter schwarzer Kaffee, einem Fluss, aus dem eine Hand auftauchen konnte, um nach einem Schwert zu greifen.

Als wieder Stille herrschte, wateten sie durch das flache

Becken und gingen hintereinander am jenseitigen Ufer entlang, hielten die Angeln parallel zum Boden. Nachts waren die Geräusche lauter, die Schritte, das Rascheln einer Wassermaus, die aus ihrem Bau kam. Flussaufwärts ein silberner Blitz, ein Fisch sprang aus dem Wasser und tauchte wieder ein.

Leandro wollte sofort die Angel auswerfen, aber Dyer hielt ihn davon ab. »Wenn man eine Forelle springen hört, musst du fünf Minuten warten. Du wirst sie nicht fangen, wenn du zu schnell auswirfst.«

Wieder standen sie reglos am Ufer. In der Mitte des Beckens ragten Felsen heraus, über und um die das Wasser wirbelte und schimmerte. Nach einer Weile nickte Dyer. Schritt für Schritt näherten sie sich der Stelle, wo sie den Fisch gesehen hatten.

Vorsichtig watete Leandro weiter ins Wasser. Dyer erklärte ihm flüsternd, wie man nachts angelte. »Geh nicht weiter. Hab Geduld.«

Der Himmel über ihnen war schwarz. Die überhängenden Ahornbäume und hohen Ufer bildeten die Schlucht, die das meiste Licht der Sterne blockierte. Leandro begann, die Angel auszuwerfen, die Leine mit der Fliege zischte.

Dann tauchte ein Glühen am Himmel auf. Dyer sah zu, wie der fast volle Mond zwischen den Bäumen aufging. Mondlicht auf dem Wasser, die Leine blitzte phosphoreszierend auf. Die Strömungen bildeten Schatten auf der Oberfläche wie das Gitterwerk im Beichtstuhl von Nossa Senhora da Candelária. Hier hatte Dyer das Gefühl, dass er Leandro sagen konnte, wie sehr er ihn liebte, dass er ihn mit seinem Leben beschützen würde.

Ein leichtes Ziehen. Leandro hatte etwas am Haken. Er holte die Leine zu schnell ein, doch die Angel bog sich und bebte, und Leandro rief: »Ich hab einen!« Dann sah Dyer eine Welle auf dem Wasser. Die mondbeschienene Oberfläche kräuselte sich, als kleine erschrockene Fische flüchteten. Etwas zerrte heftig an der Schnur, die Angel bog sich nicht mehr und die Leine wurde schlaff.

Niedergeschlagen holte Leandro sie ein, die Hälfte eines kleinen Junglachses hing daran.

Dyer schaltete seine Taschenlampe aus. »Ein Lachs – oder ein Kaulbarsch oder vielleicht eine wilde Bachforelle …«, sagte er. Ein Fisch war aus den dunklen Tiefen nach oben geschossen und hatte den Junglachs in der Mitte durchgebissen. »Das Lieblingsfressen einer großen Forelle ist eine kleine Forelle.«

Er wusste, was sein Sohn empfand, und versuchte, Leandro zu trösten, indem er ihm erzählte, wie er weiter flussaufwärts eine zweipfündige Forelle verloren hatte. Er hatte sie über eine Felsplatte eingezogen, und die Leine war gerissen. Und er hatte zusehen müssen, wie die Forelle über den Felsen zurück in den Fluss geglitten war.

Leandro ließ sich davon nicht trösten.

Schweigend kehrten sie zum Gasthaus zurück. Die Lichter der Zimmer hingen schwerelos zwischen den Bäumen. Irgendwo schrie eine Eule.

Dyer blieb stehen. Er legte die Hände an den Mund und antwortete mit einem Eulenschrei. Er war nie wie sein Vater in der Lage gewesen, einen Hasen in Not nachzuahmen, doch einst war er als Eule durchgegangen.

Kurz darauf hörten sie zu Leandros unerwarteter Freude tief aus dem Wald einen zweiten Schrei. Dyer schrie noch einmal. Die Eule antwortete, diesmal war sie näher.

Dyer ging weiter, schrie noch mehrmals, als plötzlich Blätter raschelten und eine große Schleiereule auf einem zwanzig Meter entfernten Ast landete, gefolgt von zwei weiteren großen Eulen und einer kleinen, die alle ernst auf den Hochstapler in ihrem Territorium hinunterschauten. Da ging Dyer die Luft aus, und Leandro kicherte.

Erst spät am Sonntagnachmittag fing Leandro einen Fisch.

Er stand unterhalb des Gasthauses im Hodder und versuchte, einen Junglachs oder Saibling zu angeln, den er dort am Vorabend springen gehört hatte.

Nach vierzig Minuten watete er ans Ufer und ging dort entlang bis zu einem Leitungsrohr, das in den Fluss ragte. Er stand auf dem Gras über dem Rohr und warf die Angel aus. Sofort spürte er ein kaum wahrnehmbares Ziehen.

Etwas zitterte. Die Leine vibrierte und spannte sich.

»Dad!«

»Halt die Leine gespannt.«

Die Spule leerte sich.

»Halt die Angel hoch.«

Er stand neben seinem Sohn.

»Jetzt hol sie ein.«

Leandros Finger klammerten sich an den Korkgriff. Mit der linken Hand begann er die Kurbel zu drehen. Auf seinem Gesicht der unfreiwillige Ausdruck eines Kindes, das Cello spielt.

»Gut so.«

Unglaublich konzentriert holte Leandro die Leine ein.

Dyer stolperte über einen Baumstamm im Wasser, beugte sich vor und schob das Netz über die Schwanzflosse und holte den Fisch aus dem Wasser.

»Hab ihn!«

Kein Lachs, sondern eine Bachforelle. Noch dazu eine große.

Dyer kam aus dem Wasser, legte das Netz auf den Boden, langte hinein, schob die Hände unter den Fisch und hielt ihn hoch, so wie er Leandro gehalten hatte.

Dann legte er ihn ins Gras und entfernte den Köder. Die Forelle schien im Netz gewachsen zu sein. Sie war größer, als er zuerst gedacht hatte – drei, vier Pfund, mit einem schönen goldenen Bauch.

Leandro neigte sich vor. Dyer legte den Arm um ihn und zog ihn an sich, wünschte, dass Leandros Großvater diesen Moment miterleben könnte. »Das ist ein guter Fisch. Wenn du Pech hast, angelst du dein ganzes Leben nicht so einen.« Er hatte keine Ahnung, was er da von sich gab. Er freute sich, für sich, für seinen elfjährigen Sohn. »Ich bin sicher, wenn wir ihm den Bauch aufschneiden, finden wir den halben Junglachs darin.«

Leandros Miene, er wusste nicht, ob er lachen oder weinen sollte.

»Was soll ich damit tun?«, fragte er mit zittriger Stimme. Auf Portugiesisch. Sein erster Fisch.

»Du kannst ihn mitnehmen und morgen zum Frühstück braten, wenn du willst.«

»Was würdest du tun?«

»Ich?« Dyer erinnerte sich an seinen Vater, der damals gesagt hatte: *»Das beste Angelerlebnis ist, einen Fisch zu fangen. Das zweitbeste ist, einen Fisch freizulassen.«* Er schaute auf die Forelle. Sie war gepunktet wie ein Leopard, der Bauch und die Flossen golden. Auf dem Weg neben dem Kanal blieb er manchmal stehen und unterhielt sich mit den Anglern, die Schleien fischten. Einst hatte er alle Fische fangen wollen. Dann nur noch die größten. Jetzt war er wie sein Vater. Er wollte sie wieder freilassen, vielleicht stellvertretend für sich selbst.

»Was ich jetzt tun würde, hätte ich in deinem Alter nicht getan.«

Leandro nahm den Fisch mit beiden Händen auf, eine aus dem Stein gezogene blitzende Klinge. Einen Augenblick lang war Dyer überzeugt, dass Leandro sich dafür entscheiden würde, sie zu behalten, doch plötzlich drehte sich sein Sohn um und beugte sich zum Wasser hinunter.

Die Schwanzflosse richtete sich aus, ein Zittern und ein Stoß, und dann schwamm die Forelle über die Steine in den Fluss.

32. KAPITEL

Es wurde dunkel, als sie zum Gasthaus zurückkehrten. Jenseits des Flusses schweifte das Scheinwerferlicht eines Wagens über die Bäume, färbte die höchsten Äste orange, tauchte ab und erlosch.

Leandro ging neben ihm, sprach über die Aufregung der letzten Stunde. Die Forelle zu fangen, sie wieder freizulassen. Das Erlebnis stand neben dem Tor gegen Horris Hill ganz oben auf der Liste und verdrängte den Hund aus seinen Gedanken.

Ein großer silberfarbener Mercedes stand auf dem Parkplatz. Sie gingen daran vorbei und in die Lobby, stellten die Angeln hinter der großen Eingangstür aus Eiche ab. Leandro lief nach oben, um zu baden, Dyer blieb stehen, um einen Blick in die Zeitungen zu werfen.

Das Wort Iran stand in allen Schlagzeilen. Dyer nahm eine Ausgabe der *Times* und ging damit in die Bar. Er wollte gerade einen Drink bestellen, als er ein vertrautes Lachen hörte.

Langer Kopf, schiefergraues Haar, vorstehender Unterkiefer. Er saß auf einem Barhocker, trug ein grünes Polohemd und unterhielt sich mit dem bärtigen Mann.

Dyer zögerte – sollte er sich zurückziehen? –, als der Blick »unseres örtlichen Raubtiers«, wie Miranda ihn nannte, auf ihn fiel.

»Jean Dyer.«

»Gilles Asselin.«

Wie hatte Gilles ihn gefunden? Nur Paula wusste, wo er war. Die Freude, die er verspürt hatte, ging unter in dem Gefühl, dass es kein Zufall war.

Gilles umarmte ihn, ließ ihn wieder los. »Craig hier hat mir gerade erklärt, wie man Kornweihen mit einem Nachtsichtgerät fängt …«

»Hoffentlich kommt dir der Vogelschutzbund nicht in die Quere«, sagte Dyer. »Sie sind eine mächtige Lobby.« Er zog einen Hocker heran. »Silvi und Pierre?«

»Sind in Oxford.«

»Was bringt dich nach Browsholme – abgesehen von Raubtierpolitik?«

Gilles ließ die Finger flattern, als hätte er Eis berührt. »Geschäftsinteressen.«

»Ich habe versucht, dich anzurufen.«

»Silvi hat es mir gesagt. Ich war weg.«

»Du warst eine ganze Weile weg.«

»Ich habe ein kleines Problem. Was trinkst du?«

»Ich wollte gerade ein Alster bestellen.«

Gilles nickte dem Barkeeper zu, der ihm sofort mit ungewöhnlichem Diensteifer seine Aufmerksamkeit zuwandte. Gilles sah nachdenklich zu, als er das Getränk mischte. »So was habe ich noch nie getrunken.«

»Ich habe es das letzte Mal getrunken, als ich hier war.«

Er sah Dyer an. »Du warst schon einmal hier?«

»Mehrmals, mit meinem Vater.«

Gilles sagte zum Barkeeper: »Machen Sie zwei davon.« Er zahlte für die Getränke, ließ seinen Malzwhisky auf der Theke stehen, sprang auf und richtete sich zu seiner vollen Größe auf. »Warum gehen wir nicht rüber, dort ist es wärmer.«

Sie gingen in den Nebenraum. Im Kamin brannte ein Feuer, die Tische waren für das Abendessen gedeckt.

Sie setzten sich in eine Ecke, und Gilles sagte: »Du hast Glück gehabt, dass du ein Zimmer gekriegt hast. Craig hat gesagt, dass eine Hochzeitsgesellschaft alle Unterkünfte gebucht hat.«

»Dann wird er dir auch erzählt haben, dass die Tante der Braut auf der Fähre von Irland gestorben ist und deswegen die große Feier abgesagt wurde und nur eine kleine Zeremonie stattgefunden hat.«

Gilles nickte. Er wäre gern über Nacht geblieben, aber er musste Pierre am nächsten Morgen zu einem Fußballspiel fahren. »Ich muss sagen« – er schaute sich anerkennend um – »dass es ein magischer Ort ist, um jemand Besonderen einzuladen. Ich muss mit Silvi kommen.« Er lächelte Dyer an. »Und du. *Comment va ta petite amour*?«

»Mit wem?«

»Komm schon, Jean. Bei mir musst du dich nicht zurückhalten. Fangen wir mal mit Miranda an, *pourquoi pas*?«

Dyer lachte wie ein Mann, der an etwas anderes dachte, während er einem Saibling den Köder aus dem Maul zog. »Ich habe Miranda seit eurem Abendessen nicht mehr gesehen.«

»Ich bin enttäuscht. Jammerschade.«

»Aber ich habe ihr eine Bücherliste geschickt.« Das habe ihm Silvi sowieso schon erzählt.

»*Tiens*, das ist alles?« Gilles schüttelte den Kopf. »Du solltest mit ihr ausgehen. Ich habe zu Silvi gesagt, dass sie dein Typ ist. Ihr zwei würdet euch verstehen. Sie ist nicht so … so …« Er schnalzte mit den Fingern.

»Was ist sie nicht?«

»Russisch«, sagte Gilles und kicherte.

Der schlaue Gilles. Aber Dyer musste schlauer sein.

»Nein«, sagte er. »Das ist sie nicht.«

Das ist alles? Wusste Gilles von dem dicken Brief? Dyer verdrängte den Gedanken. Gilles tat alles instinktiv. Er tat, was jeder gute Hexendoktor tat, er machte dich glauben, er wüsste alles über dich.

Gilles sah ihn gierig an. »In Russland sagen sie, wenn jemand lächelt, ist er entweder dumm oder er lügt.«

»Ich war noch nie in Russland.«

Sie umkreisten einander.

Eines Abends hatte Dyers Vater ein Spiel gespielt. Er studierte die Gesichter an der Bar und entschied dann, zu welcher Art sie gehören würden, wären sie Fische. Bis jetzt hatten die Sportplätze von North Oxford als Tarnung für Gilles gedient. Eine geknebelte Stimme in Dyer hatte versucht, ihm einzutrichtern: *Vertraue nie einem Mann, der Bilder von sich selbst auf einem Podium zeigt.* Doch Pierres Vater hatte sich überwiegend erfolgreich unter die anderen Väter am Spielfeldrand gemischt; er war nur einer in einem Rudel ununterscheidbarer Raubtiere.

In diesem Flusstal war Gilles Asselin jedoch in den Vordergrund geschwommen: Er hatte den in die Länge gezogenen Kopf und die Aggressivität eines *Esox lucius.* Seine Art ist langlebig, seine Kiefer haben sich in der Kreidezeit entwickelt. Wie der Amur-Hecht hat er mehrere Eiszeiten überstanden, war Bäche und Flüsse hinuntergeschwommen, von Oxford nach Moskau, über den Himalaja nach Peking und durch die Ozeane nach New York und Montreal.

Er sah Dyer mit seinen Hechtaugen an. »Weißt du, Jean, den Russinnen würde ich im Augenblick nicht zu nahe kommen.«

Dyer sagte sachlich: »Wem würdest du nahekommen – abgesehen von Estinnen natürlich?«

Gilles trank einen Schluck Alster, stellte das Glas wieder ab. »Da ich Frankokanadier bin, den Amerikanerinnen vielleicht.«

»Was, Bonnie Cubbage?«

»Die liebe Bonnie.«

»Ich bin nicht gerade wild auf Evangelikale.«

»Das schließt Araberinnen aus.«

»Und wahrscheinlich auch Israelinnen.«

»Schade. Sie sind so attraktiv mit ihren geraden Rücken. Der Militärdienst. Wie wäre es mit einer Perserin?« Er wartete auf Dyers Antwort.

»Scheherazade zum Beispiel?«

»Peut-être, peut-être.« Er sah ihn hart an. »Oder Shula Marvar.«

»Übrigens«, sagte Dyer unbeeindruckt, »ich wollte wegen ihres Mannes mit dir sprechen. Ich war vielleicht die letzte Person, die ihn gesehen hat.«

»Nicht ganz.«

Dyer schaute Gilles an.

»Hat Silvi es dir nicht gesagt? Jemand anders hat Marvar nach dir noch gesehen.«

»Wer?«

Gilles nahm einen Salzstreuer vom Tisch und spielte damit. *»Moi.«*

Bei seiner morgendlichen Joggingrunde am Sonntag war er an der Phoenix vorbeigelaufen. Er sah Marvar am Rand der Sprunggrube sitzen, ein Buch in der Hand. »Er trug einen Anzug, als wollte er in die Kirche gehen.« Als er Gilles bemerkte, stand er auf und winkte ihm widerstrebend.

Gilles wusste nicht, ob diese Begegnung etwas mit Marvars unangekündigtem Auftauchen bei den Asselins drei Stunden später zu tun hatte. Gilles war nicht zu Hause, er war zum Markt gegangen, um Käse zu kaufen. Marvar war, wie Dyer sicher wusste, unerwartet früh gekommen, um Samir abzuholen. »Er schien es ungeheuer eilig zu haben.«

»Was glaubst du, ist mit ihm passiert?«

Gilles stellte den Salzstreuer ab. Er streckte die rechte Hand und bog einen nach dem anderen die Finger zurück. »Die Wahrheit ist, dass ich es genauso wenig weiß wie du. Aber ich würde es gern herausfinden. Glaub mir, Jean, ich würde es gern herausfinden.«

Er würde Dyer nicht beleidigen und um den heißen Brei herumreden. Freunde beim Geheimdienst, um deren Investitionen er sich kümmerte, hatten Gilles darauf aufmerksam gemacht, dass Marvar möglicherweise Informationen besaß, von denen Gilles profitieren könnte – von denen sie alle profitieren könnten, wenn Marvar noch am Leben war.

»Geschäfte kennen keine Ländergrenzen, ebenso wenig wie Geheimdienste.«

Ein unwiderstehliches Gerücht machte die Runde in abhörsicheren Räumen von Milbank bis Riad: Ein unbekannter junger Physiker aus dem Iran hatte am Clarendon ein Experiment durchgeführt, das die Zukunft der Energieversorgung völlig verändern würde.

»Das Abendessen, bei dem auch Miranda war? Erinnerst du dich an Ralph Cubbage? Er blieb noch, nachdem alle gegangen waren, ich habe natürlich angenommen wegen meines alten kubanischen Rums, aber nein, er hat mir eine Geschichte erzählt, die ich höchst interessant fand. Ich bin neugierig, ob du sie für genauso interessant hältst wie ich.«

Der Vorfall, den Cubbage beschrieb, hatte sich früh am Morgen des Tages ereignet, als bei den Asselins das Abendessen stattfand. »Er ging ihm nicht aus dem Kopf«, sagte Gilles.

Wie es seiner tatkräftigen Gewohnheit entsprach, war Cubbage als Erster im Clarendon. Er schloss die Tür zum Labor auf und war sofort alarmiert. »Seinen wachsamen Augen entging nicht, dass jemand ein Experiment durchgeführt und das Labor eilig verlassen hatte.«

Merkwürdige Sandpartikel in der Zielkammer. Auf dem Betonboden eine einzelne Zirkoniumprobe.

»Als Ralph die Probe sicherstellte, überlegte er, wer von den acht Mitarbeitern sie fallen gelassen haben könnte. Am Abend zuvor hatte Professor Whitton sie zum Essen ins Magdalen Arms eingeladen, doch der Physiker aus Teheran hatte sich entschuldigt.

Ralph loggt sich in die Kameras ein und sieht, dass sie zum letzten Mal um 19.32 Uhr am Vorabend in Betrieb waren. Die Details sind wichtig.

Doch das Faszinierende ist, dass die Daten des Experiments in beiden Kameras gelöscht waren.

Er schöpft Verdacht. Er schaltet den neuen Neutronenaktivierungsdetektor ein, der für beträchtliche Kosten erst im Januar installiert worden ist, dank einer Spende aus Berkeley. Ralph hatte den biometrischen Zugangscode kurz nach seiner Ankunft hier selbst implementiert – er hat kein großes Vertrauen in Clarendons Sicherheitssystem, sagt er.

Die Ergebnisse sind so merkwürdig, dass er die Systemprotokolle überprüft. Sie zeigen einen gescheiterten Versuch, die Dateien zu löschen. Der nicht autorisierte User verfügte nicht über das Privileg des Administrators, das zu tun.

Ich denke, wir können uns beide das Gesicht des Mannes vorstellen. Unrasiert, panisch drückt er fieberhaft auf Knöpfe und Tasten, um die Spuren seines Tests zu vernichten. Ralphs erster Gedanke: Er hat das Motherboard blockiert – deswegen ist er auf und davon. Aber nein, es ist nicht blockiert.

Ralph schaut länger auf das Anzeigenfeld, die Zahl darauf, und sein Ärger vermischt sich mit enormer Verwirrung. Denn wie immer er es zu erklären sucht, das Ergebnis ist immer dasselbe, und das beschäftigt ihn seither.

Die Zahl misst den radioaktiven Zerfall, aber was die Zahl nahelegt, ist unmöglich, ergibt keinen Sinn. Ergibt einfach keinen Sinn. ›Außer‹, sagt Ralph, ›der Idiot hat die Gesetze der Physik umgeschrieben.‹«

»Ich habe nur Ralphs Wort«, sagte Gilles streng, »aber ich vertraue ihm. Wenn stimmt, was Ralph zu glauben scheint, dann wären sofort mehrere Dinge in diesem Raum überholt – die Lampe, das Feuer, der Heizkörper – und nicht nur in diesem Raum.

Kommerziell gesprochen – meine Muttersprache, wie du mal gesagt hast« – er zählte wieder mit den Fingern ab – »könnte es mehr wert sein als Google und Facebook und Apple zusammen, multipliziert mit mindestens einer Million.«

Gilles hatte die letzten Tage unablässig damit verbracht, Marvar zu finden. Zum einen, um sich zu vergewissern, dass die Geschichte von seinem Experiment stimmte; zum anderen, wenn sie stimmte, ihm einen Vorschlag zu machen, wie mit seiner Entdeckung weiter zu verfahren sei. Doch trotz seiner verzweifelten Anstrengungen hatte Gilles ihn nicht finden können.

»Was soll Marvar denn erfunden haben?«

Gilles lachte. »Ah, Jean, immer die neugierige Unschuld. Die größte Bedrohung für einen ehrgeizigen Geschäftsmann ist ein ehrlicher Mann. Vielleicht mag ich dich deshalb. Im Moment gibt es die Entdeckung nur in Form von

Information. Aber Information, soweit ich es verstehe – *pour faire une histoire courte* –, die ihrem Besitzer gestattet, das Experiment immer wieder zu wiederholen und ihn reich und mächtig zu machen. Nein, nein, ich will es anders ausdrücken. Zur reichsten und mächtigsten Person, die du dir vorstellen kannst.«

»Wie das?«

Gilles sah ihn prüfend an. »Ich sage es dir, nicht weil es dich interessiert, das tut es nicht, sondern weil es leicht herauszufinden ist.«

In einem Tonfall, der Gilles wieder in die Vorstandsetage zurückführte, fuhr er fort: »Die Geschichte wiederholt sich. Warum? Weil wir uns nicht weiterentwickeln. Wenn du eine revolutionäre, supereffiziente Möglichkeit gefunden hättest, den Preis für ein Kilowatt Strom auf zwei Pence zu reduzieren und sie, sagen wir, in China billig zu produzieren, wie würdest du am besten vorgehen? Du würdest für eine Verknappung von Brent- und WTI-Öl-Futures-Papieren sorgen, sagen wir für sieben Tage, und dann würdest du bei einer bekannten industriellen Quelle etwas durchsickern lassen, was sich wiederum auf die Volatilität der Energiepreise auswirkt, dich zurücklehnen und zusehen, wie die Weisheit der Menge übernimmt. Denn sobald die Erfindung draußen ist, will jeder ein Stück davon abhaben. Zwei plus zwei ist immer noch vier, Jean, sogar heute noch. Die Flutwelle der Panik wird Chaos bei Energiewertpapieren anrichten, wenn die Hedgefonds Positionen von konventionellem Öl und Gas abstoßen. Der Leverage-Effekt durch Futures könnte höher als hundert zu eins sein.«

Gilles hatte recht. Dieses Gerede über Geld und Macht war wie eine fremdländische Währung für Dyer, wie die Banknoten an der Decke des *Bookbinders*. Marvar hatte das Geheimnis der Tiefe erforscht, Sterne im Flussbett gesehen. Was hatte Gilles gesehen? Vaz de Caminha berichtete, wie ein portugiesischer Kapitän geduldig einem Tupi-Älteren zuhörte, der sprach »ohne dass ihn jemand verstehen konnte oder er uns«. Und wie so oft, wenn er sich mit Gilles unterhielt, verstand Dyer nichts.

»Wie schmeckt dir das Alster?«, fragte Dyer.

Gilles ließ nicht locker. Er wusste, dass er Dyer langweilte, aber er ließ sich nicht ablenken. Er sprach zu einem internationalen Publikum von Bankern und Brokern und nicht zu Dyer, der ihm gegenüber an einem wackligen Tisch aus Teakholz saß, gedeckt für eine Mahlzeit, die keiner von beiden vorhatte, zu sich zu nehmen.

»Was ich von dir wissen will, Jean, ist Folgendes: Hat Marvar tatsächlich so eine Erfindung gemacht? Wenn ja, wo ist der Beweis? Ich brauche den Beweis. Einen konkreten Beweis.« Seine Finger fassten wieder nach dem Salzstreuer.

»*Mon cher* Ralph ist davon überzeugt, dass Marvar seine Informationen dem Iran gegeben hat. Aber Ralph arbeitet, wie du weißt, für die CIA, und wie bei vielen im Geheimdienst ist sein Verständnis der menschlichen Natur nicht gerade *trop intelligent.* Man muss mit Marvar nur zwei Minuten sprechen, um herauszufinden, dass er die Mullahs nicht mag. Er trägt diesen weiten Mantel in der Hoffnung, dass er alles bedeckt, was er denkt, seinen erstaunlichen Sprung nach vorn, seine Ängste, aber er kann nicht aus seiner Haut. In seinem Herzen ist er nackt. Ein bisschen wie du, Jean.

Non. Im Gegensatz zu Ralph und den Mitgliedern deiner alten Profession« – er tippte auf die Zeitung, die Dyer auf den Tisch gelegt hatte – »muss man mich erst noch davon überzeugen, dass wir den Iran für Marvars

Verschwinden verantwortlich machen müssen. Sie haben seine Frau und seine Tochter, ja. Zweifellos hätten die Mullahs Marvars Information gern und würden viel dafür tun, sie in die Hände zu kriegen. Doch meine Kontakte – und meine Quellen sind die besten, Jean, glaub mir, die allerbesten – sagen, dass es keinen Grund für die Annahme gibt, dass ihn die Iraner entführt haben oder die Russen oder die Israelis. Und falls du dich fragst – und warum solltest du dich nach deiner unangenehmen Erfahrung vor dem *Randolph* nicht fragen, *mon dieu?* –, das Gleiche gilt für die Saudis und die Chinesen *et comme ça.*

Aber andererseits habe ich auch nicht das Gefühl, dass Marvar gern an die Feinde des Iran verkaufen würde. Das passt auch nicht zu seinem Charakter. Ich frage mich also, wer dann noch übrig bleibt.«

Er dachte kurz nach. »*Wenn* Marvar seine Informationen tatsächlich freiwillig weitergegeben hat – und das glaubt nicht nur Ralph –, *wer* wäre dann diese Person? So wie Marvar ist – oder wenn man pessimistisch sein will, war –, müsste es ein ehrlicher Mensch sein. Ich sehe ihn so deutlich vor mir wie dich, Jean. Er ist in Gefahr, hat Angst. Er traut seiner Regierung nicht. Er traut dem Westen nicht. Er sucht verzweifelt nach jemandem, dem er trauen *kann.* Aber wem? Ich bin alle Leute durchgegangen, die er in Betracht hätte ziehen können, und habe sie einen nach dem anderen ausgeschlossen.«

Er runzelte die Stirn und sah Dyer wie aus weiter Ferne an, eine Kornweihe, die tief unten einen kleinen Spatzen entdeckt hat.

»Dann bist mir aus unerfindlichem Grund du eingefallen, Jean.«

»*Moi?*«, sagte Dyer und trank einen Schluck. Sie hatten gefochten. Zeit, mit dem Parieren aufzuhören.

»Ich habe mir gesagt: Hat Marvar die Nacht, bevor er verschwand, nicht bei Jean geschlafen? Dann habe ich etwas sehr Sonderbares gehört. Man hat dich gesehen, wie du kurz darauf Marvars Mantel getragen hast. Wie komisch, habe ich gedacht. Und dann ist mir eingefallen, dass ich gesehen habe, wie ihr euch beim Spiel gegen Horris Hill unterhalten habt – und auch an einem Abend neben der Sandgrube der Schule, ja, genau die Sandgrube, bei der Marvar am Sonntag gelesen hat, bevor er ganz eilig aufgestanden ist. Ich habe euch gesehen, wie ihr euch dort unterhalten habt, als ich vorbeigelaufen bin, und ich habe mich gefragt, ob er dir von seiner aufregenden Entdeckung erzählt hat, was er damit vorhatte, ob er dir etwas gegeben hat.«

Gilles verzog die Lippen, jedoch nicht zu einem Lächeln.

»Bevor du antwortest, ich habe da so eine Ahnung – es ist nur eine Ahnung, doch Silvi wird dir sagen, dass meine Ahnungen die lästige Eigenschaft haben … Genug davon … Aber diese Ahnung flüstert mir ins Ohr, dass Marvar dir vielleicht tatsächlich etwas gegeben hat. Vielleicht denkst du, dass es nicht wichtig ist, vielleicht begreifst du es nicht, du weißt vielleicht nicht einmal, worum es geht, dass es eine Bedeutung hat. Vielleicht ist es, wie du sagst, reines Kauderwelsch, aber wie wir wissen – das bringt die Phoenix unseren Kindern bei –, kann das Kauderwelsch einer Person die Antwort auf die Gebete einer anderen sein.«

Die Drohung hinter seinen Worten war nicht zu überhören, sein eiserner Blick nicht zu übersehen, aber er sprach mitfühlend, als böte er Dyer nicht eine Hypothese an, sondern die Chance, sich zu retten.

Dyer weigerte sich, den Kopf in die Schlinge zu stecken. »Ich wusste nicht, dass du gläubig bist, Gilles.«

Gilles lächelte.

»Hallo, Leandro! Hier sind wir.«

Dyer drehte sich um.

Leandro stand in der Tür und schaute sich nach ihm um. Seine Augen wurden riesig, als er Gilles sah.

»Hallo!«

Gilles stand auf und schüttelte Leandro die Hand. »Silvi und ich haben uns sehr über deinen Brief gefreut.«

»Vielen Dank. Es war ein toller Abend.« Auf Dyers Drängen hin hatte Leandro den Asselins nach der Übernachtung geschrieben. Er war nahezu benommen aus der Ward Road zurückgekehrt. Der Fitnessraum, das Spielezimmer, der Fernseher, die doppelten Cheeseburger, die Fotos von Gilles mit seinen Medaillen – der Unterschied zu abgelaufenen Lammkoteletts in der kleinen Küche in Jericho und zum Foto einer abwesenden Mutter an seiner Schlafzimmerwand hätte nicht größer sein können.

Gilles boxte ihn leicht in die Schulter. »Ruf mich an, und wir gehen mal zusammen mittagessen. Wie ich gehört habe, warst du am Fluss.«

Leandro erzählte ihm von der Forelle – die Gilles sehen wollte. Er reagierte ungläubig, als Leandro erklärte, dass er sie wieder freigelassen hatte.

»Warum hast du das denn getan? Ist das nicht, wie heißt es ...« Er schnalzte mit den Fingern, schaute kurz zu Dyer und wieder zurück. »Was habt ihr morgen vor? Wollt ihr zum Spiel Chelsea gegen Arsenal? Ich habe eine Loge. Kommt mit Pierre und mir mit.«

Leandro stand der Mund offen. Bevor er antworten konnte, schaltete sich Dyer ein und sagte, dass sie noch einen Tag angeln wollten.

»*Tant pis*. Aber keine Sorge, ein anderes Mal.«

Dyer sagte auf Portugiesisch zu Leandro: »Bitte warte im Speisesaal auf mich. Ich muss noch kurz mit Gilles reden.«

»Und ich muss bald los«, sagte Gilles und klopfte seine Taschen nach dem Autoschlüssel ab.

Er wartete, bis Leandro gegangen war, und setzte sich wieder.

»Einen netten Jungen hast du da.« Er warf die Schlüssel von einer Hand in die andere. »Er erinnert mich an Samir.«

Dyer sah Gilles plötzlich aus der Tiefe heraufspähen, die spitzen Zähne deutlich sichtbar.

»Ich glaube, dass er mit Pierre mehr gemein hat. Er ist ein großer Fan von deinem Sohn. Er sagt, dass Pierre der Torhüter der Oxford-Auswahl sein könnte.«

Aber so leicht war Gilles nicht einzuwickeln. Mit finsterer Miene sagte er: »Ich habe mich gefragt, Jean, ob du vielleicht mehr weißt als ich.«

»Über die Schulen in Oxford?«

»Über Rustum Marvar.«

Das einzige Geräusch im Raum war das ominöse Klirren der Schlüssel.

»Vielleicht.«

Gilles wartete, dass Dyer fortfuhr.

Dyer hob den Blick. »Marvar hat mir tatsächlich eine Ziploc-Tüte gegeben – aber ich hatte sie nur kurze Zeit. Ich habe sie leider verloren.«

»Was war drin?«

»Ein Post-it-Zettel.«

Er wartete. Es klang so albern. Aber Gilles fand das überhaupt nicht.

»Nur einer?« Seine Stimme war schrill vor Ungeduld.

»Ja.« Dyer hielt es nicht für notwendig, die beiden weiteren leeren Zettel zu erwähnen. »Es stand eine mathematische Formel drauf.«

»Und bevor du sie verloren hast, hast du eine Kopie gemacht?«

»Nein.«

»Du hattest keine Zeit dafür?«

»Nein, so war es nicht. Es ist schwer zu erklären, aber ich hatte den Eindruck, dass Marvar das nicht gewollt hätte. Er hat zu mir gesagt, dass er es selbst nur einmal aufgeschrieben hat, und ich habe angenommen, dass es der Zettel war, den er mir gegeben hat.«

»Hast du ihm geglaubt?«

Dyer wählte die Worte mit Bedacht. »Ich glaube, dass er glaubte, etwas Bemerkenswertes geschafft zu haben.«

Gilles sah ihn an, wie Katja ihn angesehen hatte. »Nein, glaubst du, dass er nur eine Ausfertigung davon gemacht hat?«

Dyer glaubte, dass seine Antwort von großer Bedeutung sein würde. Nicht nur das. Bislang hatte keine seiner Antworten Gilles überrascht. Er hatte das überwältigende Gefühl, dass Gilles etwas mit dem zweiten Einbruch zu tun und den Post-it-Zettel gelesen hatte, der von Basil Buntings Gedicht inspiriert war. Und wenn er ihn nicht gelesen hatte, dann stand er in Kontakt mit anderen, die ihn gelesen hatten, und neigte zu dem Schluss, dass es sich um das zusammenhangslose Gefasel eines Verrückten handelte. Doch zuerst musste er über jeden Zweifel hinaus überzeugt werden.

»Ja, ich glaube ihm«, sagte Dyer.

»Kannst du dich erinnern, was auf dem Post-it-Zettel stand?«

»Um Gottes willen, nein. Es war eine unendliche lange Formel – zehn, elf Zeilen mit Zahlen auf beiden Seiten des Zettels.«

»Nur Zahlen?«

»Und ein paar Buchstaben. Ach, und ein Spruch von einem deutschen Wissenschaftler.«

Gilles interessierte sich nicht für Otto Hahn. »Hätte Marvar die Formel auswendig wissen können?«

»Das bezweifle ich. Sonst hätte er sie ja nicht aufschreiben müssen. Wie gesagt, der Zettel war vorn und hinten vollgeschrieben. Niemand außer einem Atomphysiker wäre daraus schlau geworden.«

Gilles lachte bitter. »Manche Dinge bleiben einfach unverständlich, egal, wie lange man sie studiert.«

Dyer wartete einen Augenblick, dann sagte er: »Viele Gedichte sind so.«

»Nicht nur Gedichte. Ich habe angefangen, dein Buch zu lesen …«

Es war nicht böse gemeint, und Dyer antwortete leichthin. »Ich wette, du bist nicht weiter gekommen als Marvar. Ich habe ihm mein letztes Exemplar geschenkt.«

»Ich weiß. Mit einer sehr interessanten Widmung.«

»Vielleicht hat er das gelesen, als du ihn gesehen hast«, sagte Dyer und fragte sich, woher Gilles das alles wusste – von Updark? Crotty? Oder hatte Gilles selbst das Buch beim Direktor abgegeben?

Doch Gilles schien in Gedanken bei dem zu sein, was Marvar geschrieben hatte. Er musste sich selbst beruhigen. Marvar war wie jeder andere Wissenschaftler, der behauptete, den Gral der Kernfusion gefunden zu haben. So er noch lebte, würde er den Rest seiner Tage wie dieser Deutsche in Bariloche verbringen, unter falschem Namen als vergessene Witzfigur.

Er spielte wieder mit dem Salzstreuer. »Jean, ich weiß, dass dir Reichtum nichts bedeutet, aber wenn du Informationen hast …«

Dyer hielt seinem Blick stand. Er würde etwas sagen, das der Wahrheit so nahekäme, dass Gilles oder wer immer noch in diesem elenden Spiel mitmischte, ihm glauben und ihn und Leandro von nun an in Ruhe lassen würden. Sie waren allein in diesem Raum, aber er sprach, als würde er sich an jeden Interessierten wenden, den er sich vorstellen konnte: jeden Hedgefonds-Manager, Banker, Spion, Kidnapper, Mörder, Telekommagnaten, Revolutionär, Atomphysiker, Journalisten, Vater.

»Ich schwöre, es gibt nichts von Marvar, das sich in meinem Besitz befände. Marvar hat seinen Mantel bei mir gelassen – und nicht einmal den habe ich mehr. Jemand hat bei uns eingebrochen und ihn zusammen mit der Ziploc-Tüte gestohlen.«

Gilles lächelte wie ein Mann, der entsetzt und betrübt ist, dass er bekommen hat, was er wollte. »Noch ein Alster? Das Bier ist gut hier.«

33. KAPITEL

Er wurde mit einem Säbel, einem Messer, vielleicht einem Luntenschloss und ein bisschen Schießpulver in der Säbeltasche zurückgelassen. Die wenigen Stücke aus Metall faszinierten die Indios. Sie waren sein Ausweis und sein Schild, die Tupi betrachteten sie als Dinge aus einer anderen Welt, totemistisch, jenseits ihrer Erfahrungswelt, wie die Hühner in Cabrals Hütte, die zwei von ihnen in Erstaunen versetzt hatten. Für diese bescheidene Sammlung Eisen boten sie Ribeiro Brasilholz, wunderschöne Bögen und Pfeile, eine Frau seiner Wahl, alles. Ein lokaler Stammesführer nahm ihn auf. Mit einer seiner Töchter bekam er ein Kind. Er wurde gefürchtet, respektiert. Wie er seine kostbaren Talismane verlor, ist nicht bekannt. Doch eine Legende wurde von Stamm zu Stamm weitergegeben, von Besucher zu Besucher, wie die Tupi ihn verstießen, kaum hatte er sein Eisen nicht mehr. Eines Tages stolperte ein Mann in das Lager französischer Holzhändler vierhundert Meilen weiter nördlich, ein anderer exilierter Europäer, die Rippen standen ihm heraus, sein Hemd wurde von einem letzten Knopf zusammengehalten. Er konnte ein paar Worte Portugiesisch.

Die Geschichte eines jungen brasilianischen Matrosen, der südlich von Bahia an Land ausgesetzt worden war und überlebte, war Dyers Ablenkung am Dienstag nach seiner Rückkehr aus Lancashire.

Dienstag war der Tag, den Dyer sich als Deadline gesetzt hatte. Doch als er in die Bibliothek kam und Marvars gelben Post-it-Zettel in Madrugadas Buch unberührt vorfand, erfasste ihn Erleichterung und er überlegte, seinen Zeitplan zu ändern. Oxford mit seinen roten Backsteinhäusern und Bushaltestellen wurde von der Sonne beschienen.

Er schaute sich um, genoss die Stille. Das Paar in dem Bild ging wie zuvor ohne Eile seiner Beschäftigung nach. Der kniende Hirte hielt die verletzte Ferse der Frau zärtlich in der Hand, und sie sah lächelnd auf ihn herab. Sie hatten alle Zeit der Welt, um sich um einen Splitter oder einen Kratzer zu kümmern. Warum sich nicht ein Beispiel an ihnen nehmen, die Eigenschaften anwenden, die das Angeln ihn gelehrt und die drei Tage in Lancashire in die Erinnerung zurückgerufen hatten? Geduldig und still sein – war das nicht der richtige Weg?

Bin ich zu voreilig? Muss ich heute entscheiden? Die Deadline war sowieso willkürlich.

Alle seine Befürchtungen erschienen ihm plötzlich lächerlich wie die Angst vor steinernen Löwen.

Ein paar Stunden später wollte er das Buch über Afonso Ribeiro, das er zwei Wochen zuvor bestellt und jetzt fast durchgearbeitet hatte, online verlängern, aber das Solo-System der Bibliothek ließ es nicht zu.

Verwirrt und ein bisschen besorgt ging er zu der platinblonden Bibliothekarin. Sie befragte ihren Bildschirm. Was sie als Nächstes sagte, versetzte ihm einen Stich. »Ich sehe hier, dass es jemand vorbestellt hat.«

Die Luft im Raum ließ sich nicht mehr atmen.

»Wer?«

»Sie wissen, dass ich Ihnen das nicht sagen darf.« Das

Buch würde am nächsten Morgen um neun Uhr eingesammelt. »Sie können es neu bestellen und bekommen es nach acht Tagen wieder.«

Seine Finger umklammerten den roten Buchrücken. Zurück im Lesesaal schaute er sich um. Seit seiner Veröffentlichung hatte niemand außer ihm *Uma Nova Luz Num Litoral Antigo* ausgeliehen. Jetzt wollte es plötzlich jemand haben.

Ein Mann in einer braunen Jacke schob einen beladenen Rollwagen über den Teppich wie ein Schlafwandler.

Sein Herz raste. Sie waren ihm auf den Fersen. Wer immer das Buch bestellt hatte, interessierte sich nicht für Madrugadas Wissen – dessen war er sich sicher –, sondern für Marvars Zettel, den Dyer zwischen Seite 223 und Seite 224 gesteckt hatte.

Wie schnell der Bart eines Mannes wächst, sobald er tot ist. Mit Marvars Formel war es ebenso, sie hatte ein eigenes übernatürliches Leben angenommen. Dyer konnte sie nicht hierlassen.

Schweren Herzens geht er mit dem Buch zu seinem Stuhl. Im Gegensatz zu dem Paar im Bild hat er keine Zeit, er muss jetzt handeln. Seine Finger zittern, als er den Zettel herausnimmt und wieder einmal die Zahlen und Buchstaben liest in der Handschrift, die »BOOMERANG« geschrieben hatte.

Hatte der gelbe Zettel noch irgendeine andere Bestimmung, abgesehen von seiner Funktion als Lesezeichen? Es wäre einfacher, ihn in tausend Stücke zu zerreißen und auf der Port Meadow zu verstreuen. Dann könnte ihn niemand mehr bei ihm finden. Und niemand würde je erfahren, dass er ihn besessen hatte. Und wenn man ihn doch noch verdächtigte, etwas zu verbergen, dann nicht mehr lange; bald hätten es alle vergessen. Er wäre frei, sicher.

Die Versuchung, den Zettel zu vernichten, so wie Marvar seine Zeichen im Sand verwischt hatte, war groß. Doch dann dachte Dyer an Marvars suchenden Blick. Seine Augen hatten Dyer aus sich selbst herausgeholt in eine Welt, in der plötzlich nichts mehr unmöglich schien, wenn man es für eine Person in Not tat. Ob er Marvars Abrakadabra nun glaubte oder nicht, Dyer war an den Mann, der ihn irgendwie gerührt hatte, aus einem schwer verständlichen Pflichtgefühl gebunden.

Wenn Dyer Marvars Formel nicht vernichten wollte, blieb nur die Alternative, sie zu behalten. Er konnte es nicht riskieren, den Zettel wieder in seine Schultertasche zu stecken. Die letzten Tage hatten gezeigt, wie gefährlich es war, ihn bei sich zu tragen oder in seinem Haus aufzubewahren.

Bis zu einer endgültigen Entscheidung wäre ein anderes Buch erst einmal das beste Versteck.

Er ging in den großen Lesesaal.

Nie zuvor hatten ihn die immer gleichen Galerien unter dem Gewölbe so sehr an Borges' unendliche Bibliotheken erinnert. Dyer dachte an die Erzählung von einem Bibliothekar mit einer dunklen Brille, der blind geworden war, weil er in einem der Buchstaben auf einer der Seiten in einem von vierhunderttausend Bänden nach Gott gesucht hatte.

Selbstverständlich könnte jemand kommen und die bestellten Bücher durchsehen, aber er müsste genau wissen, nach welchem er zu suchen hatte.

Verstohlen schlug Dyer ein Buch weiter unten in seinem Stapel auf; ein in Kalbsleder gebundenes Faksimile von Manuskripten, verfasst von sieben Augenzeugen, die den Admiral der portugiesischen Flotte, Pedro Álvarez Cabral, auf seiner Reise nach Brasilien begleitet hatten. Er legte den Zettel hinein.

Dyer konnte es problemlos für eine weitere Woche ausleihen.

Auf seinem Weg hinaus kam er am Schalter vorbei, blieb bei der Bibliothekarin stehen und bat sie, die Verfügbarkeit eines anderen Titels zu prüfen.

Sie rief es auf. »J.W. Dyer haben Sie gesagt? Hier ist es. *Eine Sozial- und Kulturgeschichte des unteren Amazonasbeckens.*«

Seine Schuhe machen auf den grauen Steinstufen ein Geräusch, als würde jemand in einer leeren Halle langsam in die Hände klatschen. Ihm war nicht klar gewesen, wie nervös er seit seiner Rückkehr aus Lancashire war, unsicher, ob Gilles ihm geglaubt hatte.

»Tut mir leid, das Buch ist auch reserviert.«

Von den anonymen Bestellungen geweckt, winden sich Dyers Ängste wie Maden in einer Köderdose. Er geht die Treppe hinunter, als würde ihn jede Stufe einer unbegreiflichen Bedrohung näher bringen.

Dyer ließ die Bibliothek hinter sich und ging die St Giles entlang. Er überquerte die Parks Road und bog in die Ward Road, am imposanten Haus der Asselins vorbei erreichte er das Ende der Straße, entriegelte das hölzerne Gartentor von Nummer 8 und klingelte. Wieder öffnete niemand. Er spähte durch die Vorhänge der Fenster. Wo war sie?

Viertel vor vier. Leandro hatte Fußballtraining. Dyer hatte versprochen, ihn um sechs abzuholen.

Auf dem Weg zum Supermarkt, um das Abendessen einzukaufen, kehrte Dyer in einer Cocktailbar ein, um eine schlechte Caipirinha zu trinken. Die Bar, *Barico*, war ihm nie zuvor aufgefallen. Den Barkeeper erkannte er von seinem Stand in der Broad wieder. Er verkaufte die Panamahüte.

Auf der Theke lagen Zeitungen aus. Dyers Blick fiel auf einen Bericht über den Iran. Das dortige Büro der BBC wurde wegen »Verschwörung gegen die nationale Sicherheit« geschlossen. Er dachte daran, wie Basil Bunting 1952 als Korrespondent der *Times* aus Teheran verbannt worden war und sich unter die Menschenmenge gemischt hatte, die seinen Tod forderte. »Ich ging zu den Leuten und stellte mich zu ihnen und schrie mit ihnen TOD FÜR MR BUNTING, und niemand beachtete mich.« Dyer hatte nicht in den Mittleren Osten gehen müssen, um sich in der gleichen Klemme wiederzufinden. Für Bunting hatte er sich zuerst aufgrund des Namens interessiert – auf einen anregend guten Dichter zu stoßen, der Basil hieß, war ihm ein großer Trost. Doch es gab einen entscheidenden Unterschied zwischen ihnen: Dyer *wurde* beachtet.

Rustum Marvar oder seine Frau wurden nicht erwähnt.

Er trank die überzuckerte Caipirinha und fühlte sich erneut isoliert. Wer hatte die beiden Bücher bestellt? Er wurde überwacht und jetzt auch noch gelesen und hatte das Gefühl, als würde er gleichzeitig auf allen Seiten von Männern unterschiedlicher Hautfarbe, Religion, politischer Ausrichtung bedrängt, von einem Haufen Phoenix-Väter, die alle auf der Jagd nach derselben Information waren, die ihn alle mehr als nur verdächtigten, im Besitz dieser Information zu sein, und ihn auf dem Spielfeld attackieren und ihm den Ball abnehmen wollten.

Dyer war schockiert, als ihm klar wurde, wie sehr diese Leute miteinander verbunden waren. Gilles Asselin hatte eine Loge bei Chelsea, weil – natürlich – Katjas Mann Aktien des Clubs besaß. Gilles arbeitete für Ralph Cubbage und Lionel Updark – und er hatte Dyer gegenüber mit seinen Kontakten zu Personen bei ausländischen Geheimdiensten geprahlt. (»Die Geheimdienst-Community ist eine große Kirche, in der unterschiedliche Götter angebetet werden.«) Wahrscheinlich gingen auch Kinder von ihnen in die Phoenix.

Panisch bestellte er noch eine Caipirinha. Seine Rettung war einzig ein Post-it-Zettel voll unverständlichem Gekritzel. Seit acht Tagen besaß er ihn jetzt, und er hatte sich noch immer nicht entscheiden können, ob Marvar Unsinn geschrieben oder die Antwort auf alles gefunden hatte, wie das »totale Buch« in Borges' Geschichte, das »die Formel und das perfekte Kompendium von allen anderen« war. Dyer sah keine Nuancen, darin war er schlecht wie in so vielen anderen Dingen auch.

Er hätte gern geglaubt, dass er klüger geworden war, aber wie wenig sein Charakter doch gereift war. *Nosce te ipsum.* Das war die Weisheit, die anzustreben er im Alter von Leandro erzogen worden war. Ein knappes halbes Jahrhundert später war er eine Welt davon entfernt, sich selbst zu verstehen. Kernfusion war eine leichtere Nuss zu knacken.

Das Problem bestand weiter. Was sollte er tun mit einem kleinen Stück Papier, das hinten im Einband von *Os sete únicos documentos de 1500 em Lisboa, referentes a viagem de Pedro Álvares Cabral* (Lisbon 1940) steckte. Der Teil seines Gehirns, der das Problem hätte lösen sollen, arbeitete nicht.

Er war alle Optionen durchgegangen: Updark, Cubbage, Euratom, Wikileaks, seine alte Zeitung. Aber das waren Marvars Gedanken, nicht seine. Er musste sich eigene Ideen einfallen lassen. Er hatte die Sache bis zur Erschöpfung hin und her gewendet und konnte doch keine Antwort finden. *Was, wenn es die richtige Person nicht gab?*

Und was war mit Marvar passiert?

Sein Kopf fühlte sich an, als wäre er im Sand vergraben.

Gedanken wirbelten wie feine Körnchen darin herum. Immer wieder spielte er dieselben Szenarien durch. Seitdem Marvar fast zwei Wochen zuvor verschwunden war, hatte sich nichts verändert. Ob er tot oder lebendig war oder wo immer er sich aufhielt, es war gleichgültig. Marvar hatte gewollt, dass Dyer für ihn entschied.

Anfänglich hatte ihm die Herausforderung zugesagt. Seine Selbstachtung lag darnieder, und er sah eine Chance, sie wieder aufzurichten. Doch die letzten Tage hatten ihn gelehrt, dass er nicht die richtige Person dafür war. Er war ein Verbindungsglied, ein Mittelsmann, ein ehemaliger Journalist mit einer weiteren Geschichte, die er nicht erzählen konnte und von der er nicht wusste, was er damit tun sollte.

Redigier dich aus der Geschichte raus, riet ihm die Caipirinha. *Vergiss das Gespräch. Streich mit dem Rotstift alles durch, was dich mit Marvar verbindet. Denk an Bunting: »Notizen sind das Eingeständnis des Versagens.«*

Bevor Dyer Leandro abholte, machte er noch einmal einen Umweg zur Ward Road. Im Haus war es dunkel. Die zugezogenen Vorhänge erinnerten ihn an die Wohnung über Yolandas Tanzstudio im Distrikt Surquillo in Lima, in der sich Ezequiel versteckt hatte, während er seine Revolution plante. Gilles verfolgte den gleichen Traum, nicht weniger ruchlos. Zum ersten Mal machte sich Dyer Sorgen wegen Miranda. In welche Gefahr hatte er sie gebracht, als er ihr seine Notizen schickte? Gilles wusste, dass zwischen Dyer und Miranda eine Verbindung bestand, der Art und Weise nach zu schließen, wie er in Lancashire über sie gesprochen hatte – bedeutete das, dass Gilles Miranda jetzt auch mit Marvar in Verbindung brachte?

Oxford am Abend. Dyers Gesicht im Licht der Fenster entlang der North Parade. Grelles Licht in *Gee's* Restaurant, das nächtliche Neonlicht von Blumenläden. Er ging, als würde ihm ein alter Hund folgen, seine Fersen klackten auf dem Pflaster wie das langsame *Tok* eines *Berimbau*.

34. KAPITEL

Am nächsten Morgen drückte Dyer erneut auf die Klingel von Ward Road Nummer 8 und neigte den Kopf zur Gegensprechanlage. Dieses Mal reagierte eine Frau.

Er wartete, dass sie die Tür öffnete.

Sie trug eine Schürze über einem hellgelben Leinenkleid.

»Mich laust der Affe!« Sie schob die Haare zurück, ihre Augen funkelten. Sie musterte ihn durch eine neue Brille mit gepunktetem Gestell. »Gott, wie Sie ausschauen.«

Er hatte ihr leichtes Lispeln vergessen. »Was meinen Sie?«

»Sie sehen aus wie ein trauriger Kabeljau, der Phytoplankton gefressen hat.«

Bevor er antworten konnte: »Ich weiß, weswegen Sie da sind. Kommen Sie.«

Sie führte ihn leicht hinkend einen Flur entlang in ein Wohnzimmer. Der Raum ist groß und unaufgeräumt, mit hohen Decken und Fenstern, die auf einen Garten hinausgehen. Dyer fühlt sofort die Wärme eines gut geheizten Hauses, so anders als bei ihm in Jericho. Auf der rechten Seite steht neben dem Zugang zu einem Wintergarten ein bequemes Sofa mit einer zerrissenen Armlehne. Auf den Polstern liegen mehrere aufgeschlagene Fotoalben. Auf einem mit grünem Stoff bedeckten Kartentisch liegen ein silberner Handspiegel und Bücher, an der Wand hängen ein Teppich und Bilder. Auf der linken Seite öffnet sich das Zimmer zu einem Küchenbereich. Ein Radio auf der Theke spielt klassische Musik, und ein langhaariger schwarzweißer Hund läuft herum.

»Entschuldigen Sie die Unordnung, ich bin erst gestern Abend zurückgekommen.«

Eine Pauschalreise nach Paguera, im letzten Augenblick auf ein Drittel des ursprünglichen Preises reduziert. »Eine schreckliche Unterkunft, aber mit einem schönen Blick von meinem Balkon.«

In Oxford würde sie im Februar immer depressiv, erklärte sie.

Nach vier Tagen unter der mediterranen Sonne war Miranda braun gebrannt zurückgekehrt. Ihr alter Strohhut mit einem gelb-roten Collegeband hing an einem Geweih über einem Sessel, auf dem sie ihn einlud auch seine Schultertasche abzulegen.

»Haben Sie meinen Brief bekommen?«, fragte er.

»Habe ich.«

»Danke, dass Sie nichts gesagt haben.«

»Wer ist das?«, sagte jemand im Wintergarten.

Eine weißhaarige alte Frau mit grauen Augen kam auf einen Rollator gestützt herein. Ihr rundes schiefes Gesicht hatte die Textur einer Meerschnecke, kleine rosa Flecken versteckten sich zwischen den Falten.

»Mama, das ist John.«

»Natürlich ist er das. Was denkt ihr denn von mir?« Sie fixierte ihn. Ihre Augen waren wie zwei Gläser, die gespült werden mussten. Sie streckte ihm die Hände entgegen. »Behandelt Sie Miranda gut?«

»Sehr gut.«

»Zuinnerst ist sie ein liebes Mädchen.« Ihre Hände waren dünn und klamm.

»Mama, warum setzt du dich nicht, und ich bringe es dir.«

Er hatte Miranda dabei unterbrochen, ein Omelette zu machen.

»Warten Sie, bis ich damit fertig bin«, sagte sie zu ihm, als ihre Mutter zum Kartentisch schlurfte, »dann hole ich Ihren Umschlag.«

Eine Pfanne wurde auf dem Herd heiß. Sie drehte das Gas hoch. »Ich muss sagen, es war aufregend, als Postfach benutzt zu werden. Es ist hoffentlich etwas Weltbewegendes.«

»O ja«, sagte er, ohne zu lächeln.

»Danke übrigens für die Bücherliste.«

Dyer brauchte einen Moment, bis er sich erinnerte. »Kein Problem.«

»Im Gegensatz zum Rest? Verzeihung ... immer wieder so vorlaut ... Aber mir wurde beigebracht, dass die Klugen einen Brief immer von hinten lesen.«

Er lächelte. »Das habe ich nicht mehr gehört seit ...«

»Der Universität?« Sie schlug ein Ei in eine Schüssel.

»Vermutlich.«

»Haben Sie hier studiert?«

»Ja.«

»Was?«

»Anglistik.«

»Ich auch.« Sie hatte dann noch über englische Linguistik von 1900 bis 1940 promoviert.

»Ich bin auch geblieben«, sagte er, »für eine Weile.«

Sie leckte sich einen Finger ab. »Erzählen Sie – wenn ich anfange, höre ich nicht mehr auf.«

Nur ein Jahr lang, bevor er zur Zeitung ging. Er erzählt ihr davon, während sie das Omelette (»eine meiner Spezialitäten«) macht. Seine Dissertation über die einhundertneun Personen, die behaupteten, der Verfasser der Stücke in der ersten Shakespeare-Gesamtausgabe zu sein. Er benutzte den Code von Francis Bacon, um zu beweisen, dass P. G. Wodehouse *Verlorene Liebesmüh* geschrieben hatte.

»Man kann beweisen, dass irgendjemand irgendjemand anderes ist. Das habe ich gelernt«, sagte er.

Sie lachte. »Ich habe das in meiner Ehe gelernt. Nein, was rede ich da. Ich rede Unsinn. He, Thor, runter da.«

Sie verscheuchte den Hund von den Fotoalben, die ihre kleinen Nichten am Abend zuvor hatten liegen lassen; sie hatte ihre Mutter bei ihrer Schwester in Streatley untergebracht, während sie weg war, und Thor bei einem Nachbarn.

Fotos waren auf den Boden gefallen. Dyer bückte sich, um sie aufzuheben. Auf einem war Miranda in einem weißen Tüllkleid mit einem nicht sehr großen stämmigen Mann im Anzug zu sehen.

»Ist er das?«

»Sie Ungeheuer der Neugier. Ja.« Sie blickte über seine Schulter, um das Bild selbst genauer zu betrachten.

Zurückgehender dunkler Haaransatz, kräftiger Kiefer, direkter Blick. »Er hat gut geflirtet. Und hatte tolle Augen, sie sind ihm fast aus dem Kopf gefallen, wann immer er eine hübsche Frau gesehen hat. Als wir heirateten, haben viele ein langes Gesicht gezogen.« Sie humpelte zurück in die Küche. Sie hatte ihren Koffer unter das Bett gestoßen und sich dabei einen Zehennagel halb abgerissen.

»Pinot?« Sie hob eine Flasche hoch.

»Ja.«

»Gut. Ich traue Leuten nicht, die keinen Rotwein trinken.« Sie öffnete die Flasche und nahm zwei Gläser.

Siebzehn Jahre lang hatte sie seine Hemden gebügelt

und dafür gesorgt, dass keine Schuppen auf seinem Kragen waren. »Als er ging, dachte ich, dass ich nie wieder glücklich sein werde, doch manchmal, wenn ich ein Buch lese oder einen Sonnenuntergang sehe oder Musik höre, bin ich vollkommen zufrieden.«

Sie goss die Omelettemischung in die heiße Pfanne. »Ah, das ist ein schönes Geräusch, so sollte es klingen, und wir müssen es sofort essen. Sie essen doch mit uns, oder?«

Sie neigte sich vor, um das Omelette zu probieren. Ihre Augen waren voller Leben.

Sie drängte ihn, sich aus einer Schüssel mit kleinen Tomaten zu bedienen.

»Tomaten!«, sagte die Mutter am Kartentisch. »Hab keine Tomaten mehr gesehen, seit die Katze der Drossel die Federn ausgerissen hat.«

Miranda verdrehte die Augen. »Danke, Mutter. Sie ist siebenundachtzig und seit zwei Jahren so. Sie hört den ganzen Tag Radio und kaut dann Sachen wieder, die sie aufgeschnappt hat. Meine Schwester dreht jedes Mal fast durch.«

Am Abend zuvor hatten ihre Nichten unbedingt ihre Hochzeitsfotos sehen wollen. Ihre Mutter hatte in den Alben geblättert und gefragt: »Wer ist die Frau in Weiß?«

»Ich frage mich nur, in welcher Welt sie lebt«, sagte sie ein bisschen heiser. »Früher habe ich ›Basingstoke‹ gesagt, wenn sie eine Geschichte mehrmals erzählt hat, aber der Zug steckt im Bahnhof fest. Wenn sie Thor eine Woche nicht gesehen hat, erinnert sie sich nicht mehr an ihn, und das Komische ist, dass Thor sie auch nicht wiedererkennt. Ich mache mir Sorgen, dass es bald vorbei ist.«

Dyer verzog das Gesicht. »Tut mir leid.« Die Reaktion der alten Dame sei ähnlich, wie seine Mutter reagiert habe, sagte er.

»War ihre Mutter dement?«

»Wenn nicht dement, dann etwas Ähnliches.«

Es hatte mit dem Charles-Bonnet-Syndrom angefangen, das ihr peripheres Sichtfeld beeinträchtigte. »Sie sah kleine Feen in den Augenwinkeln, winzige Personen, die durch die Luft liefen, und schickte sie weg.« Kurz vor ihrem Tod schickte sie Dyer weg.

Er sah seine Mutter vor sich, die Schubladen öffnete und den Inhalt auf dem Boden verstreute. Die Asche an ihrer Zigarette wurde immer länger. Unter ihrem Bett stand ein gläserner Nachttopf. Ihre Erinnerungen wurden durch dünne Wände getrennt, durch die sie sich gegenseitig belauschten. Schließlich bekam sie eine Elektroschocktherapie gegen ihre Depression. Kurz darauf folgten der Krebs und die Chemotherapie. Sie behielten sie im Krankenhaus; Dyer besuchte sie zweimal in der Woche mit seinem Vater. Er dachte an das letzte Mal, als er sie sah. Formlos wie ein mit einem Tuch bedeckter Sessel. Auf ihrem Bein waren Brandwunden von einer Zigarette, die sein Vater ihr angezündet hatte und die zu rauchen sie vergessen hatte. Sie hatte siebenundzwanzig Jahre Französisch und Deutsch unterrichtet und Dyer beigebracht, sich Dinge selbst beizubringen.

Danach war sein Vater wortlos ins Auto gestiegen. Er wusste, er würde zu Hause sofort in sein Arbeitszimmer gehen. Dyer folgte ihm in Gedanken durch den Rauch einer türkischen Zigarette. Er öffnet die Whiskyflasche, gießt das Glas randvoll ein, trinkt es aus, gießt ein zweites Glas ein, trinkt es aus, schlägt die Hände vors Gesicht. Sein Vater war Marinehistoriker, ein Experte für holländische Schifffahrtsgesetze im 17. Jahrhundert. Er hatte zu Dyer gesagt: »Ich kann dir nichts beibringen.«

Ihr Vater war Philosoph gewesen. Er hatte ihnen dieses

Haus in der Ward Road hinterlassen. Hier war sie aufgewachsen.

Sie wendete das Omelette. »Hoffentlich mögen Sie es ein bisschen flüssig.«

Sie trugen die Teller zum Kartentisch.

»Sie haben lange Beine, setzen Sie sich hier hin.«

Mirandas Mutter war in ihre Gedanken versunken. Thor mied sie, ließ sich unter dem Tisch neben Dyers Stuhl fallen. Er schaute flehentlich zu Dyers Omelette und legte ihm die Pfote aufs Knie.

»Thor! Nein. Tut mir leid, er ist noch promisker als mein Ex. Geben Sie ihm einen Klaps auf die Nase.«

»Er ist umwerfend. Was ist er?«

Miranda lachte, es war ein freundliches, anerkennendes Lachen, voller Stolz und Zuneigung. »Ein Walisischer Border Collie gekreuzt mit der Promenadenmischung, die seiner Mutter in den Malvern Hills über den Weg gelaufen ist. Aber bevor Sie zu begeistert sind, bei Ralph Cubbage wedelt er genauso mit dem Schwanz – und sogar, kaum zu glauben, bei Gilles Asselin.«

Sie kicherte. »Die Szene heute Morgen hätte Ihnen gefallen. Ich war im Park, als Gilles vorbeigejoggt ist, mitten in einer Konferenzschaltung, und Thor – wahrscheinlich hatte er nicht genügend Auslauf – rennt hinter ihm her und bellt vor Vergnügen. Ich laufe ihm nach, blase in die Hundepfeife, und hole sie schließlich bei der Brücke ein, wo Gilles krampfhaft versucht, meinen sabbernden Hund davonzujagen, und dabei verzweifelt weitertelefoniert. Soweit ich es verstanden habe, hat er zwischen dem aufgeregten Bellen versucht, eine massive Kauforgie zu organisieren. Wäre ich lange genug in seiner Nähe geblieben, hätte er mir gesagt, was ich mit meinen Ersparnissen tun soll, aber da unterscheiden wir uns, Thor und ich. Gilles ist mir nicht geheuer, er erinnert mich an diese Golems aus Schlamm im Pitt Rivers Museum. Wenn ich mit ihm spreche, habe ich immer das Gefühl, dass mich Derwische auspeitschen oder so ähnlich. Ich habe Thor weggezerrt und dich zur Schnecke gemacht, nicht wahr?«

Nach dem Essen legte ihm Mirandas Mutter die Hand auf den Arm. »Gehen wir. Wir sind doch so weit, oder?«

Während Dyer über eine Antwort nachdachte, hob sie die Hand an den Hals und spielte mit einer dünnen Silberkette wie die, die seine Mutter getragen hatte und die seine Wange streifte, wenn sie ihn abends im Bett küsste. Wie die von Katja. Was für ein Desaster das gewesen war.

»Ich hole eure Fahrkarten«, sagte Miranda und spielte mit. Sie stand auf und verließ das Zimmer. Als sie zurückkehrte, hatte sie den braunen Umschlag dabei, den Dyer an sich selbst adressiert hatte und der die elf Seiten Notizen zu seinem Gespräch mit Marvar enthielt.

Die alte Dame kämmte schweigend ihr Haar.

»Ist schon in Ordnung, Sie müssen es mir nicht sagen«, sagte Miranda und ignorierte ihre Mutter.

Aber er wollte. »Es ist die Erklärung eines Problems, der Hintergrund dazu.«

Sie sah ihn prüfend an. »Ein großes Problem?«

»Das könnte man sagen.«

»Eine Erklärung, die andere liebend gern in die Hände bekämen?«

»Mehr oder weniger.«

»Ohne die das Problem ein Problem bleibt?«

»Ja.«

Das war es, wurde ihm klar. Niemand würde die Bedeutung von Marvars Formel verstehen, ohne Dyers Notizen zu lesen. Die beiden Dokumente gehörten zusammen. Wie Dyer und Marvar.

»Und für wen ist sie?«, fragte sie. »Diese Erklärung?«

»Ich habe mich noch nicht entschieden. Ich wollte erst prüfen, ob sie in Sicherheit ist.«

Es war erbärmlich, er musste wieder einen Schritt zurück machen. Gerade als er sich aus der Sache herausziehen und die Notizen vernichten wollte, wies ihn Miranda darauf hin, dass das unmöglich war. Würde er das, was er geschrieben hatte, die Toilette hinunterspülen, könnte er Marvars Formel gleich mit hineinwerfen. Er müsste entweder beides vernichten oder keins von beiden.

Sie nickte, als sie das Dilemma an seinem Ausdruck erkannte.

»Sie können sie hierlassen, wenn Sie wollen. Bis Sie sich entschieden haben.«

Er betrachtete ihr gebräuntes Profil. Sie hatte ein bisschen hausbacken gewirkt, vielleicht lag es an ihrem Haar. Sie brachte ihn aus dem Gleichgewicht, ohne dass er wusste warum.

Ihre Mutter kämmte sich noch immer. Sie blickte nicht auf und sagte auch nichts, als Dyer aufstand und seine Schultertasche nahm.

Miranda öffnete ihm die Haustür. In der anderen Hand hielt sie den Umschlag. »Er ist hier, wann immer Sie ihn wollen ... *Ixé oka pupé aikó.*« Er zog die Augenbrauen in die Höhe. »Das ist Tupi für ›Ich bin im Haus‹.« Sie hatte einen der Titel auf seiner Liste aufgetrieben. »Ich habe das Buch erstaunlicherweise im Oxfam-Buchladen gefunden und es auf dem Balkon in Paguera gelesen.« Sie sah ihn durch die gepunktete Brille an. Ihr Blick war aufrichtig. Als sie lächelte, senkte sie leicht das Kinn. »Ich habe viel gelernt. Ich fand interessant, dass sie die portugiesischen

Wörter für ›Glaube‹ und ›Gesetz‹ nicht aussprechen konnten. Und dass sie kein Futur haben – alle Tupi-Sätze sind entweder in der Vergangenheitsform oder im Präsens. Aber das wissen Sie ja.«

Dyer ging nachdenklich und in ruhigerer Stimmung davon. Eine Stunde zuvor war er gekommen, um seine Notizen zu holen und zu zerreißen. Er hätte sie nicht bei Miranda lassen müssen; das war nicht seine Absicht gewesen.

35. KAPITEL

Es klang wie der Schrei einer Eule.

Dyer erwachte mitten in der Nacht, von Angst überwältigt. Er wusste nicht, wo er war, gefangen in einer entsetzlichen Welt voller Monster und flüchtiger Gestalten. Im Bett mit Astrud oder Nissa, hatte er keine Zeit gehabt, sich um sich selbst Sorgen zu machen. Allein nagten seine Ängste gierig an ihm.

Er spannte sich an, wartete auf den nächsten Schrei, er kam nicht.

Er schloss die Augen, sah Buchstaben und Zahlen, Plus- und Minuszeichen, lange Formeln in Klammern, als wäre er wieder in Slimys Unterricht.

Ein Wagen kroch langsam die Straße entlang. Er meinte, Stimmen zu hören. Einem animalischen Instinkt folgend, wollte er sich im Schatten verstecken, in einer anderen Welt verschwinden, in einen Schrank kriechen und in einer dritten Dimension wieder herauskommen, an einem Strand in Brasilien, wo noch nie ein Europäer gewesen war, wo es keine Autos gab. In Brasilien schien immer die Sonne; sie strömte durch das Fenster, von dem aus er das Meer sehen konnte.

Aber er konnte nicht verschwinden. Er hatte Leandro. Sie wussten, wo er wohnte. Sie wussten, wo er arbeitete. Sie wussten, wo er jeden Tag um halb neun und dann wieder um halb vier war, wo er eine Kaffeepause machte. Sie konnten ihn jederzeit umbringen, erschießen wie ein Kind in Rio.

Dyer stand auf und ging hinunter in die Küche, in der Dunkelheit stieß er einen Stuhl um. Er überprüfte die Haustür, die Schlösser an den französischen Fenstern. Dann ging er wieder nach oben.

Er kann nicht wieder einschlafen. Er hat Angst, spürt sie in seinem Körper pochen. Er will nicht, dass Leandro sie hört. Er liegt im Dunkeln und horcht auf den Nachtzug – das Geräusch nimmt ihn mit. Er war nicht da. Er fuhr nach Süden, nach Petrópolis.

Das Bedürfnis, sich selbst zu entkommen, ließ Dyer am nächsten Morgen wieder in die Bibliothek gehen. Dieser Gang in die Taylorian war sein Rosenkranz, den er zwanghaft herunterbeten musste.

Nach der schlaflosen Nacht fühlte er sich schwach, ihm war sogar leicht übel. Er drehte sich ständig im Kreis, kam keinen Schritt voran, schleppte sich die graue Steintreppe hinauf, eine kalte Stufe nach der anderen, ohne seine Umgebung zu bemerken.

Doch er spürte es wie einen Blick in seinem Rücken. Er wusste, dass etwas passieren würde.

In der Mitte des Saals stand ein runder Tisch unter dem Gewölbe. Zwei Personen saßen daran und lasen, und Dyer schaute ihnen über die Schulter. Das Mädchen mit einem Gesicht wie eine Möwe, der bärtige Mann, keiner von beiden in ein Buch mit weinrotem Einband vertieft.

Madrugadas Buch lag nicht mehr auf seinem Stapel. Er war paranoid und wusste es. Er nahm die in Kalbsleder gebundene Ausgabe der Faksimiles über Pedro Álvares Cabrals Reise und ging damit in den französischen und deutschen Lesesaal. Niemand hatte das Licht eingeschaltet, doch seine müden Augen waren dankbar für das trübe Tageslicht, das durch die Fenster fiel. Die einzigen anderen Anwesenden waren der kniende Hirte und die verletzte Göttin an der Wand.

Im Halbdunkel sieht er eine Bewegung in dem Bild oder glaubt es zumindest. *Sie sehen aus, als würden sie sich gleich ineinander verlieben*, fällt ihm zum ersten Mal auf. *So sehen sie aus.*

Mit pochendem Herzen schlägt er das Buch ganz hinten auf, um zu prüfen, ob Marvars Zettel noch war, wo er ihn versteckt hatte – in der Papiertasche mit der Karte der brasilianischen Küste.

Ein Teil von Dyer war erleichtert, als er das gelbe Stück Papier fand. Die Schrift darauf war überdeutlich. Die schwarze Tinte starrte ihn an wie etwas, das zischend auf die Erde gefallen war. Er konnte sich vorstellen, dass sie ein Loch in Cabrals Flaggschiff brannte.

Dyer wünschte sich zum ersten Mal, er wäre der Verlockung des Wortes »BOOMERANG« nicht verfallen.

Türen wurden geöffnet und geschlossen. Autos hupten. Jemand schaltete die Lampen an. Er drehte sich um; es war das Mädchen mit dem Möwengesicht. Er schirmte die Augen mit der Hand ab. Er ertrank in der Helligkeit, als würde jemand mit einer gigantischen Lupe alles Sonnenlicht auf ihn lenken und er wäre ein heller Fleck, der sich entzündete. Seine Finger steckten den Zettel in das Buch zurück und schlugen das erste Kapitel auf, doch als er auf die Seiten schaute, sah er nichts. Dyer versuchte, sich auf die Wörter vor ihm zu konzentrieren, auf die Reaktion des Admirals auf die Tupi, die sich am Strand versammelten und sich ihm freundlich in aller Unschuld näherten, und blickte durch ein schwelendes Loch auf eine Welt, die kurz davorstand, ausgelöscht zu werden.

Es war noch nicht elf, als Dyer von seiner Routine abwich und die Bibliothek verließ. Die Pflastersteine draußen waren feucht von einem Regenguss. Nach einem Wärmeeinbruch war die Kälte zurückgekehrt.

Er ging die Walton Street entlang, als er spürte, dass ihm jemand folgte. Er betrat das Dragon Cinema und kaufte sich eine Karte für einen Film, der bereits angefangen hatte. Nach zehn Minuten schlief er ein, und als er wieder erwachte, verließen die drei Zuschauer gerade das Kino. Es war Mittag, als er ins Freie trat. Er hatte keinerlei Erinnerung an den Film. Er kam sich vor, als wäre er in einer anderen Zeitzone, einem anderen Land.

Langsam ging Dyer ins Zentrum zurück, in einem Strudel aus Bildern. Bei einer asthmatischen Fehlzündung eines Motors stellten sich ihm die Haare auf. Seine Augen tricksten ihn aus. Er glaubte, Lorna aus einem Geschäft kommen zu sehen, eine Pfanne in der Hand. Als er genauer hinsah, war es eine grauhaarige Frau mit einer Tasche.

Gejagt von seinen Ängsten stolperte er, fing sich und ging weiter die George Street entlang zum Gloucester Green. Auf dem Platz war Markt. Benommen kaufte er an einem Stand einen Hamburger und Pommes. Er sehnte sich nach Pommes aus Maniok. Die Stände auf dem Markt von Belém – die Kisten mit alten Comics und blau-weiß gemusterten Teetassen, wie sie seine Eltern hatten. Er verschlang den Hamburger. Er bräuchte ein Astrolab, um sich zu orientieren.

Sein Hunger gestillt, ließ er sich von seinen Instinkten leiten und blieb verstohlen wachsam. Er blickte über die Schulter und ging vom Gloucester Green über den Wellington Square zur Claridge Street und betrat durch die dunkel verglaste Tür das *Barico*.

Diesmal schaute er nicht auf die Zeitungen auf der

Theke. Die Nachrichten über den Iran interessierten Dyer nicht länger. Sein eigenes Drama verzehrte ihn.

Er bestellte eine Caipirinha, dann noch eine, der einzige Gast, ein einsamer Tapir an einer Wasserstelle. Es war nicht schwer, sich vorzustellen, wieder in Brasilien zu sein und aus dem Fenster zu schauen. Er kam sich vor wie ein Auto, das mit Zuckerrohralkohol fuhr. Die Feuchtigkeit auf der Scheibe war wie der Regen auf dem Fenster des gelben Käfer-Taxis, das ihn zu der Beerdigung in Petrópolis gefahren hatte.

Dyer hatte seit Jahren nicht mehr daran gedacht und hatte keine Ahnung, was die Erinnerung an den feuchten Tag, an den Geruch fauliger Mangos und an den Krampf in seinem Fuß jetzt ausgelöst hatte. Und an Vivien, die mit Hugo von Lima hergeflogen war. Er saß eine Weile neben Astruds Leiche, und dann gab Vivien ihm ein großes Glas Cachaça.

Dyer hatte die Leine über diesen Pool in seinem Gedächtnis wieder und wieder ausgeworfen. Er war leerer als die Wohnung in der Joaquim Nabuco. Jedes Kleidungsstück, jeder Schnickschnack und jedes Bild, das sie gemeinsam gekauft hatten, hatte kein Leben mehr in sich. Die Wohnung erinnerte Vivien an eine Hütte im Dschungel; man musste schreien und klopfen, bevor das Licht brannte. Als die Sonne in Leblon aufging, brachen sich kleine Wellen im Sand wie eine Katze, die über einen toten Vogel rollte.

Astrud hätte ihm gesagt, was er tun sollte.

Die Erinnerung raubte ihm die Luft. Er saß benommen und paralysiert da. Er konnte sein Glas nicht nehmen, ohne zu zittern. Die Kälte steckte bis ins Mark in seinen Knochen. Wie Marvar.

Der Physiker aus dem Iran war nicht jemand, den er

dreimal getroffen hatte; er war eine Krankheit, die sich in ihm eingenistet hatte.

Dyer stand auf und ging in die stinkende Toilette. Als er sich die Hände wusch, sah er unwillkürlich sein Spiegelbild. Der müde Ausdruck. Er erklärte Mirandas Reaktion am Tag zuvor. Auf seinen Wangen Stoppeln so grau wie Asche. Sein Blick leer. Er sah aus wie ein Obdachloser, wie der Akkordeonspieler vor dem Oxfam-Laden. Er meinte zu verschwinden.

Panik stieg in ihm auf, deren Heftigkeit ihm Angst machte. Er konnte keinen klaren Gedanken fassen. Einen Moment lang verstand er, was es hieß, einen geistigen Zusammenbruch zu erleiden, keine Entscheidung treffen zu können.

Eine mathematische Gleichung ist für immer gültig, hatte Marvar gesagt. Aber nur, wenn man die Gleichung kannte. Wenn man sie jedoch loswurde, bevor jemand davon erfuhr, wer wüsste dann, dass sie jemals existiert hatte – abgesehen von der Person, die die Gleichung aufgestellt hatte?

Wenn Marvar noch am Leben war, könnte er sie bestimmt replizieren.

Er verließ das *Barico* und bog links in die St Giles. Ein kleiner Hund lief zu einem vergitterten Tor und sah ihm nach. Er ging, als würde er seine letzten Schritte in Ketten machen, wie jemand, der gleich ein Verbrechen begehen würde. Seine Bewegungen waren mechanisch, kraftlos. Doch auf der Toilette war er zu einer Entscheidung gekommen, und seine Miene war merkwürdig gefasst, als er am Oxfam-Buchladen vorbei auf Blackfriars und die Bibliothek zuging. Wieder einmal.

Bei Miranda gestern hatte er gekniffen. Jetzt ist er entschlossen, die Sache zu Ende zu bringen.

36. KAPITEL

Von außen sah Blackfriars Hall aus wie ein Gefängnis. Die Gehsteige waren breit, mit Bänken. Oxfords Obdachlose hielten sich hier gern auf, sie konnten die Beine ausstrecken und Passanten ein schlechtes Gewissen machen.

Auf einer Bank neben dem Eingang zum Priorat saß eine lächelnde junge Frau und telefonierte mit leerem Blick.

Nicht weit von ihr lag ein Mann in einem winterblauen Schlafsack auf dem feuchten Pflaster. Er trug ein Sweatshirt mit der Aufschrift »Cambridge University« und hatte kurz geschnittenes spatzengraues Haar. Unbeeindruckt von der Welt las er den *New Scientist*.

Dyer ließ den Blick über ihn schweifen, glaubte zuerst, es wäre der Akkordeonspieler, und verspürte kurz Mitgefühl. Der Mann hatte um sich herum einen großen Rucksack, einen schwarzen Hut für Münzen, eine graue Filzdecke mit Inka-Muster, das Einwickelpapier eines KitKat, zwei Pappbecher und eine weiße Stahlstange verteilt. Das war das Inventar seiner Welt. Dyer ging jeden Tag an jämmerlichen Kulissen wie dieser vorbei. Nicht einmal der Stapel der Zeitschrift *Science et Vie* machte ihn zu jemand Besonderem. Es war wie das Sweatshirt des Mannes die Standardausstattung, die die Passanten manipulieren sollte, damit sie ihn für einen vom Pech verfolgten ehemaligen Studenten hielten.

Ohne zu wissen warum, bleibt Dyer stehen. Es ist die Konzentration des Mannes. Sie und das Fehlen des aasigen Geruchs und einer Flasche. Ihn umgibt nicht die Traurigkeit eines Obdachlosen. Er sieht nicht aus wie jemand, der es hasst, aufzuwachen und sich Sorgen zu machen, was der Tag bringen wird, gefangen in einem unentrinnbaren Schicksal. Er sieht irgendwie anders aus.

Dyer sucht zerstreut in seinen Taschen nach Geld. »Gefällt Ihnen, was Sie lesen?«

Der Artikel ist überschrieben mit »Die dunkle Seite der Meditation«. Der Mann liest den Absatz zu Ende und blickt dann auf, als wäre Dyer ein Polizist, der ihn vertreiben wollte. Sie schauen sich in die Augen.

Er hat ein schmales bärtiges Gesicht und dunkle Augen. Sie fixieren Dyer mit der hypnotischen Konzentration eines frühreifen Kindes. Dyer hat plötzlich das Gefühl, ihm schon einmal begegnet zu sein. Er ist ungefähr so alt wie er selbst, doch seine braunen pupillenlosen Augen scheinen aus einer unendlichen Tiefe herauszublicken. Dyer fragt sich einen Augenblick, ob er blind ist. Nie zuvor hat er so dunkle Augen gesehen, und sie lassen ihn nicht los.

Er schaut Dyer an, als würde er durch ein Fernglas auf eine zweifelhafte Gestalt, eine gespenstische Präsenz spähen. Dann erkennt er Dyer und lächelt. »Basil?«

Dyers Herz schlägt so schnell wie das eines Mannes, der sich Sand von den Schuhen stapft. Er spürt, wie er blass wird, und ist sich bewusst, wie verwirrt er wirken muss, einen Fünfpfundschein in der Hand, ungeschützt, als wollte er sich mit einem Handtuch bedecken.

»Kenne ich Sie?«

»Du bist John Dyer. Oder?«

Dyer starrt ihn an. Bärtig, älter, ein Grübchen im Kinn.

»Rougetel?«

VIERTER TEIL

37. KAPITEL

Die junge Blondine plauderte ungerührt weiter, während sich Rougetel aus dem Schlafsack schälte.

Er stand auf, seine Beine in der schwarzen Jeans so dünn wie Setzlinge, schob die nackten Füße in alte Turnschuhe, rollte den Schlafsack zusammen und befestigte ihn und die graue Decke an seinem Rucksack.

Er stopfte den *New Scientist* in eine Seitentasche, hob den Stapel Zeitschriften, die Becher, das Einwickelpapier auf und warf alles in einen Abfalleimer. Dann steckte er die Münzen aus seinem Hut in die Tasche und setzte den Hut auf.

Zurück blieb nur eine trockene Fläche auf dem Pflaster.

Der Anblick des Freundes, den er mit zwanzig zum letzten Mal gesehen hat, ist überwältigend für Dyer, ein so außergewöhnliches Ereignis, dass es alles andere aus seinen Gedanken verscheucht. Ein Blick auf Rougetel, und er vergisst Marvars Post-it-Zettel und seinen Plan, ihn zu vernichten.

»Hast du Hunger?«, fragt er.

Er hatte Mühe, Rougetel – sein blasses sommersprossiges Gesicht – in den tiefliegenden Augen, seinem festen, direkten Blick, der Adlernase, dem ungleichmäßig gepflegten Bart wiederzuerkennen. Er war schlank und wirkte fit. Gelassen und wachsam. Sie waren gleich groß.

Rougetel nickte. Er hob sich den Rucksack auf die Schultern, und sie machten sich wortlos auf den Weg.

Sie überquerten die Straße, wo Dyer beinahe gekidnappt worden wäre. Sie bahnten sich einen Weg durch die Studentengruppen, die Rougetel auswichen, der das weiße Stahlrohr in der Hand hielt, als wäre er blind. Sein Gang war hüpfend und langsam, sein Gesicht halb verborgen unter der Hutkrempe. Sie gingen, als hätten sie sich verständigt, die Cornmarket Street entlang zur Markthalle und ins *Café Lisboa.*

Die Tische am Fenster waren besetzt. Miguel führte sie zu einem Tisch an der rückwärtigen Wand.

Rougetel nahm seinen Rucksack ab, legte die weiße Stange auf das glänzende Wachstuch und setzte sich.

»Ich erinnere mich an dieses Café.« Seine Stimme war leise, tonlos, der Mittelschichtakzent, den sich Dyer bewahrt hatte, abgeschliffen. »Es war absolut verboten.«

Er nahm den Hut ab und schaute sich kurz um, seine Miene ernst. Er versuchte, das Café mit seiner Erinnerung in Einklang zu bringen.

Dyer sagte: »Wir haben immer hier an der Wand gesessen, damit Slimy uns nicht sehen konnte.«

Rougetel blickte durch die Fensterscheibe in die Passage.

»Aber er hat uns nie erwischt, oder?«, murmelte er ein bisschen stolz. »Er hätte uns bestimmt verprügelt.«

Er schaute konzentriert auf das Fenster, als könnte es jene Jahre widerspiegeln, den Schatten seines jüngeren Selbst, den Geruch nach Players-Zigaretten und frittiertem Brot zurückbringen. Er lächelte, als hätte er keine Angst mehr.

Das Überschreiten der Grenzen in der Schule, schien sein Lächeln zu sagen, waren nur Proben für spätere Übertretungen und Erkundungen gewesen. Wenn man im *Lisboa* oder *St Giles Café* die Schule geschwänzt hatte, war nie wieder ein Ort verboten.

»Was willst du essen?«, fragte Dyer.

Rougetel studierte die Speisekarte, aber er erkannte sie nicht wieder. Die Gerichte hatten sich verändert, seit er Dyer vielleicht an diesem Tisch das letzte Mal gegenübergesessen und ein verbotenes Ei auf Toast verschlungen hatte (und erklärt hatte, warum er allein mit dem Zug nach Paddington gefahren war). Es war nicht, was er gewohnt war.

»Warum suchst du nicht was für mich aus?«, sagte er und legte die Speisekarte weg.

Miguel kam. Dyer bestellte zwei Tagesgerichte. Den Schweinebraten für sich, und vegetarische Falafel für Rougetel, Apfelsaft für sie beide.

Dyer rückte seinen Stuhl vor, stieß mit dem Knie gegen den Tisch, und das weiße Rohr fiel zu Boden.

»Wofür ist das?« Er hob es auf.

Rougetel neigte den Kopf. »Für den Fall, dass ich angegriffen werde.«

Mit einer raschen Bewegung nahm er die Hände vom Schoß und streckte die Arme.

Dyer hatte vergessen, wie spontan er sein konnte.

Er schaute auf Rougetels Handrücken und sah, dass sie voller blauer Flecken waren: Zwei Nächte zuvor waren Betrunkene auf seine Hände getreten und hatten ihn mit »Landstreicher« angeschnauzt, als er auf dem Gehweg vor dem Balliol College eingeschlafen war. Es war das erste Mal gewesen, dass er attackiert worden war. Normalerweise schlafe er in Iffley, sagte er.

Dyer schwieg. Er wusste nicht, wie Rougetel wollte, dass er reagierte. Sein Ausdruck war merkwürdig flehentlich. Dyer dachte an den Toilettenspiegel, in dem sich ihre Blicke gekreuzt hatten, an den Boden, der nach Desinfektionsmittel gestunken hatte, an den Schlafsaal voller Jungen mit verkniffenen Gesichtern, die Dyers Modellflugzeug in der Sprunggrube vergraben hatten. Er dachte an Rougetel, der ganz ernsthaft zu Dyer gesagt hatte, nachdem dieser ihm für den Tipp gedankt hatte, dass er vom Pluto kam, was Dyer niemandem sagen durfte.

Dyer glaubte, dass Rougetel La Paz gemeint hatte, doch als Dyer später darüber nachdachte, war er sich nicht mehr so sicher. Rougetel machte keine Witze. Vielleicht hatte er sich versprochen. Vielleicht war er ein labiler Phantast. Oder er hatte die Wahrheit gesagt und kam tatsächlich aus dem Weltall, und alle anderen waren die Außerirdischen.

Wie auch immer, er wirkte noch immer vollkommen aufrichtig, das hatte er nicht verloren. Sein Bedürfnis zu erfahren, was wahr war und was nicht, war ein Zug seines Charakters, so unveränderlich wie das Grübchen in seinem Kinn. Rougetels Verlangen, einer Sache auf den Grund zu gehen, war die Eigenschaft, die Dyer angezogen hatte und sie zusammenschweißte. In der Phoenix hatten sie etwas Gemeinsames geschmiedet, ein Interesse, das auf unbekannte Welten ausgerichtet war.

Das Essen wurde gebracht, und Dyer vergaß, was er hatte sagen wollen.

Rougetel aß gierig mit den Fingern. Er schämte sich nicht für seinen Hunger. Seine unregelmäßigen Zähne waren gelb.

Dyer war verlegen, als er nach Messer und Gabel griff. Ihm fiel jetzt ein seltsamer Geruch auf – nicht nach Urin oder Schweiß, sondern nach Gemüse, muffig, und darüber ein starker Geruch nach Zitrone. Plötzlich wurde ihm klar, dass so jemand roch, der im Freien schlief.

Er hob den Kopf etwas, um Rougetel dabei zuzusehen, wie er sein Essen verschlang. Er war nicht gekleidet wie andere obdachlose Männer in Oxford. Seine Sachen waren sauber, nicht gebügelt, aber sauber. Trotzdem sah er fürchterlich arm aus.

Dyer sagte: »Das letzte Mal haben wir uns gesehen ...«

»Am Flussufer in der Nähe von Hampton Court«, sagte Rougetel. Auf seiner Zunge waren Falafelstückchen. »Du warst beim Rudern.«

»In den großen Ferien bin ich mit dem Molesley Boat Club gerudert.«

Rougetel schaute Dyer auf die vorsichtige und wachsame Weise, die ihm jetzt eigen war, ins Gesicht.

»Was hast du nach der Universität gemacht?«

Dyer wollte ihm erzählen: Dass er die Doktorarbeit aufgegeben und als Journalist angefangen hatte, dann als Auslandskorrespondent nach Südamerika, nach Rio gegangen war. Seine Entscheidung, den Job in Brasilien anzunehmen, tatkräftig unterstützt von Vivien, war womöglich die Frucht eines wilden Samens gewesen, den Rougetel gesät hatte mit seinen lebhaften Beschreibungen, gespickt mit Spanisch und Aymara, der indigenen Völker im Altiplano der Anden und der Villa mit dem orangefarbenen Dach im Distrikt Achumani, La Paz, wo die Rougetels lebten.

»Ich habe versucht, dich ausfindig zu machen.« Dyer wollte, dass er es wusste. In seinem zweiten Jahr in Brasilien hatte die Zeitung Dyer in die bolivianische Hauptstadt geschickt für einen Artikel über den Día de los Muertos. Doch kein Rougetel war im Telefonbuch aufgeführt. »In der Botschaft hatte niemand eine Adresse von dir.«

Rougetels Finger schlossen sich um sein Glas. »Was hast du geschrieben?«

»Nachrichtenmeldungen, Features.«

»Über?«

»Politiker, Revolutionäre, aktuelle Politik. Ihre Auswirkungen auf die Menschen.«

Der Mann am Nebentisch gähnte.

»Und was hat Auswirkungen – deiner Meinung nach?«

»Wenn ich jetzt etwas schreiben würde, wäre es zweifellos über das Atomabkommen mit dem Iran.«

Rougetel war verwirrt, als hätte ihm jemand gesagt, dass er seinen Pullover verkehrt herum anhatte. Dyer sah ihm sofort an, dass er nichts davon wusste oder sich nicht dafür interessierte.

»Dieses Atomabkommen – du schreibst also nicht drüber?«

»Ich habe den Journalismus vor langer Zeit aufgegeben.«

»Warum?«

»Ich hatte da eine Geschichte – meine beste, glaube ich – und mich entschieden, sie nicht einzureichen.«

Rougetel nickte. Er fragte nicht, warum Dyer von einer Veröffentlichung abgesehen hatte oder worum es bei der Geschichte gegangen war. Stattdessen wollte er wissen: »War das so etwas wie ein Wendepunkt für dich?«

Dyer überlegte, bevor er antwortete. Die letzte Person, die ihn auf diese Weise zum Nachdenken gebracht hatte, war Rustum Marvar gewesen. »Einer von mehreren.«

Die Tür wurde geöffnet und der Geruch von frisch gemahlenem Kaffee wehte herein. Er löste eine Erinnerung aus. Und noch eine und noch eine. Dyer in Rio im Büro der Zeitung, Dyer in der Favela, Dyer der Ehemann, der Witwer, der Vater, der Autor.

Er sah wieder zu Rougetel. Sein völlig unerwartetes, aber irgendwie auch natürliches, sogar unvermeidliches Wiederauftauchen war eine ungeheure Erleichterung.

Rougetel war so viel mehr als nur eine Ablenkung von dem, was Dyer beschäftigte. Er war ein Blitzableiter, der Dyer in seine Schulzeit zurückversetzte, und weil er in Südamerika aufgewachsen war, auch in die Jahre in Brasilien.

Dyer verspürte das Bedürfnis, Rougetel von Astrud zu erzählen. Dass sie ihre Tochter, hätte sie gelebt, Xuxa genannt hätten. Er wollte ihm von Nissa erzählen, von Leandro, von dem Buch, das er schrieb, von Marvar und dem Post-it-Zettel – er dachte immer wieder an Marvar, auch wenn er lieber nicht an ihn gedacht hätte –, aber es war zu früh für diese Art Gespräch, und nichts forderte so hartnäckig, dass darüber gesprochen wurde, wie die Wendepunkte im Leben der Person ihm gegenüber.

Seit Trundle ihn angeblich in Benin gesehen hatte, hatte er nichts mehr über Rougetel gehört.

»Und du, was ist aus dir geworden?«, fragte Dyer. »Als wir uns in Griechenland getroffen haben, wolltest du nach Cambridge.«

Die Hand, die nach dem Glas griff, schien verkrampft.

»Was aus mir geworden ist?« Die Art, wie er sprach, hatte etwas Erfrorenes. Er fuhr sich mit dem Rücken der anderen Hand über den Mund und trank den Apfelsaft.

Bis zu diesem Augenblick war Dyer nicht klar gewesen, wie verwirrend es für Rougetel sein musste, erkannt und nach seinem Leben gefragt zu werden. Nur mit sichtlicher Anstrengung hatte er sich nach Dyer erkundigt. Sein Blick war bereits verschwommen dank der Erinnerungen, die aufgerührt worden waren.

»Ja«, beharrte Dyer, »was um alles in der Welt ist mit dir passiert?« Die Überraschung war seiner Frage deutlich anzuhören. Wie Rougetel sich verändert hatte, wie er sich an ein anderes Leben angepasst, den Kanon seiner Herkunft und Klasse aufgegeben und vielleicht andere Vorstellungen und Sehnsüchte entdeckt hatte.

Gedrängt, sich mit Dyers Augen zu sehen, schwieg Rougetel. Er musste Erinnerungen auftauen, die er eingefroren hatte, und das war nicht angenehm. Der Tisch, sein leerer Teller, Miguels Stimme im Hintergrund schienen für ihn zu antworten.

Er kratzte sich am Knöchel. Er öffnete den Mund. Er versuchte zu sprechen, brach ab, versuchte es erneut.

Rougetel begann zögernd, Dyer musste sich vorneigen. Zuerst klang er wie jemand, der sich wappnete, Volkes Stimme zu hören, die ihn auslachte und auf die Hände trat. Er war nicht so in sich gekehrt, dass er nicht wusste, wie seine Geschichte auf einen ehemaligen Auslandskorrespondenten wirken würde. Doch als er sah, dass Dyer jedes seiner leisen Worte begierig aufnahm, sprach er mit weniger Zurückhaltung, nicht mehr wie ein Mann, der ohne seine Brille zu lesen versuchte.

Er war immer aufrichtig gewesen, und daran hatte sich nichts geändert. Sie hatten sich schon gekannt, bevor ihre Charaktere sich verfestigten. Dieser Person – vertrauenswürdig, seinem ersten richtigen Freund, der keine Werturteile fällte – hörte Dyer mit voller Konzentration zu.

Viele Jahre waren vergangen, und sie saßen wieder gemeinsam an einem Tisch. Und Rougetel erklärte, was ihn auf einen Weg gebracht hatte, der sich auf radikale Weise von Dyers Weg und vom Weg aller anderen unterschied, mit denen sie in die Schule gegangen waren.

Dieses Mal brach er nicht ab.

38. KAPITEL

Inhaltlich, wenn auch nicht wörtlich, erzählte Rougetel diese Geschichte:

»Aus einer Kinderbuchperspektive auf mein Leben würde man mit dem 3. Dezember 1980 anfangen.«

Rougetel war im ersten Semester in Cambridge, als er ein Telegramm der Telefongesellschaft seines Vaters in La Paz erhielt mit der Nachricht, dass seine Eltern bei einem Autounfall ums Leben gekommen waren. Sie waren nachts von Cochabamba auf einem schmalen Bergpass um eine Kurve gefahren, als ihnen ein Bus mit defekten Scheinwerfern entgegenkam. Es regnete, die unbefestigte Straße hatte keine Leitplanken. Das Tal befand sich über tausend Meter weiter unten. Rougetels Vater trat auf die Bremse, doch sein weißer Range Rover reagierte nicht. Die Polizei legte eine Decke über die Gesichter des Paars. Rougetel war ihr einziges Kind.

Wenn deine Eltern einfach so verschwinden, ist nichts anderes wirklich wichtig. Sechs Wochen, nachdem er das Telegramm erhalten hatte, ging Rougetel, verkatert und ohne Familie, abgesehen von einer Großmutter in Schottland, den Cam entlang zu einer Vorlesung, als ihn ein lächelnder Franzose mit einem langen grauen Bart ansprach. Henri Lemoine war Missionar, der in Indien gelebt und mit Hilfe von kontemplativen Praktiken »Erkenntnis« erlangt hatte. Lange bevor sie Sidgwick Site erreichten, hatten Lemoine Rougetels schreckliche Einsamkeit vermessen und in dem unglücklichen jungen Studenten jemanden erkannt, der von seiner heterodoxen »Fusionsreligion« profitieren könnte. Am Ufer des Cam weihte er Rougetel in ihre vier Grundsätze ein:

Nichts ist.
Nichts ist nicht.
Noch ist es eins von beiden.
Noch ist es beides.

Lemoine war ein Schüler des französischen Swami Marc Chaduc und mit einem Stipendium nach Cambridge gekommen, nachdem Chaduc im April 1977 aus seiner Hütte im indischen Kaudiyala verschwunden war. In der Hütte wurde nur Chaducs Brille gefunden, ohne die er blind war; niemand hatte ihn seitdem je wiedergesehen; Lemoine glaubte, dass er in den heiligen Ganges gegangen war.

»Ich bin nicht da!«, rief Rougetel, als Lemoine am nächsten Tag an seine Tür klopfte. Eine Woche später nahm er eine Einladung in Lemoines Zimmer im Westcott House an. Der französische Prediger wies Rougetel an, sich im Schneidersitz auf eine lila Gummimatte zu setzen, die Augen zu schließen und zu summen und dann aus der Magengrube heraus ein und aus zu atmen.

Anfänglich milderte Lemoines buddhistisch orientierte Meditation Rougetels Depression, seine Ängste und den Stress. Er hatte mehr Energie. Er war nicht auf der Suche nach einer mysteriösen Kommunion mit den Tiefen seiner Seele; er wollte sich verlieren, mehr nicht. Von Lemoines Methode, Zugang zu seinem »inneren Klang und Licht« zu finden, indem er mit den Fingern fest auf seine Augen drückte und sich mit den Daumen die Ohren zuhielt, wurde Rougetel schwindlig und verstopfte ein Gehörgang.

Dann, zwei Monate später, passierte es. In seinem Kopf schnappte etwas. Plötzlich floss er in einem konstanten Strom aus sich heraus und wurde dabei nicht weniger, sondern erfüllt von einer ungeheuren Energie und dem Gefühl, sich endlos auszudehnen, sich in die Unendlichkeit zu erstrecken, so weit das Licht und Worte reichten.

Das Wesen der Sprache ist linear und folgt einer geraden Linie zum Ziel. Rougetels mystische Offenbarung war so schwer zu beschreiben, wie es schwer war, ihr zu folgen. Doch Sprache war das einzige Werkzeug, das Rougetel besaß. Die transformative Erfahrung, die Rougetel in seinem schlecht beheizten Zimmer machte – das Strahlen, das ihn einhüllte, die unvergleichliche freudige Erregung –, Dyer konnte sie nicht nachvollziehen, nur zur Kenntnis nehmen.

Rougetel hatte sich in Cambridge schon mehrmals betrunken und war angewidert von der eingebildeten, zynischen Person, zu der ihn der Alkohol machte.

Dieses Erlebnis war das Gegenteil davon.

Er befand sich in einem Oval aus weißem leuchtendem Licht. Es war, als würde eine ewige Sonne in seinem Kopf glühen, klar und hell, form- und randlos. Er empfand eine mühelose Stille, als wäre er im Zentrum des Kosmos, untrennbar davon, ein Kind im sprichwörtlichen Mutterleib, eine friedliche Wonne im Nichts, das sich bis zur Sonne und zu den Sternen erstreckte.

»Wenn dir jemand mit einer Taschenlampe in die Augen leuchtet, bist du erst geblendet und siehst nur Lichter und Farben, wenn du aber weiter hineinsiehst, kannst du zu einer Kaskade von Gedanken und Gefühlen vordringen wie superschnelles Breitband.«

In diesem kurzen intensiven Moment existierte weder die Zukunft noch die Vergangenheit. Er erlebte nur den Augenblick und hatte das Gefühl, sein Herz, seinen Geist, seinen Charakter in der Quelle aller Natur gefunden zu haben. Er war die Energie, die die Essenz des Lebens war, sein Gehirn bestand aus den Atomen und Neutronen, die die Sonne generierten, Teil desselben unendlichen Prozesses.

Superschnelles Breitband, absolutes Weiß – Rougetel stolperte durch die Sprache, aber er tat sein Bestes. Dyer musste den gleichen starken Impuls, peinlich berührt zu lachen, unterdrücken wie bei Marvar.

Rougetel sah ihn an und sagte, dass in der Mitte des Weiß, bevor es sich auflöste, eine dunkle Scheibe wie ein Auge auftauchte. Das einzige Mal, dass er etwas Vergleichbares gesehen hatte, war in der byzantinischen Kapelle auf Kythera gewesen, als er in Gegenwart von Dyer die Kerze an einer abblätternden Mauer hochhob und die darauf gemalte weiße Stelle berührte.

Wie Dyer war Rougetel im Geist der Kirche von England groß geworden. Seine dramatische Erfahrung ließ ihn jetzt die Existenz einer anderen Weltsicht ernst nehmen. Ihm schien, dass ausnahmslos jede Religion auf der Suche nach dem Streichholz mit dem Kopf in der passenden Farbe war, doch tatsächlich war die Flamme entscheidend. Religionen waren unvollkommene Konstruktionen des menschlichen Intellekts, um zu begreifen, was ihn transzendierte. Sie waren verschiedene Wege denselben Berg hinauf zu einem Gipfel, der jenseits aller von Menschen erdachten Religionen aufragte.

Diese innere Sonne war der Zugang zu seinem Weg. Nie wieder hatte er eine Vision davon, aber er hatte sich darin umfangen gefühlt, sie war gewaltig gewesen, nichts konnte sie auslöschen. Er vermisste sie mit einer Intensität, die ihn erstaunte und immer präsent war. Er glaubte, das Beste von sich darin gesehen zu haben, das Beste, was er sein konnte. Von diesem Augenblick an wollte er so oft wie möglich diese Person sein, eine aufnehmende Leere, losgelöst von den Komplexitäten des Lebens.

Exzellent in Mathematik und in Englisch hätte Rougetel eine große Karriere als Akademiker oder genialer Informatiker oder sogar in der Regierung machen können. Doch am Ende des ersten Jahres in Cambridge, knapp einen Monat, nachdem er Dyer vor dem *Molesey Boat Club* getroffen hatte, flog er für die langen Ferien nach Bolivien und kam nicht mehr zurück. Im leeren Schlafzimmer seiner Eltern in La Paz lag er mit offenen Augen im Dunkeln und begriff, dass er seine Entscheidung getroffen hatte. Nachdem er das Haus in Achumani verkauft und eine Versicherungssumme erhalten hatte, machte er sich in diesem Herbst auf den Weg, den er seitdem nicht mehr verlassen hatte.

»Wie soll ich es beschreiben? Man könnte sagen, dass es als westliche Interpretation östlicher Religionen begonnen hat – die Welt ist in dir und eine Widerspiegelung dessen, was in dir ist.« Doch viel davon, war Rougetel jetzt im Gespräch mit Dyer klar geworden, war eine Weiterführung dessen, was sie in der Phoenix gelernt hatten.

Rougetel leckte sich die Finger. Er hatte noch immer Hunger. Dyer bestellte zwei Reiswaffeln. Obwohl er viele Fragen stellen wollte, schwieg er, er wollte, dass Rougetel weitererzählte, so wie er sich einst danach gesehnt hatte, dass Rejas und vor kurzem erst Marvar weitersprachen. An diesem Punkt zu unterbrechen wäre fatal.

Die Waffeln wurden gebracht, und Rougetel fuhr fort.

Ende September befand er sich auf dem arktischen Archipel. »Ich wollte so weit wie möglich weg von allem, was ich kannte.« Einem ähnlichen Impuls folgend war er im ersten Schuljahr aus der Phoenix fortgelaufen, war immer weniger geworden, wie ein anorektisches Mädchen.

Wenn du dein Leben wirklich betrachten willst, hatte Lemoine gesagt, musst du es leeren. Dank eines Kontakts von Lemoine zu einem Missionar auf King William Island verbrachte Rougetel zwei Winter in einem ranzig riechenden Iglu bei Netsilik-Robbenjägern. Hier war er befreit von den Komplikationen der Welt, mit denen er aufgewachsen war. Die horizontlose Topographie erinnerte ihn an die frühe Schlichtheit des Universums. Er hatte keine Besitztümer mehr, nicht einmal die Schneequader des Iglus, in dem er wohnte, gehörten ihm. Dank der Entbehrungen lernte er die Fertigkeiten, die er brauchte, um anschließend auf der Straße zu überleben. Nach den extremen Temperaturen in der Arktis war keine Nacht mehr kalt. Nichts schmeckte mehr ekelhaft, nachdem er aus einem Rentierschädel lauwarmes Robbenblut getrunken hatte. Nur ganz selten erlebte er noch etwas derart Extremes.

Es erstaunte Dyer, wie oft sich ein Gesicht in einer Stunde verändern konnte. Es animierte Rougetel, wenn er sich an die Zeit im Norden erinnerte, die Stunden, die er über das Eis gebeugt verbrachte auf der Suche nach dem Luftloch einer Robbe. Er stand halb vom Stuhl auf, seine Miene voller Fröhlichkeit. Seine rechte Hand war der Schlitten, den er über das zugefrorene Meer schob, seine linke die Welle, die in Sekundenschnelle zu einer Rolle gefroren war, und die Reiswaffel wurde zu einem Wirbel aus Schnee, in dem seine Füße verschwanden. Im Schein einer Robbenöllampe arbeitete er sich in seinem stinkenden Iglu Seite um Seite durch ein mit Fettflecken übersätes Wörterbuch, in dem er den Zustand fand, den er anstrebte. Mit dem weißen Stahlrohr unterstrich er imaginär das Netsilik-Wort für Eisbär – *tara-i-tua-luk*: der keinen Schatten hat.

Aus dem reinen weißen Schmelztiegel von Nunavat tauchten seine wahren Züge auf. »In so jungem Alter erwachsen zu sein, zerreißt dich.« Nach vierzehn Monaten war er bereit, allein loszuziehen, selbst die Welt zu erschließen.

Im Frühjahr schmolz das Eis, und er ließ Schnee und Robben zurück und wandte sich nach Süden. Im Sommer studierte er in Cochin die Upanischaden. Zu Spanisch und Bruchstücken von Aymara und Inuktitut kam jetzt noch Sanskrit. Das Studieren gefiel ihm, er liebte es. Sprachen führten zu Linguistik, Linguistik zu künstlicher Intelligenz. Je mehr er las, umso mehr wollte er lesen. »Ich wollte alles wissen.«

Die Mühe, die er in eine Doktorarbeit gesteckt hätte, wäre er in Cambridge geblieben, investierte er in das Projekt seines Lebens: gewissenhafte Lektüre und ausgiebige Meditation über die Texte, auf die er dank Intuition, Neugier oder blindem Zufall stieß.

Er nahm sich immer nur ein Thema vor und konzentrierte sich darauf. Er suchte nach den anerkannten Autoritäten, las ihre Werke mit hartnäckigem Interesse, klärte seine Gedanken. Den nächsten Winter widmete er den Theosophen; den folgenden Winter dem Aufstieg und Fall der Nabatäer. Seither hatte er – er zählte es an den blauen Fingern ab – Philosophie, Geschichte, Naturwissenschaft, Biologie, Mathematik, Wirtschaft, Medizin, Psychologie, Astronomie, Anatomie, Archäologie, Politik und Physiologie studiert. Auf der Suche nach der Vernetzung von allem wanderte er von Thema zu Thema, um herauszufinden, wie sie in das universelle Puzzle passten.

Er aß rasch die Reiswaffel und grinste. Zum ersten Mal erzählte er jemandem, der ihn gekannt hatte und ihn möglicherweise verstand, von seiner großen Reise.

Fast vierzig Jahre in ein Gespräch beim Mittagessen zu packen ist nicht einfach. Dyers Verständnis von Rougetels Leben war voller Lücken. Was war mit Geld, Sex? War er verliebt gewesen? Was bereute er? Und vor allem, war er krank, auf Drogen?

Dyer behielt diese Fragen für sich. Er hoffte, dass sie seinem Gesicht nicht anzusehen waren.

Aber seine Gedanken waren wirr. Rougetels Geschichte schien so unwirklich. Dyer hätte viel davon nicht geglaubt, hätte er nicht gewusst, wozu Rougetel in der Lage war.

Er dachte über die »Wendepunkte« nach. Da war Rougetels Trauer nach dem Tod seiner Eltern. Hatte er noch andere Krisen erlebt? Wenn ja, tauchten sie in seiner »Kinderbuchperspektive« nicht auf.

Rougetel hatte die Jahre zwischen zwanzig und vierzig im Ausland verbracht. Er war nicht nach Südamerika zurückgekehrt. Er hatte Großstädte gemieden. Während Dyer als Journalist in Rio gearbeitet hatte, ließ sich Rougetel von seiner unablässigen Lektüre inspirieren und an entlegene Orte führen. In Räumen voll mit Büchern – staubig, leer – hatte er beständig sein Wissen erweitert.

Dyer forderte ihn auf, mit dem Zeigefinger eine Landkarte auf das Tischtuch zu skizzieren, die Orte aufzuzeigen, wo er sich aufgehalten und studiert hatte. Dschibuti, Ceuta, Niamey, Al-'Ula, Tromsø, Royal George, Akureyri, Darovoye, Jutogh, Sihanoukville.

Aber er war nicht nur im Ausland gewesen. Über zwanzig Jahre hatte er in England verbracht, die letzten zwei Jahre in Oxford. Zurückgeführt hatte ihn sein jüngstes Interesse, das dem menschlichen Gehirn und den unterschiedlichen Ansichten zur rechten und linken Hemisphäre galt. Er war inspiriert von einem 608 Seiten dicken Buch, das Ergebnis von zwei Jahrzehnten Forschung, verfasst von einem Prize

Fellow des All Souls College, einem Professor für englische Literatur, der zurückgekehrt war, um Medizin zu studieren.

Aufgeregt öffnete Rougetel seinen Rucksack und holte das zerfledderte Buch heraus. Es sah aus, als wäre es nass geworden, als wäre es in den Cherwell gefallen – doch dann begriff Dyer, warum es so gebläht und gelb war: wegen der zahllosen Post-it-Zettel, die Rougetel hineingeklebt hatte.

Rougetel hatte es fast durchgearbeitet und fühlte sich inspiriert von all den Implikationen. Er hatte einen Ausweis für die Bodleian-Bibliothek und las sich dort durch die Bibliographie des Autors. Demnächst würde er Oxford wieder verlassen.

Er schaute zu Dyer, dessen Blick immer noch an den gelben Zetteln klebte. »Es war reines Glück, dass wir uns begegnet sind. Nächste Woche bin ich vielleicht schon nicht mehr da.«

Dyer sah ihm schweigend zu, wie er das Buch wieder in den Rucksack steckte. Die ganzen Monate hatten er und Rougetel in derselben Stadt gelebt. Wie oft war Dyer an ihm vorbeigegangen?

Ein Spruch von Horaz fiel Dyer ein. Lass dich von nichts überraschen.

39. KAPITEL

Dyers erster Gedanke war Mitleid. Rougetels Geschichte konnte mit einem Wort umschrieben werden: Cannabis. Dyer hatte mehrere Opfer unter seinen Kommilitonen an der Universität gekannt und noch viel mehr in Rio. Freiberufliche Bettler waren ein weitverbreiteter Anblick in den dunklen Gassen von Südamerika. Wenn man irgendwie lädiert war oder Schreckliches erlebt hatte, konnte man sich herumtreiben.

Er dachte kurz an einen vagabundierenden Sänger, der sich oft an der Bushaltestelle der Favela aufhielt und mit einem entweder verzweifelten oder ekstatischen Tenor den Wartenden etwas vorsang. Rougetel dagegen war gebildet, er war ein intellektueller und spiritueller Nomade, der dem normalen Leben entsagt hatte, um in Bibliotheken und Büchern zu leben.

Aber Rougetel sah nicht aus wie ein Süchtiger oder wie jemand, der gebrochen war. Ihm waren weder Drogenkonsum noch ein Zusammenbruch anzusehen. Er konnte über sich selbst lächeln. Über Dyer. Er war scharfsichtig und hatte ein reines Gewissen. Er war präzise, offen, klar. Überhaupt nicht verrückt.

Dyer bat um die Rechnung. Sie hatten über zwei Stunden gesprochen. »Ich muss meinen Sohn abholen.«

»Du hast einen Sohn?«

»Komm mit. Er geht in die Phoenix.«

Rougetel sah ihn an. »Gut.« Er griff nach seinem Hut und seinem Stahlrohr. »Das gefällt mir.«

Auf der anderen Seite des Cafés saß ein Forschungsassistent vom Lincoln College. Dyer hatte seinen Namen vergessen. Er beäugte Rougetel auf eine merkwürdige Weise, und Dyer hatte das Gefühl, Rougetel beschützen zu müssen.

Er zahlte, nahm dann Rougetels Rucksack und war überrascht, wie wenig er wog.

Er hielt seinem alten Freund die Tür auf, und sie gingen hinaus in die Market Street.

Im *Lisboa* hatte Dyer zugehört, hier auf der Straße stellte er Fragen. Es faszinierte ihn zu erfahren, wo Rougetel aß und schlief, wie er sich finanzierte, seine Tage verbrachte.

Sie gingen die Cornmarket entlang in die St Giles, während Rougetel seinen Tagesablauf beschrieb.

»In einer Woche hast du dich daran gewöhnt«, sagte er in seinem ernsten, aufrichtigen Tonfall.

Sein Tag hatte heute Morgen in Iffley begonnen. Im Eingang von St Mary the Virgin hatte er ein paar Stunden geschlafen. Um vier Uhr war er aufgestanden, noch bevor die Lichter im Pfarrhaus angingen. Er hatte sich die Zähne geputzt und ausgesucht, was er anziehen wollte. Abgesehen von den ein, zwei heiligen Texten zu dem Thema, mit dem er sich gerade beschäftigte, befanden sich in seinem Rucksack: eine Badehose, die leicht zu waschen war, drei Paar Socken, ein Hemd, ein Pullover, eine Zahnbürste und Zahnpasta, ein Kamm, eine Wasserflasche, eine Taschenlampe, ein Taschenmesser, ein Stück nach Verbena duftender Seife.

Nachdem er auf der Wiese Gymnastik gemacht hatte,

joggte er mit dem Rucksack auf dem Rücken zum Bahnhof, der um halb fünf öffnete. Niemand warf ihn dort hinaus oder sprach mit ihm; er unterhielt sich mit niemandem – »ich versuche, keine Aufmerksamkeit zu erregen«. Dyer hätte ihn vermutlich überhaupt nicht bemerkt. In seinem Paralleluniversum passte er in seine Umgebung wie eine Forelle in einen Fluss.

Um sechs Uhr ging er vom Bahnhof zu McDonald's in der Cornmarket, wo er einen McMuffin mit Ei und Käse aß.

Um neun Uhr suchte er mit seinem Ausweis der Bodleian eine der Universitätsbibliotheken auf. Die Art-déco-Treppe der Taylorian war er noch nie hinaufgestiegen. Seine drei bevorzugten Bibliotheken waren: die Vere Harmsworth Library in der Parks Road, die Sackler Library in der St John's Street und die sozialwissenschaftliche Bibliothek in der Manor Road.

Seine Tage verbrachte er in einem Lesesaal, studierte oder döste. Seit mehreren Monaten wusch er seine Kleidung zweimal in der Woche in der Männertoilette der sozialwissenschaftlichen Bibliothek, hängte Socken und Hose zum Trocknen aus dem Fenster oder legte sie an sonnigen Tagen unten auf die Hecke, während er auf dem Grasstreifen neben St Catherine's etwas zu Mittag aß. Doch George der Portier war seit kurzem ein bisschen misstrauisch. Er war zu Rougetel gegangen, als er eine Biographie von Max Weber las und hatte ihn gewarnt: »Wir beobachten dich seit geraumer Zeit.« Rougetel hatte mittlerweile eine andere Waschgelegenheit gefunden, in einer Schwitzstube im obersten Stock des Westgate-Shoppingcenters; die Tür war verschlossen, aber er konnte sie mit seinem Taschenmesser aufstemmen.

Mit jedem hüpfenden Schritt trat das Muster seines Lebens deutlicher hervor.

Nachmittags schlief er eine oder zwei Stunden in einem Ledersessel des Debattierclubs Oxford Union – seine radikale Großmutter hatte ihm eine lebenslange Mitgliedschaft geschenkt. Als Dyer ihn fragte, was er tat, um flüssig zu bleiben, funkelten seine Augen, als würde ihn das Thema langweilen. »Geld? Das sind nur Zahlen.«

Für seine täglichen Ausgaben legte er sich auf den Gehweg vor Balliol oder Blackfriars und döste oder las, während er darauf wartete, dass sich Geld in seinem Hut ansammelte. An einem guten Tag steckte er Münzen im Wert von dreißig Pfund in seine Hosentasche, die Geldscheine versteckte er in seinen Turnschuhen. Das Leben auf der Straße hatte ihm beigebracht, sparsam mit Geld umzugehen. Mittags kaufte er sich ein Angebot bei Tesco für vier Pfund fünfzig; nachmittags manchmal einen Latte am Stand neben dem Saxon Tower für zwei sechzig. Wenn es stark regnete, zahlte er 22,50 Pfund für eine Nacht im Obdachlosenheim. Im Allgemeinen mied er Heime; die Leute dort waren drogensüchtig oder Alkoholiker, die ihn nur anbetteln, sich etwas von ihm leihen oder ihn bestehlen wollten.

Nachts ging er meistens am Kanal entlang zurück zu St Mary's, Iffley, nachdem er ein Brötchen mit Ei bei McDonald's gegessen hatte, bevor er um zwei Uhr morgens schloss.

Er legte sich unter das Vordach, manchmal auch auf die Bank darunter oder auf die Steintreppe – »überraschend bequem« – und war immer ein bisschen nervös, dass der Pfarrer auftauchen könnte. Es rührte Rougetel, dass hier im 13. Jahrhundert eine Einsiedlerin, Annora von Iffley, gelebt hatte, eine Witwe, die sich neben der Kirche in einer Zelle aus Holz mit einem verhangenen Fenster neun Jahre lang eingesperrt hatte, umgeben nur von religiösen

Schriften und Schreibmaterial, und nie in die Welt hinausgegangen war. In kalten Nächten lehnte sich Rougetel unter seiner löchrigen bolivianischen Decke an seinen Rucksack, erinnerte sich an seine Erlebnisse auf der Straße und fühlte sich ihr unerwartet nahe.

Die Sonne war durchgebrochen. Sie gingen die Norham Gardens entlang in die Parks Road. Schmale Wolkenbänder erstreckten sich über den Bäumen. Hier in der Nähe hatte eine Woche zuvor Updarks Wagen gehalten, um Dyer mitzunehmen.

Das Heulen einer Sirene holte Dyer zurück in die Gegenwart. Er wollte Rougetel nach seiner Meinung zu Amerika und dem Iran fragen, erinnerte sich jedoch an seine Verwirrung, als er das Atomabkommen erwähnt hatte. Er nahm an, dass Rougetel die jüngsten Ereignisse als nicht besonders wichtig erachtete: nur ein Teil der kontinuierlichen Entwicklungen, die bis weit vor Annora von Iffley zurückreichten zu einer Zeit, als der Iran das Achämenidenreich war und die Welt beherrschte, so wie der amerikanische Präsident sie heute dominieren wollte.

Dyers Verwunderung war mit Rougetels Schilderungen über seine Tage in Oxford ohnehin noch gewachsen. Dyer gab nicht vor, seinen Verzicht zu verstehen. Es war, als stünden sie auf gegenüberliegenden Ufern und zwischen ihnen flösse ein dunkler Kanal, der nicht zu überbrücken war.

Er hielt Rougetel zwar nicht für einen neurotischen Phantasten, aber seine Geschichte war so bizarr und ungewöhnlich, dass sie ans Unwahrscheinliche grenzte. Er hatte die kindlichen Züge von jemandem, der viel zu lange vor Büchern gesessen hatte, für den Lesen zu einem Ersatz für das Leben geworden war.

Dyer befragte Rougetel weiter, als sie die Bradmore Street entlanggingen. Wonach suchte er? Was hatte er gefunden? Hatte sein Leben auf der Straße die Fragen gelöst, die er ihm gestellt hatte? War er bei seiner maßlosen Lektüre und Meditation auf einen Einstieg gestoßen, der ihn wie das Luftloch einer Robbe im Eis zum Kern geführt hatte?

Rougetel reagierte mit einem schüchternen Lächeln. Er habe seine Erfahrungen noch nicht zu etwas Greifbarem synchronisiert, einer Verschmelzung seines Wissens, in der eine Zusammenschau möglich wäre – zumindest nicht auf eine Weise, die Dyer verständlich wäre. Er behielt alles im Kopf, Querverbindungen, Fußnoten, Schlussfolgerungen, bis er bereit war, es niederzuschreiben. Er war nahe dran, hatte aber keine Eile. Es musste nicht zu einem bestimmten Termin fertig sein, es war kein Zeitungsartikel oder eine lineare Reise; es war ein Prozess mit offenem Ende.

»Bist du jemals deprimiert?«, fragte Dyer.

Rougetel sah ihn unverwandt an. Die Haut um seine Augen war durchscheinend wie bei einem Asketen. »Nein.«

»Empfindest du jemals Selbstmitleid, wenn du im Regen unter dem Vordach liegst?«

»Nein.«

»Dann ist dein Leben also ein Erfolg?«

Er konnte nicht behaupten, dass es vergeudet war. Diese Art Denken passte nicht zu seiner Philosophie. Rechtfertigungen waren nicht seine Sache. Für Rougetel gab es keine falsche Spur, keine Sackgasse, keinen falschen Propheten, kein schlechtes Buch. Es ging nur ums Lernen. Und zugleich harrte sein Leben, der Zweck seines Lebens noch einer Erklärung.

In der Zwischenzeit galt, dass nur der Moment existierte.

Sein fester Blick schüchterte Dyer ein, der darin den Solipsismus des Einzelkindes erkannte, da er selbst eins war. Keine Geschwister oder ein Sohn wie Leandro hatten Rougetel einen korrektiven Spiegel vorgehalten. Er hatte emotional und intellektuell aus sich selbst heraus gelebt, ohne von einer Familie oder Besitz daran gehindert zu werden, sodass er tatsächlich vom Pluto kommen könnte. Er hatte keine Partnerin, keine Angehörigen, kein Domizil, keinen Job, doch etwas Mysteriöses hatte ihre Stelle eingenommen, ein spirituelles Leben ohne Egoismus, voller Offenbarungen, die er fühlte, aber erst noch artikulieren musste, und es war kindisch von Dyer zu wünschen, mit Rougetel auf einer Stufe zu stehen.

Rougetel, erkannte Dyer, als sie in die Phoenix Lane bogen, wollte nicht gerettet oder verstanden werden; er war viel zu sehr damit beschäftigt zu verstehen. Er war zufrieden mit seinem Leben, so wie es war, gefiel es ihm. Für nichts in der Welt wollte er mit Dyer tauschen.

Jeder Instinkt hatte Dyer veranlasst, dieses arme Geschöpf zu bemitleiden, doch es war Rougetel, der ihn bedauerte, der ihn als unwissend betrachtete.

Dyer sagte rasch: »Zumindest hast du es versucht, wahrscheinlich als Einziger von uns. Du hast etwas getan, was sich keiner von uns getraut hat.«

Sie waren vor der Schule angekommen, zu früh. Niemand war auf dem Sportplatz. Nebeneinander wie Brüder, die nie miteinander gestritten hatten, gingen sie zum Hauptgebäude.

Rougetel blickte hinauf zur Glocke auf dem Dach.

»Ich erinnere mich, sie geläutet zu haben«, sagte er leise.

»Warum?«

»Ich weiß nicht, ich war Sprecher von irgendwas.«

»Der Schule?«

»Vielleicht.«

Er schaute auf die Mannschaftsaufstellung für das letzte Spiel des Schuljahrs gegen die Dragon School. Leandros Name stand darauf.

»Dein Sohn?«

»Ja.«

Rougetel las laut: »›Eltern sind eingeladen zum Tee nach dem Spiel …‹« Sein Mund stand offen. »Servieren sie noch Scones?«

»Ja.«

»Kekse mit Vanillefüllung?« Seine Zungenspitze suchte nach dem Geschmack.

»Auch.«

Weitere Erinnerungen tauchten auf. Er war Torhüter der ersten Kricketmannschaft gewesen. Ebenso Kapitän der Schwimmer – auch wenn das Slimy nicht davon abgehalten hatte, ihn zu schlagen.

Dyer drehte sich um. Er verdaute noch das Bild von Rougetel als Torhüter. »Slimy hat dich geschlagen? Weswegen?«

Rougetel blickte zum Fenster über der weißen Uhr hinauf – Slimys Büro.

»Ich bin zu dem Kahn gegangen …«

Die Körnigkeit der Erinnerung. Die Szene spielte sich in seinem Kopf mit der willkürlichen Kontinuität der Filme ab, die sie samstags abends gesehen hatten. Es regnete heftig. Ein Zettel mit den Worten: »Sportplätze nicht betreten.« Hinter dem Fenster hält sich ein Mann mit dünnen Lippen ein Fernglas an die Augen.

An manchen nassen Nachmittagen spionierte Slimy den Jungen nach, die auf die patschnassen Spielfelder gingen. »Er hat unsere Namen aufgeschrieben«, sagte Rougetel, als könnte er den Umriss eines Fernglases hinter der Fensterscheibe erkennen, »dann hat er uns einen nach dem anderen in sein Büro gerufen.«

Die Strafe – zehn Schläge mit einem Turnschuh seiner Wahl – war wesentlich weniger schmerzhaft als symbolisch, ließ den Kahn als Ziel jedoch noch viel verlockender erscheinen. Nicht lange danach verbrachte Rougetel die Nacht im Laderaum des Bootes. Jede Regel missachtend schlich er aus dem Schlafsaal mit einem Körbchen Himbeeren, aufgespart vom sonntäglichen Abendessen, für den Fall, dass er Hunger bekäme, und einem Handtuch, um sich nach einem mitternächtlichen Sprung ins Wasser abzutrocknen.

Vor seiner Demontage damals vom Sportplatz aus zu sehen, ragte der lange blaue Rumpf an Rougetels jugendlichem Horizont als archetypischer Grenzposten auf wie die zwei oder drei Cafés in der Stadt, die er mit Dyer aufgesucht hatte. Ein Achterdeck, von dem aus nicht nur das andere Ufer erkennbar war, sondern »diese göttliche Vergiftung«, auf die Emily Dickinson im Englischunterricht aufmerksam gemacht hatte, »eine Meile weg vom Land«.

Er schaute über die Sportplätze. Dann machte er wortlos ein paar hüpfende Schritte über den Tennisplatz. Dyer holte ihn auf dem Fußballplatz ein, und sie gingen gemeinsam weiter zum Fluss.

Rougetel dachte an den blauen Kahn, als er an einem kalten Septemberabend kurz nach seiner Ankunft in Oxford vor eineinhalb Jahren über den Zaun gestiegen war. Nie zuvor war er zur Phoenix zurückgekehrt, doch angezogen von dem Ort, wo der Kahn gelegen hatte, verbrachte er die Nacht am Flussufer. In dem umgewandelten Laderaum hatte er im Sommer des letzten Schuljahres auf einem Bein hüpfend wie ein Storch seine Badehose angezogen, bevor er in den Cherwell gesprungen war, um gegen die Schulen des Orts zu schwimmen. Doch als er im nassen Gras lag und sich an die Wettkämpfe im schlammigen Wasser erinnerte, konnte er nicht einschlafen. »Ich hatte das Gefühl, ich würde wieder durch diese starken dunklen Strömungen schwimmen, die kalt, warm, manchmal klar waren, und manchmal haben meine Füße den Schlamm berührt.«

Sein ernster Blick schweifte zum anderen Ufer, zum Schilf, dann zum War Memorial, dem Kricketpavillon, den Sportplätzen, den vertrauten Backsteinbauten, dem Zahnstocher von Fahnenmast und dem Spielfeld, auf dem sie gerade eben noch gestanden hatten. Jene kalte Septembernacht war schwärzer als Teer gewesen, und Rougetel war vor Sonnenaufgang wieder gegangen.

Jetzt sah er zum ersten Mal als Erwachsener das gesamte Schulgelände bei Tageslicht. Es war fast zu groß, um es ganz aufzunehmen.

»Wir sind dem Weg gefolgt, den uns unsere Eltern vorgeschrieben haben, weit weg von zu Hause, uns war übel, wenn wir wieder in die Schule zurück mussten, wo niemand war, mit dem wir über unsere Gefühle reden konnten, wir haben uns nicht getraut, sie zu äußern, aus Angst, geschlagen oder verhöhnt zu werden …»

Der Junge von vor vielen Jahren sprach. Der Minderjährige, der allein aus La Paz gekommen war, fortgeführt von einer Stewardess, nachdem er seine Mutter und seinen Vater zum Abschied geküsst hatte. Und keiner von beiden hatte sich mit Rougetel hingesetzt und gesagt: *»Das ist der Deal.«*

Sein Blick schweifte weiter über die Sprunggrube zum Schwimmbad, das in Dyers letztem Schuljahr als Ersatz für den Cherwell gebaut worden war. Er suchte nach der niedrigen Wellblechhütte, in der er und Dyer ihre hölzernen Waffen zusammengenagelt hatten. Er hörte die Schlachtrufe der Jungen in verblichenen blauen Cordhosen, die Schüsse der vorgeblichen Maschinengewehre.

»Ich hatte das Gefühl, dass wir ausgebildet wurden, um in die Schlacht zu ziehen wie unsere Großeltern, und jetzt bin ich fast sechzig, und es hat keine Schlacht stattgefunden. Vielleicht wurde die Schlacht hier ausgetragen, als ich acht war, und es ging darum zu lernen, Schwierigkeiten zu bewältigen.«

Die Glocke läutete. Mr Tanner war in der Ferne zu sehen, ging zielgerichtet über den Sportplatz, um seine neue Position neben dem Tor einzunehmen. Eltern hatten sich auf dem Schulgelände in Grüppchen versammelt. Bald würde Katja eintreffen und Silvi und Updarks zu stark parfümierte Frau.

»Komm, wir suchen meinen Sohn«, sagte Dyer.

Rougetel warf einen letzten Blick auf das Ufer. Sein hüpfender Gang war jetzt viel unbeschwerter, als wäre eine Last von ihm genommen.

Als sie sich dem Tennisplatz näherten, kam ein Junge auf sie zu. Dyer rief: »Hallo, Leandro, ich will dir jemanden vorstellen.«

Es war nicht leicht, gegen die vielen Gespräche und vorbeihastenden Mütter und Kinder anzusprechen, und Dyer sagte über die schlanke bärtige Gestalt, die er Leandro vorstellte, nur: »Wir waren gemeinsam in der Phoenix.«

Nach einem höflichen Wortwechsel – er sagte keine zwanzig Worte – entschuldigte sich Rougetel.

Das Leuchten in seinen Augen sagte Dyer, dass er noch immer auf seinem Weg war und unbedingt fortwollte.

Unter dem kritischen Blick von Mr Tanner begleitete Dyer ihn durchs Tor. Rougetel zögerte und schaute sich um, und Dyer begriff, dass er sich in die entgegengesetzte Richtung von ihm entfernen wollte. Er hatte eine Mission zu erfüllen, mehr Netze unter dem Eis auszuwerfen, und Dyer würde ihn nicht aufhalten.

»Wohin willst du?«, fragte Dyer.

»Auf die Hebriden höchstwahrscheinlich.« Seine Großmutter hatte ihm einen kleinen Bauernhof hinterlassen – ein guter Ort, um über sein nächstes Thema nachzudenken. In Gedanken war er bereits bei seinem künftigen Studienobjekt.

Er stand am Rand des Gehwegs und überlegte seine Abschiedsworte. Er wiederholte, was für ein Glück es gewesen war, Dyer über den Weg zu laufen. Die Vorsehung hatte dafür gesorgt. Er war dankbar und nahm Dyers Hand. »Es hat mir gutgetan, dich zu sehen, es hat mich erfrischt. Ich habe mich an so viele Dinge erinnert, und es hat mich gestärkt.«

»Auch mir hat es gutgetan«, sagte Dyer, und nur selten hatte er etwas ernster gemeint.

Nach einer nach Verbena duftenden Umarmung, einem Nicken und einem Lächeln für Leandro, ging Rougetel die Bardwell Road entlang. Nach ein paar Schritten blieb er stehen und drehte sich um. Er hob den Arm in einer nur halb ausgeführten Geste wie ein Kind, das nach der Hand seiner Mutter fassen will. Dann ging er weiter, und diesmal schaute er nicht zurück.

Als er später über seinen wunderbaren, manischen alten Freund nachdachte, sagte sich Dyer, dass er das Recht hätte zu glauben, ihr gemeinsamer Nachmittag wäre nichts weiter als ein Traum. Wäre er in den Anden und würde auf den Ausangate steigen, würde er sich fragen, ob er

Rougetel tatsächlich gesehen hatte oder ob es an der Höhe lag.

»Hat er sich verändert?«, fragte Leandro.

Trotz allem, was er in der Zwischenzeit erlebt hatte, war ein wesentlicher Teil von Rougetel unberührt geblieben. Er wollte noch immer zum Kern vordringen.

»Ich würde sagen, so gut wie nicht.«

40. KAPITEL

»Eine Forellenfliege bekommt man nicht einfach so aus dem Maul, wie sie reingekommen ist«, sagte sein Vater. *»Man muss sie vorsichtig abhaken.«*

Gleiches galt für Marvars Post-it-Zettel. Dyer konnte ihn nicht wieder in der Sandgrube vergraben, er konnte ihn nicht in einem Bibliotheksbuch lassen. Er musste ihn herausziehen, weg, fort.

Am nächsten Morgen entschied Dyer zu beenden, was die Begegnung mit Rougetel unterbrochen hatte. Um zu verhindern, dass weiter Verdacht auf ihn fiel, musste er sich davon überzeugen, dass die Lösung darin lag, Marvars Formel zu zerstören. Je schneller er es tat, umso besser; niemand durfte erfahren, dass sie überhaupt existiert hatte. Er dachte nicht mehr an ihren Nutzen oder ihre Gefahren für die Menschheit, sondern nur noch an ihre Auswirkungen auf ihn. Sie musste vernichtet werden, damit er nicht starb, damit er und Leandro am Leben blieben. Er war nicht mutig. Er wollte, dass er und sein Sohn in Sicherheit waren. Ganz einfach.

Er zog den in Kalbsleder gebundenen Band von unten aus seinem Stapel und ging damit nach nebenan. Als er es hinten aufschlug und den gelben Zettel neben der Landkarte von Brasilien sah, spürte er, wie die Spannung nachließ, die sich in ihm aufgebaut hatte.

Er schaute auf die Wand, und sein Impuls, den Zettel zu vernichten, wich einer warmen unerklärlichen Ruhe, als würde ihn blauer Dunst einhüllen.

Er ist wieder im *Café Lisboa.* Rougetel holt ein Buch aus seinem Rucksack. Die Seiten, beklebt mit Post-it-Zetteln, wo ihn der Inhalt besonders interessiert, sehen aus wie ein Kaleidoskop aus Schmetterlingen.

Als Dyer Marvars Zettel herausnimmt, hört er in Gedanken Rougetels Stimme.

Sie stehen am Schultor, Rougetel erzählt, dass er seine Nachforschungen zum menschlichen Gehirn nahezu abgeschlossen hat. Bald wird er sich auf ein neues Thema stürzen, obwohl er noch nicht entschieden hat, was es sein wird.

In verkatertem Zustand gibt es Momente, wenn man plötzlich etwas durchdringt und die Welt völlig klar sieht. Es passiert selten, und wenn es geschieht, scheint es kalkuliert, ein Orakel. Dyer hatte es ein-, zweimal beim Rudern erlebt. Instinkte übernehmen, und man sieht, was wichtig ist und was nicht und wie man weiter vorgehen soll. Die Buddhisten hatten wahrscheinlich ein Wort dafür. Zu viel Nachdenken war das Problem. Die Antwort fiel ihm ein, als er seinen Körper und seine Instinkte agieren ließ und das Gehirn weitgehend ausschloss.

Wie ein Mann, der glatt strich, was er zerknittert hatte, wusste Dyer, was er zu tun hatte.

»Das kann zurück«, sagte er zur Bibliothekarin. Er reichte ihr die Sammlung der Erfahrungsberichte über Cabrals Reise nach Brasilien.

Sie nahm es, ohne aufzublicken.

»Sie wollen es nicht weiter reservieren?«

Er schaute auf ihren platinblonden Schopf hinunter. »Nein.«

Sie wandte den Blick ab, damit er nicht bemerkte, dass sie ihn beobachtet hatte. Sie ging, als trüge sie samtene Schuhe, ihr dunkles Haar zu einem Suebenknoten gebunden.

Eine sportliche Frau, die er nie zuvor gesehen hatte, lief hinter ihm eilig, lautlos die Treppe hinunter. Unten angekommen, trat er durch die offene Schwingtür aus Glas auf die Straße. Dann drehte Dyer sich um und zog die Tür zu.

Unruhig, weil er jetzt wusste, wie er Marvars Formel loswerden würde, hatte er ignoriert, wie gefährlich es war, sie an seiner Person zu tragen. Aber er hatte gelernt, sich auf seine Ahnungen zu verlassen. Er war jetzt hellwach.

Er schritt entschlossen aus, als wollte er zum Martyr's Memorial, überquerte die Straße diagonal, wartete, bis ein Taxi vorbeifuhr, bevor er sich zwischen das Taxi und einen Lieferwagen schob. Als der Lieferwagen langsam weiterfuhr und ihn abschirmte, duckte er sich und ging los.

Ein paar Meter weiter stand ein roter Doppeldeckerbus für Stadtrundfahrten. Dyer lief mit eingezogenem Kopf darauf zu und sprang auf, als sich die Türen zischend schlossen. Er drängte sich an Sitzen mit lächelnden chinesischen Touristen vorbei und ging hinter einem breitgesichtigen Mann in Deckung, der im Gang stand und ein Mikrophon in der Hand hielt.

Durch das Rückfenster sah Dyer, wie die Frau die Treppe herunterlief. Er duckte sich hinter dem Mann. Als er den nächsten Blick riskierte, stand sie auf dem Gehweg und schaute sich auf der St Giles um, blickte zu dem Lieferwagen, den Autos, dem davonfahrenden Bus, um sich dann nach einem kurzen Zögern in die entgegengesetzte Richtung zu entfernen.

»Noch einmal hallo«, sagte der Mann, der einen schwarzen Blazer mit Messingknöpfen und eine gestreifte

Krawatte trug. »Sie wollen mitfahren? Ich will Ihnen diese lebendige und kultivierte Stadt vorstellen.«

Erleichtert und dankbar kaufte Dyer ein Ticket.

Minuten später tönte die höfliche Stimme des Reiseleiters beruhigend aus den Lautsprechern. »Unser erster Halt ist University Parks. Viele von Ihnen werden von Mesopotamien gehört haben …«

Dyer stieg aus. Um zur Ward Road zu gelangen, machte er einen Umweg durch den Park, bis er sicher war, dass niemand ihm folgte. Vorbei an der Brücke, auf der Thor Gilles vollgesabbert hatte. Vorbei an dem Kricketpavillon, den Updark wehmütig betrachtet hatte. Einmal verließ Dyer den Weg und stellte sich eine Weile unter die tief hängenden Äste eines Nadelbaums. Der Baum war gewachsen seit dem Nachmittag, als er und Rougetel hinaufgeklettert waren und hoch oben, eingeklemmt zwischen dem Stamm und dem Ast, auf dem sie saßen, eine ordentlich gefaltete Seite aus einer Zeitschrift fanden, auf der sie zum ersten Mal im Leben eine nackte Frau sahen.

Sie öffnet die Tür und schaut ihn an. »Sie haben sich entschieden?«

»Ja, das habe ich.«

Ihr Gesicht im Morgenlicht. Sie verliert bereits ihre Bräune. Sie zieht das Kleid gerade, um eine Falte zu glätten.

»Warten Sie im Wohnzimmer, ich hole den Umschlag. Sie können sich mit meinem Gedächtnis unterhalten, sie wird sich freuen, Sie zu sehen.«

Er ging zum Ende des Flurs, von wo ein Klarinettenquintett von Brahms erklang.

Thor sprang vom Sofa, um ihn zu begrüßen. Metall quietschte, und dann schlurfte Mirandas Mutter mit ihrem Rollator vom Wintergarten herein. Als sie Dyer sah, lächelte sie erfreut.

»Da sind Sie ja!«

Er nahm ihre Hände, ihre Finger grau und glänzend wie Backpapier.

Sie blickte ihn streng an. »Warum haben wir Sie nicht mehr gesehen?«

»Ich war auf Reisen«, sagte er. Erst am Tag zuvor hatten sie in diesem Zimmer gestanden.

Sie runzelte die Stirn, überlegte es sich jedoch anders. »Miranda hat Sie vermisst.«

Es war ein neues Gefühl für Dyer, dass sich jemand um ihn sorgte. Sie musste gewusst haben, dass er einen Augenblick brauchen würde, um zu antworten, denn sie neigte sich vor und fixierte Dyer wie ein Huhn mit einem Auge. »Allein kann sie pfeffrig sein. Verheiratet war sie das Salz der Erde. Seitdem er weg ist, war ihr Leben geschmacklos.«

»Sprichst du über dich selbst, Mutter?«, sagte Miranda, kam herein und drehte das Radio leiser. Sie legte Dyers Umschlag auf den Tisch. Er hatte die gleiche Farbe wie ihr Kleid. »Kaffee?«

Er wusste nicht, wie er ihren Blick deuten sollte. »Wenn es keine Umstände macht.«

»Umstände, Umstände, Umstände, Umstände«, sagte Mirandas Mutter mit einer hohen heiseren Stimme. »Umstände haben mich seit meiner Geburt verfolgt.« Sie schob ihren Rollator zum Kartentisch.

Miranda sah ihn an und zuckte die Achseln, als wollte sie sagen: Da sehen Sie, womit ich es zu tun habe. »Heute Morgen standen alle ihre Koffer in der Diele. Ich habe sie gefragt, warum sie mich die Koffer nicht hat heruntertragen lassen. Sie hat geantwortet: ›Ich habe sie die Treppe hinuntergestoßen, weil ich auf der Treppe unmöglich etwas tragen kann.‹ Aber es ist schön, dass sie mit Ihnen spricht.«

Ihre Mutter war krank gewesen und hatte gerade erst ihre Stimme wiedergefunden.

»Sie jammert noch immer wegen der Erkältung.«

»Sie sieht nicht krank aus«, sagte Dyer.

»Wenn es ihr nicht gut geht, sieht sie sehr gut aus, weil sie rote Backen kriegt.« Miranda füllte Wasser in den Kessel.

Es sei sinnlos zu glauben, im Alter wäre man anders, fuhr Miranda fort. So sehr man auch darauf vorbereitet war. Eins hatte ihre Mutter ihr beigebracht: »Wir lernen nichts, wir müssen immer alles wieder neu lernen.« Es half nicht einmal, Experte zu sein. »Haben Sie es bemerkt? Alle Haarchirurgen haben eine Glatze, kein Tennistrainer spielt Tennis, kein Kritiker kann schreiben.«

»Sie klingen wie meine Tante.«

»Was meinst du, Mama? Hätten wir es besser machen können?«

Ihre Mutter saß am Kartentisch und kämmte sich das Haar in dem silbernen Handspiegel.

»Mutter?«

Keine Reaktion.

Er dachte daran, wie seine Mutter ihr dünner werdendes Haar gekämmt hatte, nicht aus Eitelkeit, sondern damit andere nicht erschraken, wenn sie ihr von der Chemo aufgeschwemmtes Gesicht sahen.

»Man sollte das alte Kissen ein bisschen aufpolstern.«

Miranda neigte sich über ihre Mutter und sagte tröstlich: »Ich lasse die Heizung an. Ich schalte sie nicht aus. Du bist hier sicher, Liebes.«

Dyer bewunderte sie, die besorgte und geduldige Art,

mit der sie sich um die alte Dame kümmerte. Ihre Energie war unerwartet, häuslich, aber auch großzügig, wie eine Schürze über einem Ballkleid. Er dachte an die Wut der anderen Frauen auf die bescheidene Frau, die den Prinzen für sich gewinnt.

Sie goss Wasser über den Kaffee.

»Wie geht es Ihrem Zeh?«, fragte er.

»Besser, danke.« Sie streckte den Fuß.

Die Bewegung war sinnlich und selbstsicher. Langsam wandte sie ihm ihren schlanken Hals und ihr Gesicht zu. Es war ein schönes Gesicht. Blass und oval. Das Gesicht einer Frau in einem klassischen Gemälde.

Er schaut sie eine Sekunde länger an als nötig, bemerkt offenbar den Hund nicht, der sich zwischen sie geschoben hat. Sie senkt den Fuß, hebt den Kopf. Ihre Blicke begegnen sich in einem unausgesprochenen Wiedererkennen, das er später auf einen gemeinsamen Sinn für Humor, auf ein unwillkürliches Staunen angesichts eines schönen Anblicks zurückführte. Sie sah ihn an und kannte ihn.

»Thor! Weg da!«

Dyer neigte sich vor, um ihn zu streicheln, und die weiche Schnauze rührte sein Herz.

»Ich brauche einen Rat«, sagte er und richtete sich wieder auf.

In der Ecke sang Mirandas Mutter leise in den Spiegel.

Miranda ignorierte sie, goss noch einmal heißes Wasser auf den Kaffee. »Mein liebster Satz auf der ganzen Welt ist: Darf ich um Ihre Meinung zu dieser Sache bitten.«

Etwas später blieb Dyer an der Eingangstür stehen. Er starrte auf den an ihn adressierten Umschlag, dann sah er sie an.

»Ich muss Ihnen meine neue Nummer geben.«

Er schaute zu, wie Miranda sie in ihr Handy eingab,

und spürte ein Ziehen in der Brust, weil er beschlossen hatte, ihr zu vertrauen. »Ich weiß, wir kennen uns kaum. Würden Sie … Ich möchte nicht …«

Sie hört das Stocken in seiner Stimme und legt den Finger an die Lippen. *»Xasó putár neirúm.«*

Wenn sie sich das nächste Mal sehen, wird sie zu ihm sagen: »Mein Vater hat mich gelehrt, dass ein Anfang wertvoller ist als Geld.«

41. KAPITEL

Sie kamen aus dem Rachen der Nacht, drei Männer tauchten hinter einem geparkten Auto auf, als Dyer den Schlüssel ins Schloss steckte. Sie waren effizient, trainiert, trugen Skimützen. Sie sagten kein Wort, als sie ihn gegen die Holztür der Werft drängten und rasch durchsuchten. Er konnte ihre Gesichter nicht sehen, sie waren wie Wesen von einem anderen Planeten. Ihre behandschuhten Hände durchsuchten rasch seinen Mantel, sein Jackett, seine Hosentaschen, seine Brieftasche. Dann stießen sie ihn zu Boden und zogen ihm Schuhe und Socken aus. Sie mussten ihn verdächtigen, Marvars Formel bei sich zu haben, nachdem er die Bibliothek verlassen hatte. Sie hatten bereits sein Haus durchsucht und wussten, dass sie sich dort nicht befand. Wenn sie überhaupt existierte, musste er sie bei sich tragen. Er wünschte, er hätte eine Waffe, damit er sie einen nach dem anderen erschießen könnte, statt flach auf dem Gehweg zu liegen, wo Paulas Ananasdosen heruntergefallen waren. Er lag steif da wie in einem Sarg, auf den sie gleich den Deckel nageln würden, leistete keinen Widerstand, bewegte sich nicht, sagte nichts, sah in ihren schwarzen Wollgesichtern die spitzen Züge von Gilles Asselin, gestreift mit Kriegsbemalung, und erinnerte sich aus unerfindlichem Grund an eine Geschichte, die Gilles beim Abendessen erzählt hatte. Der König von Kitara wurde von seinem Koch mit der Gabel gefüttert, doch wenn die Gabel versehentlich die Zähne des Königs berührte, wurde er exekutiert. Dann schreckte sie ein Geräusch auf – Paula öffnete ihre Haustür –, und sie standen auf, warfen seine Brieftasche auf ihn und gingen seelenruhig davon, ließen Dyer am Straßenrand liegen, seine Kleidung neben ihm verstreut, sein Herz hüpfte wie ein Tennisball, und er hatte das Gefühl, das Ende seiner Tortur erreicht zu haben.

42. KAPITEL

Zwei Stunden zuvor, als die Vorhänge noch zugezogen waren und nur die »Brexit heißt Brexit«-Poster darauf verwiesen, in welchem Jahrzehnt wir uns befanden, war Dyer in der Kälte die nächtliche Straße nach Iffley gegangen.

Er folgte der Strecke, die sie als Schüler genommen hatten, wenn sie nicht gesehen werden wollten. Die Strategie, die sie angewandt hatten, um mit der Umgebung zu verschmelzen, war ihm bemerkenswerterweise noch präsent. Sie hatten sie auf dem Sportplatz erlernt, wenn sie Kriegsszenen aus Comics nachspielten, Rommel in der Wüste, sich gegenseitig jagten und laut schrien.

An der Brücke nach rechts. Durch die Bäume. Fünf Minuten geduckt zwischen zwei Kähnen warten, um sich zu vergewissern, dass ihnen niemand folgte. Er war über Paulas Zaun gestiegen, hatte sich in die Schatten gedrückt, als er durch die verlassene Werft ging. Würde jemand in der St Barnabas Street auf ihn warten, dann auf der anderen Seite des großen hölzernen Tors.

Zufrieden, dass ihn niemand gesehen hat und ihm niemand folgt, richtet Dyer sich auf und geht weiter.

Seine Sturheit führt ihn den Weg neben dem Kanal entlang. Er ist konzentriert und entschlossen, er hat die Plasmahülle durchbrochen. Er hatte auf einen Spiegel gehaucht und sich nicht mehr darin sehen können, bis Rougetel mit einem dicken Buch über das Gehirn darüber wischte und der Spiegel wieder klar war.

Nachdem er von Miranda weggegangen war, hatte Dyer den Nachmittag damit verbracht, die Straßen und Bibliotheken von Oxford abzusuchen. Er war in der Vere Harmsworth Library, der Sackler Library und der sozialwissenschaftlichen Bibliothek gewesen. Rougetel war in keinem der Lesesäle. Dyer schaute auch im Union Club nach ihm, aber die einzige dösende Person dort war ein stämmiger junger Mann in einem grünen Tweedanzug. Er hatte vor dem Balliol und vor Blackfriars gesucht, im Bahnhof, McDonald's, Tesco. Nirgendwo fand er einen schlanken bärtigen Mann in schwarzen Jeans, der einen Rucksack trug.

Die Kirche von Iffley war seine letzte Hoffnung.

Er brauchte ihn, und zwar schnell. Wie alle Nomaden würde Rougetel im Nu seine Zelte abbrechen. Aus Angst, dass er womöglich jetzt schon unterwegs war zu den schottischen Inseln, machte Dyer so lange Schritte, dass er praktisch lief.

In der stillen Morgendämmerung dachte er an seinen Freund mit dem aufrichtigen Blick. Er war seinem Weg gefolgt, hatte Schlägen widerstanden und war mit Mut, Durchhaltevermögen und Integrität durchs Leben gegangen. Er war kein Sektierer, kein Ideologe. Er war Dyer weit überlegen. Die Straße hatte ihn gelehrt, die überflüssigen Emotionen abzuwerfen, die Dyer immer noch verzehrten – Ungeduld, Angst, Egoismus, Selbstzweifel, Neid, Lust.

Und hatte er nicht gesagt, dass er bereit für ein neues Projekt war, einen frischen Text?

Als Dyer in der Bibliothek Marvars Post-it aus dem Buch nahm, entschlossen, ihn zu vernichten, hatte er gedacht, wie ähnlich bei oberflächlicher Betrachtung der

Prozess, den Marvar beschrieben hatte, den Erfahrungen war, die Rougetel gemacht hatte. Die sich immer weiter ausdehnende Energie, das weiße Licht, die enge Verbindung zwischen den Atomen im Gehirn und der atomaren Energie der Sonne.

Um sich abzulenken, hatte Dyer das Bild betrachtet – das Paar darauf beneidet, das jenseits des Drucks in Dyers Welt existierte in einer dem Lake District ähnlichen Landschaft; wie gern wäre er die rote Leiter hinaufgestiegen, um sich zu ihnen zu gesellen –, als ihm die Idee kam.

Wenn jemand einen Sinn in der Formel finden könnte, dann Rougetel. Er war ein freier Geist, hatte keine Angehörigen, keine Bindungen außer zu der Wahrheit, die ihm seine Instinkte aufzeigten. Marvars Durchbruch wäre nicht verloren. Er würde der Synthese von Rougetels weltlichem Wissen hinzugefügt, er würde ihn berücksichtigen und assimilieren. Und wenn die Formel das war, was Marvar behauptete, dann könnte er von all den begabten Menschen, die Dyer in seinem Leben kennengelernt hatte, Rougetel vertrauen, die richtige Entscheidung zu treffen, wer die Formel haben sollte, um sie für Gutes einzusetzen.

Ein weiterer Faktor, der für Rougetel sprach: Er besaß kein Handy und keinen Laptop, sodass er nicht über GPS zu verfolgen war. Vor allem durfte er Rougetels Sicherheit nicht aufs Spiel setzen; niemand durfte wissen, was Dyer vorhatte.

Nichts bewegte sich auf den Straßen, in den Fenstern.

Als sich Dyer dem Eingang von St Mary's näherte, wehte eine leichte Brise. Laub von den Bäumen im Friedhof wirbelte über das Kopfsteinpflaster. Das Vordach lag im Schatten. Dyer meinte zuerst, dass niemand darunter wäre. Dann gewöhnten sich seine Augen an die Schatten, und er sah eine Gestalt auf der Bank liegen.

Leise ging er zu ihm. Rougetel schlief auf dem Rücken, auf dem Gesicht ein leises Lächeln. Sein Kopf lag auf dem zusammengerollten blauen Schlafsack. Er hatte sich in seine Wolldecke gewickelt. In dieser Umgebung wirkten sein Hut, sein weißes Rohr, sein Rucksack wie exzessiver Luxus. Im dämmernden Licht hatte er viele Gesichter: ein Junge, der mit halb geschlossenen Augen am Flussufer liegt. Ein Reisender aus einer anderen Welt, der bald am Ufer eines neuen Kontinents aufstehen wird.

Lautlos nahm Dyer den Umschlag aus der Manteltasche. Es war der braune Umschlag von Miranda, der seine detaillierte Schilderung des Gesprächs mit Marvar enthielt. Dyer hatte das Post-it an die erste Seite geheftet und einen Brief hinzugefügt, in dem er alles erklärte.

Im Schlaf kratzte sich Rougetel am Knöchel. So verletzlich und ungeschützt wie die Ecke eines Buchs.

Dyer öffnete den Rucksack, steckte den Umschlag hinein und schloss den Rucksack wieder.

Einen Augenblick stand er da, als wollte er Rougetel segnen. Dann trat er einen Schritt zurück, drehte sich um und ging leise.

Seine frühere Panik war verschwunden. Er fühlte sich gestärkt, als hätte er einen großen Fisch freigelassen. Auf dem Heimweg zwitscherten die Vögel, der Himmel glühte rosa, plötzlich schien aller Ärger in Oxford kostbar.

43. KAPITEL

Am Samstagmorgen hisste Mr Tanner ein quadratisches Stück gelben Stoff mit einem blauen Phoenix darauf am Flaggenmast.

Am Nachmittag würde Phoenix gegen Dragon spielen. Die Schulen waren seit Jahren Rivalen. Eine große Zuschauerzahl wurde erwartet.

Traditionellerweise spielten sowohl die erste als auch die zweite Elf jeder Schule. Am Spielfeldrand drängten sich die Eltern, deren Kinder in den Mannschaften antraten. Die größte Gruppe bildeten die Phoenix-Eltern und -Lehrer. Ein Sieg gegen die Dragons wäre etwas ganz Besonderes.

Dyer war ausnahmsweise pünktlich. Er winkte Leandro zu, als die Mannschaften auf den Platz kamen. Die Glocke läutete zwei Uhr, die Spiele wurden angepfiffen.

Schon in der ersten Minute fing sich Leandros Mannschaft beinahe ein Tor ein. Nur ein verzweifelter Schuss von Pierre Asselin lenkte den Ball noch ab. Er rettete noch zweimal in schneller Folge, seine Mannschaftskameraden beglückwünschten ihn vor dem Tor. Sie wirkten nervös, unterlegen.

Dragon dominierte weiterhin. Wieder und wieder gelang es den Phoenix-Verteidigern nicht, den Ball in die Hälfte des Gegners zu treiben. Leandro als Mittelstürmer hatte die meiste Zeit nichts zu tun. Er rannte ungedeckt in den leeren Raum, schrie nach dem Ball, und als er abgepasst wurde, lief er zurück.

Pierre verhinderte ein viertes Beinahetor mit den Knien. Diese unkonventionelle Parade elektrisierte die Mannschaft, und Phoenix begann sich zu erholen. Sie spielten besser, flüssiger.

Leandro rannte hin und her. Dyer folgte seinem Sohn mit dem Blick, bis er ihn nicht mehr sah. Er beobachtete ihn, aber er sah ihn nicht.

Dyer schaute schließlich zum anderen Spielfeld.

Katja unterhielt sich mit dem Vater mit der schwarzen Baskenmütze. Ihr Profil war jetzt hochmütig. Verschanzt hinter überlegener Passivität.

Sie schauten dem Spiel der zweiten Elf zu. Weder ihr Sohn noch seiner hatte Samir ersetzen dürfen. Diese Ehre war stattdessen Henry Puckey zuteil geworden.

Plötzlich blockierte eine Baseballkappe Dyers Sicht. Es war Ralph Cubbage mit dem ewigen Grinsen und dem karottenfarbenen Haar, der zwischen beiden Feldern hin- und herlief, obwohl er keinen mitspielenden Sohn hatte.

Dyer war bereits die kodierte Art und Weise aufgefallen, wie der Vater der Cellistin Updark begrüßt hatte. Nicht lange darauf hatte Cubbage ernst und nicht über Fußball mit Gilles gesprochen. Jetzt beobachtete er Katja und ihren Gesprächspartner, der, wie es Dyer etwas spät schwante, niemand anderer als Marvars Professor am Clarendon war, Bruce Whitton.

Dyers Blick fiel auf eine Gestalt mit Pelzmütze und einem langen weiß-blauen Schal, die sich näherte. Er sah aus wie ein brasilianischer Bauunternehmer, kurz und dick, seine Lederjacke so dunkel und glänzend wie der Chevrolet, den sein Vater laut Wassili aus Kuba eingeführt hatte.

Seine Schuhe mit Ketten auf dem Blatt verliehen ihm einen adretten Anstrich.

Er marschierte zu Katja. Cubbage, der ihn vor ihr bemerkte, senkte den Kopf und drehte nonchalant seine Kappe um 180 Grad.

Gennadi war spät gekommen, wie der ominöse Fremde, den Dyer einmal an einem Filmset in Brasilien gesehen hatte. Als er sich erkundigte, wer es war, wurde ihm gesagt, dass er die Geldgeber der Produktion vertrat und im Falle von Budgetüberschreitungen das Recht hatte zu sagen: »Okay, das war's. Ihr könnt einpacken.«

Befreit von Katjas Anziehungskraft, malte sich Dyer das Gespräch aus. Er wusste, wie es ablaufen würde. In der Wohnung in der Jamaica Road nach dem Spiel. Sie wartet auf Gennadi, er kommt mit einem Lachs für Wassili und einem Kaschmirpullover für sie; sie gehen zum Abendessen ins *Gee's*. Er berührt ihr Gesicht, die Lichter schimmern auf seiner Lederjacke.

»Er weiß nichts«, sagt sie zu Gennadi. *»Eine Weile war ich misstrauisch, aber – ehrlich – er weiß nichts, außer es handelt sich um irgendeinen brasilianischen Stamm.«* Sie imitiert seine Stimme. *»›Mein Thema ist das Brasilien im 16. Jahrhundert. Das 21. kann mich mal.‹«*

Zu Dyers Erleichterung schauen weder Gennadi noch Katja noch Whitton oder Cubbage, nicht einmal Huis Leibwächter, der einen brandneuen Phoenix-Schal trägt, ein einziges Mal zu ihm. Sie sind ihm gegenüber so gleichgültig wie die Tupi gegenüber Afonso Ribeiro, nachdem er ihnen seine Eisenwaren ausgehändigt hat, die sie so faszinierten. Sie haben Dyer lange und gründlich unter die Lupe genommen und sind überzeugt, dass er nichts Nützliches weiß. Er wurde befragt, verfolgt, eingeschüchtert, bestochen, sein Haus wurde durchsucht, seine Kontakte überprüft, seine Forschung kontrolliert. Sie haben alle ihre Optionen erschöpft und sind zuversichtlich, dass er längst geredet hätte. Da sie ihn mit nichts Handfestem mit Marvar in Verbindung bringen können, ist Dyer nicht mehr von Interesse für sie. Er ist wieder der, für den Updark ihn schon immer gehalten hat: ein arbeitsloser ehemaliger Journalist, der gern etwas aufrührt, pervers, starrsinnig, aber kein Quertreiber, nicht gefährlich oder subversiv. Ein Kleindarsteller, für einen kurzen Augenblick eingefangen im Scheinwerferlicht eines Sattelzugs, der längst weitergedonnert ist.

Ein Bellen lenkte seine Aufmerksamkeit wieder auf das Spielfeld. Beatrice Updark stand an der Seitenlinie und versuchte, Spassky zu bändigen.

Als Dyer Spassky zum ersten Mal gesehen hatte, hatte er an wilde Hunde gedacht, die nach ihm schnappten, an die stählernen Eingeweide unfertiger Gebäude, die dem blauen Himmel entgegenrosteten. Aber so war Spassky nicht, mit seinen Augenbrauen wie »Wasserfälle aus Karamell«, wie Leandro sich ausdrückte; er wollte Dyers Hand lecken, sie nicht in Fetzen reißen, wie es Dyer bis vor kurzem mit Marvars Post-it hatte tun wollen.

Zurückgehalten von seinem Halsband sah Spassky den stürmenden Phoenix-Spielern nach. Die Augen des Hundes fixierten wie Beatrice und wie er selbst einen Jungen: Arm erhoben, lange Beine, sandfarbenes Haar. Sein Sohn, der halb Tupi war. Er winkte Puckey, der plötzlich in Besitz des Balles war.

Leandro rannte unbemerkt in die Dragon-Hälfte, und wieder wurde der Ball abgefangen. Die Dragon-Verteidiger hielten ihn außerhalb seiner Reichweite – und wenn er ihn doch bekam, nahmen sie ihm den Ball wieder ab.

Dyer dachte an seinen nächsten Bericht für Nissa, den er am Ende des Schuljahrs schreiben wollte. Er würde ihr mitteilen, dass ihr Sohn dieses Schuljahr mit einem Leistungshoch abgeschlossen hatte. Er würde das Mobbing durch Wassili nicht erwähnen. Abgesehen davon, dass er in die Fußballmannschaft der Schule aufgestiegen war, hatten sich Leandros Schulleistungen verbessert, vor allem in Geschichte. Gelobt für die Arbeit über Trafalgar, war Leandro über Paulas Zaun geklettert, um ihr zu danken. Er mochte es, wenn ein bisschen Theater um ihn gemacht wurde, weil er dann seine Bescheidenheit zur Schau stellen konnte. Seinem Vater gegenüber hatte er nur spät zugegeben, dass ihm auch Beatrice geholfen hatte. Wer hätte das zu Beginn des Schuljahrs gedacht?

Die erste Halbzeit wurde abgepfiffen, ohne dass ein Tor gefallen wäre.

Während die Mannschaften die Seiten wechselten, entfernte sich eine Gruppe von Dragon-Eltern, die neben Dyer gestanden hatte, und Gilles Asselin kam in Sicht.

Er telefonierte hektisch.

»Ich habe auf die völlig falsche Nummer gedrückt. Ich bin's, Gilles. Tut mir leid. Bis bald.«

Er bemerkte Dyer und erstarrte wie jemand, der fotografiert werden sollte.

»Jean …«

Ein Blick in sein Gesicht.

Nicht mehr der Hecht, der einen Junglachs ins Visier nahm. Nicht länger auf einem Podium.

»Hast du die Information?«

»Nein.«

»Ich hätte darauf wetten können.« Er schluckte. »Ich habe dich falsch eingeschätzt.«

Er hatte Dyer nicht geglaubt. Seine Ahnungen, die ihm

bislang so viel Profit eingebracht hatten, flüsterten ihm ins überempfängliche Ohr, dass Dyer auf Marvars epochaler Information saß – warum sonst hätte er diese Widmung in sein Buch geschrieben: *Für Rustum Marvar, der vielleicht alles gelöst hat*? Warum sonst hätte der Kellner im *Café St Giles* Marvar, als er abrupt vom Tisch aufstand, auf dem er vier Papierservietten vollgekritzelt hatte, murmeln hören: *Ich hab's geschafft, ich hab's geschafft* … Warum sonst hätte Marvar seiner Frau getextet: *Jetzt habe* ich *vielleicht etwas getan!*

Auch wenn Marvar kein Kapital aus seiner Entdeckung schlug, spekulierte Gilles, dann würde es zwangsläufig Dyer tun, und zwar möglichst rasch, deswegen fragte er sich: Wen betrifft Kernfusion? Schlagen wir los. Wichtige Regierungen, die von Kohlenwasserstoff abhängen. Firmen wie BP, Exxon. Venezolanische Schulden.

Spieler, der er war, hatte Gilles auf alles gewettet, auf das er mit seinen enormen finanziellen Mitteln wetten konnte, und sich bis obenhin verschuldet, gestand er Dyer. »Ich habe mich komplett verspekuliert.« Er hatte Anteile an Kohleminen verkauft und Wüsten gekauft … Er näherte sich dem Bankrott.

Er sah mitgenommen aus.

Dyer blieb eigensinnig stumm.

Den Rücken ihnen zugewandt, die Arme verschränkt schaute Silvi dem Fußballspiel zu, das wieder angepfiffen worden war.

»Pierre hat in der ersten Hälfte gut gespielt«, sagte Dyer und wechselte damit, wie er hoffte, zu einem ungefährlichen Thema.

Ihre Haltung hatte etwas Fehlerhaftes, nicht Korrigiertes wie ein schief hängendes Bild.

»Basil!«

Sein Name wurde gerufen von einem Mann mit einem verblichenen gelb-blau gestreiften Schal.

Ein Stück entfernt standen Lionel Updark und seine Frau am Spielfeldrand.

Dyer hatte seit ihrem Einweihungsfest im Januar nicht mehr mit Audrey Updark gesprochen. Er küsste sie auf beide Wangen. Sie war an diesem Nachmittag irgendwie verändert. Ihre Frisur? Dann dämmerte es ihm. Sie duftete anders.

Mit Updark war unterdessen etwas Wundersames geschehen: Die Rötungen waren aus seinem Gesicht verschwunden und mit ihnen seine Feindseligkeit. Er stand fleckenlos da, nicht daran interessiert, über die erste Hälfte des Spiels zu diskutieren, sondern grinsend zu erzählen, was seine Haut rot wie einen *Cruzeiro*-Schein gefärbt hatte und wie man der Ursache auf die Spur gekommen war. Es war das Parfum seiner Frau gewesen.

»Sie haben vergessen, sich Audrey anzuschauen. Niemand denkt dran zu fragen: Und was ist mit der Frau? Ich habe allergisch auf ein Parfum reagiert, das sie in Marokko gekauft hat.« Es enthielt Abelmoschus, einen Stoff, der Schuppenflechte hervorrufen konnte und in der EU verboten war. Jedes Mal, wenn Updark ins Bad ging, in dem Audrey sich parfümiert hatte, reagierte sein Gesicht. »Allergische Kontaktdermatitis«, hatten die Ärzte in Milton Keynes diagnostiziert. Er tätschelte seine Wangen, als würde er Rasierwasser auftragen. »Der Ausschlag war zweiundsiebzig Stunden nach der Diagnose verschwunden.«

Natürlich musste Audrey das Parfum wegwerfen, aber er hatte ihr in Heathrow ein neues gekauft, als er eine Erkundungsreise an den Ort seiner nächsten Postierung machte. Er wollte Dyer nicht sagen, wohin er versetzt würde, aber er grüßte ihn herzlich von Lorna, die zu seiner Nachfolgerin in Eynsham ernannt worden war.

Natürlich war es Leandro, der sieben Minuten vor Spielende das Siegestor schoss. Sein an Pelé erinnernder Schuss aus der eigenen Hälfte kam völlig unerwartet. Ein Blitz von göttlicher Präzision, der Dyers Gedanken sofort zu Marvar und Samir schweifen ließ und die Inspiration für Marvars Kugellaser. Fusion, Fußball, ein plötzlicher Wind aus Süden … Alle am Spielfeldrand waren kurzfristig sprachlos. Dragon erholte sich nicht mehr.

»Ich hatte gar nicht vor, aufs Tor zu schießen«, brach es nach dem Schlusspfiff aus Leandro heraus, als Dyer ihn umarmte. »Es war reiner Zufall. Ich wollte ihn zu jemand anderem schießen. Ich wollte ihn schräg nach vorn bringen, und dann, o mein Gott … Und fliegt er wirklich direkt in Richtung Tor? Ich bin kurz stehen geblieben und habe gesehen, dass es stimmt, und der Torwart von Dragon ist danach gesprungen, und dann war er im Netz – was?«

Um sie herum machten sich die Eltern auf den Weg über den Platz zum Speisesaal.

»Ich sehe dich dort«, sagte er zu Leandro.

Es wäre unsportlich, nicht zum Empfang nach dem Spiel zu gehen, entschied Dyer. Er würde für Rougetel, den Torwart, einen Scone essen. Und einen Keks mit Vanillefüllung.

Er wäre jetzt unterwegs, würde mit seinen langen hüpfenden Beinen den Weg am Kanal entlanggehen, den Rucksack auf den knochigen Schultern, um herauszufinden, was das Universum zu bieten hatte. Eines Tages würde er aus seiner meditativen Trance zurückkehren, um andere Seelen ans Licht zu holen.

44. KAPITEL

Die Liebe hatte ihn wieder zum Kind gemacht.

Er schlief viel besser.

Er hatte angefangen zu schreiben.

Die Neue Welt war ein Unglücksort für die Männer, die sie als Erste in Augenschein nahmen. Pêro Vaz de Caminha starb binnen weniger Monate, getötet in Calicut, nachdem er seinen Bericht mit einem Schiff nach Lissabon geschickt hatte. Pedro Álvares Cabral, Leiter der Expedition, kam unter ungeklärten Umständen ums Leben ebenso wie zwei der drei Sträflinge, die am weißen Strand von Porto Seguro zurückgelassen worden waren. Als einziges Mitglied der ursprünglichen Landungstruppe überlebte nur Afonso Ribeiro, erlernte die Bräuche und die Sprache der Tupi und gründete eine Familie, deren Nachfahren heute verstreut im Nordosten Brasiliens leben.

Das jüngste Gerücht in Summertown besagte, dass Gilles Asselin alles verloren hatte.

»Wie ich höre, soll ihr Haus bald auf den Markt kommen.«

»Und auch die Einrichtung, hat Silvi mir erzählt.«

»Der Privatjet muss verkauft werden …«

»Und das Château in Frankreich.«

»Arme Silvi. Sie ist gerade unserem Buchclub beigetreten.«

Das Gespräch wandte sich Beatrice Updarks Vater zu. Er war zum Botschafter in Portugal ernannt worden. »Er sagt, Lissabon sei nicht Paris, aber immer noch erstrebenswert. Die Chance eines königlichen Besuchs und damit auf den Ritterschlag sei groß.«

Samantha Puckey, die für das Abschiedsgeschenk für den Schuldirektor zuständig war, hatte zweiundneunzig Pfund gesammelt.

Im *Café Lisboa* blickten die in die Zeitungen vertieften Menschen etwas weniger ernst drein. Iran und Amerika befanden sich in einer Pattsituation. Der amerikanische Präsident hatte sich einen Krieg im Mittleren Osten genau angesehen wie etwas, das man unbedingt haben möchte und einen Augenblick später doch nicht mehr will, und sich dann wieder Kanada zugewandt.

In einer Bucht an der tasmanischen Westküste war der Mathematiker Todd Angle lebend aufgefunden worden. Siebenundvierzig Tage lang hatte er sich von Beeren ernährt.

Nichts über das Schicksal eines vermissten iranischen Physikers oder seiner Familie.

Dyer wurde hier und da an Marvar erinnert. Beim Essen im Trinity College erzählte ein Hirnchirurg von einem schrecklich kranken Mann, der in einem Armeekrankenwagen bewusstlos ins John-Radcliffe-Krankenhaus eingeliefert und in einem Einzelzimmer auf der John-Warin-Station untergebracht worden war. Dort wurde er von zwei bewaffneten Soldaten bewacht, die den Ärzten und Krankenschwestern rieten, alles, was der Mann in seinem

Delirium sagte, zu vergessen und nicht zu kommentieren. Während seiner letzten Stunden wurden weder Freunde noch Angehörige zu ihm gelassen. Der Chirurg hatte seine Leiche gesehen. Er beschrieb jemanden, der keinerlei Ähnlichkeit mit Marvar aufwies – klein, schlank, graues Haar –, und war überrascht, als Dyer plötzlich lachen musste.

In einer Geschichte, die von einer »fragwürdigen Quelle« – Cubbage – stammte, hieß es laut Updark, dass »Männer aus dem Ölgeschäft« involviert waren und Agenten, die für Exxon oder Chevron arbeiteten, Marvar entführt hatten. »Gerüchteweise – und ich betone, gerüchteweise – ist er in Houston.«

Unterdessen verfolgte Hissop eine Spur, wonach die Waffenindustrie hinter Marvars Verschwinden steckte.

Dyer verabscheute diese Szenarien. Angesichts des Mangels an harten überprüfbaren Fakten entwickelte er eine andere Theorie, die sein abergläubisches und starrsinniges Selbst nicht für unwahrscheinlicher hielt als alle anderen: Von seinem sicheren Zufluchtsort nahe Howtown hatte Marvar General Damghani von der Revolutionsgarde kontaktiert, und sie hatten einen Deal ausgehandelt – so wie einst Rejas einen Pakt mit Calderón geschlossen hatte, um Yolanda wiederzusehen.

In Dyers alternativer Version hatte sich Marvar ungefähr Folgendes gesagt: Das Universum entstand dank einer kosmischen Explosion durch Fusion; sein Augenblick war gekommen, keine Armee der Welt konnte es aufhalten; wozu der Mensch auch immer fähig war, Kernfusion war etwas, womit wir alle leben mussten, und wenn das der Fall war, war es dann noch wichtig, wer die Formel dazu zuerst hatte, ob es die Iraner oder die Amerikaner oder die Briten waren, weil alle sie letztlich hätten, auch die Israelis,

Saudis, Chinesen, Nordkoreaner, sogar die Stämme am Amazonas; aber Marvar konnte keinen Moment länger ohne Shula leben.

»Es gibt immer eine Frau.«

Dyer sah vor sich, wie Marvar angestrengt auf eine schmale Landstraße hinunterblickte.

Es war Nachmittag, der Wind verfing sich im Gras. Dyer sah sie am Horizont, nahe der Hügelkuppe. Der Wind wehte Marvar das Haar in die Augen. Er stieg höher hinauf.

Wieder dreht er sich um. Der See. Die Koniferen vor der Kirche von Martindale. Nichts rührt sich im Tal unter ihm.

Dann sieht er ihn, einen weißen Punkt, der sich durch die Farne bewegt.

Der Wagen fährt langsam die gewundene Straße hinauf, über ein Viehgitter, bleibt neben einem Steinhaufen stehen. Einen Augenblick lang bewegt sich nichts. Die Türen werden geöffnet. Zwei Männer steigen aus, dann eine dunkelhaarige Frau. Sie stehen da, schauen zu ihm hinauf. Die Frau hält etwas in den Armen.

»Shula!«, ruft er. »Samir! Schau! Da sind Shula und Jamileh!«

Er läuft los und ruft laut und voller Trauer: »Shula!« Und durch das Haar, das ihm übers Gesicht fällt: »Jamileh!«

Es war der letzte Tag des Schulhalbjahrs. Als er die Bibliothek verlässt, um Leandro abzuholen, wird Dyer klar, dass der Winter vorbei ist. Dyer fühlte sich lebendig. Er war konzentriert, als wäre sein Arm eingeschlafen gewesen und jetzt flösse endlich wieder Blut hinein. Plötzlich sah er den blauen Himmel.

Er wollte sich auf dem Rücken im Schlamm wälzen. Er wollte Tauben nachlaufen und Schwäne anbellen.

Sie würden sich einen Hund zulegen. Sein Sohn war nicht mehr sicher, ob er einen Cockapoo wollte. »Ich mag Spassky …«

»Aber?«

»Was, wenn er nicht so ist wie Spassky? Außerdem sind sie ein bisschen zu lockig.«

»Was würdest du zu einer Kreuzung aus Border Collie und Promenadenmischung sagen?«

Er hatte sich danach gesehnt, dass der Schmerz des Verlustes nachließ, bis er ihn mit einem letzten sanften Stoß verabschieden und sich einer erhofften Zukunft stellen konnte.

Es gab Komplikationen, ihre Mutter zum Beispiel, die Tatsache, dass sie sich noch nicht einmal geküsst hatten, die Tatsache, dass Leandro sie noch nicht einmal kannte, dass Dyer sich erst noch erklären musste. Aber das waren die losen Fäden, aus denen jedes Leben genäht wurde.

In seiner Brieftasche befand sich noch immer ein leerer Post-it-Zettel von Marvar. Darauf konnte er die komplizierte Gleichung seiner Wahl schreiben.

Der Frühling war nicht mehr fern. Alles schien sich dessen bewusst zu sein. Die Äste bebten, die Sonne schien länger. Auf der anderen Seite des Kanals klingelten Fahrradfahrer. Im Garten war eine Schnecke die Magnolie hinaufgekrochen. Ein Vogel hatte an ihrem Haus gepickt.

Gilberto Gil spielte. Die Kühle des Abends. Der Himmel rot über der Terrasse.

DANK

Dieses Buch kann eigenständig oder als Fortsetzung von *Der Obrist und die Tänzerin* gelesen werden. Es ist eine erfundene Geschichte, keine Figur ist aus dem wahren Leben gegriffen. Obwohl sie eine oberflächliche geographische Nähe zu einer Schule in Oxford aufweist, in der ich fünf glückliche Jahre verbracht habe, ist die Phoenix-Schule ein fiktiver Ort.

Folgenden Personen schulde ich Dank für ihre Hilfe: Charles Alexander, Clare Alexander, Jonathan Beswick, Charlie Bowman, Justin und Jane Byam-Shaw, Jonathan Colchester, Steven Cowley, John Davies, Matthew Dodd, Mark Evans, Miguel Farias, Vernon Flynn, Liz Foley, Mike Forrest, Peter und Jessica Frankopan, Sheru George, Barry Green, John Hatt, Gillian Johnson, Peter und Juliet Johnson, Ian Kellas, Craig Kendall, Matthew Kidd, David Kingham, Piers Litherland, Nigel McGilchrist, Kate McIlwain, Brian Menell, Alain und Max Michaelis, Jean und Marie de Portales, Henry Porter, Harry F. Robey, Nick Robinson, Ben und Max Shakespeare, Christopher und Francesca Shakespeare, Kasia Starega, Yiannis Takitos; dem Personal der Taylorian Library.

Anerkennung zollen möchte ich *A Death in Brazil* von Peter Robb; *Heller als tausend Sonnen* von Robert Jungk; *The Master and His Emissary* von Iain McGilchrist; *The*

Old Man and the Sand Eel von Will Millard; *Losing an Enemy* von Trita Parsi; *Kabloona* von Gontran De Poncins; dem Iranischen Menschenrechts-Dokumentationszentrum.